BJÖRN BERENZ
Knäcketod

Autor

Björn Berenz ist Jahrgang 1977 und gebürtiger Koblenzer. Als Redakteur war er jahrelang in einem süddeutschen Verlag tätig. Schon in Zeiten seiner hauptberuflichen Verlagslaufbahn hat er mit dem Schreiben von Geschichten begonnen und seitdem viele Romane und Hörspiele in den unterschiedlichsten Genres veröffentlicht. Seine Wurzeln als Bäckerssohn, eine eigensinnige Mutter und eine Autopanne, die ihn bei einem ausgedehnten Schwedentrip auf einem von Senioren geführten Aussiedlerhof stranden ließ, brachten ihn schließlich auf die Idee zu seinem ersten Schwedenkrimi »Knäcketod«. Björn Berenz lebt als freier Autor mit seiner Frau und seinen beiden Töchtern in der Vulkaneifel.

Von Björn Berenz bisher bei Blanvalet erschienen:

Knäcketod

Knäckegrab

BJÖRN BERENZ

KNÄCKE TOD

KRIMINALROMAN

blanvalet

Penguin Random House Verlagsgruppe FSC® N001967

4. Auflage 2024
Copyright © 2023 by Blanvalet
in der Penguin Random House Verlagsgruppe GmbH,
Neumarkter Straße 28, 81673 München
Dieses Werk wurde vermittelt durch die
Literarische Agentur Thomas Schlück GmbH, 30161 Hannover.
Redaktion: Angela Kuepper
Umschlaggestaltung: Patrizia di Stefano, Berlin
Umschlagmotiv: © Patrizia Di Stefano unter Verwendung von Motiven
von Shutterstock.com (mspoint; Ilya Bolotov; MMShopArt)
BSt · Herstellung: sam
Satz: KCFG – Medienagentur, Neuss
Druck und Bindung: GGP Media GmbH, Pößneck
Printed in Germany
ISBN 978-3-7341-1233-1

www.blanvalet.de

PROLOG

»Waschbären!«, brummte es düster durch den Vorgarten. »Das sind diese verdammten Waschbären!«

Ina traf es wie der Schlag, als sie die Tür ihrer Ferienwohnung öffnete und Svante sah, der gerade das Gartentörchen aufzog, nichts weiter tragend als eine karierte Schlafanzughose. Trotz des Schreckmoments schenkte sie ihm einen zweiten Blick. Vielleicht waren es auch drei oder vier, bis sie die ausgestreckte Hand bemerkte, die eine Axt umklammert hielt. Zeus schoss schwanzwedelnd durch den Türspalt an ihr vorbei und begrüßte den Mann mit einem Kläffen, während er unentwegt an ihm hochsprang.

Ina ließ ihn gewähren und rieb sich die stechenden Schmerzen aus den Schläfen. Der Moltebeerschnaps hatte ihr Hirn zu sehr vernebelt, als dass sie sich in Sachen Hundeerziehung hätte üben wollen.

»Was machst du hier?« Eigentlich wollte sie das nicht fragen, schließlich gingen sie Svantes nächtliche Ausflüge überhaupt nichts an. Dennoch … So ein bisschen war das nun auch ihr Garten.

»Das ist meine Sache«, erwiderte Svante ruppig. Er zischte ein knurriges »Sittplats!«, worauf Zeus sich auf die Hinterbeine setzte und den Mann mit der Axt erwartungsfroh anhechelte. Der Hund hatte einen echten Narren an dem Eigenbrötler gefressen.

Ina trat nun ebenfalls in den Garten und hörte es neben sich rumpeln und poltern, gefolgt von einem wüsten Fluch, dessen Sinn sie nicht ganz verstand.

Das Geschimpfe kam aus dem Haupthaus, mit dem ihr kleiner Holzbungalow sich den Garten teilte. Unmittelbar darauf wurde die weiß getünchte Haustür mit einem lauten Scheppern aufgestoßen, und zwei Gestalten huschten über die Veranda. Erstere war Ebba, wie Ina anhand des Gehstocks im Schein des Mondlichts erkannte. Sie trug ein ausgewaschenes Nachthemd mit Bommelmütze. Die zweite war Agneta – in einem Negligé, das mehr offenbarte als verbarg.

»Habt ihr das auch gehört?«, fragte Ebba, was verwunderlich war. Die Frau war über neunzig und hörte sonst kaum noch etwas.

»Waschbären!«, schrie Svante ihr entgegen.

»Du musst nicht so schreien, ich bin nicht taub!«

»Waschbären veranstalten nicht solch einen Lärm«, entschied Agneta über die beiden hinweg.

Ina fand, dass sie ungewöhnlich besorgt aussah. Sie dachte an die Geräusche zurück, die sie so harsch aus dem Reich der Träume gerissen hatten. Dabei war es solch ein schöner Traum gewesen. Sie hatte vor dem Regal einer riesigen Buchhandlung gestanden, in der all ihre Lieblingsthriller-Autoren mit ihren Werken chronologisch geordnet waren. Ihre Hand hatte sich wie von allein ausgestreckt, weil sie in den Buchreihen den noch gar nicht erschienenen neuen Band ihres absoluten Lieblingsautors entdeckt hatte. Liebevoll hatte ihre Traumhand über den Buchrücken gestrichen, den Zeigefinger auf die Kante gelegt, um das Buch nach vorne zu kippen, damit sie es aus dem Regal ziehen konnte.

Doch dann war da ebendieses Geräusch im Hintergrund gewesen, das sich zunehmend nach vorn gedrängt hatte. Und mit einem Mal hatte Ina kerzengerade im Bett gesessen und in die Dunkelheit ihres Schlafzimmers gelauscht. Es war ein konzentriertes Lauschen gewesen, mit zusammengekniffenen Augen, als würde sie dadurch besser hören. Eine Weile war es still geblieben, und sie hatte geglaubt, dass der Lärm ein Konstrukt ihrer Träume sei. Aber dann hatte es mit einem Mal einen unfassbar lauten Knall gegeben, der ihr das Herz gegen die Brust gedrückt hatte. Nein, eine Einbildung war das ganz und gar nicht.

Mit verschränkten Armen trat Agneta an ihr vorbei und schüttelte den Kopf. »Unsinn, hier gibt es doch gar keine Waschbären.«

»Waas?!«, Ebba fasste sich ans Ohr und drehte sich aufmerksam in die Richtung ihrer Schwiegertochter, die sich augenrollend eine Strähne aus der Stirn blies. Ihre Füße steckten in Filzpantoffeln, die einen äußerst interessanten Kontrast zum fliederfarbenen Nachthemd darstellten. Ein wenig unverschämt war das schon, dass sich unter dem seidig glatten Stoff keine nennenswerten Hautdellen abzeichneten.

»Natürlich gibt es hier Waschbären«, merkte Svante an. »Diese Biester sind einfach überall. Nicht mehr lange, und sie werden die Herrschaft über Schweden erlangen.« Er hob den Arm mit der Axt. »Wenn wir ihnen nicht endlich Einhalt gebieten.«

Ina wusste nicht, ob sein Zorn gespielt war oder nicht. Sie mochte Waschbären.

Fragend sah sie die drei Gestalten an. Ebba, ein herzhaftes Gähnen im Gesicht. Agneta in ihrem Nichts aus Seide.

Und Svante. Mit einem bemerkenswert athletischen Oberkörper, der hier überhaupt nichts zu suchen hatte. Svante. Nicht der Oberkörper. Seine Blockhütte stand immerhin direkt am Wald, mehrere Hundert Meter vom Haupthaus entfernt. Und doch war er hier. Sie sah Agneta aufmerksam an, die jedoch ebenso aufmerksam an ihr vorbeischaute.

Ein ungewöhnlich frischer Windstoß fegte durch den Vorgarten. Ina schlang sich den Kimono enger um die Hüften.

»Das Geräusch kam aus der Backstube«, gab Agneta murmelnd von sich. Ihrer Stimme war das Frösteln anzuhören.

»Du solltest dir was überwerfen«, schlug Ina vor. »Sonst holst du dir noch den Tod hier draußen.«

»Wer liegt tot hier draußen?«, fragte Ebba schockiert.

Agneta schnaufte, schien aber nicht im Traum daran zu denken, Inas Vorschlag in die Tat umzusetzen. Schnurstracks marschierte sie in Richtung Backstube. »Bestimmt ist es Nils. Er wollte doch das Knäckebrot backen.«

Ebba warf einen Blick auf die Uhr am Handgelenk, schien aber die Ziffern nicht ablesen zu können. Sie blickte mit zusammengezogenen Brauen zum Mond, der sich blass am heller werdenden Himmel abzeichnete, als könnte sie anhand seines Standes die Zeit einschätzen. »Der Knäckebrotteig muss eine Weile ruhen«, gab sie dann von sich. »Demnach dürfte Nils sich noch eine Runde aufs Ohr gehauen haben, bevor er mit dem Backen anfängt.«

»Außerdem brennt dort kein Licht«, sagte Svante in einem Tonfall, als wäre er Sherlock Holmes.

Agneta ging unbeirrt ihres Weges, überquerte den Schotterweg und hielt auf die Backstube zu.

Svante folgte ihr mit der Axt in der Hand. Zeus eilte kläffend hinterher. Ebba und Ina warfen sich einen kurzen Blick zu und schlossen zu dem Dreiergespann auf. Beim Gehen bückte sich Ina nach vorn, um sich den Knöchel zu kratzen. War das denn die Möglichkeit! Da hatte sie tatsächlich ein Mückenrüssel durch die dicken Socken hindurch erwischt.

»Das ist ein ziemlicher Aufwand für ein Rudel Waschbären«, stellte sie, weiter kratzend, fest, obwohl sie wusste, dass es dadurch nur noch schlimmer wurde.

»Wer hat von einem Rudel gesprochen?« Die Runzeln auf Svantes Stirn vertieften sich, während er den Kopf zu ihr drehte und sie ernst ansah.

»Ich weiß nicht.« Ina zuckte mit den Schultern. »Leben Waschbären denn nicht in Rudeln?«

Seine Miene wurde noch düsterer, während seine Hand die Axt fester umgriff.

Agneta hingegen tat das, was sie in dieser Nacht am besten konnte. Sie schnaufte. »Ich bin mir ziemlich sicher, dass Waschbären Einzelgänger sind.«

Mit dieser Aussage erntete sie fragende Blicke, als das ungleiche Rudel vor der Hintertür zur Backstube zum Stehen kam.

»Und wenn es gar kein Waschbär ist?«, fragte Ebba leise über das Zirpen der Grillen hinweg. »Sondern ein richtiger Bär?«

Zeus bellte. Genau ein Mal. Dann begann er zu winseln.

»Ein Bär?«, fragte Ina mit einem verhaltenen Lachen. »Aber … das ist ja …« Sie ließ den Satz unvollendet, weil sie selbst nicht so genau wusste, was es war. Zum Lachen war es anscheinend nicht, wie ihr ein Blick in die Gesichter der anderen sagte. Also räusperte sie sich umständlich. »Ich meine ... gibt es hier denn Bären?«

Ihr Blick huschte in Richtung des angrenzenden Waldes, über dessen Tannenwipfeln ein Lichtstreifen auftauchte. Diese skandinavischen Sommernächte waren gewöhnungsbedürftig.

»Wir sind in Schweden«, erinnerte Svante sie. Und das war für ihn allem Anschein nach Antwort genug. Er packte den Stil der Axt mit beiden Händen und nickte Agneta zu, die die Türklinke zur Backstube herunterdrückte.

Als sie nach und nach eintraten, stiegen Ina ein süßlicher Geruch von Kardamom und die herbe Bitterkeit von Hefe in die Nase. Das brachte sie auf eine Idee. Wenn es ein Bär war, war er vielleicht aus gutem Grund eingebrochen.

»Gibt es hier nicht auch Honig?«, flüsterte sie, nach vorn gerichtet.

»Jede Menge davon«, bestätigte Ebba ebenso flüsternd. »Für unsere Haferplätzchen.«

Ina war überrascht, dass Ebba sie verstanden hatte. Ihr Gehör war die reinste Wundertüte. Mal bemerkte sie nicht mal einen Düsenflieger, der direkt über ihr die Schallmauer durchbrach, mal hörte sie das Gras wachsen. Wobei es mit ihrem eigenen Gehör auch nicht mehr zum Besten stand. Früher hatte sie ihre einstige Nachbarin Renate bereits beim Treppensteigen gehört. Doch seit einiger Zeit war sie immer öfter erschrocken aufgezuckt, wenn die Tür der Nachbarwohnung scheinbar wie aus dem Nichts ins Schloss gefallen war. Dabei war sie doch gerade erst Mitte sechzig und damit viel zu jung, um sich mit unangenehmen Themen wie einem Hörgerät auseinanderzusetzen.

»Wo ist der Lichtschalter?«, fragte Ina weiter.

»Pssst!«, zischte es direkt vor ihr.

Also schwieg Ina und trottete dem Trupp im Gänsemarsch hinterher. Für sie war die Vorstellung, auf einen Honig stibitzenden Bären zu treffen, schlichtweg unvorstellbar. Aber was wusste sie schon vom Leben am Rande der wilden Natur. Zeit ihres Lebens war sie Großstädterin gewesen. Das Gefährlichste, was einem dort am frühen Morgen begegnen konnte, waren die besoffenen Gestalten, die die Nacht aus den Clubs und Bars ausspuckte, und kein menschenfressendes Tier. Doch mit zunehmendem Alter machten ihr diese Menschen immer mehr Angst, was vielleicht ein wenig paranoid war. Früher als junges Ding hatte sie nie einen Gedanken daran verschwendet, wenn sie des Nachts unbekümmert durch die Straßen Berlins gestreift war. Nun aber ertappte sie sich immer öfter dabei, dass sie in manch zwielichtiger Person einen Triebtäter vermutete, der es auf sie abgesehen haben könnte. Dabei hätte es ein Triebtäter ja vermutlich wesentlich mehr auf sie abgesehen, als sie noch besagtes junges Ding gewesen war. Wie auch immer …

»Würde man einen Bären denn nicht riechen?«, fragte sie, wieder nach vorne gewandt, erntete aber nur ein weiteres »Pssst!« Allmählich wurde ihr die Sache zu bunt. »Hallo?«, rief sie in die Dunkelheit der Backstube. »Bär? Steckst du hier irgendwo?«

»Ina! Bitte!« Svante war so abrupt stehen geblieben, dass erst Agneta und dann Ebba in ihn hineinliefen und der Marsch zum Stehen kam. Ebba tastete die Wand ab, bis sie den Schalter fand und das Licht anknipste. Bloß, dass nichts geschah.

»Das Licht funktioniert nicht«, stellte sie fachmännisch fest.

Svante trat zu ihr und legte den Schalter ein weiteres Mal um. Noch nicht ganz vom Ergebnis überzeugt, versuchte er es einige weitere Male.

»Tatsächlich«, sagte er schließlich. »Er funktioniert nicht.«

»Ein Stromausfall?«, fragte Agneta.

Zur Antwort schoss ein einzelner Lichtstrahl auf sie zu und blieb an der Wand haften, direkt auf dem Schalter.

»Was denn?«, gab Ebba fragend von sich. »Bin ich etwa die Einzige, die daran gedacht hat, eine Taschenlampe mitzunehmen?« Sie atmete hörbar aus – ein Laut wie das Rauschen eines im Wind flatternden Gardinenvorhangs. »Habt ihr wenigstens eure Handys dabei, falls wir die Polizei rufen müssen? Immerhin könnten wir einen Einbrecher auf frischer Tat ertappen.«

Ihre Frage rief betretenes Schweigen hervor.

Mit einem »Das war ja klar« zog sie ihr Mobiltelefon aus den Untiefen ihres Nachthemds und hielt es präsentierend in die Höhe.

Im grellrunden Schein des Lampenlichts wirkte die Backstube ungewöhnlich nüchtern und kalt. Inas Blick raste durch den mit Gerätschaften vollgestellten Raum, dann atmete sie erleichtert aus. »Kein Braunbär.«

Svante hob derweil den Blick und schien die obersten Regalreihen zu inspizieren. »Dann doch Waschbären.«

Inas erleichtertem Ausatmen folgte ein Einatmen und darauf ein keuchendes Husten. Es kratzte in ihrem Hals, und augenblicklich wurde ihr Mund trocken. Nun fiel ihr auf, dass im Lichtkegel feinste Mehlpartikel umhertanzten. In der Tat hing ein pulvriger Nebel in der gesamten Backstube und machte ihr das Atmen schwer.

Ihr Blick richtete sich auf den Boden, der übersät war mit Mehl. Den Grund dafür erkannte sie sogleich. Einer der Mehlsäcke, die in der Ecke gestapelt waren, lag aufgerissen auf dem Boden.

»Was ist hier nur passiert?« Svante ging in die Hocke und zog einen Finger durch die Mehlspur. Ebba leuchtete ihm, und er sah sich seinen Finger genauer an. Prüfend zerrieb er das Mehl zwischen Daumen und Zeigefinger. Dabei legte sich wieder seine hohe Stirn in Falten. Auf Ina machte er den Eindruck eines Fährtenlesers. Überhaupt gab der Mann ein imposantes Erscheinungsbild ab, wie er so dahockte, in seiner Schlafanzughose und mit nacktem Oberkörper, der zeigte, dass er sein Leben lang Sport getrieben hatte. Sie jedenfalls hätte den Teufel getan und sich den anderen halb nackt präsentiert. Schon gar nicht in diesem schonungslos grellen Licht der Taschenlampe.

»Und?«, fragte sie. Etwas umschwirrte sie schrill summend, landete auf ihrem Nacken. Mit einem beherzten Klatscher hatte es sich für immer ausgesummt.

»Mehl«, sagte Svante.

»Vielleicht sind wir in eine Waschbärparty geplatzt«, versuchte Agneta die Situation aufzulockern. Dabei war sie jedoch kaum zu verstehen, weil ihre Zähne so sehr klapperten.

»Wohl eher nicht«, gab Svante zögerlich zurück. Er nickte in Richtung eines umgefallenen Regals, auf dem sie erst gestern noch die Kanelbullar zum Auskühlen gestapelt hatten. Die kleinen Hefeschnecken waren nun kreuz und quer in der Backstube verteilt. Rundum lag der Hagelzucker auf dem Boden, was bei jedem Schritt ein Knirschen nach sich zog, als stapfte man im Winter über einen frisch gestreuten Weg.

»Das war wohl eher eine Waschbär-Stampede«, schlussfolgerte Ina, der das alles mächtig spanisch vorkam. Auf
jeden Fall erklärte sich mit dem Anblick des umgestürzten
Regals der Lärm, der sie aus dem Traum gerissen hatte.

Zeus drückte sich an ihr Bein und hob die Nase, witterte.

Irgendetwas stimmte hier nicht. Mit vorsichtigen Schritten glitt sie über den mit Mehl und Zucker besprenkelten
Fliesenboden und atmete flach durch die Nase, um nicht zu
viel von den Partikeln einzuatmen, die in der Luft herumschwirrten. Dank ihrer Pollenallergie litt sie ohnehin schon
unter einer viel zu empfindlichen Nasenschleimhaut.

Zeus gab ein nervöses Fiepen von sich.

Irgendetwas stimmte hier ganz und gar nicht.

Behutsam trat sie um das umgestürzte Regal herum und
stapfte versehentlich in eines der auf dem Boden liegenden
Hefeteilchen, das unter ihren Füßen zermatschte.

Jählings sauste der Hund an ihr vorbei und bog als Erstes um die Ecke. Mit einem Mal bellte er wüst. Ina erstarrte,
riss sich dann aber aus der Bewegungslosigkeit. Rasch
wandte sie den Kopf nach hinten, wo sie Svantes Blick einfing, der wieder die Axt erhoben hatte und angestrengt die
Richtung fixierte, aus der das Hundegebell kam. Wenn es
einen Einbrecher gab, standen die Chancen gut, dass Zeus
ihn gerade gestellt hatte. Diese Erkenntnis erfüllte Ina mit
einer gewissen Portion Stolz. Sie fasste sich ein Herz und
bog um die Ecke. Dort sah sie ihren kleinen Mischlingster-
rier, der mit ausgestreckten Vorderläufen vor einem Rührbottich stand und diesen wütend anbellte. Der Hund war
überhaupt nicht mehr zu beruhigen. Doch da war kein Einbrecher. Weder in Gestalt eines Bären noch eines Menschen,

der sich mit den frisch gebackenen Teigwaren aus dem Staub machen wollte.

Warum genau der Hund bellte, erkannte sie erst auf den zweiten Blick. Es war solch ein schräges Bild, dass ihr Gehirn noch einige Blicke mehr brauchte, um es zu erfassen.

Dieser verfluchte Moltebeerschnaps!

Ebba war weitaus schneller mit den Tatsachen beisammen. »Grundgütiger«, fuhr es holprig aus ihr heraus, als sie zu Ina aufgeschlossen hatte. »Sind das etwa Beine, die aus dem Rührbottich ragen?«

Ina gab ein ersticktes Krächzen von sich. Fassungslos sah sie dabei zu, wie Svante an ihr vorbeitrat und den Kopf nach unten in den Bottich senkte.

»Grundgütiger«, sagte auch er.

Hinter sich hörte Ina, wie Agneta erschrocken nach Luft japste.

Ina starrte die Beine an, die weit nach oben ragten und jemandem gehörten, der eine dunkle Stoffhose und Budapester trug. Sowohl Hose als auch Schuhe waren vollkommen mit Mehl und Teig beschmiert. Dennoch kannte sie diese Schuhe. Und damit wohl auch den dazugehörigen Mann.

Agneta fasste sich an den Hals. »Ist er …?« Weiter kam sie nicht. Dafür schluckte sie hörbar, als Svante meinte:

»Ist er.«

Ina spürte Ebbas Blick auf sich ruhen. Als sie den Kopf in ihre Richtung drehte, erkannte sie deren mahnende Miene.

»Ehrlich, Ina. Kaum bist du hier, haben wir nichts als Probleme!«

»Und Tote«, fügte Svante hinzu, der die Axt ablegte und mit den Händen in den Bottich abtauchte.

Die alte Frau sah ihm unbewegt dabei zu. »Und Tote«, wiederholte sie und ließ ein tiefes Seufzen folgen.

Zeus bellte zustimmend.

Dieser miese Verräter!

Schwedisch für Anfänger – Teil 1

– Mångata

Da könnte man glatt neidisch werden, denn die Schweden
haben ein eigenes Wort für die Spiegelung des Mondes auf
der Oberfläche eines ruhigen Gewässers.

KAPITEL 1

Einige Tage zuvor

»Sag mir, wie fühlt sich das Sterben an?«

Dü-Dü-Dü!

Vielleicht hätte sie ihm sogar geantwortet, wäre da nicht all das Blut gewesen. Auf dem Boden, an den Wänden. Ihr Blut.

Doch Debby war nicht tot. Noch nicht. Ein letzter Funke Leben loderte in ihr …

Dü-Dü Dü-Dü-Dü-Dü!

»Warum jetzt! Herrgott?!« Wutentbrannt schlug Ina das Buch zu und nestelte in der Handtasche nach dem klingelnden Mobiltelefon. Sie musste eine ganze Weile suchen, weil ihre Tasche voll wie nie zuvor war. Beim Wühlen fluchte sie wie ein Rohrspatz. Gut nur, dass sie und Zeus das Abteil für sich allein hatten. Als sie das Telefon endlich hinter einer Packung ihrer Lieblingslutschpastillen hervorgenestelt hatte und die eingehende Nummer sah, drückte sie den Anrufer weg. »Oh, nein«, sagte sie entschlossen zu sich selbst. »Du störst mich nicht mehr!« Die Entschlossenheit brach jedoch wie ein Kartenhaus in sich zusammen, als sie feststellte, dass das Display nicht das anzeigte, was es anzeigen sollte. Im Eifer des Gefechts hatte sie offenbar die falsche Taste gedrückt und das Gespräch nicht abgelehnt, sondern angenommen.

»Hallo?«, drang eine blecherne Stimme aus den winzigen Öffnungen des Lautsprechers.

Verflixt! Ina stöhnte lautlos vor sich hin. Blöd aber auch, dass sie sich eigens für ihre Reise ein nigelnagelneues Handy gegönnt hatte und sich mit der Bedienung schwertat.

»Hallo? Christina? Hörst du mich!?«

Mit einem unterdrückten Seufzer hielt sie sich den Hörer ans Ohr.

»Renate«, säuselte sie in liebreizendem Tonfall, von dem sie sich selbst fragte, wo sie ihn auf die Schnelle hergezaubert hatte. Dabei hatte sie sich doch fest vorgenommen, diese Heuchelei abzulegen.

Nun ja, alte Gewohnheiten eben.

»Habe ich den Zettel an deiner Haustür richtig interpretiert, Christina?« Die Stimme ihrer Nachbarin wühlte sich voller Vorwurf durch den Hörer. Sie war die einzige Person auf dieser Welt, die Ina bei vollem Namen nannte.

»Nun, das hängt davon ab, wie du ihn interpretiert hast.«

»Na, dass du dich klammheimlich aus dem Staub gemacht hast, ohne dich von mir zu verabschieden ...«

»Dann hast du das vollkommen richtig erkannt.«

Stille stahl sich in die Leitung, gefolgt von einem schweren Seufzen. Schließlich: »Das ist äußerst beunruhigend.«

Ina war es schnuppe, was ihre Nachbarin beruhigte und was nicht. Vielleicht war es nicht die feine Art, sich einfach so davonzuschleichen. Aber sie war nichts und niemandem Rechenschaft schuldig. Schon gar nicht ihrer Nachbarin. Außerdem verabscheute sie Abschiede.

»Ich meine ... solch ein Risiko auf sich zu nehmen. In deinem Alter!«

»Was ist denn mit meinem Alter nicht in Ordnung?«, fragte Ina, vielleicht ein wenig zu scharf im Tonfall.

»Nun ja«, hörte sie Renates Stimme nach einigem Zögern. »Wir sind schließlich nicht mehr die Jüngsten.«

»Wir?« Ina unterdrückte ein Aufschnaufen, denn soweit sie wusste, war ihre Exnachbarin ganze sechs Jahre älter als sie. Und damit gehörte sie beinahe einer vollkommen anderen Generation an. Der direkten Nachkriegsgeneration sozusagen. Als Ina geboren worden war, hatte Renate immerhin schon die Schule besucht.

Sie klappte das Buch zu, das sie bereits zu drei Vierteln fertig hatte. Ganze vier Jahre lang hatte sie warten müssen, bis sich der Autor dazu erbarmt hatte, es zu schreiben. Es war das große Finale einer Reihe, die sie seit dreizehn Bänden verfolgte. In diesem Band ging es um eine an Gedächtnisverlust leidende Buchhändlerin, die von dem Serienkiller Harvey Buckett heimgesucht wurde, der eine Rechnung aus der Vergangenheit begleichen wollte. Nun endlich würde der Leser erkennen, worum es sich dabei handelte. Welch abtrünniges Geheimnis verband die beiden, dass er ihre gesamte Familie ausgelöscht hatte? Ihren Mann. Ihre Kinder. Sogar den geliebten Chihuahua. Auf den nächsten zweihundert Seiten würde Ina es erfahren. *Früher oder später.*

»Dabei habe ich dir doch noch so viel zu erzählen, Ina!«

Wohl eher später, wenn das Gespräch mit Renate länger dauern sollte. Mit rollenden Augen blickte sie aus dem Fenster, an dem die Landschaft vorbeizog. Schwermütig verstaute sie das Buch in der vollen Handtasche. Sie verstand selbst nicht richtig, warum sie diese Buchreihe anzog. Sie war nicht sonderlich erfolgreich und hatte nur deshalb einen Platz im Bestseller-Regal gefunden, weil Ina ihn freigeräumt hatte, damit die Serie zumindest in ihrer Buchhandlung ihre Leser fand. Ob es daran lag, dass die Hauptfigur wie sie selbst Buchhändlerin war?

»Dabei hätte ich dich so gerne noch getroffen und gewusst, wie es dir geht«, mischte Renates quakende Stimme sich in ihre Gedanken.

»Gut geht's mir.« Ina horchte in sich hinein, während sie das sagte. Das war nicht einmal gelogen. Erstaunlich gut ging es ihr. Und das verwunderte sie doch ein wenig. Eigentlich sollte ihr Herz schwer sein. Immerhin hatte sie gerade ihr gewohntes Leben aufgegeben, all ihr Hab und Gut in einer Mietgarage eingelagert und den Laden, der ihr wirklich etwas bedeutete, an eine große Buchhandlungskette verkauft. Doch das Einzige, was sie verspürte, war das aufregende Gefühl von Freiheit. Und vielleicht noch den stürmischen Duft des Neuanfangs, der ihr um die Nase wehte.

»Ich störe dich doch nicht etwa bei etwas Wichtigem?«, fragte Renate unwillkürlich und klang dabei tatsächlich so, als sorgte sie sich darum. Das war eine absolute Heuchelei. Denn wenn ein Mensch auf diesem Planeten zuletzt bemerkte, dass er störte, dann war es ihre Exnachbarin.

»Nun, ich sitze im Zug und lese«, erwiderte Ina, ohne damit die Frage wirklich zu beantworten. Gedankenlos zog sie eine Strähne nach vorn und betrachtete ihr honigbraunes Haar, das mal wieder eine Tönungsauffrischung vertragen könnte. Vielleicht sollte sie es mal mit Nussbraun versuchen.

»Wieder einen deiner blutrünstigen Friller?«, fragte Renate in einem Ton, dem man die gerümpfte Nase förmlich anhörte.

»Es heißt Thriller.«

»Hab ich doch gesagt!« Renate schnappte, nun ja, eingeschnappt nach Luft. »Friller!«

Ina brummte ein kaum hörbares *Om* vor sich hin und übte sich in der Gelassenheit einer Zen-Meisterin.

»Überhaupt ist das eine Schnapsidee.«

Ihr Hund Zeus sprang mit einem Satz auf ihren Schoß und machte es sich dort bequem, als wäre er eine Katze.

»Was genau?« Sie klemmte sich den Hörer zwischen Nacken und Ohr, um eine halbwegs bequeme Position einzunehmen, was Zeus überhaupt nicht gefiel. Dabei waren sie nach wie vor ganz alleine im Abteil, ihr Hund hatte also freie Sitzwahl. Aber nein, er musste es sich ausgerechnet auf ihr gemütlich machen.

»Na, eben alles.« Renate schnaufte angestrengt in den Hörer. »Dass du alles aufgibst, was du dir aufgebaut hast.«

Ina zuckte unbekümmert mit den Schultern, sagte aber nichts dazu.

»Und nun geht alles weg.«

»Unsinn. Nur ich bin weggegangen.« Sie lachte befreit vor sich hin. »Das Bücherwürmchen wird ebenso bleiben wie deine Nachbarwohnung. Bloß eben mit neuen Besitzern.«

»Trotzdem«, sagte Renate und klang sogar trotzig. »Wenn eine Kette den Laden betreibt, ist es nicht mehr dasselbe.«

»Du liest doch gar nicht.«

»Aber ich könnte.« Ein wüstes Schnauben drang durchs Telefon. Vor ihrem geistigen Auge sah Ina, wie sich Renates Nasenlöcher blähten. »Doch jetzt nicht mehr. Mein Geld bekommen die großen Ketten nicht.«

Ina unterdrückte ein Keuchen, denn *sie* hatte das Geld ihrer Nachbarin auch nicht bekommen.

Dennoch. Das Gesagte beschäftigte Ina tatsächlich. Bereute sie nicht doch ein klitzekleines bisschen den Entschluss, ihren Buchladen an einen der Großen verkauft zu haben? Wobei er so klein gar nicht war. Immerhin hatte das Bücherwürmchen eine Verkaufsfläche von einhundertvierzig Quadratmetern. Eine Fläche, die früher einmal ihre ganze Welt bedeutet hatte. Aber das hatte ihr Exmann auch getan – und den auf den Mond geschossen zu haben hatte sie noch nie bereut. Nicht eine einzige Sekunde. Ohne Unglück gibt es kein Glück – das hatte ihre Mutter ihr schon beigebracht.

»Ohne dich wird es nicht mehr dasselbe sein«, bemerkte Renate.

Ina sah das Telefon schweigend an. Sie empfand nicht so. Schließlich nahm sie sich selbst in ihr neues Leben mit. Und Zeus!

»Und überhaupt … bist du nicht zu alt für einen Neuanfang?«

Diese Frage traf Ina. Nicht, weil Renate schon wieder die Alterskarte ausspielte. Nein, vielmehr weil das genau die Frage war, die sie sich selbst so oft in den letzten Wochen gestellt hatte. War sie zu alt für einen Neubeginn?

»Und das bloß wegen einer SMS«, stichelte Renate weiter.

Ina seufzte leise. Sie hätte ihr nie davon erzählen dürfen.

»Ich meine, du bist doch kein Teenager mehr. Wegen einiger verliebter Textnachrichten alles stehen und liegen zu lassen.«

Nun schnappte Ina nach Luft, entschieden und empört zugleich. Schließlich war sie keine der Frührentnerinnen, die ihr Leben aufgaben, um in Jamaika mit einem mindestens dreißig Jahre jüngeren Mann durchzubrennen, der ihnen in den sozialen Netzwerken das Blaue vom Himmel versprochen hatte. Nein, ihre Liebesgeschichte hatte Hand und Fuß und führte sie nicht auf eine karibische Insel, sondern nach Småland. Bodenständiger ging es ja wohl kaum.

Von wegen zu alt!

Und schon gar nicht stammten die Nachrichten von irgendeinem dahergelaufenen Schwerenöter, den sie kaum kannte. Nein, sie waren von Viggo, und genau genommen waren es keine Liebesnachrichten, sondern eine Einladung. Eine Einladung, wie man sie wohl nur einmal im Leben erhielt. Und für eine einmalige Chance war man schließlich nie zu alt.

So!

War ihre Entscheidung womöglich unvernünftig?

Und ob!

»Das war es dann also.« Renate zögerte und fuhr schließlich fort: »Du gehst wirklich.«

Ina nickte. Genau ein Mal. Nicht, dass es Renate hätte sehen können.

»Hast du dir das auch wirklich gut überlegt?«

»Himmel! Natürlich hab ich mir das gut überlegt!«

Eine unheilvolle Stille legte sich in die Leitung. Ina hegte schon die Hoffnung, dass die Verbindung unterbrochen worden war, doch dann ertönte Renates Stimme aufs Neue. Schrill und vorwurfsvoll. »Und du willst wirklich alles aufgeben?«

Am liebsten hätte Ina aufgelacht. Was ließ sie denn schon zurück? Eine schicke Altbauwohnung in einem Potsdamer Szeneviertel, die für sie allein viel zu groß war. Einen geschiedenen Mann, der ihr egaler nicht hätte sein können.

Und obendrein ein zerrüttetes Verhältnis zu ihrer Tochter. *Gut, das Bücherwürmchen,* dachte sie mit einem Anflug von Trübsinn. *Das habe ich wirklich gut hinbekommen.* Aber auch der Laden hatte für sie mit den Jahren seinen Zauber verloren. Zwar gab es immer noch die besonderen Highlights unter den Büchern und Kunden, aber in den letzten Jahren hatte sich doch mehr Routine eingeschlichen, als Ina lieb war.

Mit einem Mal überfiel sie die Melancholie. Denn es war nie alles nur schlecht. Sie hatte auch ihre guten Zeiten gehabt. Selbst mit Renate.

»Ich werde dich vermissen«, sagte sie aus einem Impuls heraus. Irgendwie machte sie dieser Moment emotional, wie sie Renates Stimme im Ohr hatte, obwohl sie schon so weit weg von Potsdam war. Lange Zeit hatten die beiden Frauen nebeneinander gewohnt. Eine echte freundschaftliche Beziehung hatten sie nie zueinander aufgebaut. Und dennoch war Renate jemand, der einer Freundin ziemlich nahekam.

»Unsinn.« Renate lachte auf, ruppig und scheppernd. »Wir beide konnten uns doch nie richtig leiden.«

»Trotzdem!«, sagte Ina. »Deine unbeholfene, cholerische Art werde ich vermissen.«

Renate lachte noch lauter. Es klang wie ein altes Auto, das langsam in die Gänge kam. »Na, das ist doch etwas.«

»Kommst du mich besuchen? In Schweden?«

»Um nichts auf der Welt würde ich mir das antun«, drang es prompt aus dem Hörer. »Ich muss dann jetzt auch wieder«, sagte Renate nüchtern. »Die Wäsche.« Und dann legte sie auf. Ohne ein »Tschüss«, ohne ein »Lebe wohl«, ohne ein »Mach's gut«.

Das gefiel Ina, denn es war eine ehrliche Verabschiedung. Zum ersten Mal überhaupt war ihr Renate in diesem Moment sympathisch. Sie legte das Telefon beiseite und kraulte Zeus' Hinterohren, der genüsslich schnurrte. Als wüsste er gar nicht, dass er keine Katze, sondern ein Hund war.

So wie die Landschaft vorbeizog, taten es auch ihre Gedanken. Sie dachte über die Dinge nach, die sie noch erledigen sollte, bevor sie alles hinter sich ließ. Schließlich war es dafür nun wirklich allerhöchste Eisenbahn.

Als sie mit dem Kraulen aufhörte und wieder zum Telefon griff, gab ihr Terrier-Mischling ein übellauniges Knurren von sich.

Ina hob eine Braue. In Sachen Erziehung hatte sie wahrlich kein gutes Händchen. Nicht mal bei Hunden.

Sie hielt das Mobiltelefon in der Hand und betrachtete das Display. Dann gab sie den Kontakt ein, starrte noch länger auf den Namen, der ihr alles bedeutete und doch so viel Schmerz in ihr hervorrief. Schließlich nahm sie all ihren Mut zusammen und drückte die Wahltaste. Sofort meldete sich die Mailbox. Eine tiefe Enttäuschung breitete sich in ihr aus. *Natürlich!*

Dennoch warf sie so viel gute Laune in ihre Stimme, wie es nur ging, ohne allzu überdreht zu klingen. Es misslang ihr komplett.

»Hallo, Paula, ich bin's. Deine Mutter. Ina. Ich bin jetzt fort. Ich wollte dir bloß … Auf Wiedersehen sagen.«

Sie atmete ein. Und aus. Und legte auf. In ihrem Mund hatte ein Lebewohl gelegen, doch das hatte sie nicht über die Lippen gebracht. Wenigstens einen letzten Funken Hoffnung brauchte sie. Wenn auch nur für sich selbst.

KAPITEL 2

»Wirklich, Agneta. Als hätten wir nicht genug Probleme.«

Svante sah sie mit steinharten Augen an und verstärkte seine Worte mit einem missmutigen Brummen.

Sie nahm die Nase aus dem Beet, in dem sie gerade an einem besonders hübsch blühenden Siebenstern geschnuppert hatte. Der Duft des Sommers war allgegenwärtig. »Du hältst es für keine gute Idee?« Kaum hatte sie die Worte ausgesprochen, beglückwünschte sie sich für diese unklug gestellte Frage, denn auch der Kopf ihrer Schwiegermutter schob sich in ihr Blickfeld, um sie scharf anzusehen. »Er hält es sogar für eine absolut bescheuerte Idee, Aga.«

Agneta sah einfach an ihr vorbei, streckte das Gesicht in den Himmel und genoss die kühler werdende Luft, die durch ihr Haar wehte. Die Sonne stand tief und malte einen rötlichen Schimmer auf die angrenzenden Tannenwipfel. Es war ein wundervoller Frühsommerabend, perfekt für einen gemütlichen Spaziergang zum See. Noch perfekter wäre es, wenn sie diesen Spaziergang alleine führen könnte. Ohne Svante. Und ganz bestimmt ohne ihre Schwiegermutter.

»Ich halte das tatsächlich für eine ausgesprochen dumme Idee!«, bestätigte Svante, ohne dabei die Hand von Ebbas Oberarm zu nehmen. Schritt um Schritt schoben sich die beiden über den rotsandigen Weg.

»Und du brauchst mir nicht ständig unter die Arme zu greifen«, bekam Svante nun sein Fett weg.

»Aber wenn du fällst«, verteidigte er sich.

»Dann stehe ich wieder auf. Ich habe ein neues Hüftgelenk und keinen amputierten Unterschenkel.«

»Der Arzt meinte, dass du es erst einmal langsam angehen lassen solltest.«

»Noch langsamer, und ich laufe rückwärts.«

Ebba schwang den Gehstock, als wollte sie damit ausholen. Agneta war erleichtert, als die Stockspitze den Weg zurück auf den Boden gefunden hatte und ihre Schwiegermutter sich wieder auf ihre Füße konzentrierte. Sie seufzte. Was sollte das noch werden. Ebba war nie einfach im Umgang gewesen. Doch mit den Jahren wurde es zunehmend schlimmer. Schon seit einer ganzen Weile führte sie sich auf wie eine sizilianische Patin, die ein Mafiasyndikat zu leiten hatte.

Agneta schloss zu den beiden auf und reihte sich ein. Jedoch schlug sie sich auf Svantes Seite, der einen lebenden Puffer zwischen ihr und ihrer Schwiegermutter bildete.

»Dir muss es auch nicht gefallen«, sagte sie an ihn gewandt und wollte dabei entschieden, wenigstens souverän klingen. Natürlich folgte ein weiteres Aufbrummen seinerseits.

»Erst der Junge«, sagte Svante, »dann diese Frau.«

»Lass den Jungen«, meldete Ebba sich ruppig zu Wort. »Der ist in Ordnung.«

Svante sah sie finster an. »Und doch gehört er hier nicht hin.«

»Der Junge ist kein Problem«, beharrte Agneta. »Nicht, wenn wir es nicht zu einem machen.«

Mit dieser Weisheit erntete sie einen missmutigen Seitenblick Svantes, der sie durch die weißen Strähnen hindurch anfunkelte. Aber Agneta gab nicht klein bei. Dieses Mal nicht.

»Und die Frau ist ganz allein meine Angelegenheit, hörst du?« Ihr stieg der Geruch gebratener Fische in die Nase. Ihr Blick wanderte zum See, an dessen Ufer ein Lagerfeuer loderte. Janis und Hanna hielten ihre frisch gefangenen Forellen, aufgespießt auf Stöcken, direkt über den Flammen. Der Geruch brachte die Kindheit zurück in ihre Erinnerungen. Wie oft hatte sie mit ihrem Vater bei unzähligen Angelausflügen an einem See wie diesem gesessen, mit genau diesem Duft in der Nase und dem Herzen voller Träume, Wünsche und Sehnsüchte. Nicht alle hatten sich in ihrem ereignisreichen Leben erfüllt, aber die wichtigsten. Dass ihr einige dieser Träume wieder genommen worden waren, das war Schicksal. Schon immer hatte sie nach vorn geschaut. Selten zurück. Denn dort lag oftmals der Schmerz, der einem das Hier und Jetzt versalzen konnte.

Aber die Zukunft …

Der Sommer kündigte sich in großen Schritten an. Aus den Blüten der Apfelbäume waren bereits kleine Früchte geworden. Nicht mehr lange bis zum großen Mittsommerfest. Agneta freute sich diebisch auf diese Zeit. Sie liebte es, wenn der Hof voller Menschen aus den angrenzenden Dörfern war, die gemeinsam mit ihnen feierten.

In der Ferne kreischte eine Säge. Kurz darauf folgte monotones Gehämmer. Es waren keine störenden Geräusche. Sie gehörten einfach zum Soundtrack ihres Lebens. Neues entstand. Neues und Gutes. Beides wusste sie sehr zu schätzen.

»Ich meine es nur gut«, sagte Svante nach einer Weile.

»Dann lass den Jungen aus dem Spiel.« Ohne aufzuschauen, spürte sie seinen Blick, hart und undurchsichtig.

»Das liegt nicht an mir – solange es auch alle anderen tun.«

Agneta war klar, dass er den Jungen von Anfang nicht hatte hierhaben wollen. Und tief in ihrem Innersten wusste sie, dass er recht damit hatte. Svante war ein intelligenter Mann. Weitaus aufgeweckter, als ihr lieb war. Sie wusste Männer zu schätzen, die etwas im Kopf hatten. Weniger mochte sie es, wenn sie ihr überlegen waren. Das könnte ihn zu einem Problem machen, doch das sagte sie ihm natürlich nicht. Dafür wiederum war sie zu intelligent. Sie betrachtete ihn von der Seite, den Mann, den sie schon so lange kannte und der dennoch wirkte wie ein Buch mit sieben Siegeln.

»Hör auf, so an mir zu zerren«, fuhr Ebba ihn an. »Ich bin doch kein Hund.«

»Aber die Frau«, er richtete den Zeigefinger auf Agneta, ohne auf Ebbas Genörgel zu achten. »Sie wird ein Problem werden.«

»Bereiten wir Frauen euch Männern nicht immer Probleme?«, stellte Ebba mit einem knarzenden Lachen fest. »Warum sonst bist du bei uns? Und nicht bei irgendeiner Frau, mit der du ein halbes Dutzend Kinder hast?«

»Weil ich es so wollte«, entschied Svante, während er sich zu Agneta drehte und theatralisch mit den Augen rollte.

»Lass das!«, fuhr Ebba ihn an. »Ich bekomme das mit, wenn du dich über mich lustig machst.«

Agneta schüttelte schmunzelnd den Kopf, wurde aber sogleich wieder ernst. »Ich muss sie einfach kennenlernen.«

Nun hatte ihre Stimme die Souveränität, die sie sich gewünscht hatte. »Ich brauche das für meinen Seelenfrieden.«

Svante lachte hart. »Seelenfrieden«, wiederholte er. »Wie willst du den erlangen, wenn du dem Teufel Tür und Hof öffnest?«

Sie sah stur an ihm vorbei. Als wüsste sie es selbst nicht am besten, auf was sie sich da einließ. Lange hatte sie überlegt, ob sie diese Sache einfach auf sich beruhen lassen sollte. Aber das konnte sie nicht. Auch wenn sie fürchterliche Angst vor den Gefühlen hatte, die dieses Treffen hervorrufen würde, musste sie sich ihnen stellen. Sonst würde sie niemals mehr auch nur eine ruhige Minute in ihrem Leben haben.

»Jetzt übertreibst du aber!«, befand Ebba. Ohne Vorwarnung befreite sie sich aus seiner Umklammerung und legte eine Agilität an den Tag, die Agneta und Svante stirnrunzelnd zurückließ.

»Riecht ihr das nicht auch?«, rief sie ihnen zu. »Ashley hat Mazarintårta gebacken!« Wie ein witterndes Raubtier auf dem Sprung zur Beute hielt sie auf den Wohnwagen zu, ein betagter schmutzig weißer Zweiachser, der direkt am Ufer des Sees stand. »Eine Schande, dass eine Nichtschwedin einen derart guten Kuchen hinbekommt.«

Kaum hatte sie das gesagt, öffnete sich die Tür des Wohnwagens, und eine Frau mit dunklen Locken lugte heraus.

»Ebba!«, freute Ashley sich. »Schön, dich zu sehen! Ich habe euch durch das Fenster beobachtet, du bewegst dich ja wieder wie eine junge Ballerina.« Zwinkernd winkte sie Agneta und Svante zu, die gleichzeitig die Hände hoben und zurückwinkten.

Agneta war immer wieder erstaunt, wie gut die Amerikanerin die schwedische Sprache im Griff hatte. Zwar ließ sich ein ausgeprägter Akzent nicht verleugnen, doch es gab kaum noch Worte, die sie nicht kannte und die man ihr erklären musste. Ashley war nun schon seit über einem Jahr auf dem Hof, und Agneta erinnerte sich daran, als wäre es gestern gewesen, als sie mit nichts weiter als einem großen Rucksack vor ihr gestanden und nach Arbeit gefragt hatte. Als Backpackerin war sie auf ihrer Europareise auf dem Weg nach Norwegen gewesen. Eigentlich hatte sie nur ein paar Tage bleiben wollen. Doch nun lebte sie in dem Wohnwagen, kümmerte sich um den Tretbootverleih und hatte eine Tauchschule ins Leben gerufen. Das aber nur übergangsweise, wie sie nie müde wurde, allen zu erzählen. So jäh, wie sie gekommen war, würde sie auch wieder aufbrechen. Agneta hoffte, dass es eine leere Drohung war. Denn sie hatte Ashley längst ins Herz geschlossen.

»Ich habe deinen Kuchen gerochen«, sagte Ebba.

»Ich backe Probe«, erklärte Ashley. »Für das große Fest.« Sie zögerte einen Augenblick und sah Ebba forschend an. »Möchtest du ein Stück?«

Svante machte Anstalten, Ebba in den Wohnwagen zu folgen, doch Agneta hielt ihn zurück. Sie sah ihn entschlossen an. »Ich will sie kennenlernen«, beharrte sie. »Wissen, wer sie ist und warum ...« Sie ließ den Satz unausgesprochen. Nicht, weil es ihr an Worten fehlte. Das tat es nie. Doch es waren Worte, die den Schmerz zurückbrachten. Und den duldete sie nicht. Noch nicht. Die Zeit würde kommen, wo sie sich ihrem Schmerz stellen würde. Doch dieser Tag war nicht heute.

Mit einem Mal hob Svante den Kopf, sah über sie hinweg. »Was ist das für ein Licht?«

Agneta bemerkte den Ernst in seinen Zügen. Ernster als ohnehin. Sofort war auch sie alarmiert, fuhr herum, folgte seinem Blick – und verstand, was er meinte. Seine Augen fixierten den hellen Schein, der über den Siedlungsdächern leuchtete. Etwas daran war seltsam, es erweckte den Eindruck, als würde das Licht sich bewegen. Der Schein wurde größer und wieder kleiner, zuckte ausgefranst an den Spitzen. Natürlich war es Unsinn, doch für eine winzige Sekunde glaubte Agneta, das Licht sei lebendig, als würde es … atmen. Doch dann begriff sie. »Das ist kein Licht.«

»Nein, ist es nicht«, sagte Svante mit der Inbrunst der Gewissheit. »Da brennt es!«

KAPITEL 3

Lars biss herzhaft in die letzte Hälfte seines Rollmopsbröt-
chens und warf den Rest dem Hund zu, der die Leckerei
mit einem Happen verschlang. Er wischte sich die Hände
an seiner dunkelblauen Uniformjacke ab und trat hinter der
Fahrertür des Einsatzwagens hervor. Der Schäferhund wich
ihm nicht von der Seite. Er hasste es, beim Abendessen gestört zu werden. Sie beide hassten es. Und da Gus ein Hund
war und sich nicht um die Meinung anderer scherte, stieg
er brummend und knurrend in den Wagen, während Lars
sich zusammenriss und seinem Job nachkam.

Noch mehr, als beim Essen gestört zu werden, hasste
Lars es, hinaus in die Einöde zu müssen, wenn seine Lieb-
lingsmannschaft, der IF Elfsborg, spielte. Ausgerechnet
solch ein wichtiges Spiel gegen Tabellenführer Malmö ging
ihm durch die Lappen. Er versuchte, sich seine schlechte
Laune nicht anmerken zu lassen, als zwei Menschen wild
gestikulierend auf ihn zu hetzten. Er schirmte die Augen
vor dem grellen Schein der Blaulichter ab. Gleichzeitig stieg
ihm der beißende Brandgeruch in die Nase.

Die beiden Gestalten kamen näher, zu nah, wie Gus fand.
Er reckte die Schnauze nach vorn und gab ein leises Knurren von sich. Lars schnalzte mit der Zunge, und der Hund
verstummte.

Ein älterer Mann und eine etwas jüngere Frau blieben

prompt stehen. Der Mann musterte den Hund, die Frau schenkte ihm ein flüchtiges Lächeln. »Hej!« Eine Hand schoss winkend nach oben. »Endlich bist du da!«

»Das kann man sehen, wie man will«, murmelte Lars und nickte den beiden zu. *Wo brennt's denn?*, lag ihm auf der Zunge. Aber er beherrschte sich noch gerade so. Zumindest das war offensichtlich. Schließlich zog die lichterloh in Flammen stehende Scheune die Feuerwehrleute an wie ein großer Misthaufen die Fliegen. Die Dämmerung um ihn herum wurde zerrissen vom Blaulicht der Feuerwehr. Nur sein Einsatzwagen stand ein Stück entfernt. Bei all dem Trara musste er nicht auch noch mitmischen.

Den salzigen Geschmack des Fischbrötchens noch im Mund, betrachtete er die beiden abwechselnd: »Warum habt ihr die Polizei verständigt?«

»Warum wohl?«, erwiderte der Mann in hartem Tonfall. »Weil es Brandstiftung war.« Während er sprach, kratzte er sich fortwährend den weißstoppeligen Bart. Er hatte ungewöhnlich lange Haare. Zumindest für einen Mann. Für einen älteren Mann obendrein. Harte Züge waren in sein Gesicht gezeichnet. Auf Lars machte er einen beinahe rohen Eindruck. Wie jemand, der ohne Weiteres, völlig auf sich allein gestellt, eine Weile in der Wildnis überleben konnte.

Lars hob die Mütze ein Stück an, um das Gesicht des Mannes besser zu erkennen.

»Und du bist?«

»Ich bin Svante. Ich wohne hier auf dem Tingsmålahof.« Seine Hand gestikulierte rechts an Lars vorbei. Vermutlich war eines der dort stehenden kleinen Holzhäuser seins.

»Und das ist Agneta. Ihr gehört der Hof.« Das zappelnde Blaulicht der Feuerwehren brannte sich tief in sein faltiges

Gesicht. Lars überlegte kurz, nach dem Nachnamen des Mannes zu fragen, ließ es dann aber bleiben. Er würde ihn sich ohnehin nicht merken.

»Brandstiftung also«, wiederholte er. Nur zur Sicherheit. Seine Worte wurden mit einem eifrigen Nicken quittiert. Lars betrachtete die Frau, die hinüber zur Scheune sah und etwas Unverständliches vor sich hin murmelte. Doch ehe er nachhaken konnte, kam Svante ihm zuvor.

»Warum hast du einen Hund dabei? Ist das ein Polizeihund?«

»Das ist Gus«, sagte Lars nur.

»Es ist uns ein absolutes Rätsel.« Die Frau sah ihn an, und es war Lars sofort klar, dass sie nicht den Namen seines Hundes meinte. »Eigentlich ist es unmöglich, dass da einfach so ein Feuer ausbricht. Aber das muss es ja wohl ...«

Nichts war unmöglich. Wer wusste das besser als Lars nach all den Dienstjahren bei der Polizei in Stockholm. Er war noch jung. Verhältnismäßig. Dennoch war er Kriminalinspektor. Weil er seinen Job ernst nahm und sich abrackerte, während seine Freunde feierten und unsinnige Kreuzfahrten auf der Meeresstraße zwischen Schweden und Finnland unternahmen, weil dort der Alkohol so gut wie nichts kostete.

Er blickte zur Scheune, deren lodernde Flammen mit dem Strahl der Wasserwerfer niedergerungen wurden. Der Qualm brannte ihm in den Augen. »Was wird denn dort drinnen gelagert?«

»Landwirtschaftliche Geräte«, sagte Svante aus dem Stegreif.

»Heu und Futter für den Streichelzoo«, ergänzte die Frau.

»Das Mehl für die Bäckerei«, führte der Mann bartkratzend weiter aus.

Lars nickte. Da war es wahrlich kein Wunder, dass die Kollegen von der Feuerwehr alle Hände voll zu tun hatten, um dem Brand Herr zu werden.

Lars zückte einen Notizblock aus der Brusttasche seiner Uniform und schrieb mit. Kaum hatte er den Blick gesenkt, jaulte ein schrilles Zischen auf, und über der Scheune rieselte ein bunter Funkenregen herab.

»Ach ja, und dann noch das Feuerwerk für das Mittsommerfest«, erklärte Svante weiter, während er gedankenverloren den hell erleuchteten Himmel betrachtete. Nun war es eine Armada an Raketen, die das Abenddunkel in einem bunten Glitzerregen funkeln ließ.

»Es soll ein großes Fest werden.«

Lars glaubte, einen freudigen Schimmer in den Augen des alten Mannes zu erkennen, als er das Himmelsspektakel betrachtete.

Gus jaulte unruhig. Ein Schnalzen, und er verstummte.

»Ihr habt also ein Feuerwerk in der Scheune gelagert.«

»Für das Mittsommerfest.« Die Frau klang verunsichert. »Das ist doch nicht verboten. Oder?« Sie hatte die Arme eng vor der Brust verschränkt, als würde sie frieren.

Lars schüttelte den Kopf, gab sich einem Lächeln hin. Irgendetwas mochte er an ihr. Er versuchte, sich an ihren Namen zu erinnern, tappte aber im Dunkeln. »Nein, ist es nicht. Aber es kann gefährlich sein. Manchmal reicht ein Funke aus, um ...« Den Rest des Satzes ließ er unausgesprochen.

»Aber das Feuerwerk ist erst jetzt losgegangen«, beharrte Svante. »Gebrannt hat die Scheune schon länger.«

»Und wenn schon«, sagte Lars. »Wieso glaubst du, dass es Brandstiftung war?«

»Nun ja, weil …«

»Es war ganz bestimmt keine Brandstiftung.« Die Frau kaute nervös auf ihrer Unterlippe herum. Auf Lars machte sie einen leicht gequälten Eindruck. Er neigte den Kopf, musterte sie. Sie hatte interessante Augen, außerordentlich hell. Vielleicht grün – sofern das im Schein der Blaulichter zu erkennen war. »Aber ihr habt doch die Polizei gerufen.«

Sie schüttelte heftig den Kopf. »Oh nein!« Nun war es ein eindeutig verkrampftes Lächeln, das sich in ihren Zügen abmalte. »Das war meine Schwiegermutter. Sie lebt auch hier auf dem Hof.«

»Aha. Und wo ist sie?«

»Sie schläft. Der Brand hat sie doch arg aufgeregt.«

»Nur zu verständlich«, meinte Lars.

Die drei gaben sich mitsamt Hund einem Moment des brütenden Schweigens hin, während sie dem Feuer zusahen. Lars mochte Feuer. Ganz besonders liebte er große Feuer, bei denen ihm die Hitze entgegenschlug. Das hier war ein Feuer ganz nach seinem Geschmack.

»Und was wirst du nun tun?«

Nur widerwillig nahm er den Blick von der Scheune und sah diesen Svante an.

»Nun, ich werde mich mit dem Einsatzleiter der Feuerwehr unterhalten und mit meinem Team wiederkommen, wenn der Brand gelöscht ist.«

»Du kommst wieder?«, fragte die Frau überrascht und nicht gerade in einem Tonfall, der Freude versprühte. »Mit deinem Team?«

»Natürlich. Sobald die Scheune betreten werden kann,

werden wir uns umsehen und Ausschau halten, ob irgendwelche Brandbeschleuniger im Einsatz waren.« Zu gerne hätte er einen Sachverständigen mit ins Boot geholt. Doch den gab es in der Provinz schlichtweg nicht. In Stockholm wäre das undenkbar gewesen. Aber in dieser Einöde … Er klappte das Notizbuch zu. »Bald werden wir wissen, ob es Brandstiftung war oder nicht.« Er glaubte nicht daran. Würde er es tun, hätte er seine Kollegen längst herbeordert, um den vermeintlichen Tatort abzusichern. Doch nach dem, was in der Scheune lagerte, war es sicher nur eine Frage der Zeit gewesen, bis ein Funken sich entzündete und alles in Brand geriet.

»Feuerwerksraketen«, murmelte er in sich hinein. »Also wirklich.«

Schwedisch für Anfänger - Teil 2

– Fredagsmys

Gemeinsam zu Hause gemütlich an einem Freitagabend
das wohlige Wochenende einläuten. Freitagsgemütlichkeit
eben.

KAPITEL 4

Da war sie nun, gestrandet am Bahnhof von Lindshammar, der die Bezeichnung nicht einmal im Ansatz verdiente. Umgeben von ihrem pfuschneuen Reisekofferset, stand sie vor den Gleisen und wusste nicht, wohin mit sich. Zeus schien es nicht anders zu gehen. Er setzte sich auf die Hinterbeine und kratzte sich das rechte Ohr. Das tat er immer, wenn er nervös war. Nicht weniger unsicher betrachtete Ina das erleuchtete Display ihres Handys, das alles anzeigte, nur keinen Empfangsbalken.

Unweit von ihr blökte ein Schaf. Sie sah das Tier nicht, bildete sich aber ein, es riechen zu können. Überhaupt lag ein Geruch in der Luft, der sie an Ferien auf dem Bauernhof erinnerte. Sie lauschte in die Stille der Landschaft hinein. Das Blöken, dazu ein lauer Wind, der über die Felder fegte und das zerzauste Gras zum Rascheln brachte. Darüber lag Vogelgezwitscher. Sie hob den Kopf, erkannte ein Schwalbennest unter dem Dachvorsprung und glaubte, kleine Schnäbel zu erkennen, die gierig nach Nahrung schrien. Sie befand sich in absoluter ländlicher Idylle. Gefiel ihr das? Eine kleine Stimme in ihrem Kopf sagte ihr, dass sie das Treiben der Großstadt schon jetzt vermisste. Sie hörte nicht auf sie. Stattdessen tat sie das einzig Richtige in dieser Situation. Sie lächelte. Nicht, weil ihr danach war, sondern weil sie in einem Selbstfindungsseminar gelernt hatte, dass man auch dann lächeln sollte, wenn einem nicht danach zumute war. Denn das Unterbewusstsein merke den Unterschied nicht, und so lasse sich die schlechte Laune austricksen, hatte es geheißen. *Einen Versuch ist es wert,* dachte sie und lächelte so sehr, bis ihr die Wangenmuskulatur wehtat, was sie bloß noch übellauniger werden ließ.

Sie blickte nach links, und sie blickte nach rechts. Dann konnte sie ihr Glück kaum fassen. Am Anfang der Straße, die vom Bahnhof wegführte, erspähte sie tatsächlich ein Objekt, das auf den ersten Blick wirkte wie die Miniaturversion eines Kirchturms. Allerdings ohne dazugehörige Kirche und höchstens zwei Meter hoch. Sogleich fühlte sie sich mehrere Jahrzehnte zurück in ihre Jugend versetzt, als sie das erste Mal schwedischen Boden betreten hatte. Denn dieses altertümliche Bauwerk war nichts anderes als ein Münztelefon. Es handelte sich um ein blassgrünes Metallgestell mit roter Zwiebelhaube. Genau vor solch einem Teil hatte die jüngere Version ihrer selbst im strahlenden Sonnenschein oder strömenden Regen gestanden, als das Heimweh unerträglich gewesen war und sie Tag für Tag mit ihrer besten Freundin in Deutschland telefoniert hatte. Mit den Anrufen war es jedoch schnell vorbei gewesen, als sie Viggo für sich entdeckt hatte.

Sie eilte auf die Zelle zu. Zeus bellte sie an, bewegte sich aber nicht von der Stelle, als wäre es nun seine Aufgabe, die Koffer zu bewachen. Vielleicht sah er das tatsächlich als seine große Mission an, immerhin hatte er mitbekommen, wie sie seinen besten Freund, das Stoffwiesel, den Fressnapf und seine Wechselhalsbänder darin verstaut hatte. Beim Näherkommen las sie das ihr so vertraute Wort *Rikstelefon*. Darüber war die schwedische Krone aufgemalt. Voller

Tatendrang riss sie die Flügeltüren auf, die wie die Fensterläden eines alten Bauernhauses wirkten – und erspähte anstelle des erhofften Fernsprechers Dutzende Bücher, die wild übereinandergestapelt waren.

»Was zum …!«

Entgeistert stand sie da und starrte das Bücherchaos an. Mit Kennerblick überflog sie die Buchrücken. Kinderbücher, Krimis, Liebesromane – davon am meisten – tummelten sich im Innern der ausgeweideten Telefonzelle und bettelten um ein neues Zuhause.

Mit einem tiefen Seufzer tat Ina das, was in dieser Situation wohl jede Buchhändlerin getan hätte: Sie versuchte, dem Chaos Herr zu werden und brachte Disziplin in den Bücherwust. Dabei entschied sie sich für die klassische Anordnung in alphabetischer Reihenfolge, entsann sich aber schnell eines Besseren und unterteilte die Bücher zunächst in die jeweiligen Genres und dann in die alphabetische Reihenfolge.

Sie war gerade beim Buchstaben K angekommen, als es laut neben ihr hupte und ihr vor Schreck das Buch mit dem Titel *Låt oss hoppas pådet bästa* aus der Hand flutschte. Sie fuhr herum und sah das Dach eines Autos in der Farbe ihres Koffersets, das unmittelbar hinter ihr zum Stehen gekommen war.

Das Seitenfenster war zur Hälfte heruntergelassen, und ein bärtiger Mann schaute grinsend heraus. »Behöver du en taxi?«

Ina schüttelte sich die Verwirrung aus dem Gesicht. Vor ihr stand tatsächlich ein kükengelbes Auto mit blauer Aufschrift. Taxi.

Nun grinste auch sie. »Und ob ich das brauche!« Sie warf

dem Mann ein strahlendes Lächeln zu, das aus tiefstem Herzen kam. »Gib mir bitte noch einen Augenblick, um hier aufzuräumen.« In Schweden waren alle per Du. Das gefiel ihr.

Das Taxi parkte direkt neben ihr, und unmittelbar darauf stieg ein jüngerer Mann mit Hippiebart und gestreiftem Trainingsanzug aus dem Wagen, der von Zeus bellend begrüßt wurde. Ohne auf den Hund zu achten, sah er sie kurz an und richtete dann den Blick auf den Bahnhof. »Är det här dina resväskor?«

Wieder nistete sich ein Grinsen in Inas Gesicht ein. Es tat unendlich gut, diese Sprache zu hören. Eigens für Viggo hatte sie Schwedisch gelernt. So intensiv, dass sie es nahezu perfekt beherrschte. Doch mit dem Perfektionismus war das so eine Sache, wenn man keine Muttersprachlerin war. Neben der Fernschule hatte sie sich eine wahre Videothek an originalen schwedischen Filmen und Serien besorgt. Hauptsächlich waren es Kurt-Wallander-Verfilmungen gewesen, die sie verinnerlicht hatte, weil sie Henning Mankell als Schriftsteller vergötterte. Das hatte jedoch zum Nachteil, dass sie sich unwissend einen Ystad-Dialekt angeeignet hatte, worüber Viggo sich gerne lustig machte. Ebenso bedauerlich war es, dass weder in ihren Sprachkursen noch in den Filmen und Serien großartig geflucht wurde. Hier hatte sie ordentlich Nachholbedarf.

»Ja, das sind alles meine Sachen.«

Der Mann warf einen leicht besorgten Blick auf die Kofferburg, dann auf seinen Wagen. Doch schließlich nickte er gut gelaunt. »Det är okej.«

Ina liebte die schwedische Zuversicht.

Seinen Hippiebart glatt streichend, machte er sich mit

wogenden Schritten an die Arbeit. »Ich lade die Koffer ein«, sagte er auf Schwedisch.

Ina warf einen letzten Blick in die als Bücherschrank umfunktionierte Telefonzelle, die sie einigermaßen auf Vordermann gebracht hatte. Einzig schwer tat sie sich mit dem mittleren Band einer Enzyklopädie über psychoaktive Pflanzen. Da er so gar nicht in ihr Grundordnungssystem passen wollte, stopfte sie ihn kurzerhand hinter die Bücher, sodass er nicht mehr sichtbar war.

Zufrieden mit ihrer Arbeit, nahm sie auf dem Vordersitz Platz – und das bloß, weil die komplette Rückbank von ihren Koffern eingenommen wurde. Zeus hüpfte auf ihren Schoß und stützte sich mit den Vorderpfoten auf dem Armaturenbrett ab, von wo aus er schwanzwedelnd durch die Windschutzscheibe glotzte.

»Wo soll es denn hingehen?«

Ina nannte dem Taxifahrer die Adresse. Sie hatte sie so oft gelesen, dass sie sie mittlerweile auswendig konnte. Doch der Mann fuhr nicht los, sondern sah sie mit zusammengezogenen Brauen an. »Das ist aber ein ganzes Stück entfernt.«

»Dessen bin ich mir bewusst, junger Mann.«

»Das wird nicht billig.«

»Geld spielt keine Rolle.« Diesen Satz sagte sie nur, weil sie ihn liebte. Natürlich spielte Geld eine Rolle. Das tat es immer. Als geschiedene Buchhändlerin war ihr kein Leben in Reichtum vergönnt. Aber mit dem Erlös vom Verkauf ihrer Buchhandlung musste sie sich erst einmal keine Sorgen machen.

Auf jeden Fall brachte dieser Satz den Mann nur noch mehr zum Grinsen. »Ich bin übrigens Gunnar.«

Der Fahrer mit dem wohlklingenden Namen schaltete das Taxameter ein und nuschelte etwas in ein Funkgerät. Er sprach einen fürchterlichen Dialekt. Doch wenn sie es richtig verstanden hatte, wusste nun auch die Taxizentrale, dass Gunnar für den Rest des Tages keinem anderen Fahrgast mehr zur Verfügung stand.

KAPITEL 5

Inas Anspannung wuchs mit jedem Kilometer. Seit zweieinhalb Stunden waren sie nun schon unterwegs. Zweieinhalb Stunden, in denen Taxifahrer Gunnar sein ganzes Leben wie einen Perserteppich vor ihren Füßen ausgebreitet hatte. Vielleicht war es eine Gabe, dass wildfremde Menschen Ina ihr Herz öffneten. Für sie selbst jedoch fühlte es sich bisweilen wie ein Fluch an. Zu gerne hätte sie die wundervolle, geradezu unberührte Naturlandschaft in Ruhe auf sich wirken lassen. Doch nun musste sie sich mit der Frage rumschlagen, ob es von Gunnars Exfrau wirklich in Ordnung war, dass er die gemeinsame fünfjährige Tochter an jedem Samstag zu sich nehmen sollte, damit seine Exfrau mit ihrem neuen Freund, einem indischen Guru, in den umliegenden Kaufhäusern Hausfrauen für seine Lachyoga-Kurse akquirieren konnte. Und als wäre dies nicht genug, überschlugen sich ihre Gedanken, ob sie ihr kleines Vermögen nicht doch besser in Kryptowährung hätte anlegen sollen, wie Gunnar es ihr eindringlich geraten hatte. Er selbst setzte voll und ganz auf die Bitcoin-Alternative Ethereum und fuhr Taxi eigentlich nur noch zum Spaß.

Ina seufzte im Stillen. Es hätte eine so schöne und beschauliche Fahrt werden können. Die Landschaft glich einem paradiesischen Ort. Das Taxi hatte sie vorbeigeführt an tiefblauen Seen, denen das Schilf zu Füßen lag. An

Wäldern, auf deren Lichtungen sie Hirsche erblickt hatte. Richtige Hirsche! Småland offenbarte sich ihr in seiner atemberaubenden Schönheit.

»Gleich sind wir da!« Hinter dem Steuer warf Gunnar ihr ein wohlwollendes Lächeln zu. Doch Ina konnte sich des Gefühls nicht erwehren, dass das Lächeln weder ihr noch Zeus galt, sondern der stetig steigenden Zahl auf dem Taxameter.

Und wenn schon, dachte sie. Für den Start in ein neues Leben war sie bereit, einen hohen Kronenbetrag zu zahlen.

»Dort liegt es.« Gunnar tippte einen Punkt auf der Windschutzscheibe an. Das Taxi schlängelte sich eine grün schimmernde Senke hinunter. An der Talsohle erblickte Ina eine Ansammlung roter Holzhäuser mit weißen Fenstern und Türen, die in der Mittagssonne förmlich leuchteten. Mit einem Mal raste ihr Puls. Kurzzeitig tauchten Sternchen vor ihren Augen auf.

»Alles in Ordnung mit dir?« Gunnar sah sie bestürzt an, doch Ina fächelte sich abwehrend Luft zu.

»Alles ist gut«, sagte sie. »Mehr als das sogar.« Ihre Miene erhellte sich. Sie schaffte es nicht, den Blick von dem Hof zu nehmen, der wie ein roter Klecks im sattgrünen Tal lag, direkt vor den Füßen eines kleinen Sees, der auf der anderen Seite an einen Wald grenzte. Sie kannte diesen Flecken nur zu gut. Genau an diesem Ort hatte sie im zarten Alter von sechzehn Jahren ihr Herz verloren. Seitdem hatte sich vieles verändert. Das Haupthaus stand noch an Ort und Stelle, doch drum herum gab es nun eine Vielzahl weiterer Gebäude. Sie war erstaunt. Aus dem einsamen Bauernhof mit der Scheune und dem Stall war beinahe ein kleines Dorf geworden. Was hatte Viggo da nur entstehen lassen? Sie dachte an ihre letzte Begegnung mit ihm zurück. Eineinhalb Jahre war dies nun her. Zuletzt hatten sie ein Wochenende in Budapest verbracht, in einem historischen Grandhotel auf der Margareteninsel. Damals hatte sie gedacht, dass es womöglich der Anfang vom Ende sei, weil Viggo sich auffallend schweigsam gegeben hatte. Diese ungewohnte Stille zwischen ihnen hatte aber nicht die Leidenschaft vermissen lassen. Sie war ungebremst – auch nach all den Jahren ihrer Affäre. Und doch war etwas anders gewesen, das hatte Ina gespürt, zumal bald danach die Kurznachrichten weniger und weniger geworden waren, bis der Kontakt schließlich ganz erloschen war. Und nun war Viggo wieder da. Mitten in ihrem Leben. Mehr denn je sogar. Und jetzt war auch sie da, bei ihm, an diesem wundervollen Ort, der bei ihrer ersten Ankunft ihr Leben verändert hatte. Sie schmunzelte, als sie sich der Tiefgründigkeit dieses Gedankens bewusst wurde. Denn genau das geschah gerade erneut.

Sie verlor sich weiter in dem Anblick und bemerkte, dass mit der Scheune etwas nicht stimmte. Anders als die übrigen farbenfroh gestrichenen Häuser wirkte sie unnatürlich dunkel. Als wäre sie über die Jahre einfach vergessen worden.

»Ein schöner Ort, nicht wahr?«, meinte Gunnar.

Ina summte Zustimmung. »Geradezu traumhaft.«

Das Taxi passierte ein hölzernes Balkenkonstrukt, das Ina an ein Ranchtor erinnerte. Darauf war in großen Buchstaben der Name *Tingsmåla* eingebrannt. Sie ließ alles auf sich wirken. So viele längst verblasste Erinnerungen prasselten gleichzeitig auf sie ein.

Gunnar steuerte auf das Haupthaus zu und blieb direkt vor dem Tor des Vorgartens stehen. »Da wären wir.« Er schaltete den Motor aus, riss die Fahrertür auf und schwang sich aus dem Wagen. Keine zwei Sekunden später öffnete sich die Beifahrertür. Zeus war mit einem Satz von ihrem Schoß gesprungen und eroberte den angrenzenden Grünstreifen.

»Darf ich bitten?« Gunnars Kopf senkte sich zu ihr herab, sie bemerkte das Grinsen in seinen Zügen. Ina schlug seine Hand von sich und stieg aus. Noch war sie nicht in dem Alter, in dem sie Hilfe beim Aussteigen benötigte. Wortlos zog ihr Fahrer sich zurück und machte sich an den Rücksitzen und an der Heckklappe zu schaffen, um das Gepäck auszuladen. Sie befreite sich, zugegeben etwas mühsam, aus dem Sitz, stemmte die Hände in die Hüften, streckte das Kreuz und atmete tief durch. Der Duft, der sich in ihre Nase verirrte, war ihr nicht vertraut. Sie hatte mit dem typischen Bauernhofgeruch gerechnet. Stattdessen roch sie etwas Süßliches, Frischgebackenes und eine herbe verbrannte Note, die sie nicht einzuordnen vermochte. Ihr Blick fiel auf einen Wohnwagen in der Nähe des Sees. Direkt dahinter war noch immer der Steg, der einige Meter ins Wasser ragte. Bunte Tretboote waren an der einen Seite festgebunden. Als sie das erste Mal dort baden gewesen war, hatte es nur ein kleines Ruderboot gegeben, in dem sich ein Eimer befunden hatte, um das eintretende Wasser herauszuschöpfen. Einmal wären sie und Viggo beinahe darin gekentert, weil sie nahe der mit Schilf bewachsenen Uferseite so mit sich beschäftigt gewesen waren, dass sie das Nachschöpfen völlig vergessen hatten. Beinahe fünfzig Jahre war das nun her.

Gunnar klopfte sich die Hände an der Trainingshose ab und präsentierte ihre Koffer, als hätte er sie eigenhändig fabriziert.

»Alles ausgeräumt. Dann wünsche ich einen schönen Aufenthalt auf dem Tingsmålahof.« Ohne Vorwarnung machte er einen großen Schritt auf sie zu und nahm sie fest in die Arme. Ina wusste überhaupt nicht, wie ihr geschah.

»Danke«, gab sie kurz angebunden von sich, als sie sich wieder voneinander lösten. Ohne mit der Wimper zu zucken, zahlte sie die dreitausend Kronen, die das Taxameter anzeigte, und sah kurz darauf dem davonsausenden Taxi nach, das eine bräunlichrote Staubwolke hinter sich herzog. Als der Wagen das Ranchtor passierte, hupte Gunnar noch einmal.

Mit einem tiefen Seufzer hielt sie auf das Gartentörchen zu und trat auf das Grundstück. Der schmale Pfad zum Hauseingang war umsäumt von einem hübsch angelegten Blumenbeet. Sie erkannte blühende Trollblumen und Moosglöckchen. Auf dem Stufenabsatz angekommen, suchte sie nach einer Klingel, die es aber gar nicht gab. Also klopfte sie kurzerhand an die weiß getünchte Tür und wartete. Als ihr niemand öffnete, versuchte sie es noch einmal. Zeus stromerte von der einen zur anderen Seite und erschnupperte die Umgebung.

»Du musst fester klopfen«, ertönte eine kratzige Stimme in ihrem Rücken. »Sie hört nicht mehr gut.«

Ina fuhr herum. »Wer hört nicht mehr gut?«, fragte sie irritiert. Vor dem Zaun standen ein grauhaariger Mann im Holzfällerhemd und eine blonde Frau mit auffallend blauen Augen in einem schicken Sommerkleid, auf dem es nicht weniger blühte als im Blumenbeet. Der Mann grinste durch den Bart, die Frau musterte die Koffer, die ordentlich vor dem Gartenzaun abgestellt waren.

»Ist das dein Hund, der da ins Beet gemacht hat?«, fragte

der Mann, während er sich eine weiße Strähne hinter das Ohr klemmte. Ina fand, dass er ein wenig vorwurfsvoll klang, und schenkte ihm erst mal keine Beachtung.

»Ich will zu keiner Sie«, antwortete Ina. Mit einer schwungvollen Drehung wandte sie sich von der Tür ab und marschierte auf die beiden zu. »Ich will zu Viggo.«

»Zu Viggo?« Das Lächeln bröckelte aus dem Gesicht des Mannes wie der Mörtel von einer alten Hauswand. Er riss den Mund auf, doch ehe er etwas sagen konnte, schob sich die Frau mit militärischer Präzision vor ihn.

»Und wer bist du?«

»Wer ich bin?« Ina legte ihr freundlichstes Lächeln an den Tag und trat auf die wandelnde Blütenwiese zu. »Ich bin Ina«, sagte sie. »Ina Rodenbach. Viggos Freundin.« Sie lauschte dem Nachklang ihrer eigenen Worte. Jetzt war es raus. Und es hatte sich gar nicht mal so schlecht angefühlt, das zu sagen. »Ich bin zu früh, sollte eigentlich erst morgen kommen. Aber nun ja, der eine Tag mehr oder weniger.« Zufrieden vor sich hin lächelnd, stand sie vor den beiden, die sie regelrecht anstarrten. Sie konnte sich nicht helfen, aber mit einem Mal verabschiedeten sich die sympathischen Züge der Frau ins Nirwana.

»Oh«, gab der Mann brummend von sich.

Zumindest klang es in Inas Ohren nach einem *Oh*. Es hätte aber auch ein ersticktes Keuchen sein können, wie man es von sich gab, wenn einem mit voller Wucht in den Magen geboxt wurde.

Die Frau mit den hübschen hellblauen Augen sah, nein, starrte sie an. »Du. Bist. Ina!«

Ina nickte, versuchte, noch freundlicher zu lächeln, weil sie die Reaktion der Frau verunsicherte. »Ganz genau.« Sie neigte fragend den Kopf. »Hat Viggo von mir erzählt? Er hat mich eingeladen.«

»Oh.« Die Frau nickte nun auch. Dann richtete sie den Blick auf das Gepäck. »All die Koffer«, kam es stockend aus ihrem Mund. »Wie lange hast du denn vor zu bleiben?«

Ina irritierte die Frage über alle Maßen. Immerhin war das ein Thema, das sie zunächst mit Viggo zu besprechen gedachte und nicht mit einer Fremden. Der nicht minder fremde Mann an ihrer Seite hatte sein Grinsen wiedergefunden. Auf Ina machte es einen beinahe hämischen Eindruck. Wenigstens galt es nicht ihr, sondern der Frau im Blumenkleid, der er sich jetzt zuwandte.

»Hab ich dir nicht gesagt, dass das Probleme mit sich bringen wird?«

»Probleme?«, fragte Ina verwirrt. »Welche Probleme?«

Sie erntete dumpfes Schweigen. Unsicher musterte sie die Frau, versuchte, sie einzuordnen. Sie vollführte einen Schritt zurück, um sie sich näher anzuschauen. Sie war hübsch, in den besten Jahren, mit einer ansehnlichen Figur und Zügen, die pure Sympathie ausstrahlten. Und doch bereitete ihr dieser Anblick Unbehagen. »Und, ähm, wenn ich fragen darf ...« Ina räusperte sich umständlich. »Wer bist du?«

Die Frau wuschelte ihren Pony, ohne den Blick von ihr zu nehmen.

»Ich bin Agneta.« Sie streckte die Hand aus.

Ina ergriff sie dankbar. Denn das gab ihr das Gefühl, nicht wie eine Bedrohung hier aufmarschiert zu sein.

»Agneta«, wiederholte sie langsam. »Das ist ein wirklich schöner Name. Du siehst auch ein wenig aus wie die Sängerin von Abba.« Während die Worte von ihren Lippen huschten, durchwühlte sie ihr Gedächtnis nach Erinnerungsfetzen. Vergeblich. »Bist du verwandt mit Viggo?«, hakte sie vorsichtig nach.

»Könnte man so sagen«, antwortete der Mann für sie, dessen Dauergrinsen Ina allmählich gehörig auf den Zeiger ging.

»Ich bin Viggos Frau.« Ihre Stimme sackte beim letzten Wort ab. Noch immer hatte sie Inas Hand umschlossen und wollte gar nicht mit dem Schütteln aufhören. »Seine Witwe, wenn man es genau nimmt.«

KAPITEL 6

Ina saß auf einer Eckbank, die an die Wand der kleinen Küche gedrängt war, und hatte die Ellbogen auf dem Holztisch abgelegt. Ihre Finger waren ineinander gefaltet, und sie tippte sich immer wieder mit den Fingerspitzen gegen das Kinn, während sie alles auf sich wirken ließ. Zum einen diese blumige Tapete mit der Borte, die noch blumigere Ornamente aufwies. Oder die cremeweiße Landhausküche, die so gar nicht aus dem Bestand eines schwedischen Kaufhauses zu stammen schien, sondern selbst gezimmert war. Ihr Blick fiel auf die im Regal stehenden Bonbongläser und Teedosen, die älter wirkten als sie selbst – und das wollte etwas heißen. Es war eine geräumige Küche mit einem großen Sprossenfenster, durch dessen offenen Spalt sich das Gezirpe und Gezwitscher aus dem angrenzenden Blumengarten quetschte.

Eigentlich war alles sehr hübsch und liebreizend. Wäre da nicht diese Person auf der anderen Tischseite gewesen, die ihr das Schonungsloseste offenbart hatte, das ihr ein wildfremder Mensch überhaupt sagen konnte. Agneta war also Viggos Ehefrau. Und das schon über dreißig Jahre. Ina wusste in diesem Moment nicht, woran sie mehr zu knabbern hatte. Dass ihre Langzeitaffäre tot war? Oder dass sie drei Jahrzehnte mit einer anderen Frau verheiratet gewesen war, ohne Ina etwas davon zu erzählen?

Sie verspürte den Drang, aufzustehen und sich in die Spüle zu übergeben, um die abscheulichen Neuigkeiten herauszuwürgen, die sich in ihrem Magen festgekrallt hatten.

DREI JAHRZEHNTE! Sie schrie diese unfassbar lange Zeitspanne in Gedanken den Teedosen entgegen. Wie hatte sie nichts davon mitbekommen können? Gut, sie selbst hatte eine Weile ihren Mann gehabt, und der wusste ganz bestimmt nichts von Viggo. Höchstwahrscheinlich also, dass Viggo ebenfalls sein Geheimnis für sich behalten hatte. Und da das normale Leben bei ihren wildromantischen Treffen ein Tabuthema gewesen war, hatten sich Fragen in dieser Richtung von selbst verboten. Nicht, dass sie nicht hin und wieder überlegt hatte, ob es eine feste Partnerin in Viggos Leben gebe. Aber weder hatte sie ihm die Frage jemals laut gestellt noch allzu intensiv darüber nachgedacht. Und nun war Viggo tot.

Tot!

Und sie saß hier, gestrandet in Schweden, mit ebendieser Frau …

Agneta sah sie auffordernd an, als erwartete sie irgendeine Erklärung von ihr. Doch Ina hatte keine Ahnung, was sie sagen sollte. Stoisch streichelte sie über Zeus' Fell, der sich zu einem Wollknäuel zusammengerollt hatte und dicht an ihrem Oberschenkel auf der Eckbank lag.

»Was meinst du?«, fragte Agneta schließlich und fixierte Ina provokativ. Zumindest kam es ihr so vor.

Ina starrte zurück. Ungläubig. Konsterniert. Tief bestürzt.

Mit einem langen Seufzer legte die Schwedin ihre Hände auf den Tisch.

»Ich kann es nicht fassen«, sagte sie. »Da sitzt du mir wirklich gegenüber. Selbst Ebba wusste die ganzen Jahre nichts von dir. Sie ist aus allen Wolken gefallen, als ich ihr von dir erzählt habe.«

»Ebba?«

Ina sah sie überrascht an, woraufhin Agneta dumpf nickte.

»Viggos Mutter.«

»Aber ja«, Inas Blick hellte sich auf. »Ebba lebt noch?«

Nun grinste die Schwedin. »Und wie sie das tut.«

Ina schloss sich dem plötzlichen Ausbruch der guten Laune an. Sie hatte Viggos Mutter damals als freundliche Frau kennengelernt. Es freute sie, dass sie noch am Leben war. Im Gegensatz zu ihrem Sohn.

»Und sie wohnt noch immer hier?«, fragte sie weiter. »Auf diesem Hof?«

»Natürlich! Wo sollte sie denn sonst hin?«

Ina gab sich einem in Erinnerungen schwelgenden Schweigen hin. Wie alt Ebba inzwischen wohl war? Doch bestimmt schon über neunzig. Sie freute sich darauf, sie wiederzusehen. Doch dann zögerte sie. Sollte sie sich auf dieses Wiedersehen vielleicht besser nicht freuen? Wie würde Ebba auf sie reagieren?

»Möchtest du wissen, wie Viggo gestorben ist?« Agneta zerrte sie ruckartig aus ihren Gedanken.

Ina nickte. Gleichzeitig wischte sie sich eine Träne weg. Überhaupt gab es nicht mehr viel, das sie wusste. Ihr gesamter Lebensplan war in sich zusammengestürzt wie ein windschiefes Holzhaus an der sturmgepeitschten Küste.

»Es war ein Herzinfarkt vor nicht ganz einem halben Jahr«, sagte Agneta, ohne Inas Antwort abzuwarten. »Es passierte ganz plötzlich. Der Infarkt hat ihn mitten aus dem Leben gerissen, so wie er es sich immer gewünscht hat.«

Ina sah Agneta ausdruckslos an, versuchte noch immer zu begreifen, dass sie Viggos Frau gegenübersaß. *Viggos Witwe,* korrigierte sie sich in Gedanken. *Herzinfarkt. Ein guter Tod für ihn.* Sie wusste, dass es wirklich sein großer Wunsch gewesen war. Kein langsames Dahinsiechen, kein Tod auf Raten. Lieber ein schnelles Ende. Stille Betrübnis überkam sie. Unverwandt sah sie Agneta an.

»Warum bin ich hier?«

Auf ihrer überraschend glatten Stirn hatte sich eine steile Falte gebildet, in die sich der Argwohn hineingeschaufelt hatte.

»Habe ich nicht ein Recht darauf zu erfahren, mit welcher Frau ich meinen Mann ein Leben lang geteilt habe?«

Nun war es auch mit Inas Lächeln vorbei. »Nun ja«, sie zögerte. »Vermutlich hast du das.« Sie sah über den Kopf der Schwedin hinweg und suchte die Küchenzeile vorsichtshalber nach einem Messerblock ab. Nicht, dass sie von dieser Person in eine Falle gelockt worden war und sie sich nun an ihr rächen wollte.

»Wir beide haben das«, pflichtete Agneta ihr bei. »In Wahrheit weiß ich mittlerweile viel über dich. Viel mehr, als ich wissen wollte.« Sie lächelte unbestimmt. »Ich weiß auch, dass du all die Jahre nichts von mir wusstest. Das wäre neben unserem Männergeschmack also noch eine weitere Gemeinsamkeit, die uns verbindet.«

Ina öffnete den Mund, wollte zum Sprechen ansetzen, um sich zu erklären, doch Agneta hob die Handflächen und gab ihr damit zu verstehen, sie solle ihr zuhören.

»Ich wollte dich kennenlernen.« Sie schloss die Augen und zögerte einen Moment. Als sie sie wieder öffnete, sah sie Ina unverwandt an. »Obwohl Svante und Ebba das für keine gute Idee gehalten haben. Aber ich konnte nicht anders. Ich musste einfach wissen, wer du bist. *Wie* du bist. Und deshalb habe ich Viggos Handy genommen und dir in seinem Namen geschrieben. Damit du herkommst.«

Inas Lippen öffneten sich ein weiteres Mal, doch Agneta bremste sie mit einer stoischen Kopfbewegung aus. »Ich gebe zu, es war hart, von dir zu erfahren.« Sie zwang sich zu einem Lächeln, dem Ina ansah, wie viel Kraft es sie kostete. »Hart und schmerzhaft«, setzte sie nach. »Ich habe Briefe von dir gefunden.«

Ina zuckte zusammen.

»Und Fotos.«

Ina zuckte noch heftiger zusammen, doch die Schwedin winkte ab. »Nicht *solche* Fotos.« Ihr Mund verbog sich zu einem schiefen Grinsen. »Trotzdem hatte Viggo sie gut versteckt.« Ihr Finger richtete sich auf Ina. »Und das ist interessant, denn Viggo scheint viele Geheimnisse gehabt zu haben. Du warst nur eines davon.«

Ina wusste nicht, ob es ihr gefiel, als lebendiges Geheimnis tituliert zu werden. Obendrein als eines von vielen. Überhaupt überforderte sie diese Situation zusehends. Sicherlich musste es schlimm für Agneta gewesen sein, als sie von der Affäre ihres Mannes erfahren hatte, die ihr nun gegenübersaß. Für Ina war es nicht minder hart. Zumal ihr die Schwedin nicht mal die Zeit ließ, Viggos Tod zu verdauen. Wütend sollte sie sein. Doch genau das war sie nicht. Vielmehr fühlte sich diese Situation an, als wäre sie überhaupt nicht daran beteiligt, sondern lediglich eine Zuschauerin vor einer flimmernden Leinwand. Entsprechend fiel ihre Reaktion nur halbwegs erbost aus.

»Findest du es nicht verwerflich, mich unter derart fadenscheinigen Umständen nach Schweden zu locken?«

»Wärst du denn gekommen, wenn ich dir die Wahrheit gesagt hätte?«, entgegnete Agneta. »Würdest du hier sitzen, wenn du vorab von Viggos Tod erfahren hättest? Und zwar von mir?«

»Vermutlich nicht«, räumte Ina ein, doch was sie dachte, war: *Ganz bestimmt nicht!* Sie kratzte sich einen Mückenstich auf, den sie sich am Ellbogen eingefangen hatte. Das ging ja schon gut los. So sehr ihr dieses Land gefiel, die Stechmücken hatte sie nicht vermisst.

»Und jetzt?«, fragte sie über das leidige Kratzen hinweg. Zum ersten Mal wirkte auch die Schwedin unschlüssig.

»Ich weiß nicht«, gestand sie. »Nun bist du hier. Bleib für ein paar Tage bei uns, damit wir beide uns kennenlernen können. Wir haben uns bestimmt eine Menge zu erzählen.«

Ina musterte sie, nickte zögerlich. »Einen Tag«, sagte sie. »Dann rufe ich Gunnar an und lasse mich abholen.«

Und dann? Ein dicker Kloß bildete sich in ihrem Hals. Denn dieses »Und dann« war ein Problem. Weder hatte sie eine Wohnung noch eine berufliche Tätigkeit, der sie nachgehen konnte. Zum jetzigen Zeitpunkt hatte sie nicht mal mehr eine Nachbarin, die sie kaum ausstehen konnte.

Agneta grinste charmant. »Ich möchte, dass du weißt, dass ich dir nicht böse bin.«

»So?« Ina sah sie überrascht an. Nicht eine Sekunde lang hatte sie einen Gedanken daran verschwendet, dass Agneta böse auf sie sein könnte. Bis eben hatte sie ja nicht einmal gewusst, dass diese Person überhaupt existierte.

»Ich will ehrlich zu dir sein«, fuhr Agneta fort. »In den Jahren unserer Ehe war Viggo viel unterwegs, beruflich, wie er sagte. Dennoch fragte ich mich oft, was er so trieb auf seinen Geschäftsreisen.« Sie zuckte mit den Schultern. »Vielleicht habe ich es sogar geahnt, dass es jemanden wie dich gab.« Ihre Lippen formten sich zu einem vorsichtigen Lächeln. »Vielleicht hätte ich aktiver werden und ihm hinterherspionieren sollen. Aber ich finde, dass es hin und wieder besser ist, wenn man nicht zu viel weiß.«

Das verstand Ina nur zu gut. Wenn ihr Exmann eine Affäre gehabt hätte, wäre sie froh, es nie erfahren zu haben.

Die Schwedin seufzte. »Anscheinend hatte Viggo auch Geheimnisse vor uns beiden, und vielleicht gelingt es uns gemeinsam, ein paar davon zu lüften.«

Wollte Ina das? Und vor allem: welche Geheimnisse?

Agneta zwinkerte ihr zu und wirkte damit, als würde sie Ina zu einer Verbündeten bei einer spaßigen Schatzsuche machen. Als wären sie die unschuldigen Protagonistinnen eines Enid-Blyton-Romans, die versehentlich auf einer abgelegenen Insel eine Rum-Schmugglerbande aufgescheucht hatten.

Ina schwieg und schwieg dann noch ein Weilchen. Schließlich nickte sie und zeigte der Frau, dass sie ebenfalls wieder lächeln konnte. Bloß das mit dem Zwinkern ließ sie bleiben, das ging ihr dann doch ein Stückchen zu sehr ins Vertraute. Immerhin war Agneta die Frau, mit der die erste große Liebe ihres Lebens verheiratet gewesen war. Das machte sie nicht unbedingt zu Verbündeten. Aber Agneta hatte einen Nerv getroffen, denn im Grunde ging es Ina nicht anders. Sie wollte ebenso wissen, wer diese Frau war. Auch Viggos Geheimnisse interessierten sie brennend.

Immerhin hatte sie geglaubt, diesen Mann wie keinen anderen zu kennen. Selbst ihrem Exmann war sie seelisch nie auch nur eine Sekunde so nah gewesen wie Viggo. Und doch war es damals die richtige Entscheidung gewesen, sich auf eine Ehe einzulassen. Schließlich hatte sie sich stets nach einer Familie und einer festen Bindung gesehnt. Dinge, für die der lebhafte Viggo nie wirklich zur Verfügung gestanden hatte. Umso schmerzvoller, dass er die Ehe mit einer anderen eingegangen war.

»Also schön«, sagte Agneta über das Schweigen hinweg und war im Begriff aufzustehen. »Komm erst mal an und richte dich ein. Wir überlassen dir den Bungalow neben dem Haupthaus, in dem Ebba und ich wohnen. Er steht ohnehin schon viel zu lange leer. Danach zeige ich dir alles.« Sie wollte gerade aus der Küche gehen, als es am Fenster klopfte. Ruckartig fuhr Ina herum und sah den Mann mit den längeren Haaren draußen stehen. »Agneta, die Polizei ist da und will mit dir sprechen!«

Schwedisch für Anfänger – Teil 3

– Gökotta

Ein hübscher kleiner Ausflug, den man am frühen Morgen in die Natur macht, um einem Kuckuck beim Singen zuzuhören.

KAPITEL 7

»Also doch Brandstiftung?«

»Zumindest deutet einiges darauf hin, Chef.«

Lars hasste es, wenn er Chef genannt wurde. Nicht, dass er an dem Umstand an sich etwas auszusetzen hätte. Ihm gefiel die Art nicht, wie seine Kollegen dieses Wort aussprachen. Sie zogen es umständlich in die Länge, als stellten sie jeden einzelnen Buchstaben davon infrage.

Der Grund dafür lag auf der Hand. Das Team hatte ein Problem damit, dass er noch jung war und seine Schulterklappen zu viele goldene Striche besaßen. Dabei war er genau genommen gar nicht ihr Chef, sondern schlichtweg der Einsatzleiter für diese Scheune. Und das auch nur, weil er gestern der Erste vor Ort gewesen war und dafür die erste Halbzeit von einem der spektakulärsten Spiele verpasst hatte, die die Fotbollsallsvenskan in den letzten Jahren gesehen hatte. Leider war das Spiel nicht siegreich für seine Mannschaft ausgegangen. Aber der Kampfeswille zählte schließlich auch. Lars war so stolz auf sein Team, wie man es mit einer Flasche Spendrups-Leichtbier in der Hand auf der Couch vor dem Fernseher nur sein konnte. Das Einzige, was noch trübsinniger war als die Niederlage seines Vereins, war der Triumph des Lieblingsvereins seines Vaters gewesen, der neben ihm auf dem Sessel gesessen und sich vor Freude gar nicht mehr eingekriegt hatte. Und dann hatte er auch noch darauf bestanden, dass sie gemeinsam zur Feier des Abends seinen besten Whisky aufmachten, einen Mackmyra Single Malt. Es war ein langer Abend geworden.

Sein Kollege Rasmus von der Spurensicherung hielt ihm ein verkohltes Stück Plastik unter die Nase, das erbärmlich stank und mit viel gutem Willen als Kanister zu erkennen war.

»Ich lehne mich sogar so weit aus dem Fenster und sage, dass es eindeutig Brandstiftung gewesen ist.« Rasmus hob den verformten Kanister an. »Den haben wir direkt im Strohlager gefunden. Von dort breitete sich auch der Brand aus.«

Lars wollte nach dem Kanister greifen, doch es blieb bei einem Zucken, da er sich im selben Moment der fehlenden Handschuhe bewusst wurde.

»Dann wollen wir mal hoffen, dass sich darauf noch Spuren entdecken lassen.«

Rasmus blickte missmutig drein. »Allzu viel Hoffnung würde ich mir da nicht machen, Cheeeeef.«

»Warten wir die Laboruntersuchungen ab.« Lars machte sich eine entsprechende Notiz auf seinem Block.

»Aber vielleicht finden wir ja noch mehr«, erwiderte der Polizist im hoffnungsvollen Tonfall. »Noch sind wir nicht fertig mit unserer Arbeit.«

Lars wollte seinen Kollegen dabei nicht im Wege stehen und verließ die Scheune. Draußen war er froh, dem beißenden Gestank entkommen zu sein. Vom Dachstuhl war nur noch das Skelett übrig, schwarz vom Feuer. Es würde ihn nicht wundern, wenn das Gebäude abgerissen werden müsste.

Ein Scheunenbrand also. So weit war das nicht ungewöhnlich, schon gar nicht bei den immer heißer werdenden Sommermonaten, die auch Schweden inzwischen heimsuchten. Aber die Aussage seines Kollegen, dass alles auf Brandstiftung hindeute, ließ ihn unruhig werden. Zumal die Befürchtungen bereits von einer Hofbewohnerin geäußert worden waren. Er musste sich mit dieser Person unterhalten.

Mit dem Kopf voller Gedanken stand er vor dem sperrangelweit offen stehenden Scheunentor und betrachtete die Umgebung. Diesmal mit anderen Augen als am gestrigen Abend. Es war ein schöner Ort, gepflegt und liebevoll gestaltet. Geradezu idyllisch. Für ihn selbst wäre das Leben auf solch einem Hof mit all den Menschen der reinste Albtraum. Allein die Vorstellung ließ ihn erschaudern. Aber wer wusste schon, wie seine Meinung aussah, wenn er älter würde. Er musste an seinen Vater denken. Da lebte der alte Herr am Rande dieser Einöde und behauptete, dass er allein zurechtkäme. Als ob! Lars hatte selbst mitbekommen, wie schwer er sich tat, seit Mutter gestorben war. Spätestens seit dem verletzten Fuß, weil er sich beim Holzhacken dämlich angestellt hatte. Nicht mal den Weg zum Supermarkt hatte er ohne Schmerzen bewerkstelligen können. Auch wenn sein Vater es niemals zugeben würde, er war darauf angewiesen, dass er sich um ihn kümmerte. Und Lars war ein guter Sohn. Wenn Vater ihn brauchte, dann kam er – wenngleich das bedeutet hatte, dass Lars sich von seinen Karriereplänen verabschiedete. Aber was tat man nicht alles für die Familie.

Lars war nach Rauchen zumute, nach einer handfesten Zigarette. Dabei hatte er das Laster bereits vor Jahren aufgegeben.

Er hob den Kopf, sein Blick verfing sich in den Wipfeln

der turmhohen Tannen, die das Gehöft einkreisten. Er war kein Mann für diese ländliche Idylle. Er war ein Mann der Tat, den es nach echten Fällen dürstete. Nicht nach Brandstiftung in einer Scheune, in der das Heu für den Streichelzoo lagerte. Dennoch war alles äußerst merkwürdig. Er hatte sich kundig gemacht. Der Tingsmålahof war ein abgeschiedenes Refugium, in dem sich zwei Dutzend Rentner ein kleines Paradies aufgebaut hatten und vollkommen autark im Einklang mit sich und der Natur lebten. An den Wochenenden fanden sich viele Besucher und Familien ein, um einzukaufen, die Tiere zu besuchen, eine Runde auf dem See zu drehen, zu angeln oder an einem der handwerklichen Workshops teilzunehmen, die hier angeboten wurden. Die Kunst des Bierbrauens zum Beispiel. Er selbst spielte mit dem Gedanken, sich dazu anzumelden – und seinen Vater gleich mit, damit er endlich mal wieder unter Leute kam. Außerdem bot sich der See perfekt für einen Angelausflug an. Bei seiner Ankunft hatte er einen kleinen Angelladen unter den Hofhäusern ausgemacht. Vielleicht sollte er sich den einmal näher anschauen und sich dort mit neuen Ködern eindecken.

Solch ein ruhiges Gehöft.

Er grübelte weiter. Warum sollte auf ein derart beschauliches Plätzchen ein Brandanschlag verübt werden? Das roch schon fast nach Versicherungsbetrug.

»Und, haben deine Kollegen etwas gefunden?«

Die Stimme kam so jäh von der Seite, dass Lars zusammenzuckte und seine Hand sich wie von selbst auf den Pistolenhalfter an seinem Gürtel legte. Doch er entspannte sich sogleich wieder, als er in das Gesicht der Frau von gestern Abend blickte, die sich eine weißgoldene Strähne aus der Stirn fischte und hinters Ohr klemmte. Wie hieß sie noch gleich? Er hatte ihren Namen vergessen. Irgendetwas mit Musik. Neben ihr stand der Mann von gestern. An dessen Namen konnte er sich erinnern. Svante. Der bärbeißige Fallenleger. Sein Opa trug denselben Namen. Und wiederum daneben eine Frau, die er bislang noch nicht zu Gesicht bekommen hatte. Sie wirkte ernst und konzentriert. Vielleicht sogar ein wenig bedrückt. Er nickte ihr und dem Mann kurz zu und wandte sich an die Frau von gestern.

Agneta! Der Name schwirrte ihm schlagartig durch den Kopf. Und tatsächlich hatte sie an diesem Vormittag im Schein der Sonne, der ihr blondes Haar zum Leuchten brachte, eine gewisse Ähnlichkeit mit der berühmten Sängerin.

Er zog die Schultern hoch. »Ja und nein«, sagte er langsam und ließ dabei den Mann nicht aus den Augen, in dessen Hand sich eine noch nicht entzündete Zigarette befand. »Aber es könnte einiges darauf hindeuten, dass wir es tatsächlich mit Brandstiftung zu tun haben.« Sein Blick wechselte zwischen den beiden hin und her. In den Zügen der Frau las er pures Entsetzen.

»Hatte Ebba doch recht«, entfuhr es dem Mann.

Lars wollte sich nach dieser Ebba erkundigen, wurde aber abgelenkt von etwas, das sich an seiner Wade zu schaffen machte und heftig daran rubbelte.

»Zeus! Also wirklich! Lass das!«

Die unbekannte Frau schoss auf ihn zu, ging in die Hocke und zerrte das kleine Wollknäuel von seiner Hose.

»Du musst meinen Hund entschuldigen«, sagte sie.

»Hund?«, fragte Lars zurück und starrte das Ding in den Armen der Frau an, die einen ausgeprägten schonischen

Dialekt an den Tag legte. Es hatte die Größe einer unter-ernährten Hauskatze. Jetzt bellte es und versuchte, sich aus der Umarmung loszureißen, die Frau schien heillos über-fordert. Also nahm Lars sich ein Herz.

»Lägg dig!«

Stille. Endlich!

Die Frau sah erst ihn und dann ihren Möchtegernhund entgeistert an.

»Keine Ursache.« Lars blinzelte sie an und wandte sich wieder der anderen Frau zu.

»Also Brandstiftung.« Kraftlos hoben sich deren Arme, während sie den bärtigen Mann mit den längeren Haaren ansah. »Aber … wer würde denn so etwas tun?«

»Genau deshalb bin ich hier.« Lars klang entschlossener, als er sich fühlte, denn bei Brandstiftung wusste er, wie hoch die Dunkelziffer der nie aufgeklärten Fälle war. Den-noch bemühte er sich, Optimismus auszustrahlen. Aus irgendeinem Grund wirkte das Nervenkostüm dieser Frau äußerst fragil. Und aus irgendeinem Grund mochte er sie. »Vermutlich war es nur ein Jungenstreich.« Mit dem Lächeln der Zuversicht sah er die drei nacheinander an.

»Jungenstreich«, wiederholte Svante. Es klang, als wäre er von Lars' Theorie nicht im Geringsten überzeugt. Doch dieser zuckte nicht mal mit der Wimper.

»Es geht auf Mittsommer zu. Da gehen die Hormone mit vielen Jugendlichen durch.« Lars wusste, wovon er sprach, schließlich war es noch nicht lange her mit seiner eigenen Jugend. Er zückte seinen Notizblock und wandte sich an die hellblonde Frau: »Gestern sagtest du, dass es deine Schwiegermutter war, die die Polizei verständigt hat, weil sie von Anfang an von Brandstiftung ausgegangen ist.« Er spürte, wie sein Gesicht einen souveränen Ausdruck annahm, doch innerlich maßregelte er sich selbst, dass er nicht auch schon gestern nachgehakt hatte.

Sie strich den blumigen Stoff ihres Kleides glatt und nickte zögernd.

»Wieso glaubte sie das?«

Wieder warfen sie und der Mann sich schweigsame Blicke zu. Die ältere Dame mit dem Hund hingegen wirkte seltsam deplatziert. Lars wollte gerade nachsetzen, als Agneta ihn ansah.

»Nun, am besten fragst du das Ebba.«

Natürlich war es das Beste, das wusste Lars selbst. Er schlug seinen Block auf und kritzelte ihren Namen auf das Papier, zögerte dann kurz, vermied es aber doch nachzufragen, ob sich der Name mit einem oder mit zwei b schrieb. Andererseits: Was spielte das für eine Rolle?

»Sie ist im Haupthaus.« Die Hand des mürrischen Mannes deutete nach rechts. »Vermutlich hält sie ihr Nachmittagsnickerchen.« Er schmunzelte, was in dem bärbeißigen Gesicht beinahe exotisch wirkte. »In dieser Hinsicht ist sie wie ein Hobbit. Wenn sie nicht isst, dann schläft sie.«

Lars wollte sich gerade nach dem Namen der Frau mit dem winzigen Hund erkundigen, als er aus dem Innern der Scheune erst Flüche und dann seinen Namen hörte, der lauthals gerufen wurde.

Er steckte den Block zurück in seine Brusttasche. »Entschuldigt mich bitte einen Moment.«

Mit einem schiefen Grinsen wandte er sich von den dreien ab. Wieder nahm ihn beim Eintritt in die Scheune der Brandgeruch vollkommen ein. Seine Augen brauchten einen Moment, um sich in der Düsternis zu orientieren. Seine

Nase benötigte weitaus mehr Zeit, um mit dem stechenden Gestank klarzukommen. Suchend blickte er sich um und fand seine Kollegen in der hintersten Ecke der Scheune, im Schatten eines kleinen Traktors verborgen, dessen rötlicher Lack großflächig aufgeplatzt war. »Was ist los, Jungs?« Lars kam näher. »Habt ihr einen weiteren Brandherd gefunden? Ein Bekennerschreiben?« Er grinste gut gelaunt vor sich hin, hörte jedoch damit auf, als seine Kollegen sich zur Seite neigten und den Anblick auf das preisgaben, was sie gefunden hatten.

Unvermittelt blieb Lars stehen. »Auch das noch.« Leise schaudernd ging er in die Hocke, um den Schlamassel aus nächster Nähe zu inspizieren. »Wir haben also einen Toten.«

KAPITEL 8

Eine ganze Weile hatte Ina einfach nur dagestanden und dabei zugeschaut, wie die Polizisten in ihren blauen Uniformen ein gestreiftes Band um das offen stehende Scheunentor spannten und weitere Instruktionen von ihrem Chef entgegennahmen. Ina fand, dass er ein gut aussehender junger Mann war, mit seinem vollen blonden Haar und dem ebenmäßigen Gesicht. Ihrer Tochter würde er sicherlich gefallen. Ein wenig hatte sie Mitleid mit ihm, ganz bestimmt hatte er sich seinen Arbeitstag anders vorgestellt.

Sie lauschte der einseitigen Unterredung noch eine Weile, wurde dann aber abgelenkt, als Agneta mit Svante im Schlepptau kreidebleich aus der Scheune zurückkehrte. Sie tauchten unter dem gerade erst gespannten Flatterband hindurch. Der Polizist beendete seine Unterredung und kam ebenfalls auf sie zu. In den Händen hielt er wieder seinen kleinen Notizblock und einen Kugelschreiber, dessen Kopf er unablässig drückte. Auf Ina machte er einen nervösen Eindruck, was nur zu verständlich war. Schließlich hatten sie gerade einen Toten in der Scheune entdeckt.

»Und?«, fragte er, an Agneta und Svante gewandt. »Habt ihr den Toten wiedererkannt?«

Ina sah Agneta an, dass sie noch zu aufgewühlt war, um eine Antwort zu geben. Svante schien das ebenso zu sehen, er stellte sich vor sie, beinahe schützend.

»Haben wir«, sagte er mit fester Stimme. »Es ist Knut.« Kurz zögerte er, verbesserte sich. »Ich meine, das war er.«

Der Polizist sah erst ihn, dann Agneta tiefgründig an. »Und woran habt ihr ihn erkannt?« Die Hand mit dem Kugelschreiber wanderte in seinen Nacken und kratzte dort herum. »Ich meine, er war reichlich …«

Svante blinzelte ihn an. »Verkohlt?«

Ina lief es eisig den Rücken hinunter. Sie reckte das Kinn und sah vorbei an Agneta, über das Flatterband, hinein in die Schwärze der Scheune. Es war schlichtweg surreal, dass dort drinnen eine Leiche liegen sollte. Eine verkohlte obendrein.

»Na ja«, wandte ihre Gastgeberin ein. »So ganz verkohlt war er schließlich nicht. Also, sein Gesicht … und wir haben seine Gummistiefel erkannt.« Sie suchte Svantes Blick. »Also, das, was von den Gummiklumpen an seinen Füßen noch zu erkennen war. Er hat ständig diese grünen Stiefel mit der gelben Sohle getragen.«

Svante nickte zustimmend. »Und seine Statur ist unverkennbar. Es ist Knut.« Brummend räusperte er sich. »War.«

Der Polizist begann zu schreiben. »Knut also.« Dann hob er den Kopf. »Und wie weiter?«

»Lindelöf«, ertönte es hinter Inas Rücken. Ruckartig drehte sie den Kopf und erblickte eine alte Frau, die, auf einen Gehstock gestützt, auf sie zu humpelte. Ihre Augen wurden groß. Denn sie kannte diese Frau – zumindest die Jahrzehnte Jahre jüngere Version von ihr. »Knut Lindelöf«, sagte Ebba und trat zwischen sie und Agneta. Kurz blickte sie Ina an, nickte unbestimmt, hatte dann Agneta im Fokus. »Was ist mit Knut?«, wollte sie wissen.

»Knut ist tot«, sagte Svante.

»Verbrannt, beim Scheunenbrand«, erklärte Agneta.

»Knut ist tot?« Die alte Frau umklammerte den Knauf ihres Gehstocks so fest, dass ihre Knöchel weiß hervortraten. »Aber … das ist ja … schrecklich. Und er ist wirklich … verbrannt?«

Svante und Agneta senkten den Blick, nickten unergründlich vor sich hin.

»Aber … warum war Knut in der Scheune?«, wollte Ebba wissen. »Und warum ist er nicht rausgerannt, als es zu brennen angefangen hat? Ich meine … er hat doch Beine!«

Ihr Blick wechselte zwischen ihrer Schwiegertochter und dem Polizisten hin und her.

Es war eine berechtigte Frage, wie Ina fand.

Der Polizist drückte noch resoluter auf den Kopf des Kugelschreibers. »Was könnt ihr mir über den Mann erzählen?«

»Er hat mit uns auf dem Hof gewohnt«, begann Svante. »Seit Jahren schon.«

»Knut war für den Kurierdienst zuständig«, warf Agneta ein. »Er hat unsere hofeigenen Erzeugnisse an regionale Kunden ausgeliefert.«

»In seinem alten VW-Bus«, teilte Ebba dem Polizisten mit, der sich fleißig Notizen machte.

Ina erinnerte sich an den Wagen. Es war ein T2-Modell. Nicht, dass sie Ahnung von Autos hatte, geschweige denn, sich für diese interessierte. Aber mit solch einem Bus war sie mit ihrem Mann in jüngeren Jahren auf eine Tour nach Südeuropa aufgebrochen. Von Frankreich waren sie über die Pyrenäen der Côte d'Azur gefolgt, wo sie einen Abstecher nach Monte Carlo gemacht hatten, bevor es weiter über Italien an die jugoslawische Küste gegangen war. Von dort aus hatten sie mit Autofähren so lustig klingende Inseln wir Krk, Rab und Pag besucht. Normalerweise waren Erinnerungen an die Vergangenheit verklärt, doch auch Jahre später entsann Ina sich leidvoll an die unerträgliche Hitze in diesem unklimatisierten Gefährt. Und die Enge. Die war am schlimmsten gewesen. Je länger sie darüber nachdachte, desto sicherer wurde sie, dass dieser Roadtrip der Sargnagel ihrer Ehe gewesen war. *Und natürlich Viggos Affäre,* schob sie in Gedanken hinterher.

Ohne aufzuschauen, fragte der Polizist über seine Notizen hinweg: »Hatte dieser Knut Feinde?«

»Hm, tja«, kam es zögernd aus Svantes Mund. »Die Gänse haben ihn gehasst. Sobald er auch nur an ihrem Gehege vorbei ist, haben sie geschnattert und hätten sich am liebsten auf ihn gestürzt.«

»Wegen seines Parfüms«, erklärte Agneta. »Sie mochten den Duft nicht. Und Knut mochte die Gänse nicht, weil sie so laut schnatterten.«

»Es war aber auch ein strenger Duft, den er auftrug«, pflichtete Svante ihr bei.

»Und *menschliche* Feinde?«, hakte der Polizist nach.

Ina beobachtete ihn. Die Erwähnung der Gänse und des Parfüms hatte ihn nicht dazu bewogen, etwas auf seinen Block zu kritzeln.

»Knut hatte keine Feinde. Alle Leute mochten ihn. Obwohl er schon ein wenig, nun ja, sonderbar war.« Ebba hielt sich den Zeigefinger an die Schläfe und vollführte kleine Kreise. »Na, also nicht direkt plemplem«, ruderte sie zurück und ließ die Hand sinken. »Aber er war manchmal etwas …«

»Verwirrt«, sprang Agneta ihrer Schwiegermutter zur Seite, woraufhin Ebba mit der Zunge schnalzte. »Das trifft es ganz gut, ja.«

»Ein kleiner Tollpatsch«, stimmte Svante schulterzuckend zu.

Ebba lachte heiter. »Ein Wunder, dass er sich bei seiner Tapsigkeit nicht längst umgebracht hat.« Sie lachte noch herzhafter, hielt aber inne, weil ihr anscheinend just in diesem Moment klar wurde, dass genau das nun wohl geschehen war.

Der Polizist machte sich jetzt doch Notizen. Allerdings schrieb er so undeutlich, dass Ina kein einziges Wort entziffern konnte. Als er bemerkte, dass sie ihn beobachtete, wandte er den Block von ihr ab. Und dann hörte er ganz mit dem Schreiben auf.

»Jeder mochte Knut«, sagte Svante. »Er war ein feiner Kerl.«

»Ein verschrobener feiner Kerl«, konkretisierte die alte Frau.

»Und immer hilfsbereit«, fügte Agneta hinzu.

»Hm.« Der Polizist brummte knurrig, vielleicht sogar ein wenig missmutig. Dann sagte er gar nichts mehr.

»Gehen Sie denn davon aus, dass es kein Unfall war?«, erlaubte sich Ina in sein bekümmertes Schweigen hinein zu fragen. Sie musste den Kopf heben, um ihm in die Augen schauen zu können. Ihr kam das alles höchst seltsam vor. Man starb schließlich nicht einfach so in den Flammen.

Der Polizist jedoch sagte nichts, kratzte sich nur wieder mit dem Kugelschreiber am Ohr und sah sie unverwandt an. »Und wer sind Sie?«

»Ich bin Ina.«

Agneta stellte sich dicht neben sie. »Sie ist mein Gast. Sie kommt aus Deutschland.«

Ina sah zu, wie der Mann sich etwas notierte. Vermutlich ihren Namen. Ob sie ihn buchstabieren sollte? Doch er schien das Interesse an ihr bereits wieder verloren zu haben und blätterte in seinem Block herum.

»Was wollte Knut überhaupt in der Scheune?« Agneta wandte sich Viggos Mutter und Svante zu.

»Eine rauchen vermutlich?«, äußerte Ebba ihre Theorie, den Blick auf den See gerichtet. »Zumindest würde es ihm ähnlichsehen, in einer Scheune zu rauchen. Vielleicht ist er über seiner Zigarette eingeschlafen, hat damit versehentlich alles in Brand gesetzt und …«

»So wird es gewesen sein.« Svante verschränkte die Arme und sah den Polizisten ununterbrochen an. »Bestimmt war er übermüdet von seinen Kurierfahrten, hat sich in die Scheune zurückgezogen, um …«

»Es war Brandstiftung«, fiel der Polizist ihm ins Wort. »Wir haben den Brandbeschleuniger bereits sichergestellt.«

»Brandbeschleuniger?« Svante reckte ihm das Kinn entgegen. »Welcher Art?«

»Dazu kann ich leider keine Aussage machen.« Der Kugelschreiber fand den Weg zurück in die Brusttasche des Uniformhemds. »Ist Ermittlungssache.«

Nun brummte Svante. Eindeutig missmutig.

»Und wenn dieser Knut das Feuer gelegt hat?«, versuchte Ina einen zweiten Anlauf. Immerhin hatte sie genug Krimis gelesen, um Sachverhalte klug und analytisch betrachten zu können. Und in diesen Krimis war etwas selten so, wie es auf den ersten Blick schien.

»Nehmen wir mal an«, begann sie, »dieser Knut ist mit

dem Brandbeschleuniger in die Scheune, hat sein Werk vollbracht und ist dabei vielleicht gestolpert, mit dem Kopf irgendwo dagegengestoßen und ohnmächtig geworden.« Sie klatschte einmal kräftig in die Hände. »Den Rest hat dann das Feuer erledigt.«

Der Polizist rieb sich über das Kinn. Sie sah ihm an, dass er diesen Gedanken selbst noch nicht gehabt hatte.

Svante hingegen musterte sie stirnrunzelnd. »Warum sollte Knut so etwas tun?«

Ina hätte am liebsten erwidert, dass sie das doch nicht wissen könne. Sie kannte diesen Knut schließlich nicht einmal. Aber dumm herumzustehen und sich in Schweigen zu hüllen löste den Fall auch nicht. Und genau das war es, ein Fall. Dieser Gedankenblitz wiederum ließ sie nervös werden. Eine innere Unruhe ergriff Besitz von ihr. Es war eine richtiggehende Aufregung, die sie packte. *Ein Fall!* Wie in einem ihrer Krimis!

»Es wäre zumindest eine plausible Erklärung«, gab der Polizist zögernd zu. Aber er machte sich keine Notiz. »Vielleicht war er unzufrieden mit irgendetwas auf dem Hof und wollte das so zum Ausdruck bringen, als eine Art Protest.«

»Unsinn«, schoss es aus Ebba heraus. »Knut hätte keiner Fliege was zuleide getan! Und schon gar nicht hätte er irgendetwas absichtlich in Brand gesetzt.«

Ina umschwirrte wieder etwas im hoch summenden Tonfall. *Diese verdammten Mücken,* dachte sie. *Wie kann man auch nur auf die Idee kommen, einen Hof direkt an einem See zu bauen. Diese Schweden!*

Der Polizist packte nun auch den Block ein. »Ich denke, wir wissen mehr, wenn wir den Kanis… ich meine, den sichergestellten Brandbeschleuniger auf Spuren untersucht haben.« In einer schwungvollen Drehung wandte er sich Agneta zu. »Auf jeden Fall muss ich wissen, welche Dinge er wohin transportiert hat.« Dann richtete sich sein Blick auf Svante. »Es wird doch sicherlich eine Güterliste geben?«, fragte er. »Und ein Adressverzeichnis?«

»Warum das?«, fragten Ebba und Svante wie aus einem Munde. Sie wirkten mit einem Mal ein wenig erschrocken, wie Ina fand.

»Nun ja.« Der Polizist zögerte, auch ihm schien die abrupte Reaktion der beiden nicht entgangen zu sein. »Jede Spur könnte von Bedeutung sein«, erklärte er. »Schließlich ist ein gewaltsames Verbrechen nicht auszuschließen.«

»Sie meinen also, dass es Mord sein könnte«, fragte Ina geradewegs. Wenn schon das Wort Brandstiftung fiel, konnte man schnell vom Hölzchen aufs Stöckchen kommen.

Der Polizist druckste herum. »Ich meine, dass wir erst am Anfang unserer Ermittlungen stehen und abwarten müssen, was die Rechtsmedizin und die Sachverständigen herausfinden. Noch können wir uns kein Urteil bilden.«

Ina sah das anders. Der offensichtlich allseits beliebte Knut, der Scheunenbrand … das stank himmelweit nach einem Gewaltverbrechen. Nach einem Mord in der schwedischen Einöde. Ein handfester Mord, wie er im Buche stand. Irgendwie war das ganz nach ihrem Geschmack. Energisch wandte sie sich Agneta zu.

»Also gut«, entschied sie mit fester Stimme. »Ich bleibe ein wenig hier. Für ein, zwei Tage.«

KAPITEL 9

Lars beugte sich unter dem Flatterband hindurch und wurde von seinen Kollegen in Empfang genommen, die nur auf ihn gewartet zu haben schienen.

»Er ist bereits da, Chef«, Rasmus führte ihn in den Bereich der Scheune, in dem sie nicht nur den Kanister gefunden hatten, sondern auch den toten Knut.

Lars hielt sich ein Tuch vor das Gesicht und bemühte sich, flach zu atmen.

Es war ihm zuwider, die Scheune ein weiteres Mal zu betreten. Zu stickig war es da drin, zu intensiv der Brandgeruch, der sich tief in seiner Lunge festsetzte, zu verkohlt die dort liegende Leiche.

Dabei hatte er in seiner Laufbahn einige Tote gesehen, doch der Anblick von Brandopfern war immer eine unangenehme Sache. Und diesen Knut hatte es besonders schlimm erwischt.

Vor der Leiche kniete Benne, sein Kollege von der Rechtsmedizin. Benne war ein hagerer Mann in den Vierzigern mit runder Brille, die ihm ein wenig das Aussehen eines haarlosen John Lennon verlieh. Lars mochte ihn. Kennengelernt hatten sie sich auf dem letztjährigen Weihnachtsfest des Polizeireviers. Jedoch war ihm zunächst die bildhübsche Frau des Rechtsmediziners aufgefallen, von der er nicht gewusst hatte, dass sie dessen Frau war. Sie war ganz allein auf dem Fest erschienen. Lars hatte versucht, mit ihr zu flirten. Dabei hatte er sich unbeholfen wie ein Pferd mit einem gebrochenen Vorderlauf angestellt. Da war es beinahe einem Gnadenschuss gleichgekommen, als Benne schließlich aufgetaucht war und sich als ihr Mann vorgestellt hatte. Dieser Moment zählte nicht zu den Glanzpunkten in seinem Leben. Seitdem hatte er es mit dem Flirten ganz sein gelassen. Und doch hatten er und Benne sich auf Anhieb verstanden und an diesem Abend zu viele Glögg-Gläser getrunken und sich über die Parallelen ihrer Lebenswege ausgetauscht. Wie auch Lars war Benne in Värnamo gestrandet, jedoch nicht wegen seines Vaters, sondern der Liebe wegen. Zuvor war er als Rechtsmediziner in Malmö angestellt gewesen. Ihre alten Leben in den Großstädten und die Liebe zum Fußball waren zwei gute Gründe für einen freundschaftlichen Umgang. Und dass Lars sich unwissentlich an seine Frau rangemacht hatte, hatte Benne ihm nie übel genommen, wofür Lars wiederum sehr dankbar war.

Nun sah er ihn freundlich hinter seiner runden Brille an. »Hallo, Lars, es hat leider eine Weile gedauert, hier raus in diese Einöde zu kommen.«

Lars stieß einen Pfiff aus, der unter anderen Umständen womöglich belustigt geklungen hätte. Aber die Umstände waren nicht anders, sondern so, wie sie nun einmal waren. Mitsamt verkohlter Leiche vor ihren Füßen.

»Wem sagst du das.« Er wollte dem Rechtsmediziner die Hand schütteln, hielt aber in der Bewegung inne.

Normalerweise trug Benne kurzärmelige Hemden und diese praktischen Hosen mit den vielen Taschen, von denen man die Beine mit Reißverschlüssen entfernen konnte, wenn es zu warm wurde. Heute war es warm. Ganz besonders in dieser stickigen Scheune. Ob Benne dennoch ein Kurzarmshirt und seine Komforthosen trug, war unter seinem Ganzkörper-Overall nicht zu erkennen. Er sah aus, als wäre er auf direktem Weg zu einem Quarantäne-Hochsicherheitstrakt. Seine glänzende Stirn wurde verdeckt von einer etwas zu großen OP-Haube, die Füße steckten in blauen Überschuhen. Er war bereits voll und ganz in seine Arbeit vertieft, als Lars hinzustieß. Ihm wiederum brummte noch der Schädel von all den Eindrücken, die er von den Befragungen der Dorfbewohner gesammelt hatte. Schon jetzt graute es ihm davor, sämtliche Notizen von seinem Block in den Computer zu übertragen. In der Vergangenheit hatte er es hin und wieder mit einem Diktiergerät bei seinen Befragungen versucht. Das Ergebnis war, dass die Befragten derart gehemmt darauf reagierten, dass sie kaum etwas über die Lippen brachten. Also blieb er eben bei seinen Notizen.

Statt Bennes Hand zu schütteln, kramte er den Block hervor, um die ersten Eindrücke des Rechtsmediziners zu vermerken. »Schon irgendetwas Relevantes herausgefunden?«

Benne verzog die Lippen und streifte sich mit einem klatschenden Quietschen einen Handschuh vom Handgelenk.

»Jede Menge sogar.« Er gab ein nachdenkliches Schmatzen von sich und pfriemelte sich auch den anderen Handschuh ab, was ihm jedoch nicht so recht gelingen wollte. »Das Opfer weist starke Verbrennungen auf.«

Lars grunzte. »Das sehe ich auch.«

Ungeachtet seines Einwands stand der Rechtsmediziner auf und ließ den Blick durch die Scheune schweifen.

»Der Ort, an dem sich das Feuer ausgebreitet hat, ist vom Opfer nicht weit entfernt.« Er deutete auf den Bereich, an dem Lars von seinem Kollegen Rasmus die Überreste des Kanisters präsentiert bekommen hatte. Der Brandherd.

»Hier muss es lichterloh gebrannt haben«, führte Benne weiter aus. »Mit starker Glutbildung. Das trockene Stroh war die perfekte Nahrung für die Flammen.«

Während er sprach, gestikulierte er eifrig mit den Händen, was ein schräges Bild abgab, da der verbliebene Handschuh noch halb über den Fingern hing. »Von der Feuerwehr wissen wir zudem, dass das Scheunentor offen stand, was die Brandentwicklung zusätzlich begünstigt hat.«

»Wegen des Sauerstoffs«, mutmaßte Lars und erntete ein zustimmendes Grinsen.

»Hier drinnen hat's gebrannt wie Zunder«, sagte Benne und spitzte die Lippen. »Nicht auszudenken, der Brand wäre auf die umliegenden Häuser übergegangen. Nur gut, dass die Feuerwehr so schnell eingetroffen ist und Schlimmeres verhindern konnte.«

Lars besah sich den Leichnam. Viel schlimmer hätte es für ihn nicht laufen können. »Und die Todesursache?«, hakte er nach. »Ist er bei dem Brand ums Leben gekommen?«

Die Schultern des Rechtsmediziners hoben sich. »Ich kann noch nichts ausschließen. Weder ein Fremdverschulden noch den Tod im Zuge einer Brandstiftung durch Eigenverschulden.«

»Aber es war eindeutig Brandstiftung.« Lars machte sich eine entsprechende Notiz. Ihm gefiel die komplizierte Art nicht, mit der sich Benne ausdrückte. Er war ein Freund klarer Worte.

»Auch Suizid wäre eine Option.«

»Suizid?« Lars sah ihn ungläubig an. »Etwa Selbstverbrennung?«

Benne schüttelte lächelnd den Kopf, wobei ihm die OP-Haube verrutschte und tief in seiner Stirn hing. »Wohl eher eine absichtlich herbeigeführte Kohlenmonoxidvergiftung.«

»Aha?«

»Wie gesagt, ausschließen kann ich zu diesem Zeitpunkt nichts.«

»Hast du eine Tendenz?«

Etwas im Blick des Rechtsmediziners veränderte sich. »Nur, dass das Opfer vor der Verbrennung entweder schon tot oder nicht bei Bewusstsein war.«

Lars hob den Block an, wollte gerade mit dem Schreiben beginnen, hielt aber inne. »Woran machst du diese These fest?«

Benne beugte sich wieder nach unten. »Die Augen«, sagte er und winkte Lars mit dem Zeigefinger zu sich heran.

Also ging auch Lars in die Knie und versuchte, nicht zu tief einzuatmen. Knuts Leichnam war kein schöner Anblick und roch streng.

»Erste Anzeichen für meine These sind die nicht zusammengekniffenen Augen.« Er zeigte es Lars, der aber nichts als Verbranntes sah. Wobei das nicht stimmte. Die Züge des Toten waren sehr wohl noch erkennbar.

»Die Falten um die Augen«, wurde der Rechtsmediziner deutlicher. Trotz der Hitze zwängte er die rechte Hand wieder in die Enge des Gummis. Mit dem Zeigefinger drückte er auf einem Bereich am Auge herum, zog die Haut ein wenig auseinander, bis die kleinen Fältchen straffgezogen waren. »Bei Feuer oder starker Helligkeit kneifen wir die Augenlider zusammen«, erklärte er. »Eben zum Schutz. Und bei einem schlimmen Brand wie diesem gelangen unweigerlich Rußpartikel auf die Haut, auch auf den Augenlidern. Sind die Augen aber zusammengenkniffen, kann sich kein Ruß in den dadurch entstandenen Hautfalten absetzen.« Er führte es Lars vor, indem er ein Auge fest zusammenpresste. Hinter dem Brillenglas traten deutliche Falten um sein Auge hervor. Lars verstand.

»Dieser Mann hat nichts zusammenkniffen«, sprach Benne weiter. »Er lag einfach nur da und hat sich, nun ja, verbrennen lassen.«

»Also war er schon tot.«

Benne schüttelte den Kopf. »Oder bewusstlos.« Er entledigte sich wieder des Handschuhs. »Das kann ich hier vor Ort nicht bestimmen. Das Labor muss zunächst den CO-Hb-Gehalt im Blut des Opfers messen.« Auf Lars' fragenden Blick hin wurde er zumindest ein wenig verständlicher: »Ist eine Intoxikation nachweisbar, würde es bedeuten, dass dieser Mann im bewusstlosen Zustand den Rauch eingeatmet hat.«

»Und dadurch womöglich an einer Kohlenmonoxidvergiftung gestorben ist«, schlussfolgerte Lars.

Benne nickte ihm bestätigend zu.

»Aber er war zumindest bewusstlos.« Lars zwang sich dazu, den Leichnam intensiv zu betrachten. Diese Sache gab ihm keine Ruhe. »Warum warst du das? Was war passiert?« Diese Frage galt nicht seinem Kollegen, sondern dem toten Knut.

»Dafür könnte es viele Gründe geben«, sagte Benne. »Womöglich gibt sein Mageninhalt Aufschluss. Vielleicht war er aufgrund eingenommener Medikamente unsicher auf

den Beinen und ist gestürzt. Oder es war Alkohol im Spiel.«
Wieder zuckte er mit den Schultern. »Oder er ist eben einfach nur gestolpert und unglücklich aufgekommen. Es gibt Anzeichen für eine Kopfverletzung, das will ich bei der Sektion auf jeden Fall abgeklärt wissen.« Er deutete auf die besagte Stelle, doch auch da konnte Lars nichts Augenscheinliches erkennen. Er sah den Rechtsmediziner nachdenklich an. »Er könnte also auch erschlagen worden sein.«

Benne biss sich auf die Lippen, als hätte er zu viel gesagt. »Ich kann nichts ausschließen. Wir müssen ihn an einen für Brandverletzung zuständigen Experten weiterleiten.« Er zögerte. »Bloß haben wir den in Värnamo nicht.«

Lars seufzte. »Natürlich nicht.«

»Dementsprechend wird es wohl ein wenig dauern, bis wir Genaueres wissen.«

Lars seufzte noch mehr. »War ja klar.« Wehklagend betrachtete er den Toten. Er vermisste Stockholm.

Schwedisch für Anfänger - Teil 4

– *Smultronställe*

Übertragen: Stelle, wo die Waldbeeren wachsen. Gemeint aber ist ein ganz besonderer, verborgener, wunderschöner Ort, den man längst nicht mit jedem teilt.

KAPITEL 10

»Es ist unglaublich, wie viel sich hier verändert hat.« Im Gehen drehte Ina sich einmal im Kreis und ließ all die Eindrücke auf sich wirken. »Das erste und einzige Mal, als ich hier auf diesem Hof war, gab es nur das Bauernhaus, die Scheune und einen Stall.« Sie blickte sich suchend um. »Und der stand dort unten, am See, wo nun das Tiergehege aufgebaut ist.«

Es fühlte sich unwirklich an, nach so vielen Jahren wieder hier an diesem Ort zu sein. All die Erinnerungen von damals prasselten auf sie ein. Dinge, die sie längst vergessen zu haben glaubte. Ebenso verrückt war es, eine Affäre mit einem Mann gehabt zu haben, ohne je wieder bei ihm zu Hause gewesen zu sein. Doch Viggo hatte sie nie zu sich eingeladen. Die schönsten Flecken Schwedens hatte er ihr gezeigt, doch dieser Hof war tabu für sie gewesen. Dafür hatte sie Verständnis gehabt. Ebenso wenig hatte sie ihn in ihren privaten Lebensbereich eindringen lassen. Nie wäre sie auf den Gedanken gekommen, ihn nach Potsdam einzuladen.

Gerade spazierten sie und Agneta an einem Straßenschild vorbei, auf dem *Strandvägen* stand. Das Schild war nicht im besten Zustand, wirkte an der Seite wie abgerissen und war auch nur notdürftig an einer Eisenstange befestigt. *Vermutlich ist es das sogar wirklich,* dachte Ina. *Abgerissen in einer Stadt und hierhin verpflanzt worden.* Aus irgendeinem

Grund fand sie das wahnsinnig originell. In Nähe des Ufers erblickte sie ein Gehege, das es in ihrer Erinnerung nicht gab. Sie war froh, Zeus im Bungalow gelassen zu haben, damit er sich von all den Strapazen ein wenig erholen konnte. Spätestens beim Anblick der Tiere wäre er wohl nicht mehr zu halten gewesen.

Die Witwe folgte ihrem Blick. »Dort ist nun unser Streichelzoo untergebracht«, erklärte sie. »Um den kümmert sich auch Ashley. Komm mit, ich stelle sie dir vor. Sie ist eine ausgezeichnete Bäckerin. Du musst mal ihre Mazarintårta probieren.«

Ehe Ina nachhaken konnte, was das war, führte Agneta sie über einen mit Blumenbeeten umsäumten Weg in Richtung des Sees, wo sie einen reichlich betagt aussehenden Wohnwagen entdeckte. Er hatte weiße Lamellen an der Seite und dichten Mooswuchs auf dem Dach.

Der Wagen stand seitlich zum See und ging in eine Holzveranda über, die wiederum direkt an den Steg grenzte, der einige Meter in das tiefblaue Wasser hineinragte. An den Seiten des Steges waren jeweils drei bunte Plastikboote vertäut. Zwei Ruderboote. Vier Tretboote. Ina runzelte die Stirn. Es war ein recht kleiner See. Mit viel gutem Willen hatte er die Größe eines Fußballfeldes. Würden all diese Plastikschiffe auslaufen, gäbe es ein ziemliches Gedränge.

Das Tageslicht fiel in hellen Strahlen auf das Wasser, brachte die Oberfläche zum Glitzern. Ein kleiner Teil des Sees grenzte an einen Wiesenbereich, den Ina, Viggo und die anderen Jugendlichen früher als Strand genutzt hatten. Der größte Bereich des Ufers lag jedoch in dichtem Schilf, aus dem es munter quakte, zirpte und raschelte. *Ein Eldorado für Stechmücken!* Sofort empfand Ina Mitleid mit der Person, die sich den seenahen Camper als Heim ausgesucht hatte.

»Ashley kümmert sich auch um den Bootsverleih«, platzte Agneta in Inas Gedanken hinein, während sie auf den Trailer zuhielt, vor dessen Tür fein säuberlich aneinandergereiht eine Handvoll Sauerstoffflaschen stand.

»Sie ist ein echtes Multitalent!« Agneta hatte die Augen mit einer Hand vor der hellen Sonne abgeschirmt und deutete mit der anderen auf den Wohnwagen. »Du musst sie unbedingt kennenlernen, sie ist die gute Seele des Tingsmålahofes.«

Ina hob eine Braue. Ähnliches hatten sie auch über diesen Knut gesagt, der nun – zum Schock aller – tot war.

Kaum standen sie vor dem Wohnwagen, öffnete sich auch schon die Tür, und eine Frau mit einem Eimer in der Hand kam zum Vorschein. Überrascht hielt sie in der Bewegung inne.

»Hej«, kam es gut gelaunt aus ihrem Mund.

Agneta winkte grüßend. »Ich wollte dir unseren Gast vorstellen. Ina aus Deutschland.«

Die Frau trat aus dem Schatten des Wohnwagens, stellte den Eimer auf die Holzplanken der Terrasse und hüpfte gut gelaunt auf die beiden Frauen zu. »Hej, Ina aus Deutschland«, sagte sie in freundlichem Tonfall. »Ich bin Ashley aus Amerika. Endlich mehr ausländische Verstärkung.« Sie grinste. »Das wurde auch allerhöchste Zeit, dann bin ich hier nicht mehr der einzige Exot auf diesem Hof.«

Ina brachte kein Wort hervor. Sie schien derart verständnislos dreinzublicken, dass Agneta munter auflachte. »Ashley ist schon vor einer ganzen Weile bei uns gestrandet«, erklärte sie. »Sie war Backpackerin und in Richtung Norwegen unterwegs, als sie auf unseren Hof aufmerksam wurde. Erst wollte sie nur ein paar Tage bleiben, doch daraus ist …«

»… über ein Jahr geworden«, schloss Ashley die Ausführung.

Nun vernahm Ina den amerikanischen Akzent. Sie musterte die Frau. Sie war jung, weitaus jünger als die meisten Bewohner dieses Hofes. Sie hatte gebräunte Haut und lockiges dunkles Haar, das sie zu einem Pferdeschwanz gebunden hatte. Ina schätzte sie auf Anfang, vielleicht Mitte vierzig. Allerdings war sie noch nie sonderlich gut darin gewesen, das Alter von Menschen zu erraten. Ashley trug kurze Jeansshorts und ein Tanktop, das eine durchtrainierte Figur erkennen ließ. Ihre Beine steckten in roten Gummistiefeln, die weiß gepunktet waren. Generell schienen Gummistiefel das modische *Must have* auf diesem Hof zu sein. Und da wurde ihr klar, dass sich keine Gummistiefel in ihrem Gepäck befanden.

Die beiden Frauen reichten sich die Hand.

»Und von wo aus Amerika kommst du?«, fragte Ina.

»Wisconsin.«

»Ah«, sagte Ina kennerisch, hatte aber keinen Schimmer, wo dieser Bundesstaat genau lag.

»Dort ist es zwar schön«, erzählte Ashley, »aber überhaupt nicht vergleichbar mit diesem Paradies.« Mit verträumtem Blick schaute sie auf den See hinaus. »Ich war auf einer ausgedehnten Europareise und hatte mir Skandinavien für das Ende aufbewahrt. Von Schweden wollte ich über Norwegen nach Island und von dort zurück in die Staaten fliegen.« Sie streckte den Rücken durch und wandte den Kopf in Richtung der Tretboote – so ruckartig, dass ihr Pferdeschwanz ein Eigenleben bekam.

»Und dann bringt mich eine Autopanne an diesen Flecken Erde. Ein Wink des Schicksals, wie ich zu sagen pflege.« Ihr grinsendes Gesicht wandte sich Agneta zu. »Aber allzu lange möchte ich hier wirklich nicht bleiben!« Sie deutete zum Wohnwagen. »Mein Rucksack steht dort fix und fertig gepackt, sodass ich jederzeit wieder aufbrechen kann.«

»Natürlich!« Agneta hatte die Arme vor der Brust verschränkt und lachte amüsiert. »Das höre ich von dir seit einem Jahr.«

Ashley grinste mit. »Ich will mich eben nicht festlegen. Ich bleibe, solange es mir gefällt.«

Ina bedachte sie mit einem respektvollen Staunen. Sie hatte das Gefühl, eine Frau vor sich zu haben, von der sie trotz des Altersunterschieds eine Menge lernen konnte. War das nicht immer auch ihr Traum gewesen? Sich einfach treiben lassen und sehen, wohin einen das Leben leitete?

»Außerdem können wir schon gar nicht mehr auf dich verzichten«, warf Agneta ein. »Wer soll sich denn sonst um die Tiere kümmern? Und um den Bootsverleih? Und die Tauchstunden?«

»Tauchstunden?« Ina nahm die Sauerstoffflaschen in Augenschein.

»Oh ja! Ashley ist eine leidenschaftliche Taucherin und hatte die Idee, aus unserem See einen Taucherhotspot zu machen. Das ist einmalig in der ganzen Gegend!« Sie japste aufgeregt nach Luft. »Viggo und Svante haben sogar ein Boot auf dem Grund des Sees versenkt. Ein richtiges Wrack, damit das Tauchen ein wenig abwechslungsreicher wird.«

Ashley zwinkerte Ina zu. »Dort unten gibt es sogar einen Schatz zu entdecken!«

Ina blickte überrascht, doch die Frau lachte schelmisch. »Also, zumindest erzähle ich das meinen Tauchschülern. In dem Boot befindet sich nämlich ein Tresor, musst du wissen – der ist natürlich leer, und die ganze Zeit stand die Tür offen, doch irgendein Taucher muss sie zugemacht haben, und seitdem geht sie nicht mehr auf. Deshalb habe ich mir die Räuberpistole mit dem Schatz einfallen lassen.« Sie jauchzte. »Die Menschen lieben solche Geschichten.«

Ina nickte der Frau anerkennend zu. Als ehemalige Buchhändlerin verstand auch sie etwas von Storytelling.

Mit einem Mal zeichnete sich auf dem Gesicht der Amerikanerin Trübsinn ab. »Armer Viggo«, sagte sie leise. »Und armer Knut.« Ihre Augen wurden größer. »Ich habe Schreckliches gehört, Agneta.«

Diese räusperte sich verhalten. »Leider ist es wahr.«

»Auf diese fürchterliche Art und Weise …« Ashley gab ein nachdenkliches Raunen von sich, dem eine schwermütige Stille folgte.

Ina konnte nur erahnen, wie schlimm es für die Hofbewohner sein musste, einen Menschen aus ihrem Kreis auf solch dramatische Weise zu verlieren.

Ashley reckte entschieden den Kopf, sodass ihr Pferdeschwanz hüpfte, und rang sich ein Lächeln ab. »Auf jeden Fall gibt es jetzt ein versunkenes Boot im See, und die Leute können sogar einen Tauchschein bei mir machen.«

»Mit durchschlagendem Erfolg«, stimmte Agneta zu. »Immer mehr Menschen kommen zu uns auf den Hof, um von Ashley das Tauchen zu lernen. Und davon profitieren wir alle. Die Bäckerei, unser Hofmarkt – und nicht zuletzt der Angelladen.«

Ina betrachtete den stillen See und dachte über das Wrack auf dem Grund nach. Ein wenig unheimlich fand sie das schon.

»Ich lade dich gerne zu einer Schnupperstunde ein.« Ashley hatte die Arme in die Hüften gestemmt und stand nun direkt vor ihr. »Das Angebot solltest du annehmen. Wer weiß schon, wie lange ich noch hier bin.« Ihr Blick heftete sich auf das Tiergehege, von dem ein entsprechend ziegiger Geruch ausging. Sie seufzte. »Wobei mir die Tiere schon sehr fehlen würden.« Wie auf Kommando gab eine der Ziegen ein lautstarkes Gemecker von sich.

»Das war mein Stichwort.« Mit einem beherzten Griff hob Ashley den Eimer an, der bis zum Rand mit Kraftfutter-Pellets gefüllt war, und machte sich auf den Weg zum Streichelzoo. »Dir ein gutes Ankommen, Ina aus Deutschland«, rief sie über die Schulter hinweg. »Schau bald mal wieder vorbei. Hofbewohner dürfen sich die Boote kostenlos ausleihen.«

Bewohner?, schrien Inas Gedanken. Sie war doch allerhöchstens ein Gast. Für ein, zwei Tage. Dennoch rief sie zurück: »Das mache ich ganz bestimmt.«

Die beiden Frauen sahen der Amerikanerin nach, wie sie todesmutig das Tiergehege betrat und sofort von einer Horde Ziegen, Schafe und einem Riesenkaninchen in Beschlag genommen wurde. Sogar zwei Ponys und ein kleiner Esel stürmten wiehernd und iahend auf sie zu.

Agneta schmunzelte vor sich hin. »Der Streichelzoo ist an den Wochenenden die Attraktion bei den Kindern. So können die Eltern die Kleinen absetzen und sich in aller Ruhe mit dem versorgen, was sie brauchen.«

Inas Nasenflügel bebten. Neben dem Geruch des Streichelzoos nahm sie etwas weitaus Köstlicheres wahr. Sie schnupperte. »Was ist das?«

Agneta lächelte. »Das, liebe Ina, sind die besten Kanelbullar von ganz Schweden, die da gerade gebacken werden.«

Zimtschnecken also, schoss es Ina durch den Sinn.

»Komm mit, die musst du unbedingt probieren.« Agneta führte Ina den Seepfad entlang, bis sie den Hauptweg erreicht hatten, auf dem der Geruch stetig intensiver wurde. »Wir haben nämlich unsere eigene Bäckerei, in der jeder, der will, backen kann.«

Ina hörte den Stolz in Agnetas Stimme.

Zum süßen Geruch, der über den gesamten Strandvägen waberte, gesellten sich unversehens Geräusche von Kettensägen, Vorschlaghämmern und ein Grunzen, wie Ina es aus den Mäulern brunftiger Keiler vermutet hätte. Mit jedem Schritt wurde der Lärm lauter. Er kam aus einer offen stehenden Garage.

Agneta fuhr wütend auf: »Musst du deine Musik so laut hören?«

Musik? Ina riss verwundert die Augen auf und sah dabei zu, wie Agneta an ihr vorbeistapfte und unvermittelt vor der Garage stehen blieb. Sie hatte die Fäuste in die Hüften gestemmt.

Augenblicklich wurde der Ruf des Keilers leiser. Und auch das wüste Hämmern verklang, dafür kam ein junger Mann mit stoppeligem Gesicht zum Vorschein, der sich mit einem Lappen die Hände abrieb. Jedoch war der Lappen so verschmiert, dass Ina bezweifelte, ob er noch den Zweck des Saubermachens erfüllte.

»Was regst du dich auf? Das ist die neue Amon Amarth«, sagte er. »Schwedisches Kulturgut!«

»Grunzmusik ist das.« Agneta verzog das Gesicht, als hätte sie einen Elchhoden verspeist, was den jungen Mann zum Lachen brachte.

»Von dir als Musikerin hätte ich weitaus mehr Toleranz erwartet, was deine schwedischen Kollegen angeht.«

»Was hat das denn mit Musik zu tun?«, fragte Agneta erbost zurück.

»Death Metal hat eine große Tradition in unserem Land.«

Ina musterte den hochgewachsenen Burschen, den sie auf Anfang zwanzig schätzte. Seine Arme waren komplett tätowiert. Und leider auch Teile seines Gesichts. Ein schwarzblaues Rankengeflecht zog sich auf der rechten Seite von der Schläfe bis hinunter zum Kinn, wo es in den dunklen Bartstoppeln verschwand.

»Wer ist denn das?« Er nickte Ina kurz zu.

»Ein Gast«, sagte Agneta nur. »Mein Gast.«

Der junge Mann sah Ina eindringlich an, rubbelte sich weiter die Hände sauber. Sein Blick war nicht direkt feindselig, wie sie fand, aber weit davon entfernt, freundlich zu wirken. Trotz der Tätowierungen war er attraktiv, auf eine Weise, die ihrer Tochter durchaus gefiele. Sie sah ihn noch eine Weile länger an, inspizierte die breite Brust, das volle lange Haar, die hohen Wangenknochen und die tiefgründigen Augen. Er hatte alles andere als ein Allerweltsgesicht, und doch wurde sie das Gefühl nicht los, dass er sie an irgendjemanden erinnerte. Vielleicht an einen der Schauspieler, die sie in ihrer Jugend angehimmelt hatte. In Gedanken ging sie die Liste ihrer einstigen Schwärmereien durch. Robert Redford vielleicht? Nein, dafür wirkte er zu unangepasst. Alain Delon? *Vielleicht …*

»Das ist Janis«, sagte Agneta und lächelte Ina freundlich

an. Diese schluckte jeden weiteren Gedanken an die verwegenen Stars ihrer Jugend herunter und lauschte aufmerksam den Worten der Witwe: »Janis ist noch nicht lange auf unserem Hof. Er arbeitet mit Svante in unserer Reparaturwerkstatt.« Sie vollführte eine weit ausholende Geste, die die Garage umschloss. »Es gibt nichts, was die beiden nicht wieder ganz bekommen«, erzählte sie weiter. »Und das ist in der Abgeschiedenheit der Natur pures Gold wert. Wenn du also mal irgendwann etwas repariert haben musst, bist du hier bestens aufgehoben.«

Janis grinste zufrieden und entblößte einen goldenen Eckzahn. Ina konnte sich nicht helfen, aber dieser Bursche passte so gar nicht auf einen Aussiedlerhof für Senioren. Eher zu einer Straßengang in der Bronx. Eine dunkle Strähne hing ihm in die Stirn, verdeckte weitere Teile der Rankentätowierung. Auf der anderen Seite hatte er sich die Haare hinter die Ohren geklemmt und entblößte ein abnorm großes Ohrläppchen, wie Ina es sonst nur von den Mursi-Frauen kannte. Unglaublich, welche Trends nach Europa schwappten. Während sich ihr Blick in dem Loch verlor, so groß, dass sie hindurchschauen konnte, fragte sie sich, wann wohl Tellerlippen als Schönheitsideal die Jugend hier erreichen würden.

»Ich bin Ina.« Sie riss sich aus ihrer Starre los und streckte ihm höflich die Hand entgegen. Er ergriff sie zögernd. Dafür hatte er einen angenehmen Händedruck. Fest, aber ohne ihr dabei die Finger zu zerquetschen.

»Hallo, Ina«, kam es nun doch recht freundlich aus seinem Mund. Sogar ein zaghaftes Lächeln zeichnete sich in seinen markanten Zügen ab. »Wenn du mal etwas hast, was repariert werden muss, komm einfach zu mir, ja?«

Ina nickte, ließ seine Hand los. »Danke für das Angebot, aber so lange werde ich ganz bestimmt nicht bleiben.«

Nun lachte er frei heraus. »Du bist nicht die Erste, die das sagt. Genau das habe ich auch immer behauptet. Und jetzt ist der Hof mein Zuhause.«

Er wollte noch etwas sagen, doch Agneta zerrte an Inas Arm.

»Ihr beide habt später sicher genug Zeit zum Quatschen. Aber erst mal möchte ich unserem Gast die Backstube zeigen.«

Also ließ Ina sich von ihr weiterführen. Der süße Duft wurde mit jedem Schritt intensiver. Das Grunzen erklang wieder in ihren Ohren, jedoch ein wenig zurückhaltender als zuvor.

Agneta rümpfte die Nase. »So ist das eben, wenn mehrere Generationen unter einem Dach wohnen. Da sind die Musikgeschmäcker verschieden.«

»Nicht nur die, wie ich vermute.« Forschend betrachtete Ina die Schwedin von der Seite. Sie konnte das Gefühl nicht näher bestimmen, aber dieser Janis kam ihr suspekt vor. Und das lag nicht allein an den Tätowierungen, den langen Haaren und den Tunneln in seinen Ohrläppchen. Agneta aber brachte sie schnell auf andere Gedanken.

»Du bist doch nicht eine von den Frauen, die die Kalorien zählen und ein Problem mit Zucker und Kohlenhydraten haben?« Sie beäugte Ina argwöhnisch, die jedoch winkte beherzt ab.

»Ganz bestimmt nicht!«

»Dann ist ja gut. Ebbas Kanelbullar machen nämlich süchtig und sind nicht für eine Diät geeignet.«

Und dann waren sie vor einem Holzhäuschen angelangt,

dessen Paneele komplett weiß gestrichen waren. Über der Sprossentür war ein großes Schild angebracht, auf dem in verspielten Buchstaben das Wort *Bageri* geschrieben stand – Bäckerei. Durch das Fensterglas erkannte Ina einen Verkaufsraum mit einer altertümlichen Theke. Agneta trat ein, und Ina folgte ihr. Der Raum war noch kleiner, als es der Blick durch das Sprossenfenster hatte vermuten lassen. Die hintere Hälfte wurde beinahe vollkommen von der Theke eingenommen. An den Seiten befanden sich weiße Holzregale, die bis unter die Decke reichten. Doch sie waren leer. Genauso wie die Theke.

»Der Verkaufsraum wird nur an den Wochenenden genutzt«, erklärte Agneta auf Inas fragenden Blick hin. »Wir Bewohner bedienen uns mehr oder weniger direkt in der Backstube. Aber meist verteilt Nils seine Backwaren ohnehin an die Häuser.« Sie schmunzelte. »Nach einer Weile weiß man eben um die Vorlieben der Menschen.«

»Nils?«, fragte Ina.

»Unser Hauptbäcker. Er ist ein toller Mann. Früher hatte er eine Bäckerei in Växjö. Aber die alten Einwohner, die noch echte Backkunst zu schätzen wussten, starben mehr und mehr aus. Die jungen Familien und die vielen Studenten geben ihre Kronen lieber in diesen Backshops aus, in denen die Brote kaum Geld kosten.«

»Und überhaupt nicht schmecken!« Ina erschauderte. »Ist in Deutschland nicht anders.«

Agneta zuckte mit den Schultern, grinste aber unbeirrt weiter. »Das ist unser Glück. Nachdem Nils seine Bäckerei verkauft hatte, kam er zu uns, hat hier die Backstube gegründet und allen, die es wissen wollten, gezeigt, wie man backt.« Sie schloss die Augen und verzog die Lippen zu

einem genüsslichen Grinsen. »Keiner backt besseres Knäckebrot als Nils.« Als sie die Augen wieder öffnete, zwinkerte
sie Ina verschmitzt zu. »Es heißt sogar, dass Nils für die
schwedische Fußballnationalmannschaft gebacken hat.«

»So?«, gab Ina erstaunt und bewundernd zugleich zurück.

Agneta nickte enthusiastisch. »Aber er ist viel zu beschei-
den, als darüber auch nur ein Wort zu verlieren.« Nun
ruckte ihr Kopf zur Seite. »Komm mit, ich stelle ihn dir
vor.« Sie trat zur Theke und hielt auf die dahinterliegende
Tür zu. »Hier geht es zur Backstube. Natürlich gibt es noch
einen offiziellen Hintereingang, aber ich wollte dir die
Bäckerei komplett zeigen. Sie ist nämlich das Herzstück
unseres Hofes.«

»Das glaub ich gern.« Ina war tatsächlich beeindruckt –
mehr noch, als sie die Backstube betrat und von der Größe
überrascht wurde. Der Raum war hell erleuchtet, weil in
dem Dach große Fenster eingelassen waren. Zudem war der
süßliche Geruch von Frischgebackenem so intensiv, dass ihr
auf der Stelle das Wasser im Munde zusammenlief. Sie betrachtete die großen Rührmaschinen und die überdimen-
sionalen Knethaken. Auf allem lag eine mehlig-staubige
Schicht. Das Mehl schwebte auch in der Luft, wie ein feiner
Nebel. Und in diesem Nebel erblickte sie einen stämmigen
Mann in den besten Jahren und eine alte Frau, die gerade
ein Backblech aus einem Konditoreiofen schob und es vor
sich her balancierte, als befänden sich darauf rohe Eier. Das
Blech stellte sie auf einen Beistelltisch und pustete sich eine
schlohweiße Strähne aus der Stirn.

»Hallo, Ebba!«

Die alte Frau fuhr zusammen, als hätte man sie mit eisigem Wasser übergossen. Das Blech schepperte auf den letzten Zentimetern lautstark auf den Tisch.

»Agneta! Verdammt! Musst du dich immer so anschleichen?«

Der Mann lachte ruppig auf und hinderte ein paar Teilchen daran hinunterzufallen.

»Würdest du endlich mal dein Hörgerät tragen«, sagte er, »würdest du auch etwas von deiner Umwelt mitbekommen.«

»Was?« Die alte Frau neigte den Kopf.

»Nils hat gesagt, dass du endlich mal dein Hörgerät benutzen sollst«, rief ihr Agneta zu, doch Ebba winkte ab.

»Unsinn. Ich höre noch gut genug.« Irgendetwas Unverständliches vor sich hin grummelnd, wandte sie sich dem Blech zu und nahm sich eines der Gebäckstücke, dass sie in beiden Händen hin- und herwarf, um sich nicht zu verbrennen. Dann trat sie zu Ina, die gerade mit Nils bekannt gemacht wurde. Ebba drängte sich einfach dazwischen und strahlte sie freudig an.

»Möchtest du probieren? Es sind die besten in ganz Schweden.«

»Und ob ich das will.« Ina nahm die Zimtschnecke entgegen und pustete die Hitze aus dem Teig. Und dann biss sie hinein, in die beste Zimtschnecke, die sie jemals probiert hatte. Es war schier unbeschreiblich, welche Geschmäcker mit dem ersten Bissen auf sie einströmten. Dieser locker-fluffige Teig, die dezente Süße und die superfeine Zimtnote, die sich in ihrem Mund ausbreiteten. Ihre Augen schlossen sich wie von selbst. Unwillkürlich stöhnte sie. Vielleicht war es auch ein Grunzen. *Und wenn schon!* Der Geschmack in ihrem Mund trug sie in ihre glückliche Kindheit, sie schmeckte langes Ausschlafen, die Unbeschwertheit endloser Sommerferien.

»Fie find fantaftisch!«, rief sie Ebba voller Begeisterung zu und entlockte ihr damit ein breites Grinsen über beide Backen – so sehr, dass sich die Brille nach oben schob.

»Sag ich doch!«, meinte Ebba glücklich. »Es sind die besten im ganzen Land. Ich habe sogar mal welche für Alice Sommerlath gebacken, unserer Königsmutter.«

Ina sah sie verblüfft an, dann wanderte ihr Blick unwillkürlich zu Agneta, die nun dicht hinter ihrer Schwiegermutter stand und theatralisch die Augen verdrehte.

»Angefleht hat sie mich, dass ich ihr welche backe«, beharrte Ebba. Sie beugte sich zu Ina, und ihre Stimme senkte sich zu einem geheimnistuerischen Raunen: »Du musst nämlich wissen, dass ich äußerst gute Connections zum Königshaus habe.«

»Du mit deinen Räuberpistolen!« Lachend legte Agneta den Arm um ihre Schwiegermutter und drückte sie an sich.

Ina hätte gern ein wenig mit Viggos Mutter gesprochen, doch Nils klopfte den Mehlstaub von seinen Händen und knöpfte die Bäckerjacke auf. »Ich muss jetzt wirklich ins Bett, bin schon zu lange auf den Beinen.« Mit erhobener Hand verschwand er durch die Tür und ließ die Frauen allein.

»Eine herzensgute Seele«, sagte Agneta an Ina gewandt.

»Vielleicht ein wenig wortkarg«, fand Ebba. »Aber backen kann er wie kein Zweiter.«

»Wie du!« Agneta grinste ihre Schwiegermutter an. »Ich bin gerade dabei, unserem Gast alles auf dem Hof zu zeigen. Da durften deine fantastischen Kanelbullar natürlich nicht fehlen.«

»Da hast du wohl recht.« Ebba nickte entschieden. »Warst du mit ihr denn auch schon in unserem Souvenirladen?«

»Nein.«

»Das solltest du aber.«

Agneta sagte dazu nichts, sie trippelte stattdessen von einem Fuß auf den anderen.

»Außerdem müsst ihr jetzt gehen. Ich muss weiterbacken, damit die Bestellung fertig wird und Svante rechtzeitig loskann.« Sie seufzte leidvoll. »Knut fehlt schon jetzt an allen Ecken und Enden. Wo soll das noch hinführen?«

Darauf wusste auch Ina keine Antwort.

»Dann komm«, beschloss Agneta. »Gehen wir. Damit du Astrid kennenlernst.« Sie seufzte. »Bringen wir es schnell hinter uns.«

KAPITEL 11

Ina war ganz in ihrem Element, was weniger an der resolut auftretenden Besitzerin des Souvenirladens lag, die hinter ihrer Theke thronte wie eine haarige Spinne, drauf und dran, sich auf ihre Beute zu stürzen. Wobei Astrid in der Tat Haare hatte, besonders auf den Zähnen. Kaum hatten sie das Lädchen betreten, wurde Ina sogleich wüst beschimpft, weil sie versehentlich einen im Weg stehenden Verkaufsständer angerempelt hatte, an dem ein ganzer Bevölkerungsstamm bunter Filzpüppchen baumelte. Wie bei einer Massenhinrichtung.

»Pass doch auf!«, kam es fauchend hinter der Theke hervor.

Auch Agneta wurde von einem verachtungsvollen Blick heimgesucht, wohl weil sie sich dazu erdreistete, diesen Trampel mit in ihren Laden zu bringen. Ina selbst schenkte die Verkäuferin, deren schwarzes Haar derart mit Haarspray fixiert war, dass es aussah wie eine Perücke, keinerlei Beachtung. Nicht mal ein dahingemurmeltes »Hej« hatte sie für sie übrig. Agneta eilte auf den Tresen zu und verwickelte die Frau in ein Gespräch. Vermutlich wollte sie die Wogen glätten, die Spinne besänftigen.

Davon unbeirrt warf Ina einen flüchtigen Blick auf die Filzpuppen. Sie wollte eine berühren, als es von der Theke her tönte: »Anfassen verpflichtet zum Kauf!«

Agneta bedachte sie mit einem entschuldigenden Lächeln. »Ihre selbst gefilzten Waldkinder sind Astrid heilig.«

Schulterzuckend zog Ina die Hand zurück und schlenderte in den hinteren Bereich des Lädchens, denn da entdeckte sie etwas, das ihr Herz höherschlagen ließ. Bücher. Über und über. Eine ganze Wand voll. Ohne den filzigen Kindern des Waldes einen weiteren Blick zu schenken, pirschte sie im Slalom an den Verkaufshindernissen aus Tassen, Armbändern und Plüschelchen vorbei. Vor der Bücherwand blieb sie stehen und sog tief den Geruch von chlorfrei gebleichtem Papier und Druckerschwärze ein, der sie ein halbes Leben lang tagtäglich begleitet hatte. Es gab nichts, was sie mehr beruhigte als dieser Geruch.

»Hunde sind hier übrigens verboten!«, kam es erneut von der Theke.

Ina blickte verwirrt über die Schulter.

»Aber ich habe doch überhaupt keinen Hund bei mir!«

»Deshalb sag ich's ja. Damit das auch so bleibt. Ich habe nämlich gesehen, wie du angekommen bist. Mit all den Koffern. Und dem kleinen Hund.« Sie hob den Zeigefinger und bewegte ihn wie einen trägen Scheibenwischer. »Der kommt mir nicht in den Laden.«

Den Groll herunterschluckend, wandte Ina sich wieder den Büchern zu und überflog die Titel auf den Buchrücken. In der dritten Reihe angekommen, rümpfte sie die Nase. Neben dem einen oder anderen Lebensratgeber waren es ausschließlich seichte Liebesromane, die hier zum Kauf standen. Sie hatte nichts gegen Liebesschmöker, sofern sie einen gewissen Tiefgang hatten. Davon schienen diese Bücher hier jedoch weit entfernt zu sein. Allein schon die Cover! Allesamt vollgepackt mit muskulösen Männern, die oben herum nackt waren und immerzu eine dahinschmachtende Frau in den Armen hielten. Inas flinke Blicke streiften Titel wie *Sinnliche Berührungen des Hufschmieds, Ein Landarzt zum Verlieben* oder *Der Kuss des abtrünnigen Fürsten*. Ihr rollten sich die Fußnägel hoch.

In ihrem Rücken vernahm sie Gesprächsfetzen von Agneta und Astrid, die sich um den toten Knut drehten. Verständlich, dass es auf dem Tingsmålahof kein anderes Thema gab. Neugierig spitzte sie die Ohren. Vielleicht erfuhr sie von der Besitzerin des Souvenirladens neue Details, die ihr dabei halfen, die Puzzleteile in ihrem Fall zu einem großen Ganzen zusammenzusetzen. Sie sah es tatsächlich als ihren Fall an. Umso erschreckender, dass sie noch keinen einzigen Anhaltspunkt hatte. In ihren geliebten Krimis geschah das stets im Handumdrehen.

Um nicht den Eindruck des Lauschens zu vermitteln, griff sie sich ein Buchexemplar und blätterte darin herum. Der Ladenbesitzerin war anzuhören, wie bestürzt sie über Knuts Ableben war.

»Ein Mensch stirbt doch nicht einfach so«, drang ihre erregte Stimme hinterrücks von der Theke an Inas Ohr. »Schon gar nicht in einer Scheune. Überhaupt das mit der Scheune ... Brandstiftung! Auf unserem Hof!«

Ina nickte in die aufgeschlagenen Seiten hinein. Zumindest in dieser Hinsicht waren sie sich einig. Mehr denn je war ihr Knuts Ableben mit all seinen Begleitumständen suspekt. *Vielleicht,* so dachte sie, *wollte jemand mit der Brandstiftung den Mord an Knut vertuschen.*

»Wenn du darin liest, musst du es auch kaufen!«, bellte es lautstark durch den Laden.

Ina stellte das Buch schnell zurück und blickte weiter

die Reihen entlang. Einige der Bücher in der untersten Regalreihe waren durcheinandergeraten. Während sie dem Gespräch lauschte, begann sie unwillkürlich damit, Ordnung in das Chaos zu bringen und zumindest oberflächlich die Bücher ihren Sub-Genres zuzuordnen: Dark Romance, Chic-Lit, Nackenbeißer – von Letzteren gab es die meisten.

»Was machst du denn da?«

Ina verstand zunächst nicht, dass sie gemeint war. Dass sie sich dennoch umdrehte, war eher Zufall.

»Was macht sie da?«, fragte Astrid nun Agneta, die Ina verzweifelt ansah.

»Was ich mache?«, fragte Ina verwundert zurück und zeigte dann auf die Buchreihen. »Da waren ein paar Bücher falsch einsortiert, ich habe das wieder in Ordnung gebra…«

Weiter kam sie nicht, da Astrid ihr sogleich über den Mund fuhr.

»Wie kommst du dazu, ungefragt meine Bücher umzusortieren?!«

»Na ja, ich dachte, der Ordnung wegen.«

»Die Bücher waren geordnet!«

Vorsichtig lächelnd schüttelte Ina den Kopf. »Nein, waren sie nicht. Weder die Autoren noch die Genres standen zusammen.«

»Warum auch?« Astrid schnaufte. »Ich habe sie farblich sortiert.«

»Bitte was?«

Die Ladenbesitzerin schnellte hinter der Theke hervor und stampfte mit großen Schritten auf Ina zu. Dabei blieb sie an einem der im Weg stehenden Verkaufsaufsteller hängen, scherte sich aber nicht groß darum. Wortlos stapfte sie an Ina vorbei und zog ein Buch nach dem anderen aus dem Regal, um es irgendwo anders hinzustellen.

Ina widerstand dem Drang, sie davon abzuhalten, zumal Agneta hinter sie getreten war und eine Hand auf ihre Schulter gelegt hatte.

»Sie sind farblich geordnet«, sagte Astrid entschieden und verschränkte nach getaner Arbeit die Arme vor der Brust. »Die Farben der Buchrücken bilden einen Regenbogen.«

Ina sah erst sie an, dann die Bücherreihe, dann wieder die Verkäuferin. Sie trat einen Schritt zurück und nahm das Regal erneut in Augenschein.

»Tatsächlich«, brummte sie erfreut. »Du hast die Buchrücken nach dem Spektrum der Regenbogenfahne geordnet.« Sie schaute sie voller Bewunderung an. »Ist das eine politische Botschaft?«

Astrid zog die Stirn kraus. »Was denn für eine Botschaft?!«

»Na, wegen der LGBT-Bewegung. Als Symbol der Akzeptanz und Toleranz. Ich meine …«

»Es sieht so viel hübscher aus!« Astrid erwiderte Inas Blick, jedoch strahlten ihre Züge weniger Bewunderung aus, sondern vielmehr Angriffslust.

Ina war fassungslos. »Genau«, gab sie ermattet von sich. »Wie sonst?!«

Etwas zerrte an ihrem Ärmel. Es war Agneta, die sie nervös angrinste.

»Wir müssen dann auch weiter«, sagte sie. Ina ließ sich von ihr in Richtung des Ausgangs ziehen.

»Ach, übrigens … Deine Buchbestellung ist da!«

Agneta blieb stehen und mit ihr Ina. »Aber ich habe doch gar kein …«

»Neunundneunzig Arten, wie ich meine einstige Neben-buhlerin um die Ecke bringe«, sprach Astrid über sie hin-weg. »Das war doch deine Bestellung, richtig?«

Ehe Agneta etwas erwidern konnte, gab sich die Verkäu-ferin einem dämonischen Grinsen hin. Agneta zerrte Ina weiter nach draußen, ohne auch nur ein Wort über die Lip-pen zu bringen.

Vor der Tür blieben sie stehen und atmeten tief durch.

»Das war ja mal eine interessante Persönlichkeit«, meinte Ina.

»Astrid ist in Ordnung«, erwiderte Agneta seufzend. »Bloß ein wenig ...«

»Speziell?«, schlug Ina vor, woraufhin Agneta dankbar nickte.

»Eine Besonderheit dieses Ortes ist, dass wir alle Men-schen so akzeptieren, wie sie sind. Astrid ist nicht verkehrt, du wirst mir recht geben, wenn du sie erst näher kennen-lernst.« Sie nickte zu ihren eigenen Worten. »Ebba und ein paar andere treffen sich jeden Freitag mit ihr zur Bruus-Nacht, im Hofcafé. Meistens spielen sie bis weit nach Mit-ternacht.«

»Was ist Bruus?«, erkundigte sich Ina.

»Ein Kartenspiel.« Agneta hob abwehrend die Hände. »Und bevor du weiter bohrst, ich kann es auch nicht, frag mich also nicht nach den Spielregeln.« Sie pustete sich eine Strähne aus der Stirn. »Astrid ist wirklich nicht verkehrt.«

Ina verzog den Mund, denn genau das bezweifelte sie stark. *Und wenn schon, ich bin gar nicht lange genug hier, um diese Frau näher kennenlernen zu müssen.*

KAPITEL 12

»Warum zeigst du mir all das?« Ina wollte es verstehen, sie wollte es wirklich, aber sie wurde einfach nicht schlau aus Agnetas Verhalten. Gemächlich schlenderten sie weiter durch die Siedlung, dem frühen Abend entgegen. Sie kamen vorbei am Angelladen, in dessen Schaufenstern unzählige Angelruten in die Höhe ragten. Ein Holzschild mit der Aufschrift *Fiske Shop* war an der einen Seite befestigt.

Still und stumm gingen sie daran vorbei.

Viel zu stumm für Inas Geschmack. Denn noch immer verstand sie nicht, was sie hier eigentlich sollte. Sie hatte Fragen, einen ganzen Haufen sogar. Doch mit welcher sollte sie beginnen? Auch wenn sie wusste, dass die Antworten schmerzen würden, wollte sie möglichst alles über Viggos und Agnetas Beziehung erfahren. Über ihre Ehe. Also nahm sie ihren Mut zusammen.

»Wir war es denn, mit einem Mann wie Viggo verheiratet zu sein?«

Agneta blieb stehen, ohne Ina anzuschauen.

»Anstrengend«, sagte sie schließlich und wandte Ina nun doch den Blick zu. »Er wollte stets für jeden da sein. Der Hof war alles für ihn.« Sie fuhr sich mit den Fingern durch den Pony. »Aber ich wusste von Anfang an, worauf ich mich einließ. Damals, als wir uns kennenlernten, war er gerade dabei, auf dem Bauernhof eine kleine Kommune zu errichten.« Ihre Miene wirkte mit einem Mal traurig. »Sein Traum war es, mit gleichgesinnten Menschen ein autarkes Leben im Einklang mit der Natur zu führen.«

»Das ist ihm wohl gelungen«, fand Ina.

Agneta nickte zustimmend. »Weil er sich mit den Jahren die richtigen Leute dafür auf den Hof geholt hat.« Ihr Tonfall bekam etwas Abweisendes, als sie weitersprach. »Dass bei alldem unsere Beziehung auf der Strecke geblieben ist, muss ich wohl nicht extra erwähnen …« Sie beendete den Satz mit einem Achselzucken. »Vielleicht ist das der Grund, warum er diese Auszeiten mit dir gebraucht hat. Um dem Stress zu entfliehen.«

Ina nagte an ihrer Unterlippe. Im Grunde war es bei ihr nicht anders gewesen. Auch sie hatte Viggo benutzt, um dem Alltag ihrer Ehe zu entfliehen. Obwohl sie anfangs gute Zeiten mit ihrem Mann gehabt hatte, war da doch stets die ungezügelte Leidenschaft gewesen, die sie nur mit Viggo empfunden hatte. Oftmals hatte sie das schlechte Gewissen geplagt – besonders ihrer Tochter gegenüber. Das war auch der Grund, warum sie schließlich vor vier Jahren einen Schlussstrich unter ihre Ehe gezogen und entschieden hatte, lieber allein zu leben. Diese Entscheidung hätte sie viel früher treffen sollen. Das war etwas, was sie wirklich bereute. Vielleicht hätte sie so die Beziehung zu ihrer Tochter retten können.

Agneta führte sie zu einem verwinkelten Häuschen, vor dessen Eingang sich eine weitläufige Holzveranda erstreckte, auf der sich wie übergroße Pilze ein Sonnenschirm an den anderen reihte. Ein guter Teil der Stühle und Tische darunter war besetzt. Direkt daneben lag ein Schotterparkplatz, der zur Hälfte belegt war.

»All die Leute hier«, gab Ina voller Staunen von sich.

»Der Hof ist ein beliebtes Ausflugsziel geworden«, sagte Agneta mit Stolz in der Stimme. »Viele Bewohner der umliegenden Dörfer kommen hierher, um sich mit unseren Naturprodukten zu versorgen, die sie im Coop-Markt in der nächsten Stadt nicht bekommen. Manche nutzen unseren Hof als Ausgangspunkt für ihre Wanderrouten durch den Wald.« Sie zwinkerte Ina zu. »Den musst du selbst einmal durchwandern. Es halten sich hartnäckige Gerüchte, dass Trolle und Elfen dort ihr Unwesen treiben.« Während sie das sagte, grinste sie verstohlen vor sich hin. »Außerdem gibt es tief im Wald eine alte Ting-Stätte, von der man sagt, dass es dort spuken soll. Die Einheimischen glauben, dass die Seelen der gefallenen Wikinger noch immer da verharren, weil ihnen das Tor zu Walhalla versperrt wurde.«

Ina schmunzelte. Solche Sagen waren genau nach ihrem Geschmack, wenngleich sie nicht an Übersinnliches glaubte. Das einzige Übersinnliche, was sie je mit eigenen Augen zu Gesicht bekommen hatte, war das deutsche Steuergesetz.

»Svante hatte die Idee, den Parkplatz zu erweitern und daraus einen Stellplatz für Wohnmobile zu machen. Darüber stimmen wir gerade ab, ob wir das auch wirklich alle wollen.« Ihrem Tonfall nach zu urteilen, hatte Ina das Gefühl, dass Agneta sich selbst nicht so sicher war, wie sie dazu stand. »Gewiss würde es uns solide Einnahmen bescheren«, sprach sie weiter. »Es würde aber auch einiges an Arbeit bedeuten und Unruhe mit sich bringen. Doch genau das ist ja das Besondere an unserem Hof.« Sie breitete die Arme aus. »Die himmlische Ruhe.«

Und die vernahm auch Ina. Es war so still, dass sie beinahe glaubte, das Rascheln des Schilfs am Ufer zu hören.

»Setzen wir uns doch.« Agneta wies auf eine weiße Holzbank am Rand der Terrasse. Während sie Platz nahm, betrachtete Ina die Gäste in ihrer Nähe: zwei Familien mit kleinen Kindern, die auf Hochstühlen saßen, und eine Handvoll älterer Pärchen in atmungsaktiver Freizeitkleidung, mit schweren Wanderrucksäcken zu ihren Füßen. Es war ein heimeliger Platz zum Ausruhen vor oder nach einer Wanderung.

In das Haus führte eine Schiebetür, die weit offen stand und ein großes Wohnzimmer preisgab, welches zu einem Café umgestaltet worden war. Neben einem schweren Plüschsofa war der Raum voll mit Stühlen und Bistrotischchen. Auf einem der Tische glaubte sie, ausgelegte Spielkarten zu erkennen. Ob sie von einer Partie Bruus stammten?

»Warte einen Augenblick.« Agneta verschwand durch die Schiebetür und kam einen Moment später mit zwei Trocadero-Flaschen zurück. Eine stellte sie vor Ina hin, aus der anderen trank sie einen großen Schluck und wischte sich mit dem Handrücken den Mund ab. Ina betrachtete das bunte Etikett und fühlte sich einmal mehr in die Vergangenheit zurückversetzt. »Die habe ich seit Jahrzehnten nicht mehr getrunken.« Gedankenverloren strich sie über die bauchige Flasche, an der das Kondenswasser herabperlte. Einige der Tropfen fing sie mit dem Finger auf und rieb sich das kühle Nass in den Nacken.

Agneta streckte ihr die Flasche entgegen. »Skål!«

Ina erwiderte den Trinkspruch, und gleich darauf war das Klirren der Flaschen zu vernehmen. Sie nahm einen großen Schluck und spürte die eiskalte Mischung von Orange und Apfel im Mund. Während sie den Geschmack der Vergan-

genheit auf sich wirken ließ, sah sie die Frau, die ihr gegenübersaß, eingehend an.

»Warum hast du mir wirklich geschrieben?«, fragte sie
geradeheraus. »Nur, um mich mal gesehen zu haben?«

Die Schwedin blickte sie nachdenklich an. »Ich will, dass
du verstehst.«

Ina neigte den Kopf. »Was soll ich verstehen?«

»Was wir uns hier aufgebaut haben«, gab Agneta zurück.
»Viggo und ich.«

Der Klang des Namens versetzte Ina einen Stich. Auch
deshalb, weil er eine andere Frau mit einbezog.

»Über die Jahre hinweg haben wir einen Ort geschaffen,
den wir mit Menschen teilen, die uns am Herzen liegen.«
Agneta hob die Flasche an, um einen weiteren Schluck zu
trinken, tat es dann aber doch nicht. »Auch wenn Viggo viel
seltener zu Hause war, als ich es mir gewünscht hätte.« Ihr
Gesicht nahm einen grüblerischen Ausdruck an. »Aber wir
haben die gemeinsame Zeit doch sehr genossen und uns
unserem Paradies hingegeben.« Ihr Blick schweifte in die
Ferne. »Einem Paradies mit all seinen kleinen Geheimnissen.«

Ina betrachtete sie aufmerksam. Etwas an der Art, wie
Agneta den letzten Satz betonte, kam ihr merkwürdig vor.
Also wurde sie noch einmal konkret: »Warum bin ich hier?«

Agneta zog die Brauen hoch. »Es gibt tatsächlich einen
weiteren Grund, warum ich dich hierhaben wollte.« Sie
beugte sich ein Stück weit nach vorn und sah Ina ernst an.
»Seit Viggos Tod sind so manche Geheimnisse meines Mannes ans Tageslicht gekommen. Du bist nur eines davon.«

Ina zuckte zusammen. »Du meinst, er hatte noch mehr
Frauen?«

»Himmel, nein!«, fuhr Agneta erschrocken zusammen.

»Ich hoffe doch nicht. Es sind … Geheimnisse, die ich nicht verstehe.« Sie umklammerte die Limoflasche, als gäbe sie ihr Halt. »Immer wieder stoße ich auf Dinge, die mein Mann vor mir versteckt hat. Aber die wenigsten davon ergeben einen Sinn.« Unwillkürlich wanderte ihre Hand zu der Tasche ihres Kleides und legte etwas auf den Tisch. »Dies hier zum Beispiel«, sagte sie, ohne den Blick von Ina abzuwenden.

»Was ist das?« Auf der Tischmitte lag eine Postkarte, deren Motiv ein Ölgemälde zeigte. Es stellte eine mittelalterliche Szene dar.

»Genau das habe ich gehofft, von dir zu erfahren.« Agneta blinzelte sie an und drehte die Karte um. »Sie ist an dich adressiert.« Energisch tippte sie auf das Adressfeld.

Ina erkannte sofort Viggos Handschrift – und ihre Adresse. Die Briefmarke hatte keinen Stempel.

Als hätte Agneta ihren Gedanken aufgefangen, lachte sie nervös. »Bedauerlicherweise ist er nicht mehr dazu gekommen, sie zu verschicken.« Sie senkte den Kopf und schloss kurz die Augen.

Ina nutzte den Moment der Stille, um den Text auf der Karte zu lesen. Er trug kein Datum und bestand nur aus einem einzigen Satz: *Ich hatte recht.* Darunter hatte Viggo ein großes X gemalt.

Mit einem Fragezeichen auf der Stirn sah Ina Agneta an. »Was hat es damit auf sich?«

»Genau das möchte ich von dir erfahren. Warum hat Viggo diese Postkarte kurz vor seinem Tod an dich versenden wollen? Womit hatte er recht?«

Ina merkte auf. »Woher willst du wissen, wann er sie an mich verschicken wollte?«

Unwillkürlich begann Agnetas Unterlippe zu beben. Sie setzte mehrmals zum Sprechen an, bevor sie krampfhaft schluckte, um ihre Fassung wiederzuerlangen. »Weil sie in seiner Jackentasche steckte, als ich ihn gefunden habe.«

Augenblicklich fühlte Ina sich in einer riesigen Wolke aus Watte gefangen. *Viggos letzte Botschaft an mich.*

Zögernd nahm sie die Karte zur Hand, wendete sie. Aufmerksam studierte sie das Motiv.

»Ich habe recherchiert und herausgefunden, was es mit diesem Gemälde auf sich hat«, erklärte Agneta. »Es zeigt Erik Knutsson im Jahre 1208 bei seiner Inthronisierung durch Erzbischof Valerius.«

Ina betrachtete den Mann mit dem großen Kreuz auf der Brust – allem Anschein nach ein Kirchenoberhaupt. Neben ihm kniete ein Mann in Ritterrüstung und mit langen Haaren. Er hatte die Arme nach oben gestreckt, um ein Schwert in Empfang zu nehmen.

»Es ist die erste bekannte Krönung eines schwedischen Königs.« Agneta nahm ihr die Karte aus der Hand und drehte sie um. Wieder hatte sie Ina fest im Blick. »Womit hatte Viggo recht?«, fragte sie erneut. »Warum wollte er dir die Karte schicken? Und was hat es mit diesem X auf sich?«

Inas Ohrläppchen kribbelten. Sie brachte keine Antwort zustande.

Die Schwedin beäugte sie. Vielleicht skeptisch, vielleicht ungläubig. Dann streckte sie ihr die Karte entgegen. »Nimm sie! Er wollte, dass du sie bekommst.«

Während Ina die Karte entgegennahm, rumorte es in ihrem Magen. Längst verloren geglaubte Erinnerungen prasselten auf sie ein, zu ungeordnet, um auf Anhieb einen Sinn zu ergeben.

»Überall diese Geheimnisse.« Agneta ließ sich bedrückt zurücksinken und legte den Kopf schräg, während sie am Flaschenetikett herumknibbelte. »Ich weiß eigentlich nur, dass ich meinen Mann überhaupt nicht gekannt habe.«

»Jeder Mensch hat seine Geheimnisse.«

»Aber nicht jeder Mensch führt ein Doppelleben.«

Darauf wusste Ina nichts zu erwidern. Natürlich hatte auch sie über all die Jahre hinweg gespürt, dass Viggo in vielerlei Hinsicht ein wandelndes Mysterium war. Gerade das hatte die Beziehung mit ihm ja so spannend gemacht.

»Ich habe dich eingeladen, damit wir beide uns näher kennenlernen. Vielleicht gelingt es uns, Viggo wirklich zu verstehen. Dahinterzukommen, wer dieser Mann war.« Zu Inas Überraschung griff sie über den Tisch hinweg nach ihrer Hand und drückte sie. »Ich sollte dich hassen«, fuhr sie fort. »Aber aus irgendeinem Grund tue ich das nicht. Im Gegenteil. Du bist mir sympathisch.«

Ina zog die Hand nicht zurück, obwohl es ihr schwerfiel, diese Frau einzuschätzen. Sie hatte viele Krimis gelesen, in denen Menschen für weit weniger ums Leben kamen. Es bestand noch immer die klitzekleine Möglichkeit, dass Viggos Witwe sie in eine Falle gelockt hatte. Um sich an ihr zu rächen. Dennoch konnte sie zumindest deren Kompliment erwidern.

»Du bist mir auch sehr sympathisch«, sagte sie. »Viggo hat ein gutes Händchen in der Wahl seiner Ehefrau bewiesen.«

Mit einem verschmitzten Lächeln zog Agneta die Hand zurück, als unmittelbar neben ihnen eine Gestalt aufragte.

»Hej«, tönte es dunkel.

Während Ina den Kopf in Richtung der Stimme drehte,

fragte sie sich, wie man drei unschuldige Buchstaben dermaßen in Unfreundlichkeit ertränken konnte. Sie erblickte einen Mann, der sich mit den Fäusten auf der Tischkante abstützte und sie griesgrämig ansah. Trotz des Vollbarts, der sein halbes Gesicht verdeckte, waren seine missmutigen Züge deutlich zu erkennen.

»Und wer ist das?«, fragte Ina, ohne ihn aus den Augen zu lassen.

Agneta schnaubte leise. »Wenn du geglaubt hast, Astrid wäre eine unangenehme Person, dann hast du Mats noch nicht kennengelernt.«

In dieser Hinsicht irrte Agneta sich. Denn Ina kannte diesen Mann sehr wohl, sie hatte bloß einen Moment gebraucht. Schließlich hatte sie ihn seit Jahrzehnten nicht mehr gesehen.

»Hej, Mats«, sagte sie und musterte ihn. »Du lebst also noch?«

Er war eigentlich ein ganz ansehnlicher Mann, aber das änderte nichts daran, dass sie ihn auf Anhieb genauso unsympathisch fand wie damals.

Natürlich hatte auch er sich mit den Jahren verändert. Er war leicht untersetzt, sein beigefarbenes Hemd, das für ihr Empfinden etwas zu sehr glänzte, spannte sich über einem stattlichen Bauch. Wie damals erinnerte seine Nase sie an einen Adlerschnabel.

Der schwere Kopf des Mannes zuckte zurück, und nun war sie sich seiner gesamten Aufmerksamkeit sicher.

»Kennen wir uns?« Er blinzelte sie an. Aus dem Blinzeln wurde ein Stirnrunzeln und schließlich ein richtiger Augenaufschlag. »Ina?«, stieß er heiser hervor. »Das ist doch nicht die Möglichkeit!«

»Und doch ist es das.« Sie streckte ihm die Hand entgegen, aber er ergriff sie nicht.

»Du bist alt geworden«, sagte er schonungslos offen.

Natürlich hatte auch Ina sich mit den Jahren verändert. Zwar war sie noch immer schlank, aber weit davon entfernt, eine Bikinifigur wie eine Zwanzigjährige zu haben. Wenigstens hatte es die Haut gut mit ihr gemeint, denn ihre Winkearme waren kaum ausgeprägt, und ihre Gesichtsfalten hielten sich in überschaubaren Grenzen. Dass er sie dennoch als alt titulierte, kränkte sie ein wenig.

»Nun, es ist ja auch eine ganze Weile her, seit wir uns das letzte Mal begegnet sind.« Dennoch konnte sie sich nur zu gut daran erinnern. Es war keine schöne Erinnerung, wie ihr zunehmend bewusst wurde, während sie ihm in die Augen blickte.

Auch bei ihm schien die überraschende Begegnung etwas auszulösen. Er fasste sich an den Nacken und rieb nachdenklich daran herum. »Dass ich dich noch mal wiedersehe.«

»Tja«, entgegnete sie einsilbig. »Unverhofft kommt oft.«

Er rollte die Schultern, als wollte er einen unliebsamen Schmerz vertreiben, und wandte sich Agneta zu.

»Wie sieht es aus?«, fragte er sie. »Ich habe noch immer keine Antwort auf mein Angebot erhalten.«

Agneta reckte das Kinn. »Doch, das hast du. Es hat sich nichts daran geändert. Die Antwort lautet nach wie vor Nein.«

Mats sah sie unbeirrt an. »Das kann ich nicht akzeptieren«, erwiderte er kühl. Er nahm eine Faust vom Tisch und bewegte sie beim Sprechen hoch und runter, als ließe er sich auf eine Partie Schnick-Schnack-Schnuck ein. »Mein Angebot ist die einzige Möglichkeit, dass du auf einen grünen Zweig kommst und deine Schulden bei mir begleichst.«

»Wohin ich kommen werde, geht dich überhaupt nichts an!«

Mats grinste verstohlen. »Vielleicht nicht, aber früher oder später werden dir die Kosten über den Kopf wachsen. Du bist schon jetzt mit der Tilgung der Schulden im Rückstand. Irgendwann wirst du verkaufen müssen. Ich biete dir einen guten Preis. Nimm mein Angebot an, dann bist du alle Sorgen mit einem Schlag los.«

»Es ist mein Zuhause!« Agneta holte tief Luft und stieß den Atem schnaubend aus wie ein Drache, der gerade eine ganze Siedlung abfackelte.

Mats löste die Faust und deutete mit dem ausgestreckten Zeigefinger auf sie. »Ich gebe dir eine letzte Chance, zur Besinnung zu kommen. Wenn nicht, dann …« Den Rest der Drohung ließ er unausgesprochen.

Inas Blick wanderte forschend zwischen den beiden hin und her. Sie versuchte, aus dem Zwist schlau zu werden.

»Himmel, du und Viggo wart die besten Freunde.« Seufzend schüttelte Agneta den Kopf, ohne Mats aus den Augen zu lassen.

»Ja, und jetzt ist er nicht mehr da. Jeder muss sehen, wo er bleibt, nicht wahr?« Um Bestätigung heischend, wandte er sich Ina zu. Doch die ließ sich zu keiner Regung hinreißen.

Und so drehte er sich einfach um und ging seines Weges.

Ina sah ihm noch eine ganze Weile nach, während Agneta ihre Limo austrank.

»Mats wohnt nicht weit von unserem Hof entfernt.« Sie wischte sich den Mund mit dem Handrücken ab. »Immer wieder taucht er unversehens auf. Leider. Mir wäre es lieber, wenn er auf dem Mond wohnen würde.«

»Und was sollte das eben?«, wollte Ina wissen.

Agneta ließ den Kopf sinken. »Tja, jedes Paradies hat einen vergifteten Apfel«, sagte sie. »Mats ist unserer.« Auf Inas fragenden Blick hin erklärte sie: »Das war ein weiteres von Viggos Geheimnissen. Irgendwie hatte er sich hinter meinem Rücken hoch verschuldet und Geld von Mats geliehen. Als Sicherheit hat er ihm den halben Hof überschrieben. Nun muss ich die Schulden bei ihm abstottern, damit der Besitz an mich übergeht. Ausgerechnet Mats. Was hat Viggo sich nur dabei gedacht!« Sie ballte vor Wut die Fäuste. »Ihm gehört die Hälfte des Tingsmålahofes. Aber das reicht ihm nicht. Er will den ganzen Hof.« Sie seufzte. »Und leider läuft es momentan nicht rund, sodass sich Monat um Monat weitere Schulden anhäufen. Er hat recht, die Kosten wachsen uns wirklich über den Kopf.«

Ina hob eine Braue, sie wusste nicht, was sie dazu sagen sollte.

»Ausgerechnet an ihn«, meinte Agneta noch einmal. »Mats liegt mit allen Bewohnern im Clinch. Niemand kommt mit seiner herrischen Art klar. Ich befürchte, dass er uns alle rausschmeißen wird, wenn ich meinen Anteil an ihn verkaufe. Damit er eine Feriensiedlung aus dem Boden stampfen kann.«

»Aber das wirst du nicht«, hakte Ina forschend nach.

»Niemals! Das Problem ist nur, dass er damit droht, seinen Anteil an jemand Fremden zu verkaufen, wenn ich mich weiterhin weigere, ihm entgegenzukommen. Das würde das Ende des Aussiedlerhofes bedeuten, weil dann ganz bestimmt auch die Mieten ins Unermessliche steigen würden.« Sie ließ die Schultern hängen, während sie die leere Flasche musterte. »Unglaublich, dass er und Viggo einmal beste Freunde waren.«

Dem schloss Ina sich mit einem beherzten Nicken an. »Das habe ich damals schon nicht verstanden. Aber wenn du magst, werfe ich gerne einen Blick in eure Geschäftsbücher. Vielleicht kann ich helfen, mit Zahlen kenne ich mich ein wenig aus.«

Schwedisch für Anfänger – Teil 5

– Fika

Es mag vielleicht ein wenig anzüglich klingen, bedeutet
aber nichts anderes als eine kleine Auszeit vom Alltag, bei
einer entspannten Kaffeepause mit leckeren Keksen und
Teilchen oder Kuchen. Am liebsten mit seinem Wohlfühl-
menschen natürlich!

KAPITEL 13

Bei all den Eindrücken, die auf sie an diesem Tag hereingeprasselt waren, war Ina froh, endlich allein zu sein. Nicht, dass ihr Agnetas Anwesenheit großes Unbehagen bereitete. Doch die letzten Stunden waren so rasant an ihr vorbeigezogen, dass sie überhaupt nicht wusste, wo ihr der Kopf stand. Der nasse Kopf, denn gerade erst war sie aus der Dusche gesprungen und hatte sich das Handtuch umgewickelt. Sie saß mit Zeus auf dem Schoß an der Kante des Gästebetts, fühlte sich angespannt und kraftlos und starrte den gegenüberliegenden Wandschrank an. Es war ein alter Bauernschrank mit hübschen Blumenornamenten. Neben dem Bett standen ihre Koffer und warteten darauf, ausgepackt zu werden. Doch dazu hatte Ina sich noch nicht entschließen können. Sie war hergekommen, um ein Leben an der Seite ihrer großen Liebe zu führen. Dumm nur, dass Viggo seit einem halben Jahr tot war. Was verspürte sie dabei? Trauer, natürlich, tiefe Trauer. Aber auch eine kleine Portion Wut, weil Agneta sie getäuscht hatte. Andererseits: Stand es ihr zu, sich über eine Täuschung zu beschweren? Immerhin hatte sie die Schwedin jahrzehntelang hintergangen, wenn auch unbewusst. Mit dem Beginn ihrer Affäre hatten sie und Viggo die Vereinbarung getroffen, dass es für sie beide bei ihren seltenen Treffen nur das Hier und Jetzt gebe. Rückblickend war Ina überrascht, wie erstaunlich gut das funktioniert hatte.

Mit nassen Haaren ließ sie sich nach hinten fallen, versank in der weichen Tagesdecke. Es war ein unfassbar bequemes Bett, wie sie feststellen musste. Die Matratze war nicht zu weich und nicht zu hart. Es war breit, wie geschaffen für zwei Personen. Oder für eine Person und einen Hund. Prompt stahl sich Zeus von ihrem Schoß, eroberte die freie Bettseite und rollte sich neben ihr ein.

Die Feuchtigkeit auf ihrer Haut bescherte Ina eine angenehme Kühle. Neben Zeus lag der Föhn, der jedoch nicht tat, was er sollte, da sein Stecker in keine der Steckdosen im Bungalow passte. Das war nicht gut. Wenn sie ihre Haare bei diesen Temperaturen lufttrocknete, würden sie sich zu wilden Locken kräuseln. Und das konnte Ina nicht ausstehen. Als kleines Mädchen hatte sie noch glattes Haar gehabt, doch mit der Pubertät war es immer lockiger geworden. Ohne entsprechende Pflege bildete es eine Ansammlung von Vogelnestern auf ihrem Kopf.

»Blöder Föhn!«

Sie blieb liegen und starrte die holzvertäfelte Decke an. Agneta hatte ihr einen kleinen Bungalow zugeteilt, der in den Ferienmonaten an Familien vermietet wurde. Er war zweckmäßig und doch urgemütlich eingerichtet. Ina gefielen sogar die Bilder an der Wand, die allesamt blühende Wiesen zu verschiedenen Tageszeiten zeigten. Die Künstlerin dieser Gemälde war Agneta, wie sie ihr bei der Besichtigung verraten hatte.

»Nun bin ich also hier«, erklärte Ina dem Lüster, der exakt in der Mitte des Zimmers hing. Sie schloss die Augen. Seufzte. Öffnete sie wieder. Seufzte noch einmal. Dann drehte sie sich zur Seite und fand sich Auge in Auge mit Zeus wieder, der sie fixierte. Im nächsten Moment schoss seine nasse Zunge hervor und leckte über ihr Gesicht. Jetzt waren es nicht mehr nur ihre Haare, die nass waren. Sie zuckte zurück, was zur Folge hatte, dass der Hund auf sie sprang und weiter versuchte, sie abzuschlecken, während er schwanzwedelnd herumhopste. Sie hielt ihn mit beiden Händen von sich und lachte beherzt. »Wenigstens einer, dem es hier zu gefallen scheint.«

Um den Attacken des Hundes zu entkommen, erhob sie sich und saß nun wieder auf der Bettkante. *Das Bett ist wirklich bequem,* stellte sie fest. Und auch die Blumen gefielen ihr, die in einer Keramikvase auf der zum Bauernschrank passenden Kommode standen. Es waren blaue und gelbe Wiesenblumen, wobei das Blau eher ins Violette ging. Sie waren frisch gepflückt. Ebenso war der Kühlschrank gefüllt, wie sie vor dem Duschen festgestellt hatte. Darin befand sich alles, was sie für die nächsten Tage brauchte. Butter, Marmelade, Fruchtsäfte. Sogar ein paar Flaschen selbst gebrautes Bier und einen Weißwein hatte sie entdeckt. Auf dem Küchentisch vor der Eckbankgruppe stand ein Korb, gefüllt mit Teigwaren und Brötchen. Eines musste sie ihrer Gastgeberin lassen: Sie hatte sich wirklich Mühe gegeben, damit sie sich wohlfühlte.

Ein wenig verstand sie Agnetas Anliegen. Wäre sie in ihrer Situation gewesen, hätte sie auch die andere Frau kennenlernen wollen. Aber niemals hätte Ina sich auf diese Reise eingelassen, wenn sie zuvor die Wahrheit erfahren hätte. Niemals!

Ihre Gedanken wanderten zurück zu Viggo. Es war schwerlich auszumachen, was genau sie angesichts seines Todes empfand. Ihr tat das Herz weh, wenn sie an all die schönen Momente dachte, die sie mit ihm verbracht hatte.

Diese unbeschwerten Auszeiten. Aber doch hatten die vergangenen eineinhalb Jahre, in denen sie ihn nicht gesehen hatte, eine Distanz entstehen lassen, um die sie gerade sehr froh war. So vermischten sich Trauer und Neugierde miteinander. Sie würde Agneta eine Chance geben und sie kennenlernen. Weil sie es wirklich wollte. Aber sie wollte noch mehr! Sie wollte wissen, wer die Scheune in Brand gesteckt hatte und wie Knut ums Leben gekommen war. Sie brannte förmlich darauf, den Täter zu stellen.

Zum ersten Mal in ihrem Leben war sie völlig frei. Ob sie morgen oder übermorgen abreisen würde, was machte das für einen Unterschied? Wenn das Alter etwas für sich hatte, dann doch wohl, dass es keine großen Pläne mehr brauchte, mit denen man sich den Kopf zermürbte. *Sich einfach treiben lassen, sich nicht groß drum scheren, was noch kommt.*

Dennoch meldete sich eine zwar leise, aber unüberhörbare Stimme in ihr. *Wo soll ich hin?*, wisperte sie. Schließlich gab es keine Wohnung mehr, in die sie sich zurückziehen konnte. Sie musste der Wahrheit ins Auge blicken.

Sie war nun heimatlos. Weil sie zum ersten Mal in ihrem Leben ihrer Intuition vertraut und alles auf eine Karte gesetzt hatte. Zum allerersten Mal hatte sie eine reine Herzensentscheidung getroffen. *Und jetzt das!* Was war sie doch naiv. Nun saß sie hier auf einem fremden Bett in einem fremden Land, hatte weder ihre Affäre noch den erhofften Mann fürs Leben an ihrer Seite, zur Ablenkung von der ganzen Misere jedoch einen waschechten Kriminalfall. Das war durchaus etwas, worauf man sich stürzen konnte.

Entschlossen streifte sie das Handtuch ab, wühlte sich auf der Suche nach frischer Unterwäsche durch die Koffer und zog dann ein tannengrünes Sommerkleid über, dass sie letztes Jahr im Sommerschlussverkauf in den Potsdamer-Platz-Arkaden gekauft hatte, die neuerdings The Playce hießen. Ein weiterer guter Grund, der Stadt und gleich dem ganzen Land den Rücken zu kehren. Ina konnte diese englischen Begriffe nicht ausstehen. Sie empfand Deutsch als solch eine schöne Sprache, für sie war es sogar die schönste Sprache der Welt – vom Französischen einmal abgesehen, in dem selbst das Fluchen wie eine charmante Liebeserklärung klang.

Eingehend betrachtete sie sich im Spiegel, strich die Falten des Kleides glatt und versuchte, ihr noch immer nasses Haar halbwegs in Form zu bringen. Die Spitzen wellten sich bereits nach innen, das Unheil nahm seinen Lauf. Sie schnappte sich den Föhn vom Bett, ließ Zeus, der nicht mal mehr ein Augenlid anhob, schlafen und verließ leise das Schlafzimmer. Im Flur hob sie die Sandalen auf und schlich auf Zehenspitzen aus dem Haus, um ihn nicht zu wecken. Nachdem sie die Tür zugezogen hatte, schlüpfte sie in die Schuhe und lauschte. In den Blumenbeeten zirpten die Grillen. Im Kirschbaum, der vor dem Küchenfenster stand, zwitscherten Vögel. Gebell war keines zu hören. Also trat sie ihren ersten Weg durch die Siedlung an und ließ alles auf sich wirken. Mit dem Föhn in der Hand hatte sie ein festes Ziel vor Augen. Zum Glück war die Größe des Hofes überschaubar, sodass sie ihr Ziel problemlos wiederfand. Der grunzende Keiler war den wohligen Klängen der Rolling Stones gewichen, als sie vor der Reparaturgarage zum Stehen kam. *Viel besser*, wie sie fand.

Aus den Lautsprechern einer alten Stereoanlage erklang der Refrain von »Wild Horses«. Was hatte sie die Stones in ihrer Jugend geliebt. Ganz besonders diesen verwegenen Keith Richards. Sie hatte sogar ein Poster von ihm in ihrem Zimmer hängen gehabt. Es war eine Konzertaufnahme, auf der er die fünf Saiten seiner E-Gitarre bearbeitete und dabei lässig einen Zigarettenstummel im Mundwinkel kleben hatte. Seine Augen waren geschlossen, und Ina hatte sich immer gefragt, welchen Gedanken der Musiker in dem Moment der Aufnahme im Kopf gehabt hatte. Welchen Song hatte er zum Besten gegeben? Ihr Lieblingsstück der Stones war unweigerlich »Paint It Black«. Nichts anderes hatte ihre jugendliche Melancholie besser widerspiegeln können als dieses Lied, das sich in Endlosschleife auf ihrem Plattenspieler gedreht hatte, bis die Nadel sich tief in die Rillen der Single gefressen hatte und das Stück kaum mehr abspielbar gewesen war.

»Kann ich dir helfen?«, tönte eine dunkle Stimme aus dem Innern der Garage. Sie kam eindeutig nicht von dem Burschen mit den Tunneln in den Ohrläppchen.

»Ja«, rief sie in den Schatten hinein und hielt den Föhn hoch, als wäre damit alles erklärt. »Ich suche den jungen Mann, der hier alles repariert.«

Aus dem Schatten trat das Gegenteil eines jungen Mannes. Es war Svante.

»Du?«, sagte er nur, worauf Ina keine gescheitere Erwiderung einfiel als: »Ich!«

Sie trat in die Garage, sah, dass Svante sich auf die Werkbank zubewegte, auf der sich die unterschiedlichsten Gerätschaften türmten. Die meisten davon waren aufgeschraubt und auseinandergebaut. Darunter waren ein Toaster, ein Handstaubsauger und ein Laptop, dessen Tastatur in ihre Bestandteile zerlegt war. Unwillkürlich setzte ihr Hirn aus den herumliegenden Buchstaben das Wort *Hueftgold* zusammen, was sie ein wenig stolz machte. Sie war schon immer ein Ass im Scrabble gewesen.

»Ich bin der Mann, der hier alles repariert«, erwiderte Svante in brummendem Tonfall und senkte den Blick auf den Föhn.

»Gut, na dann.« Sie hob die Hand. Die mit dem Föhn. »Der funktioniert nicht.«

»So?« Er formulierte es nicht direkt als Frage, aber auch nicht als Feststellung. Auf jeden Fall nahm er ihr den Föhn ab und betrachtete ihn eingehend. Inas Wangen glühten, als sie die Haare sah, die sich im hinteren Teil verfangen hatten. Sie hätte ihn wenigstens vorher säubern können. Svante schien das nicht zu stören. Sein Kopf wippte im Takt der Musik, während er den Defuser abzog und sich den Föhn dicht vors Auge hielt.

»Was ist denn daran kaputt?«, fragte er.

»Ich habe nicht gesagt, dass er kaputt ist.« Sie wollte noch etwas ergänzen, blieb aber an einer Zeile des Songs hängen, die Mick Jagger soeben schmetterte.

Wild Horses couldn't drag me away ...

Sie musste grinsen. »Ich hatte mal die Platte, auf der das Lied drauf war«, sagte sie. »*Sticky Fingers.*«

Er sah von dem Föhn auf und ihr direkt ins Gesicht. Sie glaubte, einen Anflug von Überraschung in seiner Miene zu erkennen. »Eine Frau wie du hört die Stones?«

Aus dem Grinsen wurde ein Strahlen: »Ich vergöttere die Stones.«

Sie ging auf die Stereoanlage zu und drehte die Lautstärke auf. Nicht bis zum Anschlag, aber so, dass der Bass des Liedes ordentlich durch die Garage wummerte.

»Ich hatte die LP mit Original-Reißverschluss«, erinnerte sie sich und musste schmunzeln. »Du weißt schon. Das Cover mit der Jeans, in der sich, nun ja …«

Nun grinste auch Svante. Er wusste Bescheid.

»Eine gute Platte«, sagte er. »Generell waren die Siebziger eine prima Zeit für Musik.« Er hob die Hand und zählte auf: »Led Zeppelin, Creedence Clearwater Revival. T. Rex …«

»Deep Purple«, fügte Ina hinzu, woraufhin sich Svantes Stirn in Falten legte.

»Du und Deep Purple?«

»Natürlich!« Ina winkte ab. »Aber nur die frühen Sachen. Als Ritchie Blackmore noch an der Gitarre war.«

Svante legte den Föhn auf die Werkbank und nickte. »Der gute alte Ritchie.« Fragend sah er zu ihr auf. »Und was ist nun damit nicht Ordnung, wenn er nicht kaputt ist, aber auch nicht funktioniert?«

Ina hob das Kabel an. »Der Stecker passt nicht in die Steckdose.«

»Das kann er auch nicht«, sagte Svante mit fachmännischem Blick. »Das ist einer dieser typisch deutschen Stecker, und der ist zu dick. Dafür sind unsere Steckdosen nicht ausgelegt.« Er hielt kurz inne, fügte dann aber hinzu: »Keine Steckdose der Welt außer der deutschen ist dafür ausgelegt!«

Ina seufzte. »Und jetzt?«

»Jetzt mache ich dir einen neuen Stecker dran.« Während er sprach, hatte er bereits eine Kneifzange zur Hand genommen und kurzerhand das Kabel abgeknipst. Sie hatte den Mund zum Protest geöffnet, schloss ihn aber wieder. Vielleicht sollte sie dem Fachmann einfach vertrauen.

Er machte auf sie ganz den Eindruck, als wüsste er, was er da tat.

»Die Platte mit dem Reißverschluss ist heute ein kleines Vermögen wert«, verkündete Svante, während er die Drähte freilegte.

»Ich hab sie nicht mehr«, räumte Ina ein. »Meine Tochter hat sie sich mal ausgeliehen, und seitdem treibt sie sich irgendwo in der Twilight-Zone herum.« Sie holte tief Luft, fügte schnell hinzu: »Die Platte meine ich, nicht meine Tochter.« Kurz zögerte sie. »Obwohl …«

»Ts«, machte der Mann kennerisch. »Kinder eben.«

»Hast du auch welche?«

Er sah auf und blickte sie entrüstet an. »Himmel, nein!« Dann zwinkerte er ihr zu. »Zumindest keine, von denen ich wüsste.«

Eine verzerrte E-Gitarre krächzte durch die Lautsprecher. Die Stones stimmten den nächsten bluesgetriebenen Song an.

»Hat Agneta dir schon alles gezeigt?«, fragte Svante sie nach einer Weile.

»Nun ja, ich glaube, das Wichtigste habe ich bereits gesehen.«

»Das ist gut.« Wieder dieses Brummen. »Und weißt du schon, wie lange du bleiben wirst?«

Ina schüttelte den Kopf, was Svante nicht sehen konnte, da er sich der Werkbank zugewandt hatte und die Kabel am neuen Stecker befestigte.

Also sagte sie: »Noch nicht.«

Nun klang sein Brummen ein wenig nach einem Lachen. »Ihr habt euch sicherlich eine Menge zu erzählen, du und Agneta.«

»Vermutlich. Ja.« Ina stöhnte leidvoll. Und das anscheinend zu theatralisch, denn Svante hielt in der Bewegung inne, drehte sich zu ihr um und blickte sie an. Ernst und ... mitfühlend.

»Ich wollte dich nicht auslachen«, sagte er in mildem Tonfall. »Es ist nur so ...«

»Abwegig?«, half sie ihm auf die Sprünge.

Er schien über dieses Wort nachzudenken und nickte schließlich. »Viggos Tod hat uns alle sehr getroffen. Ich habe ihn als anständigen Mann kennengelernt, auf den man sich verlassen konnte. Die Aufdeckung seines Doppellebens mit dir war für uns alle ein Schlag.«

Dem konnte Ina sich ihrerseits nur anschließen.

»Aber niemand hegt einen Groll gegen dich«, setzte er hastig hinzu und hob beschwichtigend die Hände.

»Ich wusste nichts von Agneta«, sagte Ina trotzdem. »Ich wusste nicht einmal, dass Viggo verheiratet war.«

Svante brummte, und mittlerweile war es für Ina ein angenehm vertrautes Geräusch. »Wie es scheint, hatte Viggo viele Geheimnisse.« Er widmete sich wieder dem Stecker und nahm einen Lötkolben zu Hilfe.

Ina schaute ihm eine Weile dabei zu. Sie dachte nach. Über Viggo, sich selbst und über Agneta. Über das, was sie sich aufgebaut hatten, und dass jedes Paradies einen vergifteten Apfel hatte. Die Begegnung auf der Terrasse des Cafés beschäftigte sie noch immer. »Ich habe Mats kennengelernt.«

Svante hob den Kopf. »So?«

Sie korrigierte sich. »Eigentlich habe ich ihn nicht wirklich kennengelernt, ich kannte ihn bereits. Du musst wissen, dass ich vor Ewigkeiten schon einmal hier gewesen bin.« Um wie viele Ewigkeiten es sich genau handelte, verschwieg sie.

»Damals waren Mats und Viggo beste Freunde.«

»Dann muss es wirklich eine Ewigkeit her sein.«

Das hatte Ina sich gedacht, und genau das verstärkte das seltsame Gefühl in ihrem Bauch. »Wenn die beiden sich nicht grün waren, warum hat Viggo ihm den halben Hof überschrieben?«

Svante nickte unergründlich, bis das Nicken von links nach rechts ging. »Diese Frage kann ich dir nicht beantworten. Aber damit hat Viggo uns ein echtes Kuckucksei ins Nest gelegt. Als hätten wir nicht schon genug Probleme. Mats weiß ganz genau, wie schlecht es finanziell um den Tingsmålahof steht, und will das ausnutzen, um an den gesamten Hof zu kommen.«

Ina runzelte die Stirn. »Habt ihr so arge finanzielle Sorgen?«

Svante antwortete mit einem neuerlichen Brummen.

»Aber ... all die Produkte, die ihr anbietet und verkauft ... Selbst jetzt sind Touristen da, obwohl noch keine Saison ist.« Sie dachte an den Parkplatz vor dem Café, auf dem sich rund ein Dutzend Fahrzeuge befunden hatten. »Außerdem habt ihr erzählt, dass Knut täglich Waren zu den Kunden gefahren hat.«

»Das stimmt auch alles«, räumte Svante ein. »Dennoch frisst uns der Hof die Haare vom Kopf. Außerdem ist Agneta viel zu weich«, beharrte er. »Ständig drückt sie ein Auge zu, wenn jemand mit der Miete im Rückstand ist. Und mit Zahlen hat sie es auch nicht gerade.«

Ina hingegen liebte Zahlen.

»Und dieser Mats erst!« Svante brummte. »Ständig

schleicht er rum und hetzt die Leute auf, drängt sie dazu, Agneta ins Gewissen zu reden, damit sie ihren Anteil an ihn verkauft.«

»Aber das wird sie nicht tun«, hakte Ina nach und erntete ein vehementes Kopfschütteln.

»Auf gar keinen Fall. Sofern sich das Finanzielle irgendwie in den Griff bekommen lässt, wäre es das Letzte, was sie tun würde. Weder an ihn noch an sonst wen.« Gedankenverloren kratzte er sich das Kinn. »Dieser Mats steckt überall seine Nase in Angelegenheiten, die ihn nichts angehen. Erst neulich habe ich ihn hier in der Garage gefunden, wie er herumgeschnüffelt hat.«

»Und was hat er gesucht?«

Svante zuckte mit den Achseln. »Mich, hat er gesagt. Dabei wusste er genau, dass ich unten am See hätte sein sollen, um eines der Tretboote zu reparieren.«

Nachdenklich schaute sie dabei zu, wie Svante den Föhn in die Steckerleiste steckte und ihn anknipste. Über das Denken hinweg ertönte das Dröhnen. Mit dem Föhn fegte er Sägespäne von der Werkbank und grinste zufrieden vor sich hin. »Klappt«, verkündete er gut gelaunt, schaltete den Föhn aus und reichte ihn Ina wie eine Opfergabe, die ihn dankbar entgegennahm.

»Was schulde ich dir dafür?«

»Nichts.« Er steckte das Werkzeug in eine der Schubladen, doch dann hielt er inne. »Oder …« Unerwartet blinzelte er sie an, zwinkerte ihr frech zu und meinte: »Sagen wir, eine Tretbootfahrt.«

KAPITEL 14

Obwohl Ina todmüde war, war an Schlaf nicht zu denken. Zwielicht fiel durch das Fenster. Ina warf einen zerknirschten Blick auf den Wecker, der neben der Nachttischlampe in der Mitte eines Häkeldeckchens thronte. Vermutlich hatte Agneta auch dieses selbst bestickt. Der Wecker war eines dieser alten Modelle mit Doppelglocken und fluoreszierenden Zeigern. Ein blanker Hohn, denn es war hell genug, dass sie das Zifferblatt mühelos erkennen konnte. Ebenso höhnisch lachte ihr die Uhrzeit entgegen: kurz nach zweiundzwanzig Uhr.

Sie rollte sich auf die Seite und stand auf, was Zeus ein wenig murren ließ. Wenigstens der Hund schien keine Probleme zu haben und seinem Achtzehn-Stunden-Schlafrhythmus auch in Schweden mühelos nachzukommen.

Wider besseres Wissen suchte sie die Fensterrahmen noch einmal nach einer Rollladenschnur ab, nach einem blickdichten Vorhang – eben nach irgendetwas, das die Helligkeit dieser Nacht aus dem Schlafzimmer vertrieb. Zudem war ihr heiß. Das Schlafzimmer hatte sich über den Tag aufgeheizt, sodass sie ohne Bettdecke in den Schlaf zu finden versucht hatte. Dabei war dies ebenso unabdinglich für sie wie absolute Dunkelheit. Wie sollte sie einschlafen können, ohne sich in die Bettdecke einzukuscheln?

Aus Panik vor den Stechmücken hatte sie das Schlafzimmer am Abend hermetisch abgeriegelt, wodurch sich die Hitze nur noch mehr staute.

»Lieber zerstochen werden, als zu verglühen«, erklärte sie den auf dem Fenstersims stehenden Topfpflanzen und kippte das Fenster. Sogleich war es nicht nur das Dämmerlicht, das ihr entgegenlachte, sondern Menschen. Gut gelaunte Stimmen schienen vom Ufer des Sees zu kommen. Ina spitzte die Ohren, vernahm entfernte Bruchstücke von Unterhaltungen, die immer wieder von Gelächter unterbrochen wurden. Das mochte Ina. Sie merkte den Bewohnern an, wie sehr sie an Knuts Tod zu knabbern hatten, dennoch verloren sie ihre gute Laune nicht und machten das Beste aus allem. Von Ebba wusste sie, dass Knut selbst darauf bestanden hatte, trotz aller Widrigkeiten, die einem das Schicksal auferlegte, die Freude am Leben nicht zu verlieren. Ihr Verhalten war somit ganz in Knuts Sinne.

Zwischen den einzelnen Holzhäusern glaubte sie, das Aufglimmen eines Lagerfeuers zu erkennen, das sich in unmittelbarer Nähe zu Ashleys Wohnwagen befand. Dazu erklang eine gezupfte Akustikgitarre, zu der gesungen wurde.

Ina stand vor dem Fenster und dachte nach. Schließlich fasste sie sich ein Herz. An Schlaf war ohnehin nicht zu denken. Also warf sie sich ihren apricotfarbenen Kimono über, schlüpfte in ihre Birkenstock-Sandalen und verließ neugierig das Haus.

Die Helligkeit, die sie vor der Tür empfing, war für diese Uhrzeit … surreal. Die gesamte Umgebung war in unwirkliche Farben getaucht, als würde über allem ein Farbfilter liegen. Der sternenlose Himmel leuchtete im Westen himbeerrot. In den umliegenden Häusern brannten vereinzelt Lichter, niemand schien zu schlafen. Nur das etwas abgelegene Haus von Knut war stockfinster. Sie stellte sich einmal mehr die Frage, wie es zu diesem fürchterlichen Unglück hatte kommen können. Irgendetwas ließ sie beim Anblick des düsteren Gebäudes nicht mehr los. Vielleicht sollte sie sich dort ein wenig umschauen. Wer weiß, was sie über diesen Knut Lindelöf noch in Erfahrung bringen könnte. Da wirklich niemand auf dem Hof Knut eine Brandstiftung zutraute, hielt sich die Theorie, dass der arme Tropf über seiner Zigarette eingeschlafen und von dem Brandstifter schlichtweg übersehen worden war, als dieser zu zündeln begonnen hatte. Das wäre eine plausible Erklärung, doch irgendetwas daran stieß Ina auf. Immerhin stand ihm zum Rauchen ein ganzes Haus zur Verfügung. Warum hätte er sich dafür in eine hochentzündliche Scheune zurückziehen sollen?

Sie wandte sich ab und folgte den Geräuschen der lachenden Stimmen, der Gitarre und dem leisen Gesang, bis sie das Ufer erreicht hatte. Unmittelbar vor dem Wohnwagen brannte ein stattliches Lagerfeuer, um das ein paar Bänke verteilt waren. Dicht dahinter standen mehrere Picknicktische, um die herum sich ein paar Männer und Frauen scharten. Neugierig trat Ina näher, erblickte unter den Gesichtern das von Agneta und Ebba. Auch Svante und Ashley waren da. Direkt am Lagerfeuer sah sie zudem den jungen Mann mit dem tätowierten Gesicht, der verträumt die Saiten einer Gitarre zupfte und dabei gesanglich von einer etwas fülligeren Frau begleitet wurde, die Ina bislang noch nicht gesehen hatte. Sie hatte weiche Züge, eine Stupsnase und lockige Haare, deren Spitzen in den Flammen des Feuers rötlich schimmerten. Das Lächeln in ihrer Stimme war einnehmend. Sie sang ein schwedisches Lied, das Ina nicht kannte. Aber es war eine hübsche Melodie, die perfekt zum Knistern des Feuers passte. Der Text drehte sich darum, dass alle in den Himmel wollten, aber niemand sterben mochte.

Als Ina das Feuer erreicht hatte, blieb sie stehen und sah sich fragend um. »Was macht ihr denn hier unten?« Alle wandten sich zu ihr um, und im nächsten Moment wurde sie mit freundlichen Blicken bedacht und einer Armada an »Hejs!« und »Hallås!« begrüßt.

»Geschenke für unsere Gäste packen und Heringe einlegen«, antwortete Ashley auf ihre Frage, als wäre es das Selbstverständlichste der Welt um diese Uhrzeit. »Für das anstehende Mittsommerfest.«

Auf einem Holztisch lagen bunte Blumenstängel und getrocknete Kräuter, die ein intensives Aroma verströmten. Ebba, Ashley und eine andere Frau, die Ina nicht kannte, waren gerade dabei, jeweils eine Handvoll Kräuter in ein Jutesäckchen zu stopfen und es mit einem weiß bestickten Schleifenband zuzuknoten.

»An Mittsommer wirst du den Hof nicht wiedererkennen, wenn wir unser berühmtes Tingsmålafest feiern.« Sie deutete auf den Tisch. »Die Säckchen haben wir selbst genäht. Mit dem eingestickten Schriftzug des Hofes.«

Ina nickte anerkennend. »Raffiniert«, sagte sie. »Ein Werbegeschenk.«

Agneta strahlte. »Das war Svantes Idee.«

Dieser sah kurz von dem Stück Holz auf, das er mit einem Hobel bearbeitete, und brummte.

»Außerdem verteilen wir an alle Frauen und Mädchen getrocknete Blumensträuße«, fügte Ashley hinzu. Dann neigte sie den Kopf und sah Ina fragend an. »Kannst du nicht schlafen? Waren wir zu laut?«

»Oh nein!«, erwiderte Ina sofort und warf die Hände in die Höhe. »Es ist bloß viel zu hell. Und zu warm.«

»Schwedische Sommernächte eben«, raunte Svante hinter seinem Holz.

»Gut, dann hilf uns.« Ashley machte Platz für sie. »Es ist ganz einfach. Du gibst je eine Handvoll Thymian, Lavendel, Salbei und Zitronenmelisse in ein Säckchen und bindest es dann zu.«

»Nun, das sollte ich hinbekommen.«

Ina machte sich an die Arbeit, tauchte die Hände in die duftenden Kräuter und nahm schon bald nichts anderes mehr wahr als das intensive Aroma. Darum war sie sehr dankbar, denn am Nebentisch war eine Frau damit beschäftigt, filetierte Heringe zu salzen und zu pfeffern und sie in Behältnisse einzutauchen, die mit einer essigsauren Marinade gefüllt waren.

»All dieser Aufwand für das Mittsommerfest?«, fragte sie Ebba in entsprechender Lautstärke, damit die alte Frau sie auch verstand.

»Oh ja!«, beharrte diese. »Das ist eine große Sache hier. Aber das wirst du schon selbst sehen.«

»Knut fehlt«, beschwerte sich die junge Sängerin wie aus dem Nichts heraus, als sie den Song beendet hatten. Ein mehrstimmiges Raunen machte die Runde.

»Er hat Janis und Smilla immer auf der Quetschkommode begleitet.« Agneta senkte den Kopf und hielt im Binden des Straußes inne. »Er war wirklich gut.«

»Ich vermisse ihn«, verkündete Ebba in krächzendem Tonfall. »Auch wenn er schusselig war und immer die Hälfte vergessen hat, wenn er die Bestellungen auslieferte.«

Svante erhob sich und warf ein paar Stücke Holz in das

Feuer, woraufhin die Flammen zischten, sich sogleich auf das trockene Holz stürzten und gierig daran leckten.

»Ich verstehe noch immer nicht, was er in der Scheune wollte«, murmelte er gedankenverloren vor sich hin.

»Eine rauchen, dachte ich«, gab Janis von sich, während er an den Wirbeln der Gitarre drehte, um sie zu stimmen.

Smilla schüttelte den Kopf. »Aber doch nicht in einer Scheune, in der das Stroh für den Streichelzoo lagert. Das grenzt ja an Wahnsinn!«

»Oder an Selbstmord«, sagte Ebba, woraufhin sich alle besorgte Blicke zuwarfen.

»Glaubt ihr das?«, fragte Ashley. »Dass es Selbstmord war?«

Kurz wurde es still, und nur das Knistern des Lagerfeuers war zu vernehmen. Etwas plätscherte im See. Ina lenkte den Blick auf die Wasseroberfläche, sah aber nur die sich kräuselnden Wellen, die sich auf das Ufer zubewegten.

»Wir alle wissen, dass Knut ein leichtes Alkoholproblem hatte«, sagte Ashley über die Stille hinweg. »Vielleicht hatte er sich derart einen hinter die Binde gegossen, dass er überhaupt nicht wusste, was er tat. Vielleicht hat er sich sturzbesoffen eine Kippe angezündet, sich ins Heu gelegt und …« Den Rest ließ sie unausgesprochen. Es war auch nicht nötig.

»Aber der verschmorte Kanister«, warf Agneta ein. »Ihr habt selbst gesehen, wie die Polizei ihn aus der Scheune getragen hat. Als Beweismittel.«

Ina erinnerte sich daran, ganz besonders an die ausweichende Reaktion des Kommissars. Wie war noch gleich sein Name? Gunnar? Sie war sich nicht sicher. Sie hatte sich schon immer besser Gesichter als Namen einprägen können.

»Vielleicht war der Kanister schon in der Scheune?«, mutmaßte Smilla.

Svante und Janis tauschten einen Blick aus und schüttelten gleichzeitig den Kopf. »Ausgeschlossen!«, brummte Svante entschieden. »Wir bewahren keine Benzinkanister in der Scheune auf. Das wäre ja verrückt.«

Ina lachte. »Aber Feuerwerkskörper!« Bereits mit der letzten Silbe hätte sie sich lieber auf die Zunge gebissen. Es wurde mucksmäuschenstill, selbst die Frösche schienen das Quaken eingestellt zu haben.

Alle Blicke hatten sich auf Ina gelegt, ganz besonders der von Svante, der mit dem Messer in der Hand noch bedrohlicher wirkte.

Sie senkte den Kopf und stopfte Kräuter um Kräuter in das nächste Säckchen.

Dann lachte jemand ausgelassen. Es war Agneta. Und ihrem Lachen schlossen sich alle anderen an. Nur Svante lachte als Letzter, aber er lachte. »Du klingst schon wie dieser unsägliche Polizist.« Er deutete mit der Messerspitze auf Ina.

Agneta kam hinter dem Tisch hervor und setzte sich ans Feuer. »Du glaubst, dass er unfähig ist?«

»Der Polizist?«, fragte Svante zurück. »Auf jeden Fall. Allein schon, wie jung er ist.«

»Bloß, weil er jung ist, muss er nicht unfähig sein«, meldete Janis sich zu Wort und schlug eine schnelle Akkordfolge an, die er ebenso schnell wieder abbrach, weil ein Ton verstimmt klang.

»Ich sage dir, den sehen wir so schnell nicht wieder«, ließ Svante verkünden.

Nun war es an Agneta, ein nachdenkliches Brummen von

sich zu geben. »Was würdest du denn tun, wenn du Polizist wärst und Knuts Todesfall ermitteln würdest?«

Svante schwieg, er schien darüber nachzudenken. Langsam öffnete sich sein Mund. »Keine Ahnung, aber ich bin ja auch kein Polizist.«

»Ich würde mich nach den Alibis derer erkundigen, die mit Knut zu tun hatten«, gab Ina ihre Meinung preis und lenkte damit wieder die Aufmerksamkeit aller auf sich. Weil niemand etwas darauf sagte, nickte sie sich selbst zu. »Wenn es wirklich keine natürliche Todesursache war, sondern …« Sie zögerte.

»Sondern Mord?«, fragte Agneta geradewegs.

Ina nickte. »Dann liegt der Verdacht auf der Hand, dass es jemand gewesen sein muss, der ihm nahestand.« Sie war ein kleines bisschen stolz auf sich. Allmählich begann sie, sich wohl in ihrer neuen Rolle als Hobbydetektivin zu fühlen.

Smilla sah sich um. »Aber er hatte doch nur uns. Ich meine, abgesehen von seinen Kurierfahrten hat er nie den Hof verlassen.« Mit dieser Aussage erntete sie zustimmendes Gemurmel von allen Seiten. Und als ihr klar wurde, was sie da gerade gesagt hatte, schlug sie sich mit der Hand auf den Mund. »Du liebe Güte«, fuhr es aus ihr heraus. »Bedeutet das etwa, dass der Mörder unter uns sein könnte?«

Diese Vermutung hegte Ina längst.

»Wir wissen doch gar nicht, ob es einen Mord gibt«, beharrte Svante.

Ebba rückte ihre Brille zurecht. »Jetzt hört doch mal damit auf, den Teufel an die Wand zu malen. Sicherlich war es ein schrecklicher Unfall. Eine Tragödie.«

Agneta verschränkte die Arme hinter dem Kopf und

starrte mit ausdrucksloser Miene ins Feuer. »Und wenn nicht?«

Janis lachte. »Als hätte jemand wie Knut Feinde! Ich meine … ernsthaft. Er war die Freundlichkeit in Person und hätte nicht mal einer Fliege was zuleide getan.«

Wie aufs Kommando schlug Ina sich in den Nacken, wo eine Stechmücke sich bereits ans Saugen gemacht hatte. Der Knall ließ Ashley und Smilla aufschrecken.

Agneta gab ein Schnauben von sich. »Was wissen wir schon von den Geheimnissen und den Abgründen derer, von denen wir glauben, sie zu kennen?«

Ina schluckte angestrengt. Es war klar, dass sie an Viggo dachte.

»Also«, begann Smilla noch einmal. »Wenn es Mord war, dann besteht die Möglichkeit, dass es einer von uns getan hat?«

Ebba pfefferte einen Kräutersack auf den Tisch. »Das ist doch lächerlich!«

»Und wenn nicht?«, fragte Ashley. »Was, wenn es wirklich einer von uns war? Wie finden wir es heraus?«

Mit einem Mal legten sich sämtliche Blicke auf Ina, als wäre sie die ermittelnde Kommissarin in diesem Fall und nicht Lars. *Lars!*, schrie sie innerlich. Ihr war der Name des Polizisten wieder eingefallen. Auf ihr Hirn war eben doch Verlass.

»Die Alibis«, wiederholte sie in analytischem Tonfall. »Die wären das Erste, was ich überprüfen würde. Und wenn da Unstimmigkeiten aufkämen, wäre das vielleicht eine Spur, die es nachzuverfolgen gilt.«

»Alibis von wem?« Svante sah sie forschend an.

»Na, von uns allen.«

Er lachte harsch. »Und überhaupt: Wer hat dich hier zur Hauptermittlerin gemacht?«

»Als die Scheune gebrannt hat, war ich mit Pipi beim Doktor«, erklärte Smilla ungefragt.

»Pipi?« Ina sah sie irritiert an.

»Ihr Hausschwein«, erklärte Agneta. »Es leidet unter Koliken.«

»Litt«, verbesserte Smilla sie. »Dank des Aufbaupräparates geht es Pipi viel besser.« Sie lächelte, wurde aber sogleich wieder ernst. »Der Tierarzt kann natürlich bezeugen, dass ich bei ihm war.«

»Ich hab einen Kuchen gebacken«, sagte Ashley und fügte ein energisches »Allein!« hinzu. »Es kann somit niemand bezeugen. Abgesehen von Ebba, die im Anschluss ein Stück davon probiert hat.« Herausfordernd hob sie den Blick. »Bin ich nun eine Tatverdächtige?«

»Nein, bist du nicht.« Janis lachte. »Ich war nämlich hier unten zum Angeln und hab dich fluchen gehört.«

Unbekümmert zwinkerte er ihr zu. »Dein Alibi ist also wasserfest. Du hast übrigens so laut geflucht, dass kein Fisch anbeißen wollte.«

Ashley grinste. »Beim Teigkneten flucht es sich eben am besten.«

»Und ich kannte bis heute weder einen Knut, noch war ich zum Brand der Scheune in Schweden«, warf Ina ein.

»Ich war mit Nils in der Backstube und habe ihm beim Knäckebrotbacken geholfen«, sagte eine Frau, deren Namen Ina nicht kannte. »Ihr könnt ihn fragen, wenn ihr mir nicht glaubt.«

»Natürlich glauben wir dir«, sagte Ashley.

Schließlich legten sich sämtliche Blicke auf Svante, der

mit großen Augen zurückstarrte. »Was?«, fragte er gereizt und sah abwechselnd Ebba und Agneta an. »Ich war doch mit euch spazieren und hab das Feuer gerochen.«

»Das ist richtig«, stimmte Agneta zu. »Aber wo warst du davor?«

»Wie – davor?« Er fuchtelte mit dem Messer herum. Auf Ina machte er einen deutlich nervösen Eindruck. »Was wollt ihr von mir?«

»Dein Alibi«, erinnerte Smilla ihn. »Wo warst du kurz vor dem Scheunenbrand?«

Svantes ohnehin schon ausgeprägte Stirnfalten hatten sich noch mehr vertieft. So sehr, dass man ein Tic-Tac darin hätte verstecken können. »Ich war im … Wald. Und bevor ihr fragt, ich war allein.«

»Was hast du denn im Wald gemacht?«, wollte Agneta wissen. Dabei klang sie nicht anklagend, sondern aufrichtig interessiert.

»Ich bin nun mal gerne allein«, brummte er. »Da muss ich mich nicht für rechtfertigen.«

Eine Weile sahen ihn alle an, und Ina kam es so vor, als würde jeder für sich abwägen, ob diesem Mann ein Mord zuzutrauen wäre.

»Ebbas Alibi fehlt«, sagte Ashley in das Schweigen hinein, woraufhin alle die alte Frau ins Visier nahmen. Spielerisch zeigte sie mit dem Finger auf sie. »Wo warst du, bevor du meinen Kuchen gekostet hast?«

»Was soll das?«, reagierte Ebba überraschend ernst. »Ich bin eine alte Frau. Geschlafen habe ich natürlich!« Sie senkte das Kinn und stopfte ein weiteres Kräutersäckchen voll, jedoch so fest, dass die Naht unten aufplatzte und ein Kräuter-Potpourri auf den Tisch regnete.

»Ihr könnt aber auch selten dämliche Fragen stellen«, beschwerte sie sich und schob an ihrer Brille herum. »Ich gehe jetzt wieder schlafen. Eine Frau in meinem Alter braucht schließlich ihren Schönheitsschlaf.«

So ging es reihum weiter, bis jeder sein Alibi genannt hatte. Danach war Ina so schlau wie zuvor. Bis auf ihres war keines der Alibis wirklich hieb- und stichfest. Jeder hätte zum Zeitpunkt des Verbrechens in der Scheune sein können.

KAPITEL 15

»Ich freue mich, dass du mich begleitest.« Agneta grinste gut gelaunt vor sich hin. »Das heißt natürlich, ihr beide.« Sie zog eine Hand aus ihrem Taschenkleid, beugte sich vor und wuschelte Zeus über den Kopf, was ihn aufgeregt umherhüpfen ließ. Ina musste zugeben, dass ihr Hund einen Narren an der Schwedin gefressen hatte.

»Und wo genau bringst du mich hin?« Auch sie versuchte sich an einem Lächeln, konnte aber nicht den Gedanken daran verdrängen, ob es wirklich eine gute Wahl war, mit der Witwe ihrer Langzeit-Affäre allein durch einen düsteren Wald zu streifen. Man kannte es ja aus diversen Regionalkrimis: Zwei Menschen gehen in den Wald, nur einer kommt zurück …

Sie blickte zu Zeus, der schwanzwedelnd die Liebkosungen entgegennahm. Nein, ihr Hund wäre ihr bestimmt keine große Hilfe.

»Der Weg ist das Ziel«, entgegnete Agneta freundlich. »Ich finde, dass wir uns beim Spazierengehen viel ungestörter unterhalten können.«

Ina nickte, war aber zugleich irritiert, weil sie bislang während ihres Streifzuges durch den Wald noch nicht viel miteinander geredet hatten. Von einer Unterhaltung ganz zu schweigen. Tatsächlich herrschte in Agnetas Gegenwart eine gähnende Leere in Inas Kopf. Dabei war es nicht so, dass sie nicht unzählige Fragen gehabt hätte, die sie der Schwedin stellen wollte. Aber wenn sie ehrlich zu sich war, dann fürchtete sie sich vor den Antworten. Noch hatte sie ein wohlwollendes Bild von Viggo im Gedächtnis. Von *ihrem* Viggo. Doch da war diese absolut berechtigte Angst, dass sich das Bild zunehmend verzerren könnte. Und das nicht zum Positiven.

Sie waren eine ganze Weile einem schmalen Pfad gefolgt, der umsäumt war von einem endlosen Band an sattgrünen Moltebeersträuchern, deren orangefarbene Früchte wie kleine Goldklumpen in der Mittagssonne funkelten. Gerne hätte Ina eine abgezupft und probiert, wusste aber nicht, ob sie reif waren.

Sie verspürte eine bleierne Müdigkeit in den Knochen und unterdrückte immer wieder ein Gähnen. Die wenigen Stunden der vergangenen Nacht nagten arg an ihr. Es war eine Nacht gewesen, in der sie Säckchen um Säckchen mit Kräutern gefüllt hatte, um irgendwann nach drei Uhr morgens todmüde ins Bett zu fallen. Und selbst da war es nicht richtig dunkel gewesen. Vielleicht sollte sie Svante bitten, eine Vorhangstange am Fenster zu befestigen. Sie verwarf den Gedanken sogleich wieder, weil sie ganz bestimmt nicht lange genug bleiben würde, als dass sich dieser Aufwand lohnen würde. Sie hob den Kopf und betrachtete den durch die Kronen der hohen Tannen durchblitzenden Himmel. Einige dunkle Wolken standen am Horizont. Und schon bald änderte sich die Natur. Der schmale Strauchpfad ging in einen breiten Weg über, der sie an einem See vorbeiführte. Er war so rund, als wäre die Uferlinie mit einem Zirkel gezogen worden. Das Wasser war tiefgrün, und auf der glitzernden Oberfläche spiegelten sich im Ge-

wirr der Seerosen die Wolken wider, die von Norden auf-
zogen.

»Sieht das nicht nach Regen aus?«, fragte sie ihre Beglei-
terin, die wenig bekümmert zu sein schien.

»Das wird schon nichts Wildes sein«, sagte Agneta, ohne
den Himmel auch nur eines Blickes zu würdigen. Sie zupfte
einen Grashalm ab und steckte sich das Ende in den Mund.

Schweigend gingen sie weiter.

»Es ist wunderschön hier«, meinte Ina nach wenigen
Metern. Hatte sie jemals ein solches Maß an unberührter
Natur erlebt? Sie fühlte sich, als wäre sie mit Anlauf in einen
aufgeschlagenen Roman von Astrid Lindgren gehüpft, als
sie einen kleinen Holzsteg erblickte, der auf den See hinausführte. Zwischen dem Schilf, dessen Kolben sich nach oben
reckten, war ein hellblaues Holzruderboot versteckt, das
halb im Wasser und halb an Land lag. Sie hatte gut Lust,
eine Runde auf dem See zu drehen.

»Wir sind oft zum Baden hergekommen«, erklärte Agneta
ihr, die wohl ihren Blick aufgefangen hatte. »Viggo und ich.
Man ist hier ungestörter als an *unserem* See.«

»Oh.« Die Lust nach Rudern war Ina schlagartig vergangen. Sie sagte nichts weiter, denn sie hatte ordentlich an dem
Kloß zu schlucken, der sich in ihrem Hals gebildet hatte. Sie
wollte sich ganz bestimmt nicht ausmalen, was ihr Viggo
mit Agneta in der Ungestörtheit der Natur getrieben hatte.

Schon bald hatten sie den See hinter sich gelassen und
wurden von den zunehmend höher werdenden Tannen verschluckt.

»Ist das nicht ein beeindruckender Wald?« Agneta legte
den Kopf tief in den Nacken und schaute zu den Baumkronen auf. »Allein, wie hoch die Tannen sind.«

Ihr Blick streifte Ina. »Dieser Wald ist uralt und steckt voller Mysterien«, sagte sie leise. »Es hält sich sogar das Gerücht, dass sich einst Erik Knutsson bei einer seiner drei großen Schlachten gegen das Sverkergeschlecht hier versteckt gehalten hätte.«

Ina dachte an die Elfen und Trolle und dann an Viggos Postkarte, auf der ebendieser König abgebildet gewesen war.

Hier und da raschelte etwas im Dickicht, was Zeus jedes Mal zu einem wüsten Gebell veranlasste. Ihm schien der Wald nicht geheuer zu sein. Obwohl er nicht angeleint war, entfernte er sich nicht weiter als einen Schritt von ihr.

»Gibt es hier wilde Tiere?«, fragte Ina argwöhnisch.

»Du meinst, abgesehen von Dachsen, Bären und Wölfen?«

Ina beugte sich nach vorn und nahm Zeus auf den Arm.

»Also!« Agneta betrachtete sie von der Seite und sah sie herausfordernd an.

Ina schaute zurück, fröstelte. »Was – also?« Unweigerlich dachte sie an den toten Knut. Wie schnell man hier doch das Zeitliche segnen konnte. Doch Agneta lachte sie freundlich an – ohne dass ein langes Messer hinter ihrem Rücken hervorblitzte.

»Frag mich was«, forderte Agneta.

»Was soll ich dich denn fragen?«

Die Schwedin hob die Arme, nur um sie gleich wieder zu senken. »Na, da wird es doch sicherlich tausend Dinge geben, die du wissen möchtest. Über mich. Und Viggo. Viel haben wir ja noch nicht über ihn geredet.«

Ina dachte nach. Dann fragte sie das, was sie sich bislang noch nicht zu fragen getraut hatte: »Hattet ihr Kinder?«

»Nein.«

Sie verspürte Erleichterung. »Haustiere?«

»Nö.«

Inas Blick legte sich auf Zeus. »Nicht mal einen Hund?«

Agneta zögerte. »Na ja, wir hatten die ganze Zeit doch Ebba.«

Inas Mund klappte auf, doch ehe sie etwas erwidern konnte, fragte Agneta sie: »Hast du denn Kinder?«

»Eine Tochter. Paula.«

Agneta sah sie interessiert an. »Und?«

»Was – und?«

»Wie ist sie? Erzähl mir von ihr!«

Mit dieser Frage traf sie Ina vollkommen unvorbereitet. »Puh, was soll ich da erzählen. Sie ist Ende zwanzig, ein hübsches Ding und so eigensinnig, wie ein Mensch nur sein kann.« Dass sie ihre Tochter seit mittlerweile eineinhalb Jahren nicht mehr gesehen hatte, behielt sie für sich. Glücklicherweise hakte Agneta nicht weiter nach. Dafür ging mit einem Mal ein Ruck durch ihren Körper. Sie starrte Ina geradewegs an. »Aber sie stammt nicht von Viggo? Ich meine …«

Ina schüttelte energisch den Kopf. »Himmel, nein! Sie ist nicht von ihm.«

Agneta atmete erleichtert aus. »Das ist gut. Weil, ich meine …« Sie brachte den Satz nicht zu Ende. Das musste sie nicht, Ina verstand sie auch so.

Der Wald wurde lichter, und damit fand etwas Tageslicht den Weg zu ihnen. Zumindest sollte es das. Tatsächlich aber wurde es kaum heller, weil die Wolken mittlerweile schwer und tief über den Baumkronen hingen. Es donnerte bereits, und ein böiger Wind war aufgekommen, der durch die

Baumreihen pfiff und das Geäst der Tannen zum Knarzen brachte. Ein Umstand, der Zeus nur noch nervöser machte. Sie drückte ihn ein wenig fester an ihre Brust.

Und schon fielen die ersten dicken Tropfen. Ein besonders fetter landete direkt auf Inas Stirn, als sie nach oben blickte, um abzuschätzen, wie viel Zeit ihnen noch blieb, um trockenen Fußes zurück zum Hof zu kommen. Die Antwort war ganz einfach: gar keine mehr!

Von jetzt auf gleich öffnete der Himmel die Schleusen. Der Regen begann nicht langsam tröpfelnd, sondern so, als hätte man einen riesigen Gartensprinkler direkt über ihnen aufgedreht.

»Du liebe Güte!« Agneta blickte zum Himmel und dann zu Ina. »Du liebe Güte!«, sagte sie noch einmal und wischte sich das nasse Haar aus dem Gesicht.

Zeus hopste von Inas Arm und versteckte sich zwischen ihren Füßen. Er war kein Freund von Regen.

»Sollen wir zurücklaufen?«, schlug Ina über den tosenden Wind hinweg vor. Die schweren Tropfen platschten so laut auf den Waldweg, dass sie kaum ihr eigenes Wort verstand.

Mit einem Mal spürte sie einen Griff um ihre Hand, und Agneta zerrte sie mit sich.

»Ich habe eine bessere Idee«, rief sie atemlos, während sie den Waldweg entlanglief und an einer versteckten Abzweigung abbog. Sie eilten nun quer durch den Wald. Äste und Sträucher peitschten Ina ins Gesicht, zerrten an ihren Armen und Beinen. Ina hatte den Hund wieder gepackt und schützte ihn mit ihrem Körper vor den dicken Tropfen. Der Regen wurde immer stärker und ließ sie kaum noch etwas erkennen. Es war, als ginge die Welt unter.

Mehr stolpernd als laufend, folgte sie der Schwedin durch die Baumreihen.

»Es ist nicht mehr weit«, rief Agneta ihr zu. »Wir sind gleich da.«

Tatsächlich blieb sie keine fünf Sekunden später stehen und wartete darauf, dass Ina mit dem Hund zu ihr aufschloss.

Zunächst verstand Ina nicht, doch dann erblickte sie hinter Agnetas tropfnasser Gestalt eine mit Moos bewachsene Holzhütte, die geradezu zwischen den Tannen eingequetscht war.

»Dort drinnen ist es trocken.« Agneta fuhr herum und hielt auf die Eingangstür zu, die sich knarzend öffnen ließ. Mit einer Geste bedeutete sie Ina einzutreten.

Diese folgte der Einladung nur zu gern. Im Innern der Hütte war es stickig und düster, aber trocken. Hinter sich schlug Agneta die Tür zu und sperrte damit den plätschernden Regen und den tosenden Wind aus. Nur mehr das Prasseln auf dem Dach der Hütte war zu vernehmen.

Ina hatte sich noch nicht an das schummrige Licht gewöhnt, als die Schwedin an ihr und Zeus vorbeitrat, die Vorhänge der Fenster aufriss und es ein wenig heller wurde. Dann begab sie sich zur Eckbank, deren Sitzfläche sie nach oben klappte, um drei Handtücher zum Vorschein zu bringen. Zwei warf sie Ina zu, mit dem anderen rubbelte sie sich die Haare trocken.

Ina hatte die Tücher aufgefangen und beugte sich hinunter zu Zeus, um ihm das Fell trocken zu reiben. Dabei blickte sie sich neugierig um. »Wo sind wir hier?«

»In Viggos Jagdhütte. Beziehungsweise in der seines Vaters. Sie ist alt. Richtig alt.«

Die Wände bestanden aus dicken Baumstämmen, die dunkel, beinahe schwarz gestrichen waren. Mittig über dem Eingang hing ein Geweih, und in der Ecke erblickte Ina ein ausgestopftes Tier in aufrechter Position. Sie war sich nicht sicher, vermutlich war es ein Dachs. An jeder freien Stelle hingen gerahmte Tierfotografien, die meisten davon waren schwarz-weiß. Ina erkannte Elche, Rehe, Füchse und Hasen. Auf der gegenüberliegenden Seite der Eckbank stand ein alter Gussherd und daneben ein Bollerofen, dessen dickes Rohr in der Decke verschwand. Beinahe wirkte das Innere der Hütte gemütlich, wären da nicht all die Spinnweben gewesen. Zeus eroberte den Schaukelstuhl vor der Eckbank und rollte sich darauf zusammen. Ina bewegte sich auf die Regalwand zu, die mit einem Vorhang verbunden war und eine Art Raumteiler darstellte. Mit dem Lüften des Vorhangs stoben Tausende Staubpartikel auf und wirbelten umher. Dahinter erkannte sie in einer Nische ein schmales Bett, auf dem jedoch nur eine stockige Matratze lag.

Sie ließ den Vorhang los und widmete sich dem Regal, das vollgepackt war mit Büchern. Hauptsächlich waren es Romane von Stanislaw Lem und Philip K. Dick. Zweifellos war es ein Auszug aus Viggos Bibliothek. Er liebte Science-Fiction-Romane, eine Leidenschaft, die Ina nie verstanden hatte. Sie hatte diesem Genre nichts abgewinnen können. Für sie war das Leben auf der Erde mit all ihren Individuen spannend genug. Da brauchte sie nicht noch irgendwelche erfundenen Schicksale aus anderen Universen.

»Du frierst«, stellte Agneta fest, die unvermittelt neben Ina stand und ihr über den Arm strich, auf dem sich eine Gänsehaut ausgebreitet hatte.

Und da merkte Ina erst, wie sehr sie wirklich fror. Hatte sie eben noch ein wenig gefröstelt, war ihr nun richtiggehend kalt. Sie rubbelte sich die Nässe aus den Haaren und von den Armen, wobei das Geschirrtuch alles andere als nach einem blumigen Weichspüler roch. Eher nach einem abgehangenen Räucherschinken.

»Ich schlage vor, wir bleiben hier, bis der stärkste Regen aufgehört hat.« Agneta wandte sich dem Küchenschrank zu, neben dem ein Sixpack verschlossener Wasserflaschen stand. Sie zog eine der Schubladen auf, aus der sie ein Stabfeuerzeug zum Vorschein brachte. Neben dem Bollerofen stand ein Blecheimer mit großen und kleineren Holzscheiten. Ein paar der Scheite stapelte sie in den Ofen und zündete sie mit einem zusammengeknüllten Stück Papier an.

»Du wirst sehen.« Agneta strahlte sie an. »Gleich haben wir es mollig warm.«

Ina lauschte dem Knistern des Feuers und sah dabei zu, wie die Flammen aufstoben und sich schon bald eine wohlige Wärme in der kleinen Jagdhütte ausbreitete. Sie hatte einen Stuhl herangezogen und saß ganz dicht vor dem Ofen.

»Möchtest du einen Kaffee?«, fragte Agneta sie, deren Oberkörper hinter der Tür eines aufgezogenen Hängeschranks verschwunden war. Aus dem Innern des Schranks brachte sie eine verbeulte Kaffeedose zum Vorschein und reckte sie Ina entgegen, als hätte sie einen Schatz gefunden. Sie öffnete die Dose und steckte die Nase hinein. »Riecht noch annehmbar, also?«

Ina nickte dankbar und sah dabei zu, wie Agneta eine Wasserflasche aus der Plastikumschweißung des Sixpacks befreite und einen silbern glänzenden Espressokocher aus dem Schrank hervorzauberte. Vor sich hin summend, machte sie sich an die Zubereitung. Ina war überrascht, wie gut die Hütte ausgestattet war.

»Wird sie denn noch regelmäßig benutzt?«, fragte sie neugierig.

»Eher sporadisch«, lautete die prompte Antwort. »Wir kümmern uns um den Zustand der Hütte, damit sie nicht verfällt, und stocken die Grundvorräte wie Brennholz und Wasser auf – für den Fall, dass Gäste sie für einen Jagdausflug benutzen möchten. Die meisten ziehen aber die Behaglichkeit unserer Bungalows vor.« Sie hielt inne und schaute kurz rüber zum Bett. »Hauptsächlich war Viggo hier, hin und wieder über Nacht, wenn er einen seiner seltenen Jagdausflüge gemacht hat.« Sie blickte starr nach vorne. »Zumindest hat er mir das immer erzählt.« Ina hörte sie leise seufzen. »Wer weiß schon, wo er sich wirklich herumgetrieben hat.«

Agnetas Aussage irritierte sie. »Viggo war Jäger?«

»Oh ja!« Die Schwedin nickte beharrlich, während sie etwas Wasser in den kleinen Edelstahlbehälter goss. »Das wusstest du nicht?«

Ina schüttelte den Kopf. »Er hat nie davon erzählt.« Sie versuchte, sich ihn mit einem Gewehr auf einem Hochsitz vorzustellen – in dem Moment, in dem er abdrückte. Es schauderte sie. Das passte so gar nicht zu ihrem Viggo.

»Also, er war kein Jäger im eigentlichen Sinn«, erklärte Agneta über die Zubereitung des Kaffees hinweg. Gerade war sie dabei, Staub aus dem Trichtereinsatz zu pusten. »Vielmehr war er ein Fotojäger. Manchmal hat er nächtelang mit seinem Fotoapparat im Dickicht gesessen und darauf gewartet, dass ihm Tiere vor die Linse liefen.« Sie zeigte auf eines der Bilder an der Wand. »Auf diesen Schuss war er ganz besonders stolz.«

Inas Blick richtete sich auf das Bild, das einen Rothirsch mit schwerem Geweih auf einer im dichten Nebel verborgenen Lichtung zeigte. Es war eine atemberaubend schöne Aufnahme.

»Viggo war Fotograf?!«, kam es voller Erstaunen aus ihrem Mund, womit sie sich einen schrägen Blick von Agneta einfing.

»Es war sein größtes Hobby«, sagte diese. »Allzu viel scheinst du nicht von ihm gewusst zu haben.«

Ina zwang sich zu einem Lächeln. »Nun ja«, begann sie – und hörte wieder auf. Auf einmal war es ihr unfassbar peinlich, dass sie das nicht von ihm gewusst hatte. Aber sie hatte ihn nie mit einer richtigen Kamera gesehen. Höchstens hatte er mal ein Foto mit seiner Handykamera geknipst. Und auch nie von ihr. Immer von Gebäuden oder Landschaften. Der Grund dafür lag auf der Hand. Jemand, der ein Doppelleben wie Viggo führte, vermied es tunlichst, irgendwelche Spuren zu hinterlassen.

Das Quietschen einer Schublade riss sie aus den Gedanken. Mühevoll versuchte Agneta, die Besteckschublade aufzuziehen, gab jedoch auf halber Strecke auf und fischte einen kleinen Löffel mit Daumen und Zeigefinger aus dem schmalen Spalt.

»Alles ein wenig eingerostet.« Lächelnd präsentierte sie Ina den Teelöffel. »Magst du deinen Kaffee stark?«

»Aber hallo!«

Agneta nahm die Dose zur Hand, tauchte den Löffel ein und schaufelte eine gehäufte Fuhre nach der anderen in den Trichtereinsatz. »Nanu?« Sie hielt in der Bewegung inne, legte den Löffel weg und nahm die Kaffeedose in beide Hände, um hineinzulinsen.

»Stimmt was nicht?«, fragte Ina, die ihren Kaffee ernsthaft in Gefahr sah.

»Da ist etwas drin«, entgegnete Agneta.

»Doch keine Maden oder so?«

»Nein, etwas Hartes. Und Glänzendes.« Sie stellte die Dose ab, steckte die Hand hinein und brachte besagten Gegenstand zum Vorschein. »Ein Schlüssel.« Sie wischte ihn an ihrem Kleid ab und präsentierte ihn Ina. Es war ein kleiner Schlüssel, der an einer Öse befestigt war, an der wiederum ein Schlüsselanhänger hing. Er wirkte recht ungewöhnlich, weil er anstelle von einem zwei Bärte hatte, die sich gegenüberstanden. Ina erhob sich und trat zu Agneta, um ihn besser in Augenschein nehmen zu können. Auf dem Kopf des Schlüssels war ein Symbol eingeprägt, das jedoch sehr abgenutzt war und sich in dem schummerigen Licht nicht richtig erkennen ließ. Es sah aus wie eine Schlange, die in einer diamantförmigen Kontur eingefasst war.

»Wo kommt der denn her?« Stirnrunzelnd betrachtete Agneta den Schlüssel von allen Seiten. »Er muss wohl Viggo gehört haben«, vermutete sie. »Warum sonst sollte er sich in seiner Kaffeedose befinden?« Mit zusammengezogenen Brauen sah sie Ina an. »Augenscheinlich hat er ihn versteckt.«

»Darf ich mal sehen?«

»Natürlich darfst du.« Schulterzuckend reichte Agneta ihr den Schlüssel, doch Ina nahm ihn nicht entgegen. Fassungslos starrte sie den Anhänger an, der eine kleine silberne Weltkugel darstellte.

»Was ist los mit dir?«, fragte Agneta misstrauisch.

Ina reagierte nicht, sie schaffte es nicht, sich vom Anblick der Kugel loszureißen. Selbst das Atmen hatte sie erst mal eingestellt.

»Ina«, hakte Agneta nach, »alles in Ordnung?« Nun klang sie wirklich besorgt.

»Ja … nein. Ich weiß nicht«, erwiderte Ina alles andere als souverän. Zumindest hatte sie ihre Sprache wiedergefunden. Und ihre Reflexe, denn entsprechend hastig schnappte sie nach dem Anhänger, um sich davon zu überzeugen, ob er wirklich der war, für den sie ihn hielt. Er war es.

»Das ist eine Nachbildung der Mappa Mundi«, sagte sie leise, ohne Agneta anzuschauen. »Es ist die Miniaturvariante des riesigen Globusses aus dem Museo di Palazzo Vecchio.« Sie hob das Kinn, räusperte sich und fügte etwas lauter hinzu: »In Florenz.«

Agneta lächelte schief, neigte den Kopf. »Das verstehe ich nicht. Viggo war noch nie in Florenz.« Nun lachte sie brüsk. »Schon gar nicht in einem Museum.« Sie bedachte Ina mit einem Blick, in dem sich Belustigung und etwas anderes mischten. Zu spät verstand Ina, dass es Angst war. Spätestens als sie nickte und ihr erklärte, dass er das durchaus gewesen war. Nämlich mit ihr. Da sah sie, wie etwas in der Schwedin zerbrach. Und dafür schämte Ina sich mehr als alles andere. Warum hatte sie nicht einfach still sein, nur ein einziges Mal die Klappe halten können, als es angebracht war. Und doch war da auch ein kurzer Augenblick des Triumphes, in dem sie Agneta zeigen wollte, dass sie Dinge von Viggo wusste, die Agneta verborgen geblieben waren. Wobei ihr Geheimnis keine Schnappschüsse von heimischen Wildtieren betraf, sondern ein romantisches Kunstwochenende in einem der erlesensten Hotels, aus dessen riesigem Bett sie sich hatten zwingen müssen, um das Museum zu besuchen. Sogleich überfiel sie das schlechte Gewissen, weil Viggo sie stets eingeladen hatte. Bei ihren Treffen hatte er Unsummen für sie ausgegeben. Auf seinem Hof aber schien das Geld stets knapp gewesen zu sein. Wie passte das zusammen?

Alles, was Agneta dazu sagte, war: »Du warst mit Viggo in Florenz?«

Ina nickte kaum merklich. Es war eher ein Zucken.

»In einem Museum?«

Wieder nickte sie.

»Viggo war kunstinteressiert?« Die letzte Frage glich eher einem entgeisterten Ausruf, und dieses Nicken kostete Ina mehr Kraft als alles andere.

»Das wusstest du nicht?« Sie hatte sich bemüht, diese Frage frei von jeglichem Vorwurf zu formulieren. Während sie sie ausgesprochen hatte, war ihr bewusst geworden, dass sie kläglich versagt hatte.

»Nein«, lautete die eindeutige Antwort. Agneta tastete hinterrücks nach der Stuhllehne und ließ sich auf den Sitz fallen. Ihre großen blauen Augen hatten die Kaffeedose fest im Blick. Der Mund stand noch immer offen. »Viggo hat sich nie etwas aus Kunst gemacht«, sagte sie nach einer Weile brütenden Schweigens.

Ina setzte sich ebenfalls an den Tisch, schob den Schlüssel mit dem Anhänger langsam zu Agneta hinüber. Diese lenkte unwillig ihren Blick darauf.

»Warum hat er mir das nie erzählt?« Sie sah Ina nicht an, und so wusste diese nicht, ob die Frage überhaupt an sie gerichtet war. Also sagte sie besser mal nichts.

»Ich habe ihm den Anhänger gekauft«, erklärte sie nach

mehreren verstrichenen Sekunden, in denen nur das Prasseln des Regens und das Knacken der Holzscheite im Ofen zu vernehmen gewesen waren. »Als Erinnerung«, fügte sie hinzu.

»Viggo und Kunst«, sagte Agneta tonlos. Ina nickte noch einmal. »Es war eines unserer vielen Wochenenden voller Kunst und Kultur.« Sie räusperte sich. »Im Grunde war das unsere Gemeinsamkeit. Die Liebe zur Kunst.«

Agneta sah sie an, völlig perplex und wie vom Himmel erschlagen, wie Ina fand. Sie spürte, dass sie etwas sagen musste.

»Viggo hatte eben …«

»… viele Geheimnisse?«

In einer fahrigen Geste strich Agneta sich über den Saum des Kleides. Sie legte eine Hand auf Inas und drückte sie einmal fest. Genauso schnell ließ sie diese wieder los. Aber im selben Moment bedachte sie Ina mit einem einnehmenden Lächeln.

Ina atmete tief ein und sah zu, wie Agneta den Schlüssel in die Hand nahm und ihn wieder vor ihrem Gesicht baumeln ließ. Wie ein hin- und herschwingendes Pendel, dem sie eine wichtige Frage anvertraut hatte und von dem sie sich nun eine Antwort erhoffte. »Was glaubst du, was es mit diesem Schlüssel auf sich hat?« Mit konzentriertem Blick sah sie Ina an, während sie den Schlüssel in eine der Taschen ihres Kleides gleiten ließ. »Warum hat er ihn versteckt? Welches weitere Geheimnis verbirgt sich dahinter?«

Ina verzog das Gesicht. Von Natur aus war sie eine neugierige Person. Aber wollte sie wirklich Viggos Geheimnisse lüften?

Schwedisch für Anfänger – Teil 6

– Solkatt

Einer dieser schwedischen Begriffe, für die es im Deutschen kein eigenes Wort gibt. Solkatt steht für die Sonnenreflexion auf Gegenständen wie einer Armbanduhr.

KAPITEL 16

Auch ein Chef hatte einen Chef. Und Armand Sjöström war
ein Chef, wie Lars ihn noch nie zuvor hatte. Auf der Polizei-
schule und später im Revier in Stockholm war er Vorgesetzte gewohnt gewesen, die ihn zu Höchstleistungen angetrie-
ben, ihn dazu ermutigt hatten, stets um die Ecke zu denken
und das Quäntchen mehr als seine gleichgestellten Kollegen
zu geben. Er hatte Vorgesetzte gehabt, zu denen er auf-
gesehen und von denen er eine Menge hatte lernen können.
Richtige Vorbilder mit Fähigkeiten und Eigenschaften, von
denen Lars sich nur zu gern eine Scheibe abschnitt.

Armand Sjöström hatte nichts davon. Er befand sich kurz
vor dem Ende seiner Dienstzeit und saß schon viel zu lange
auf dem Rikspolischef-Sessel, auf dem er es sich äußerst gemütlich eingerichtet hatte.

Auf seinem dunklen Schreibtisch stand ein Computer,
der jedoch nicht angeschaltet war. Kein Blatt lag auf dem
Tisch, kein Aktenordner, nicht mal ein Schreibblock. Dafür
aber ein Tischwimpel mit der schwedischen Flagge und ein
übergroßes Namensschild mit weißen Steckbuchstaben, die
seinen Namen bildeten.

»Ein Geist braucht Platz zum Denken«, hatte seine Be-
gründung gelautet, als Lars ihn in seiner ersten Woche auf
diesem Revier auf den ausgeschalteten Computer angespro-
chen hatte. Er hatte dabei zusehen müssen, wie sein Chef

erst einmal den Computer hochgefahren hatte, um eine Aktendatei aufzurufen.

Und weil sein Geist viel Platz zum Denken brauchte, duldete er auch nichts auf seinem Schreibtisch, was ihn von jenem Denken ablenken könnte. *Arbeit zum Beispiel.* Lars war clever genug, diesen Gedanken nicht laut zu äußern.

Nun saß er vor diesem Monstrum an Schreibtisch und hörte sich an, was Sjöström ihm zu sagen hatte. Wieder einmal bewunderte Lars den Sitz seiner Uniform, als wäre Sjöström in sie hineingeboren worden. Akkurate Bügelfalten, perfekter Krawattenknoten. Sogar das lichte angegraute Haar war zu einem korrekten Seitenscheitel frisiert. Sjöström hatte ein freundliches Erscheinungsbild, das von dem immer gleichen zufriedenen Gesichtsausdruck bestimmt wurde. Ein Mann, der voll und ganz mit sich im Reinen war und seinen Platz auf dieser Welt gefunden hatte. *Fast schon beneidenswert.*

Doch heute war etwas anders. Heute lag eine aufgeschlagene Akte auf dem Schreibtisch.

»Ein alter Mann ist bei einem Scheunenbrand ums Leben gekommen«, sagte Sjöström. »Bei einem Brand, den er womöglich selbst gelegt hat. Und dabei hat er sich so ungeschickt angestellt, dass er gestürzt ist und bewusstlos wurde.«

Er hob die Hände. »Das ist natürlich tragisch.«

Das fand Lars auch. Wie von selbst schob sich der Anblick von Knuts Leiche in sein Gedächtnis. Er unterdrückte ein Schaudern.

»Aber ich sehe hier wirklich keinen Anlass für eine Mordermittlung.«

»Wir können nichts ausschließen«, erwiderte Lars sachlich und griff damit das vorläufige Ergebnis von Benne auf. Und der musste es als Rechtsmediziner schließlich wissen.

Sjöström zupfte an einem Manschettenknopf. »Du vergeudest zu viel Zeit auf diesem Hof.«

Lars streckte das Kreuz durch. »Es ist mein Job.«

»Natürlich ist es das.« Sein Vorgesetzter sah ihn freundlich an. »Und doch versteifst du dich zu sehr auf etwas, das nicht existiert. Du bist nicht mehr in Stockholm. Das hier ist Småland.« Er kicherte amüsiert. »Hier gibt es keine Morde.« Nun strich er sich die Krawatte glatt, und sein Blick senkte sich. »Ich habe die Akte studiert.«

Lars verkniff sich ein verächtliches Prusten. *Allerhöchstens überflogen hast du sie.*

»Das ist ein eindeutiger Fall von Versicherungsbetrug mit unglücklicher Todesfolge.«

Lars teilte diese Eindeutigkeit nicht. Irgendetwas war faul an dem Ganzen, das sagte ihm nicht nur sein Gespür. Es waren zu viele Dinge, die nicht zusammenpassten. Noch immer gab es keine Motive, warum Knut die Scheune hätte in Brand setzen sollen. Nichts deutete auf einen geplanten Versicherungsbetrug hin. Und noch weniger auf Selbstmord. Er war beliebt und fühlte sich offenkundig wohl auf diesem Hof. *Himmel, es war sein Zuhause!*

»Fokussiere dich nicht weiter darauf«, ermahnte Sjöström ihn im väterlichen Tonfall. »Ich brauche deinen Einsatz an anderer Stelle.«

Lars hob skeptisch eine Braue. »An welcher?«

»Wo soll ich denn da anfangen? Du weißt doch selbst am besten, was hier los ist. Der Unfall an der Södergatan-Kreuzung mit anschließender Fahrerflucht. Die beiden aufgebrochenen Autos auf dem Coop-Parkplatz.«

»Aber da sind doch die Kollegen …«

»Nichts aber!« Sjöström schüttelte bedächtig den Kopf. »Wir brauchen dich an anderer Stelle«, sagte er noch einmal, zog einen Hemdsärmel zurück und warf einen Blick auf seine massive Uhr mit dem breiten Armband. »Ich erwarte deinen umgearbeiteten Bericht, der sich auf Versicherungsbetrug fokussiert, um siebzehn Uhr.« Mit dem letzten Wort schlug er die Akte zu.

Aber …

Sein Chef sah ihn eindringlich an. Lange und intensiv, ohne dass ein weiteres Wort über seine Lippen gekommen wäre.

Lars verstand, nickte kurz und erhob sich vom Stuhl. Er verließ das Büro, ohne sich noch einmal umzudrehen, setzte ruhig einen Schritt vor den anderen. Ebenso ruhig schloss er die Tür hinter sich zu. Doch tief in ihm drinnen brodelte es.

Unter den Blicken seiner Kollegen setzte er sich an seinen Doppelschreibtisch, den er sich mit Rasmus teilte, riss den Bildschirmschoner seines Computers aus der Lethargie und starrte das Hintergrundbild an.

Es war ein Mannschaftsfoto des IF Elfsborg aus dem Jahr 2007, als seine Jungs den Supercup geholt hatten. Gute Zeiten waren das gewesen. Da war Lars mitten in der Pubertät gewesen und hatte selbst noch von einer großen Karriere als Fußballer geträumt. Sein unangefochtenes Idol war damals Zlatan Ibrahimovic gewesen. Nie hatte Schweden einen besseren Stürmer gehabt.

Da mangelndes Talent den großen Traum zunichtegemacht hatte, lebte er eben den Kleine-Jungen-Traum des Polizisten.

Und nun saß er hier, in einer unscheinbaren Kleinstadt, und musste sich von seinem Chef erzählen lassen, dass Knuts Tod ein Versicherungsbetrug war.

»Wie war's beim Chef, Chef?« Über den Rand seines Bildschirms schob sich das Gesicht von Rasmus, der ihn vorsichtig anschielte. Es reichte ein Augenaufschlag, damit das Gesicht wieder hinter dem Bildschirm verschwand. Nach Small Talk stand Lars gerade nicht der Sinn.

Er warf einen Blick auf die Uhr, verfluchte schon jetzt diesen Morgen, der sich von seiner schlimmsten Seite zeigte.

Mürrisch legte er die Hand auf die Maus und öffnete die Akte, als sein Diensttelefon läutete.

Lustlos nahm er das Gespräch entgegen, richtete sich aber sogleich auf, als ihm klar wurde, wen er am Apparat hatte. Nämlich Benne. Und er kannte seinen Kollegen lange genug, um bereits an dessen Tonfall zu erkennen, wenn dieser ihm etwas Dringliches mitzuteilen hatte.

Ohne sich mit einer langen Begrüßung aufzuhalten, legte er los: »Ich habe das Sektionsergebnis unseres Brandopfers auf dem Tisch liegen.« Er stieß ein Ächzen aus. »Unsere Kollegen haben sich ja wirklich Zeit damit gelassen.«

»Allerdings.«

»Mein anfänglicher Verdacht hat sich bestätigt.« Kurz wurde es still in der Leitung, und Lars hörte es rascheln. Entweder waren es lose Blätter, die Benne zur Hand nahm, oder er befreite sein Frühstück aus der Brottüte.

»Ich hatte Derartiges bereits vor Ort gemutmaßt, wie du dich bestimmt erinnerst.«

»Vor allem erinnere ich mich, dass du nichts ausschließen konntest.«

»Ganz genau!« Bennes Grinsen war durch den Hörer zu vernehmen. »Wie bereits vermutet, hat die Obduktion Verletzungen am Schädel offenbart, was auf eine mögliche Fremdeinwirkung schließen lässt.«

»Eine mögliche?«, fragte Lars zurück. Das war nach wie vor eine äußerst vage Ausdrucksweise.

»Ich bin ja auch noch nicht fertig«, hielt Benne dagegen. Er war mit einem Mal ein wenig undeutlicher zu verstehen, was die Vermutung nahelegte, dass er tatsächlich beim Frühstücken war.

»Du musst wissen, dass bei Brandopfern eine Vielzahl an Dingen untersucht werden müssen, um die genaue Art des Versterbens zu eruieren«, hörte er Bennes undeutliche Stimme. »Typische Merkmale eben, die beispielsweise auf eine Kohlenmonoxidvergiftung als Todesursache schließen.«

Lars erinnerte sich, dass Benne bereits in der Scheune davon gesprochen hatte. Seine Ungeduld wuchs. »Keine Einzelheiten, komm einfach zur Sache«, fiel er ihm knapp ins Wort. »War das bei Knut Lindelöf der Fall? Lebte er noch, als der Brand ausbrach?«

»Nein.«

Lars nahm den Hörer vom Ohr und sah ihn sich an.

»Nein?«

»Nein. Unser Opfer war vor dem Brandausbruch bereits tot. Um es kurz zu machen: Er erlag seiner Kopfverletzung.« Benne zögerte eine Sekunde, bevor er weitersprach. »Mittlerweile können wir auch einen Sturz ausschließen – zumal sich nichts in der Nähe des Opfers befunden hat, das diese Verletzung verursacht haben könnte.«

Lars fuhr sich mehrmals über das Gesicht, um die gerade gehörten Worte sortiert zu bekommen.

»Weißt du, was das bedeutet?«, fragte Benne in die Stille hinein.

Lars nickte den Hörer an. Und ob er das wusste. »Jemand hat Knut erschlagen und anschließend das Feuer gelegt.«

»Exakt darauf deutet alles hin.«

Nun war es Lars, der tief einatmete. Mit der Maus wanderte er über den Bildschirm und schloss das Dokument, in das er gerade den Abschlussbericht hatte schreiben wollen.

Ohne sich zu verabschieden, beendete Lars das Gespräch, sprang vom Stuhl auf und stürmte in das Büro seines Chefs.

KAPITEL 17

Nach ihrer Rückkehr steckte Ina noch immer die Kälte in den Knochen. Vielleicht war das der Grund, warum sie den Platz an der großen Tafel gewählt hatte, der sich dicht am offenen Kamin befand, in dem ein kleines, aber behagliches Feuer knisterte. Der schwere Regenguss hatte das Thermometer nach unten getrieben, was der Region erstmals seit Tagen einen kühleren Abend bescherte. Aus diesem Grund hatte Ebba das große Abendessen auch in ihr Wohnzimmer verlegt und nicht auf die Terrasse. Ina fühlte sich geehrt, dass sie daran teilnehmen durfte, und so saß sie gemeinsam mit der alten Frau, Agneta und Ashley an dem großen runden Tisch. Er war gefüllt mit Tellern voll belegtem Knäckebrot, das natürlich vor Ort selbst gebacken wurde. Sie waren hübsch garniert mit Gurken- und Radieschenscheiben sowie bunten Paprikastreifen. Dazu gab es eine Art Sandwich-Kuchen-Lasagne – ein Konstrukt, wie es Ina noch nie zuvor gesehen hatte. Ebba nannte es Smörgåstårta. Es bestand abwechselnd aus je einer Schicht Roggen- und Weißbrot und einer cremigen Füllung aus Mayonnaise und Frischkäse. Garniert war dieses Monstrum mit Lachsstreifen, geschälten Garnelen und Büscheln von Petersilie. Das Highlight aber war die dampfende Auflaufform, die Ebba mit rot gepunkteten Ofenhandschuhen auf den Tisch gestellt hatte und aus der sie nun jedem einen großzügigen Klecks aus der Schöpfkelle gab. »Ich hoffe, dir schmeckt Janssons Frestelse«, wandte sie sich an Ina, die ihr den Teller entgegenhielt und die zweite Hand hinzunehmen musste, weil der *Klecks* schwerer war als erwartet. »Eigentlich ist das ein typisches Jul-Gericht«, sagte sie mit schelmischem Grinsen. »Aber bei dem Wetterumschwung passt es auch ganz gut in den Juni, nicht wahr?«

Ina, Agneta und Ashley nickten dankbar und machten sich über das Essen her.

»Fade, daf Fvante nicht mit unf ifft«, sagte Ashley mit vollem Mund.

»Der hat noch einiges zu erledigen«, antwortete Ebba. »Jetzt, wo Knut nicht mehr da ist«, sie blickte kurz zur Deckenlampe empor, »bleibt eine Menge Arbeit liegen, um die sich jemand kümmern muss.«

Ashley hatte den Mund wieder frei und sah Agneta an. »Janis könnte doch die Kurierdienste übernehmen«, schlug sie vor, aber sowohl Agneta als auch Ebba schüttelten energisch die Köpfe. »Janis hat genug mit der Werkstatt zu tun«, entschied Agneta. »Da können wir ihn nicht vom Hof lassen.«

»Außerdem braucht diese Auslieferung eine Menge Erfahrung«, fügte Ebba hinzu.

Ina sah sie skeptisch an. Irgendwie fand sie die Aussagen der beiden ein wenig übertrieben. Und Svante hätte sie wirklich gerne mit am Tisch sitzen gehabt. Irgendwie mochte sie diesen verschrobenen Kerl mit seinem Dauerbrummen und dem guten Musikgeschmack. Erwartungsfroh stellte sie den Teller vor sich ab und betrachtete die farblose Masse, aus der heißer Dampf quoll. Es sah ein wenig aus wie ein Kartoffelgratin, duftete aber nach Fisch.

Auf ihren fragenden Blick hin erklärte Ebba: »Es wird zubereitet aus Kartoffeln, Zwiebeln, Anchovis und Sahne.« Sie zwinkerte Ina zu. »Von Letzterer sogar jede Menge. Aber wenn das Alter etwas Gutes hat, dann, dass wir nicht mehr herumlaufen müssen wie die Heringe.«

Ina tauchte die Gabel ein und probierte. Es war höllisch heiß, doch es schmeckte fantastisch. Die Creme war unfassbar gut gewürzt, und die Kartoffeln hatten die perfekte Konsistenz.

Wenn die schwedische Esskultur eines war, dann laut. Um Ina herum knackte das Knäckebrot bei jedem Bissen, sodass eine Unterhaltung in normaler Lautstärke ein Ding der Unmöglichkeit war. Hinzu kam Ebbas Schwerhörigkeit, was der Stimmung jedoch keinen Abbruch tat. Wurde eben über den runden Tisch hinweg geschrien.

»Ich bedanke mich wirklich sehr für die Einladung.« Ina tupfte sich die Mundwinkel mit der bereitgelegten Serviette ab. Sie war aus festem Stoff mit rot kariertem Muster und erinnerte sie an die Geschirrtücher ihrer Mutter.

»Das ist doch selbstverständlich«, sagte Ebba sichtlich erfreut. »Schließlich bist du unser Gast. Und ein schwedisches Sprichwort besagt: ›Die Schmuckstücke eines Hauses sind die Freunde, die es besuchen.‹«

Agneta hob ihr langstieliges Rotweinglas und schwenkte es in Inas Richtung.

»Nicht so voreilig«, stoppte Ashley den Trinkspruch. »Wir Amerikaner sagen: ›Ist der Tisch erst mal gedeckt, finden sich auch Gäste.‹«

»Und wir Deutschen sagen: ›Besuche machen immer Freude. Wenn nicht beim Kommen, so doch beim Gehen.‹«

Auch Ebba hob ihr Glas. »Skål!« Sie kippte ihren hochprozentigen Punsch förmlich hinunter. Die anderen schlossen sich ihr an, wobei Agneta nur an ihrem Rotwein nippte, Ina einen beherzten Schluck aus der Bierflasche nahm und Ashley an ihrer Diätcola nuckelte. Dann machten sie sich über die Reste des Auflaufs her.

»Übrigens ist da noch was«, kam es mit dem letzten Bissen aus Agnetas Mund. »Wir waren in Viggos Hütte und haben wieder etwas gefunden.« Ihr Blick suchte den von Ina, die gerade dabei war, sich Lasagnetorte auf den Teller zu schaufeln, wobei ihr eine Garnele entfloh und auf der schneeweißen Tischdecke landete. Entschuldigend sah sie Ebba an, die aber nur Augen für ihre Schwiegertochter hatte.

»So?«, fragte sie neugierig. »Was denn?«

»Wieder ein Geheimnis?« Auch Ashley sah Agneta erwartungsvoll an.

»Könnte man sagen.« Nun legte Agneta das Besteck beiseite, langte in die Tasche ihrer Strickjacke und zog den Schlüsselanhänger hervor. Wieder ließ sie ihn wie ein Pendel hin und her schwingen, als wollte sie die restlichen Garnelen auf der Smörgåstårta beschwören.

»Den hat er in einer Kaffeedose versteckt.« Sie legte einen konspirativen Tonfall an den Tag, der seine Wirkung nicht verfehlte. Gebannt fokussierten Ebba und Ashley den Anhänger und folgten der pendelartigen Bewegung.

»Ein Schlüssel«, raunte Ashley ehrfurchtsvoll. »Und wofür ist der?«

Agnetas blaue Augen blickten tief in Inas braune Augen, dann schüttelten sie gleichzeitig die Köpfe. »Das wissen wir nicht.« Agneta verzog widerwillig den Mund und trank einen weiteren Schluck von ihrem Rotwein.

»Hm«, machte Ashley und betrachtete den Schlüssel, als

wäre er ein Artefakt einer längst vergessenen Zivilisation. Allerdings schob sie ihn mit der Hand vor und zurück und blinzelte ihn angestrengt an. »Verdammte Altersweitsichtigkeit.«

»Waaas?«, krächzte Ebba.

Ashley setzte eine nachdenkliche Miene auf. »Wenn Viggo ihn versteckt hat, dann muss er eine Bedeutung haben.«

»So sehen wir das auch«, antwortete Agneta für Ina mit.

»Bloß welche?«, fragte Ina über ihre Bierflasche hinweg. Es war ein vollmundiges Småland Export Pilsner. Da sollte mal einer sagen, die Deutschen allein verstünden sich aufs Brauen.

Ebba bedachte den Schlüssel mit vorgeschobener Schnute. »Ein Schlüssel, und? Was haben wir Schweden mit Schlüsseln am Hut. Wir müssen doch nichts abschließen.« Sie blickte aufmerksam in die Runde, winkte dann ab. »Ich würde dem keine so große Bedeutung beimessen. Vermutlich gehört er zu einem Fahrradschloss.«

»Viggo hat sein Fahrrad nie abgeschlossen«, hielt Agneta dagegen.

»Sag ich doch!« Damit sah Ebba sich bestätigt.

»Außerdem ist der Schlüssel zu groß für ein Fahrradschloss«, warf Ashley ein, die den Blick überhaupt nicht mehr von dem Anhänger lösen konnte. »Die Kugel ist wirklich hübsch!«

»Dann eben für den Gartenschuppen«, schlug Ebba vor, was bei Agneta ein ausgeprägtes Stirnrunzeln hervorrief.

»Was denn für einen Gartenschuppen?«

Die Alte winkte ab. »Na, irgendeiner.« In einer fließenden Bewegung hob sie die Schüssel mit der Smörgåstårta an: »Noch jemand einen Nachschlag?«

Ina hielt ihr den Teller hin.

»Es ist eine Abbildung der Mappa Mundi«, erklärte Agneta der Amerikanerin.

»Sie steht in Florenz«, fügte Ina hinzu.

»Viggo war nie in Florenz«, brummte Ebba.

Agneta und Ina schwiegen verbissen.

»Ich weiß nicht«, sagte Ashley schließlich. »Auf mich hat es den Anschein, als wäre der Schlüssel schon wichtig. Irgendwie.« Sie wollte danach greifen, zog aber die Hand zurück, als befürchtete sie, sich daran zu verbrennen. Abwechselnd blickte sie Agneta und Ina an. »Sagt euch das Logo denn etwas?«

»Es könnte sich dabei um eine keltische Rune handeln«, mutmaßte Agneta.

Ashley holte tief Luft. »Auf jeden Fall muss dieser Schlüssel eine Bedeutung haben, wenn Viggo ihn in der Kaffeedose in seiner Jagdhütte versteckt hat.«

Ina war derselben Meinung. Vor allem deshalb, weil der Schlüsselanhänger eine Bedeutung für Viggo gehabt hatte. Er hatte ihn unbedingt haben wollen, doch hatte es nur mehr das Ausstellungsstück im Schaufenster gegeben. Alle anderen Exemplare waren restlos ausverkauft gewesen, weil es sich um die Arbeit eines angesagten italienischen Künstlers gehandelt hatte, von dem Ina nie zuvor etwas gehört hatte, Viggo aber ein glühender Verehrer gewesen war. Als sich Viggo zu einem seiner Geschäftstreffen in der Innenstadt von ihr verabschiedet hatte, hatte sie noch einmal den Weg ins Museo di Palazzo Vecchio auf sich genommen und den Verkäufer so lange bezirzt, bis er ihr das Ausstellungsstück überlassen hatte – für eine horrende Summe.

Natürlich hatte sie Agneta das nicht unter die Nase

gerieben. Doch Viggos Freude darüber war so groß gewesen, dass er ihr für den Rest des Wochenendes sämtliche Wünsche von den Lippen abgelesen hatte.

»Der ist doch verrostet!« Ebba lachte ruppig. Sie rückte sich die Brille auf der Nase zurecht und blinzelte den Anhänger an, schüttelte dann aber entschieden den Kopf. »Am besten steckst du ihn zurück in die Kaffeedose«, schlug sie vor, »und lässt es dabei bewenden. Es ist nie gut, zu sehr in der Vergangenheit anderer Menschen herumzuwühlen.«

Anderer Menschen? Ina musterte sie, war überrascht über Ebbas aufbrausende Art. Immerhin ging es hier um ihren Sohn. Eben hatte sie noch einem Quell der guten Laune geglichen, doch mit dem Hervorkramen des Schlüssels wirkte sie wie eine tief hängende Gewitterwolke in den Bergen. Düster und bedrohlich.

Agneta ging nicht auf Ebbas Vorschlag ein. Sie inspizierte den Schlüssel genauer und steckte ihn schließlich ohne ein weiteres Wort zurück in die Tasche ihrer Strickjacke.

Ina konnte sich nicht helfen, aber ein Gefühl sagte ihr, dass Ebba diesen Schlüssel nicht zum ersten Mal gesehen hatte. Wusste Viggos Mutter mehr darüber, als sie zugeben wollte? Was hatte es mit dem Schlüssel bloß auf sich? Und dem Versteck noch dazu? Immerhin hatte die Hütte einmal Ebbas Mann gehört. Allmählich beschlich sie das Gefühl, dass nicht nur Viggo seine Geheimnisse hatte, sondern gleich der ganze Hof.

KAPITEL 18

Zerknirscht besah Lars die roten Schlammspritzer, die seinen gelb-blau-weißen Dienstvolvo an den Seiten zierten. Dabei hatte er den Wagen erst vor zwei Tagen durch die Waschanlage gejagt. Wer hätte aber auch damit rechnen können, dass sich ein derartiger Regenschauer über Südschweden ergoss. Für die Fahrt zum Tingsmålahof hätten sie sich wahrlich keinen schlechteren Zeitpunkt aussuchen können. Aber sie hatten nicht die Zeit, um auf besseres Wetter zu warten. Er parkte den Wagen auf dem Parkplatz des Cafés und wartete, bis der zweite Streifenwagen aufschloss. Mit dem Eintreffen seiner Kollegen stieg er aus und befreite Gus aus der Hundebox, der schwanzwedelnd mit einem Satz auf den Schotter hüpfte und sofort die Schnauze zum ausgiebigen Schnüffeln in den Wind hielt. Tatsächlich witterte er etwas. Seine Rute hielt in der Bewegung inne, der Kopf drehte sich in Richtung des Sees, und eine Pfote schwebte in der Luft. Mit einem Pfiff riss Lars ihn aus der Bewegungsstarre und trieb ihn an, ihm zu folgen. Ganz bestimmt roch er den kleinen Hund dieser Deutschen. Lars streifte sich die Mütze über und warf einen Blick auf die Uhr. Er musste sich beeilen, wenn er es rechtzeitig zu seiner Verabredung um elf Uhr in die Forensik schaffen wollte. Zu viele Fragen brannten ihm unter den Nägeln. Der Abschlussbericht der inneren Sektion reichte ihm nicht, weshalb er einen schnellstmöglichen Termin mit Benne vereinbart hatte, um jedes noch so kleine Detail über Knuts Ableben zu erfahren. Zwei Dinge lagen kristallklar auf der Hand: Das Feuer war Brandstiftung, und der Tote im Inneren der Scheune war einem Mord zum Opfer gefallen.

Mord. Das Wort ging ihm wieder und wieder durch den Kopf. Früher war es sein regelmäßiger Begleiter gewesen, als er seinen Dienst in Stockholm verrichtet hatte. Gut, Stockholm war weder Malmö noch Göteborg, wo die kriminellen Zustände weitaus schlimmer waren. Dennoch herrschte ein rauer Wind in der Hauptstadt, und Gewaltverbrechen bis zum Mord waren keine Seltenheit. Aber in Småland? Kein Verbrechen passte weniger in diese Region. Zumindest in dieser Hinsicht musste er seinem Vorgesetzten zustimmen. Wie von allein schob sich ein Lächeln in sein Gesicht. Immerhin war es ein innerlicher Triumphzug gewesen, Sjöström direkt im Anschluss seines Gesprächs mit Benne die brandneuen Fakten auf den Tisch knallen zu können. Und von da an konnte sein Chef gar nicht anders, als ihm seinen Fall zurückzugeben und ihn mit den weiteren Ermittlungen zu betrauen. Die nahm Lars ernst. Todernst!

So war es seine erste Amtshandlung, ein Team aus den besten Leuten des Reviers zusammenzustellen. Die hatte er damit beauftragt, diesen Hof auseinanderzunehmen und alles aufzudecken, was es aufzudecken gab. Während seine Kollegen sich den Befragungen widmen sollten, würde er sich noch einmal ausführlich die ausgebrannte Scheune ansehen, die nun hochoffiziell der Tatort eines Mordes war. Vielleicht war das der Grund für die innere Unruhe, die ihn antrieb. Auf jeden Fall weckten die mysteriösen Umstände seine Neugierde. Er wurde das Gefühl nicht los, dass die

Lösung des Scheunenrätsels in diesem Hof und seinen Bewohnern lag.

Noch immer konnte Lars über die Aussagen seines Vorgesetzten nur den Kopf schütteln. Wo es Menschen gab, da gab es auch Morde. Und genau das machte den Reiz seines Jobs aus.

Er fuhr sich über das stoppelige Kinn und nahm die rot gestrichenen Häuser in Augenschein, die sich vor dem See ausbreiteten. Ein malerischer Flecken Erde.

Welches dunkle Geheimnis verbirgt sich hier?

Ein Mord geschah nie aus heiterem Himmel. Dafür musste es einen Grund geben, und es war nun mal sein Job, den herauszufinden. Er setzte sich in Bewegung, verließ den Parkplatz am Café, um erneut die abgesperrte Scheune aufzusuchen. Gus blieb dicht an seiner Seite und wagte es nicht einmal, die Schnauze vorzustrecken. Über dem Weg lag der Duft von frisch Gebackenem. Die Bäckerei befand sich zu Lars' Rechten, eine feine weiße Wolke stieg aus dem Schornstein des Gebäudes auf. Die Luft an diesem Morgen war angenehm kühl, doch die Sonne blitzte bereits grell hinter ein paar fluffigen Wolken hervor. Lars' Blick richtete sich auf den See, an dessen Steg Ruder- und Tretboote festgemacht waren. Er hätte gut Lust, das Präsidium sausen zu lassen und den Tag in einem dieser Boote zu verbringen. Vielleicht mit seinem Vater. Natürlich würde er es nicht tun. Weder würde er den Dienst schwänzen noch freiwillig einen ganzen Tag mit seinem Vater verbringen. Es reichte vollkommen, dass sie wieder gemeinsam unter einem Dach lebten. *Fürs Erste,* wie Lars sich unentwegt ins Gedächtnis rief.

Gus bellte, weil er das Gekläffe eines anderen Hundes vernahm. Es klang schrill, wütend und überdreht.

»Still«, ermahnte Lars den Schäferhund, und Gus schwieg. Das Gekläffe hingegen hielt weiter an. Und es kam näher.

»Zeus!«, mischte sich eine nicht minder schrille Stimme in das Kläffen. »ZEUS!«

Vier kleine Pfoten hetzten über den Schotter und pesten geradezu auf Lars und seinen Hund zu. Gus hob den schweren Kopf und sah sein Herrchen an. Bittend und flehend, als wartete er nur auf den Befehl, diesen winzigen Brüllwürfel in der Luft zu zerfleddern. Der Befehl kam nicht, und schnell wurde klar, dass der kleine Hund überhaupt kein Interesse an dem großen Hund hatte. Ohne ihn auch nur eines Blickes zu würdigen, schoss er an Gus vorbei und hatte Lars zum Ziel auserkoren. Dieser blickte an sich herab und sah dann auf, als die Besitzerin sich in sein Sichtfeld schob.

»Zeus!«, schrie sie hektisch und ließ irgendetwas in einer Sprache folgen, die Lars nicht verstand. Es klang hart und unfreundlich. Deutsch eben.

»Entschuldige bitte«, sagte sie im feinsten Schwedisch, als sie keuchend vor ihm stand. »Aber der Hund ...« Sie brachte den Satz nicht zu Ende und streckte stattdessen ihre Hand aus. »Lars ist dein Name, richtig?«

Er nahm die Hand nicht entgegen. Sogar Gus knurrte übellaunig. Lars blickte nach unten und dann in das Gesicht der lächelnden Frau. Auch das Lächeln erwiderte er nicht. Stattdessen sagte er: »Dein Hund rammelt mein Schienbein.«

»Bitte was?« Die Augen der Deutschen wurden groß. »Oh! Verzeihung!« Panisch beugte sie sich vor und zerrte den Hund von seinem Hosenbein. »Das ist mir außerordentlich peinlich!«

Mir auch, dachte Lars.

»Mein Hund ist leider nicht so gut erzogen.«

Er hingegen fand, dass dieser Hund überhaupt nicht erzogen war. Er strich sich den Hosenstoff glatt, schüttelte das Bein und warf dem Kläffer einen zornigen Blick zu, der sich dagegen wehrte, von seinem Frauchen auf den Arm befördert zu werden. Er schnaubte innerlich, sah die Frau an und versuchte, seine Freundlichkeit zurückzugewinnen.

»Und du bist Ina, richtig? Hast du dich gut eingelebt?«

»Ich muss mich hier gar nicht erst einleben, weil ich nicht lange bleiben werde. Nur noch bis Mittsommer.« Über den Hund hinweg streckte sie ihm noch einmal die Hand entgegen, ließ sie dann aber sinken. Er sah sie eine Spur länger an und fand, dass sie durchaus freundliche Augen hatte. Der aufziehende warme Wind wehte ihr das ohnehin schon strubbelige Haar ins Gesicht. Sie lachte, nein, sie strahlte ihn an und offenbarte tiefe Grübchen unter den Wangen.

So standen sie beieinander, schwiegen sich an, blickten schließlich aneinander vorbei. Gus saß auf den Hinterbeinen und leckte sich über die Schnauze, ohne dabei den kleinen Hund aus den Augen zu lassen. Vermutlich wartete er noch immer auf den »Fass«-Befehl, der das Fellknäuel von all seinen Qualen befreien würde.

»Warum bist du wieder hier?«

Kurz war Lars überwältigt von der schonungslosen Direktheit. Aber das gefiel ihm. Also wollte er ihr nicht allzu schroff entgegentreten.

»Ich bin hier«, begann er langsam, »um mehr über den Scheunenbrand herauszufinden.«

»Aha.«

Sie sah ihn auf eine derart intensive Art und Weise an,

dass Lars wie ferngesteuert hinzufügte: »Und über den Toten.«

»So?«

Lars nickte und überlegte, wie er aus diesem Gespräch wieder herauskam, ohne sie vor den Kopf zu stoßen. Diese Frau war nicht Teil seiner Ermittlungen. Zum Zeitpunkt von Knuts Tod war sie nicht einmal in diesem Land gewesen. Und so erwiderte er ausweichend: »Es gibt nämlich einige Ungereimtheiten.«

»Du meinst, abgesehen davon, dass er tot ist? Und es womöglich gar nicht sein müsste?«

Er blinzelte die Frau an. Entweder war sie scharfsinnig, oder sie hielt ihn zum Narren.

»Ich habe auch meine Erkundigungen angestellt.« Sie sah zu ihm auf. »Deshalb fange ich dich auch ab.«

»So?«, fragte nun Lars, und die Frau nickte. Er betrachtete noch einmal den Hund. So klein und unerzogen. *Und dick!* Es grenzte an ein Wunder, dass er sich überhaupt auf den mickrigen Beinchen fortbewegen konnte. Würde er diese Frau besser kennen und könnte sich sicher sein, dass er sie nicht vor den Kopf stieß, würde er ihr ein striktes Diätprogramm für den Moppel empfehlen. Bei seinem Vater schlug es schließlich auch an. Er nahm den Blick von dem Hund und wandte ihn wieder der Frau zu.

Lächelnd.

Distanziert lächelnd.

»Und welche Art von Erkundigungen hast du angestellt, Ina?«

»Also, ich …« Sie druckste herum, zögerte, tätschelte ihrem Hund dabei unentwegt den Kopf. Dabei kannte Lars keinen Hund auf der Welt, dem das gefiel. Auch dieser

Winzling wirkte reichlich zerknirscht und versuchte, sich der Tätschelei zu entwinden.

»Nun ja«, fand sie ihre Sprache wieder. »Alle sagen, dass Knut vielleicht eingeschlafen sein könnte, während er sich für eine Zigarette in die Scheune zurückgezogen haben soll. Und dass er von dem möglichen Brandstifter gar nicht bemerkt wurde, als dieser mit seinem Werk zugange war.«

»Ach ja?« Dass diese Theorie nicht mehr galt, behielt er zunächst für sich. Er sah sie aufmerksam an und zuckte auch nicht zurück, als sie noch einen Schritt näher kam.

»Aber dieser Knut hat gar nicht geraucht.«

Lars versuchte, seine Miene unter Kontrolle zu behalten. In der Tat war das ein überraschendes Detail, weil genau das die alte Frau und dieser Svante zu Protokoll gegeben hatten. »Bist du dir sicher?« Er versuchte sich an einem belanglosen Tonfall, hatte aber das Gefühl, das es ihm nur mittelprächtig gelang, zumal die Frau aufgeregt nickte.

Sie trat noch näher an ihn heran. Sie roch nach Weichspüler. »Gestern Nacht habe ich mich umgeschaut«, sagte, nein, flüsterte sie. »In Knuts Haus.«

Lars blinzelte sie vorwurfsvoll an, aber Ina zuckte sofort mit den Schultern. »Nicht drinnen, davor«, stellte sie klar. »Ich habe mit meiner Taschenlampe einen Blick durch das Fenster geworfen.« Sie zögerte. »Nun ja, durch alle Fenster.« Sie legte eine weitere Pause ein, als wollte sie die nötige Spannung aufbauen. »Außerdem stand die Terrassentür einen Spaltbreit offen.«

»Dann bist du in das Haus eingedrungen?«

»Himmel, nein!« Sie hob die Hände. »Hab nur den Kopf hineingesteckt.«

»Und?«, fragte Lars ein wenig genervt.

»Na, nichts«, sagte sie prompt. »Weder habe ich auf den Tischen und Regalen Aschenbecher gesehen noch Zigarettenschachteln. Auch auf dem Gartentisch hinter dem Haus gab es keinen Aschenbecher.«

»Hm.«

Er überlegte, ob sie ihm die ganze Wahrheit sagte. Aus einem unbestimmten Grund traute er der Deutschen durchaus zu, dass sie sich sehr wohl *in* diesem Haus umgesehen hatte. Er würde seine Jungs darauf hinweisen müssen, wenn sie gleich das Haus nach Spuren untersuchten. Innerlich fluchte er. Nicht, dass bei ihrem amateurhaften Herumgeschnüffel wichtige Indizien zerstört worden waren.

Die Frau nickte. »Das ist doch merkwürdig, findest du nicht?«

Lars fand, dass es sogar mehr als das war. »Warum haben dann der ältere Herr mit dem Feuerwerk und die alte, schwerhörige Frau gesagt, dass er sich zum Rauchen in die Scheune verdrückt hätte?«

Er sah der Frau an, dass sie sich diese Frage ebenfalls schon gestellt hatte. Ihr Hund sprang von ihr runter und landete in einer halben Drehung mit den Pfoten auf dem Boden. Sofort stürmte er wieder auf Lars' Hosenbein zu, begann, daran herumzujuckeln.

Sie bedachte ihn mit einem entschuldigenden Grinsen. »Ich glaube, er mag dich.« Doch sofort wurden ihre Züge wieder ernst. »Vielleicht haben sie nichts gesagt«, setzte sie die Unterhaltung fort, »weil sie etwas zu verheimlichen haben.«

Etwas in Lars' Rücken lenkte ihre Aufmerksamkeit ab. Er folgte ihrem Blick und sah seine Kollegen auf ihn zukommen.

»Was wollen denn all die Polizisten hier?« Die Frau wirkte sichtlich erschrocken. So wie sie ihn anschaute, mit ihren großen Augen, erinnerte sie ihn für einen winzigen Moment an seine Mutter. Seufzend gab er sich einen Ruck und platzte mit der Wahrheit heraus: »Knut wurde ermordet.«

Er ließ seine Worte wirken, bis die Deutsche den Schock verdaut hatte. Allerdings sah sie ihn so merkwürdig an. Ein wenig wie ein Hund, mit treu-freundlichen Augen – liebenswert, aber etwas ausgehungert. Und da erzählte er ihr von dem Ergebnis der Rechtsmedizin, ohne zu wissen, warum er das tat. Er sagte ihr, dass nunmehr nicht nur ein Brandstifter, sondern auch ein Mörder gesucht wurde. Dass damit alle Spuren zum Hof führten, hatte er ihr wiederum nicht erklären müssen. Darauf war sie selbst gekommen. Einmal mehr bewunderte er ihren Scharfsinn. Aus ihr wäre sicherlich eine gute Ermittlerin geworden.

Schwedisch für Anfänger - Teil 7

– Sambo

Ein hübsch klingendes Wort für ein Paar, das zusammen-
lebt, ohne verheiratet zu sein.

KAPITEL 19

Ein Brauch besagt, dass man an Mittsommer sieben unterschiedliche Wildblumen pflücken und diese nachts unter das Kissen legen solle. Träumt man dann von einer bestimmten Person, wird diese zur größten Liebe des Lebens. Diesen Brauch kannte Agneta von frühester Kindheit an. Ihre Mutter hatte darauf geschworen, und ihre Jugendfreundin Jenny hatte jedes Jahr aufs Neue von der nächsten großen Liebe ihres Lebens geträumt, mit der sie kurz danach dann auch zusammengekommen war und sich doch wieder von ihr getrennt hatte, um Platz für die nächste große Liebe zu machen. Agneta hingegen war nie ein Mensch gewesen, der von Aberglauben, Bräuchen und Bestimmungen getrieben wurde – wenngleich ihr diese romantische Tradition gefiel und sie sie gerne an ihre eigenen Kinder weitergegeben hätte. Doch dieses Glück war ihr nicht vergönnt gewesen. Dafür aber das der großen Liebe. Vielleicht war das schon mehr, als eine Frau erhoffen durfte. Und noch immer pflückte sie bei jedem Mittsommer einen Strauß Wildblumen und legte exakt sieben unterschiedliche Blumen unter das Kopfkissen. Das hatte sie selbst dann getan, als sie sich längst von Viggo hatte erobern lassen. Dieser Mann war zweifellos die Liebe ihres Lebens gewesen. Doch hatte sie je von ihm in einer Mittsommernacht geträumt? Nein!

Sie dachte an ihre Kindheit zurück, wie sie mit Blumenkränzen im Haar ausgelassen um den Mittsommerbaum getanzt hatte. Noch frühere Erinnerungen kamen ihr in den Sinn, in denen sie mit grasbefleckten Knien auf der Wiese hinter dem Haus gesessen hatte, an ihrem Lieblingsplatz, direkt neben dem dunkellila blühenden Fliederbusch. Dort hatte sie unter den Argusaugen ihrer Mutter Wiesenblüten zu einem bunten Blumenkranz geflochten. Und mit dem Gedanken an ihre Mutter kehrte die Erinnerung an den Geschmack des heiß geliebten Blaubeerkuchens zurück. Nichts schmeckte für sie mehr nach Kindheit als dieser Kuchen. »Was grinst du?«

Agneta hielt im Binden der Schleifen inne und sah ihren Gast an. »Ich schwelge gerade in Erinnerungen.« Nun spürte sie selbst, dass sich ein Lächeln in ihrem Gesicht eingenistet hatte. Sie hob die Tunika an, bewegte sie auf und ab, damit ein wenig kühle Luft aufstieg. Die Hitze stand schwer im Bootshaus, in dem im Winter die Ruder- und Tretboote eingemottet wurden. Hier lagerten Svante und Janis alles für das anstehende Mittsommerfest, allen voran die Rohlinge für die Kränze, mit denen der Mittsommerbaum geschmückt wurde. Gerade war sie dabei, die Kränze mit blauen und gelben Bändern zu verzieren, und war froh, dass Ina ihr dabei zur Hand ging. Überhaupt war sie glücklich über die Anwesenheit der Deutschen. Aus einem unerfindlichen Grund tat sie ihr gut.

»Ich habe in meinem Leben schon so viele Mittsommerfeste gefeiert.« Sie legte die fertige Schleife beiseite und schnappte sich die nächsten blauen und gelben Bänder. »Es waren immer rauschende Feste, da bleibt einiges an Erinnerungen zurück.« Über die Bänder hinweg betrachtete sie Ina, die sich ebenfalls an den Schleifen versuchte und sich dabei gar nicht mal ungeschickt anstellte.

»Was weißt du über das Mittsommerfest?«, fragte sie über den Tisch hinweg.

Ina hielt in der Bewegung inne, setzte einen nachdenklichen Blick auf. Das krause braune Haar hing ihr in die Stirn, es sah aus wie die dünnen Äste eines Korkenzieherbaums.

»Nicht viel«, gestand sie schließlich. »Es ist das Fest der Sommersonnenwende.« Sie blinzelte Agneta an. »Hauptsächlich weiß ich darüber, dass ihr Schweden sehr viel Alkohol an diesem Tag trinkt.«

Agneta lachte aus ganzem Herzen. »Das stimmt allerdings. An Mittsommer fließt der Alkohol in rauen Mengen.« Sie zwinkerte Ina vergnügt zu. »Und mir graut schon jetzt vor dem Tag danach.« Schnell wurde sie wieder ernst. »Wir trinken aber nicht nur viel Alkohol«, stellte sie klar. »Wir singen und tanzen auch viel.« Sie neigte den Kopf. »Tanzt du denn?«

Ina hob die Hand, wiegelte ab. »Viel zu selten. Mein Exmann war kein großer Tänzer. Und allein …«

Agneta nickte. Seit Viggos Tod war sie auch nicht mehr tanzen gegangen. Es fehlte ihr. Viggo fehlte ihr. Seltsamerweise spendete ausgerechnet diese Frau ihr Trost. Sie schüttelte den Kopf über den verrückten Gedanken. Sie sollte auf der Stelle die Schere zur Hand nehmen und sie der Deutschen in den Hals rammen. *Jawohl!*

Natürlich tat sie es nicht. Was konnte Ina für Viggos doppeltes Spiel, das er getrieben hatte?

Und doch war Trost das, was sie momentan am meisten brauchte. Das Mittsommerfest stand unter keinem guten

Stern. Die Stimmung auf dem Hof war mehr als gedrückt. Es würde das erste Fest ohne Viggo sein. Außerdem war es für alle unbegreiflich, dass Knut wirklich ermordet worden war. Und doch war genau das der Fall. Allen lagen die zähen Verhöre der Polizei im Magen, zumal diese darauf hindeuteten, dass der Täter womöglich unter ihnen weilen konnte. Ein abwegiger Gedanke, wie Agneta fand. Überhaupt war sie darum bemüht, dem Trübsinn keinen Raum zu geben. Sie war eine Frohnatur und darauf bedacht, sich von Schicksalsschlägen nicht kleinkriegen zu lassen. Sie gehörten zum Leben dazu. Doch in letzter Zeit machte es ihr das Leben wahrlich nicht leicht.

»Das Tanzen ist an diesem Fest das Beste.« Nach einigem Zögern fügte sie hinzu: »Und natürlich der Schnaps.« Beide lachten heiter.

Agneta band eine perfekte Schleife. »An Mittsommer feiern wir den längsten Tag des Jahres. Wir nennen es auch die weiße Nacht, weil die Sonne weiter im Norden nicht untergeht.«

Die Deutsche wirkte wenig begeistert, sie schürzte die Lippen. »Da werde ich wohl sehr viel Alkohol brauchen«, murmelte sie leise vor sich hin. Doch dann sah sie Agneta ernst an. »Vorgestern, beim Abendessen bei deiner Schwiegermutter ...«

»Ja?«

»Ist dir da nicht etwas aufgefallen?«

Agneta japste, teils, weil sie der plötzliche Wechsel des Gesprächs überrumpelte, hauptsächlich aber, weil ihr tatsächlich etwas aufgefallen war.

»Ashley«, erwiderte sie prompt. »Du meinst, wie sie auf den Schlüsselanhänger reagiert hat?«

Ina runzelte die Stirn. Vermutlich war es nicht das, was sie meinte.

»Wieso Ashley?«, fragte sie sogleich zurück. »Eigentlich meinte ich die Reaktion deiner Schwiegermutter.«

Agneta hob die Brauen. »Wie hat Ebba sich denn aufgeführt?«

Ina schien nach dem richtigen Wort zu suchen. Dabei zog sie die Mundwinkel von der einen zur anderen Seite. »Nun ja«, murmelte sie. »Verdächtig, irgendwie. Als wüsste sie etwas über den Schlüssel, wollte es aber nicht verraten.«

»Unsinn!« Agnetas Kopf huschte nach rechts und links. »Hast du nicht Ashleys Interesse bemerkt? Allein, was sie alles darüber wissen wollte?«

»Natürlich habe ich das. Sie war eben neugierig.«

»Zu neugierig, wenn du mich fragst.«

Ina schien nicht überzeugt. Sie band ihre Schleife, griff aber nicht nach den nächsten Bändern, sondern legte ihre Handflächen auf den Tisch und sah Agneta unverwandt an. »Ich glaube nach wie vor, dass Ebba …«

Sie hielt mitten im Satz inne und starrte an ihr vorbei. Im selben Augenblick bewegte sich ein dunkler Schatten in das offen stehende Tor des Bootshauses, aus dem sich ein noch dunkleres »Tjena!« schälte. »Hier steckst du!«

Agneta fuhr herum und blickte in das verkniffene Gesicht von Mats. Seine Statur schien das gesamte Tor einzunehmen. Der Eindruck wurde noch verstärkt, weil er die Hände in die Hüften gestemmt hatte. Richtiggehend vorwurfsvoll starrte er ihr entgegen.

»Kann es dir nicht egal sein, wo ich stecke?«, erwiderte Agneta kühl. Sie wandte den Kopf, um sich weiter der Schleife zu widmen. Doch in der nächsten Sekunde drehte sie sich wieder zu ihm um, weil es ihr zuwider war, ihm den Rücken zuzuwenden. Ina hob die Hand und winkte ihm grüßend.

Mats trat näher an den Tisch heran, warf einen Blick auf die Schleifen.

»Für das Fest?«, fragte er in miesepetrigem Tonfall.

»Wie jedes Jahr!« Agneta sah ihn herausfordernd an.

»All die vielen Menschen auf dem Hof.« Er zog eine Schnute, als hätte er in eine Zitrone gebissen.

»Du bist auch eingeladen.« Es kostete sie Überwindung, es auszusprechen. Und doch war es aufrichtig gemeint.

Mats hob nur die Hand und ließ sie schlaff wieder sinken. Dann nahm er eine der fertigen Schleifen vom Tisch und inspizierte sie eingehend. Brummend legte er sie zurück und sagte erst mal nichts. Agneta spürte seinen Blick im Nacken, wie er sie musterte. Sie unterdrückte ein Schaudern.

»Astrid hat mir von dem Schlüssel erzählt«, sagte er ohne Vorwarnung, was Agneta in ihrer Bewegung innehalten ließ. Ihr Blick huschte zur anderen Tischseite. Sie sah, dass es Ina nicht anders erging.

»Astrid?«, fragte Ina zurück. »Wieso Astrid?«

Auch Agneta war irritiert. Ihr hatten sie doch gar nichts von dem Schlüssel erzählt.

»Sie weiß es von Ashley«, erklärte Mats lustlos.

»Ashley hat Astrid von dem Schlüssel erzählt?« Agneta konnte ihre Verwunderung nicht mehr verbergen.

»Nein, aber sie hat gehört, wie Ebba und Ashley sich darüber unterhalten haben. In ihrem Laden.«

»Was soll das Ganze überhaupt?«, mischte Ina sich in die Unterhaltung ein. »Was tut das zur Sache?«

Nun nahm Mats sie in Augenschein. »Was das zur Sache tut?« Der Klang seiner Stimme wurde so dunkel wie eine Schar summender Wespen. Doch sie hielt seinem finsteren Blick stand, wie Agneta anerkennend feststellte.

»Ich will ihn sehen.« Er wandte sich ihr zu. »Den Schlüssel, den ihr gefunden habt.«

»Was schert dich, was wir gefunden haben?« Sie funkelte ihn zornig an.

»Weil er *mir* gehört«, sagte er nur.

»Bitte – was?«

»Ihr habt den Schlüssel auf *meinem* Grund und Boden gefunden!«

Agneta schnappte nach Luft, suchte nach den richtigen Worten, die sie diesem unverschämten Kerl entgegenschmettern konnte.

»Seit wann ist Viggos Jagdhütte dein Grund und Boden?«, kam Ina ihr zuvor.

Der schwere Kopf des Mannes fuhr zu ihr herum. »Weil sich die Jagdhütte auf dem Grundstücksteil befindet, den Viggo an mich überschrieben hat und den du erst dann zurückbekommst, wenn deine Schulden beglichen sind.« Er lachte überheblich. »Davon bist du mit deinen Rückständen aber noch weit entfernt. Also ist es mehr oder weniger *meine* Jagdhütte und damit auch *mein* Schlüssel.«

»Das ist lächerlich!« Agneta schnaufte wutentbrannt. »Es ist Viggos Hütte!«

»Es *war* seine Hütte«, stellte Mats klar. »Wie gesagt, sie steht auf dem Waldstück, das er an mich übertragen hat. Ich habe ihm lediglich erlaubt, diese Hütte weiter zu benutzen. Aber nun, wo er tot ist …«

Agneta hatte Mühe, sich zusammenzureißen. Sie versuchte abzuwägen, ob Mats bluffte. Sie musste unbedingt einen Blick in den Vertrag werfen, doch sah sie im Traum nicht ein, hier und jetzt klein beizugeben.

»Ich weiß von keinem Schlüssel«, sagte sie und nickte Ina zu. »Du etwa?«

Diese hob die Hände. »Welcher Schlüssel?«

Beide setzten gleichzeitig eine unschuldige Miene auf und blickten zu Mats, der sie abwechselnd musterte, die ohnehin schon kleinen Augen eng zusammengekniffen. Er hob den Zeigefinger, deutete zunächst auf die Deutsche, dann auf Agneta.

»Na wartet«, raunte er. Dann drehte er sich um und stampfte wortlos aus dem Bootshaus.

Affektierte Abgänge beherrschte dieser Mann wie kein Zweiter.

Agneta sah Ina eine Weile schweigend an. Im Gesicht der Deutschen stand dasselbe Unbehagen, das auch sie empfand.

Und das war der Moment, in dem sie einen Entschluss fasste. Keinesfalls würde sie es mit seinen ständigen Drohungen auf sich beruhen lassen. Dieses Mal nicht. Sie atmete tief durch, stand auf und eilte ihm nach.

»He, wo willst du hin?«, rief Ina in ihrem Rücken. »Du begehst doch keine Dummheiten?«

KAPITEL 20

Ina stand einen geschlagenen Moment stumm da und blickte Agneta hinterher, wie sie durch das Bootshaustor stapfte. Ihre Arme hingen herab, doch die Hände waren zu Fäusten geballt.

»Mats!«, hörte sie Agneta wütend rufen. Und das war Inas Stichwort. Sie trat hinter dem Langtisch hervor und folgte ihr. Draußen angekommen, empfing sie der sonnenhelle Nachmittag. Sie musste blinzeln, um überhaupt etwas sehen zu können. Dann erkannte sie Mats, der vor Astrids Haus stand und ihr zusah, wie sie die Weißwäsche von der Leine in einen Korb verfrachtete. Die beiden wechselten ein paar Worte, und Mats ging weiter.

»Stehen bleiben!«, rief Agneta zornentbrannt.

Ina tat das Gegenteil und eilte ihr hinterher, zögerte aber doch, als Mats in der Bewegung innehielt und sich langsam umdrehte. Er wartete geduldig darauf, bis Agneta zu ihm aufschloss.

»Wie kannst du es wagen, derart ruppig mit mir zu reden!«, fuhr sie ihn an. »Mir ständig zu drohen!«

Sie hatte die Hände in die Hüften gestemmt und das Kinn erhoben. »Nach all dem, was Viggo die Jahre über für dich war«, erregte sie sich weiter. »Dein bester Freund.«

Mats trat seinerseits einen Schritt auf Agneta zu und hob zu Inas Schrecken die Fäuste, als wollte er sich mit ihr boxen.

»Dann will ich dir mal was erzählen über deinen ach, so feinen Viggo! Ich war es, der ihn immer wieder aus seiner Schuldenmisere herausgeholt hat. Dass ich ihm weiter Geld geliehen habe, war guter Wille meinerseits. Ein faires Geschäft!«

»Du hast seine Situation gnadenlos ausgenutzt!«, fiel Agneta ihm ins Wort.

Mats sprach unbeirrt weiter. »Und dazu gehört nun mal auch die Hütte im Wald. Deshalb ist das, was du da treibst, Diebstahl. Hörst du?«

Natürlich tut sie das, dachte Ina. Der Mann stand schließlich so dicht vor ihr, dass er sie vermutlich mit seiner Spucke attackierte.

»Der Schlüssel gehört rechtmäßig mir, und ich könnte dich dafür ohrfeigen, dass du ihn mir nicht gibst!«

»Ach ja?!« Agneta reckte ihm das Kinn noch trotziger entgegen. »Dann tu's doch! Ohrfeige mich!«

Tatsächlich hob Mats die Hand, hielt aber inne. Immer mehr Menschen kamen aus ihren Häusern, um herauszufinden, warum hier so herumgebrüllt wurde. Ina sah Ashley auf dem Bootssteg, die sich die Augen mit einer Hand abschirmte.

Mats' Faust senkte sich. Vermutlich, weil er sich in diesem Moment seiner Zuschauer bewusst wurde. Sein Blick richtete sich auf die Werkstatt, wo der Schatten von Janis zum Vorschein kam. Er hatte eine Rohrzange in den Händen und fixierte Mats. Ina fragte sich, ob er das Werkzeug wirklich gerade für eine Arbeit benötigt hatte.

Mats' Mund öffnete sich. Er sagte etwas, doch so leise, dass Ina ihn unmöglich verstehen konnte. Und dann schoss ohne Vorwarnung Agnetas Hand nach oben. »Ich bring dich um!« Sie verpasste ihm eine schallende Ohrfeige. Der Knall war so laut, dass selbst die Ziegen ihr Gemecker einstellten. Ina schlug vor Schreck die Hand vor den Mund. Janis schwenkte die Rohrzange wie eine Axt und setzte sich in Bewegung.

Ina tat es ihm gleich. Zumindest wollte sie es. Zwar setzte sie einen Fuß nach vorn, doch der andere wollte nicht so recht folgen. Sie wäre ohnehin zu spät gekommen. Mats stand noch einen Moment da, den Mund weit aufgerissen, sich die linke Wange haltend. Selbst aus der Entfernung sah Ina die Wut in seinen Augen aufblitzen. Wieder hob er die Hand. Ina rechnete mit dem Schlimmsten, selbst Agneta trat einen Schritt zurück. Über die Szenerie schraubte sich der Ruf des jungen Mannes mit der Rohrzange, der wie eine anfahrende Lokomotive auf die beiden zuhielt.

»Hej!«, stieß er hervor. Ein abgehackter Laut, der dem Gebrüll eines Löwen glich.

Als Ina zu Agneta aufgeschlossen hatte, war deren Gesicht kalkweiß. So weiß wie das Mehl in der Backstube.

KAPITEL 21

Ina erwachte schweißgebadet aus ihrem Traum. Selbst im Schlaf hatten sie die Ereignisse des vergangenen Tages eingeholt. Wieder hatte sie vor Astrids Haus gestanden und dabei zugeschaut, wie Agneta diesem Mats eine verpasst hatte. Bloß, dass es keine Ohrfeige gewesen war, sondern ein heftiger Schlag mit einer Rohrzange. Und es war auch nicht Mats, dem der Schlag gegolten hatte, sondern ihr selbst. Im Traum hatte sie es immerhin geschafft, sich rechtzeitig vor der Rohrzange zu ducken und dem tödlichen Angriff auszuweichen.

»Du hast mir meinen Mann gestohlen!«, tönte noch immer die hysterische Stimme Agnetas in ihren Ohren. Ina war losgerannt. Womöglich um ihr Leben. Nur, dass sie nicht von der Stelle gekommen war, weil sie durch zäh fließenden Honig hatte waten müssen. Wie das in Träumen eben üblich war, wenn man versuchte, vor etwas davonzulaufen.

Bei ihrer Traumflucht war sie über Astrids Wäschekorb gestolpert, der voller Filzpüppchen gewesen war. Sie war mit den Händen voran gestürzt und auf einem flauschigen Weihnachtsmann-Kostüm gelandet. Neben ihr hatte Astrid mit weißem Rauschevollbart gestanden und ihr ein schadenfrohes »Ho-Ho-Ho« entgegengeschmettert, während sie mit dem Finger auf sie gedeutet hatte. Agneta war näher und näher gekommen, hatte erneut die Rohrzange erhoben. »Du hast mir meinen Viggo weggenommen!« Schwungvoll war die Zange nach unten gesaust … Träume eben. Wirr und unlogisch. Aber warum war sie aufgewacht? Sie riss sich die Schlafmaske vom Kopf. Draußen war es alles andere als stockfinster. Aber eben Nacht. Ihr Puls raste, und das Schlafshirt klebte schweißnass an ihrer Brust. Sie rieb sich die Augen mit der einen Hand, tastete mit der anderen nach Zeus, der weiter seelenruhig vor sich hin schlummerte und dabei ein beseeltes Schnarchen von sich gab.

Und dann hörte sie wieder etwas, das definitiv nichts in der Nacht verloren hatte. Das Zuschlagen einer Tür. Da draußen war jemand. Alarmiert warf sie die Bettdecke zur Seite und schwang sich aus dem Bett. Sie hielt auf das Fenster zu, schob die Gardine beiseite und blickte hinaus.

Da draußen war allerdings nicht irgendjemand, sondern eine durchaus vertraute Person mit weißen Haaren, die wie eine Wolke über ihrem Kopf schwebten. Es war eine kleine Frau in gebeugter Haltung, die sich verstohlen umsah.

Es war eindeutig Ebba. Sie war in eine Strickjacke gehüllt und trug klobige Wanderschuhe. Auf den Rücken hatte sie einen Rucksack geschnallt. »Sie will doch nicht etwa wandern gehen?«

Auf jeden Fall wollte sie irgendwohin. Und zwar klammheimlich! Bemüht leise schloss sie das quietschende Gartentörchen hinter sich, warf einen verstohlenen Blick in sämtliche Richtungen und eilte, mit dem Gehstock in der Hand, los. Ina sah ihr eine Weile nach, versuchte, sich einen Reim daraus zu machen. Sie schaute auf den Wecker. Es war nicht mal drei Uhr morgens. Das war schon ungewöhnlich. Und wenn Ina etwas ungewöhnlich erschien, war das ein ausreichender Grund, um der Sache nachzugehen. Also streifte sie sich in aller Eile den Kimono über, schlüpfte in ihre Sandalen und folgte der alten Frau.

Diese verließ schon bald den Hauptweg der Siedlung und stahl sich über ein schmales Gässchen in der Nähe der Scheune vorbei, um auf einen Trampelpfad zu gelangen, der direkt in den Wald führte.

Bevor sie sich von den Tannen verschlucken ließ, sah Ebba sich ein weiteres Mal um. Ina tauchte gerade noch rechtzeitig hinter einem Ginsterbusch ab und hielt den Atem an. Einen Augenblick lang befürchtete sie, entdeckt worden zu sein, doch Ebba wanderte bereits weiter. Ina wartete, zählte bis zehn. Dann wagte sie sich aus der Deckung und sah Ebbas Rücken. Die Frau hielt eine Taschenlampe in der Hand, deren Lichtstrahl sich zittrig auf den Waldweg legte und skurrile Schatten erzeugte, als würden die Tannen zum Leben erwachen. Was definitiv mit der Flucht in die Büsche erweckt wurde, war eine Armada von Stechmücken, die just um Ina herumschwirrten. Doch mit dem Herumschwirren allein gaben sie sich nicht zufrieden. Sie landeten auf ihr und bohrten ihre spitzen Rüssel in ihre Haut. Dabei spielte es augenscheinlich keine Rolle, ob es sich um freie Hautstellen handelte, denn der seidige Stoff ihres Kimonos bot keinen Schutz gegen die Attacken der fliegenden Ungeheuer. Ina biss heroisch die Zähne zusammen und ließ die Angriffe über sich ergehen, um nicht entdeckt zu werden. In einem Buch rund um den Klimawandel hatte sie einmal gelesen, dass in deutschen Gefilden die asiatische Tigermücke immer heimischer wurde und bis Mitte des Jahrhunderts eine solche Plage darstellen würde, dass man die Sommermonate nicht mehr ungeschützt im Freien verbringen könnte. Dem war Schweden einige Jahre voraus. Was hier an Stechtieren herumflog, war schier unmenschlich. Da machte die Tigermücke den Bock auch nicht mehr fett.

Ebba hingegen schien von all dem Geschwirre gänzlich unbeeindruckt. Sie stapfte weiter voran, ließ sich von den hohen Tannen verschlingen. Ina stieß ein Stoßgebet aus, als sie ihre von Mücken verseuchte Deckung endlich verlassen und ihr in sicherer Entfernung folgen konnte. Die alte Frau schlug den Weg zu dem kleineren See ein, von dem Agneta ihr erzählt hatte, dass sie dort mit Viggo … Ina verbat sich jeden weiteren Gedanken. Und doch fühlte sie sich in ihrer Vermutung bestätigt. Dies war auch der Pfad zu Viggos Hütte, wo sie den Schlüssel gefunden hatten. Und ganz bestimmt war besagte Hütte Ebbas Ziel. Sie hatte doch geahnt, dass Viggos Mutter mehr wusste, als sie zugab.

Die Neugier brannte so sehr in Inas Brust, dass ihr das Atmen schwerfiel. Vielleicht würde sie gleich hinter das Geheimnis des Schlüssels kommen. Wenn sie sich nur nicht ungeschickt anstellte und sich erwischen ließ. Doch Ebba hatte die anfängliche Bedachtsamkeit über Bord geworfen und beschleunigte ihre Schritte. Sie schien es eilig zu haben. Wie ein junges Reh huschte sie über den Trampelpfad, bis sie plötzlich einen Weg zwischen den Baumstämmen einschlug und beinahe im Dickicht verschwand. Ohne zu zögern, folgte Ina ihr. Sie verfluchte ihre Schuhwahl. Während Ebba feste Treter an den Füßen hatte, waren es bei Ina Sandalen mit einer Sohle, die den Namen nicht verdiente. Wurzeln, spitze Steine und Geäst stachen ihre empfindlichen Fußsohlen. Dagegen waren die Stiche der noch immer um sie herumschwirrenden Mücken beinahe angenehm.

»Was hast du nur vor?«

Mit einem Mal spuckte der Wald sie aus, und sie fand sich an einer Weggabelung wieder. Aber wo war Ebba? Hastig blickte sie in alle Richtungen, konnte die alte Frau aber nicht ausmachen. Sie untersuchte den Waldboden, der infolge des letzten Regens noch weich war. *Da! Spuren! Und zwar von Schuhen.*

Sie folgte ihnen ein paar Meter, als sie einfach so verschwanden, sich in nichts auflösten. »Aber ...« Raunend fuhr sie sich über die Stirn, blickte sich erneut um. Da sah sie, wie sich neben einem blühenden Feld voller Buschwindröschen einige Äste bewegten.

»Ebba«, wisperte sie leise und trat in die Büsche.

In sicherem Abstand sorgte sie nunmehr dafür, nicht mehr den Blickkontakt zu verlieren. Sie hielt nur einmal kurz inne, als ein röhrendes Geräusch ertönte, das ihr durch Mark und Bein fuhr. *Ein Bär?*

Gab es hier überhaupt Bären? Im nächsten Moment wurde ihr klar, dass sie unverschämt wenig über ihre geplante Wahlheimat wusste. Da war es nur gut, dass sie Schweden schon sehr bald den Rücken kehren würde. In Potsdam gab es keine wilden Tiere.

Immer wieder zwitscherten Vögel munter über ihr, hießen den anbrechenden Tag willkommen. Das klang richtig hübsch, und beinahe hätte sie dieser Waldwanderung im Morgengrauen etwas Romantisches abgewinnen können, wenn sie nicht einer alten Frau hinterherjagen würde.

Es ging weiter über das Feld und schließlich noch tiefer hinein in den Wald. Bis Ebba stehen blieb. Einfach so. Ina war derart überrascht, dass sie trotzdem weiterlief und sich dem zittrigen Schein der Taschenlampe gefährlich näherte. Dass mit ihren Schritten das tote Laub verräterisch raschelte und sie damit einen Heidenlärm veranstaltete, der selbst den schwerhörigen Ohren von Ebba nicht entgehen dürfte, wurde ihr erst bewusst, als das nervöse Lampenlicht in ihre Richtung ruckte. Was blieb ihr da für eine Wahl? Sie stürzte sich bäuchlings nach vorn und tauchte ein in das duftende Feld der Buschwindröschen. Der dünne Schein der Lampe wanderte über sie hinweg. Ina bewegte sich nicht, gab keinen Ton von sich. Auch dann nicht, als ihr klar wurde, dass eine Kohorte von Waldameisen über sie hinwegmarschierte und drauf und dran war, auf ihr eine Straße zu errichten.

Bleib ruhig!, ermahnte sie sich. *Umarme den Schmerz!* Sie hatte einmal gelesen, dass Ameisengift wie eine Verjüngungskur wirkte. Ein natürliches Botox.

Na dann!

Das Licht wanderte weiter. Doch der Schmerz der beißenden, stechenden oder pinkelnden Ameisen – so genau kannte sie sich nicht mit den Waffen dieser Tiere aus –, die über ihre Arme krabbelten, hielt an. Mühsam und leise – vor allem leise – richtete sie sich auf und fegte die riesigen Tiere von ihrem Körper, ehe sie sich noch einen Weg ins Innere fraßen. Sie hatte da mal einen Film gesehen, an den sie am liebsten gar nicht denken wollte.

Auf allen vieren pirschte sie jetzt voran, zog eine Schneise durch das Waldblumenfeld, um näher an Ebba zu kommen.

Was tust du da?

Die alte Frau stand auf einer Lichtung und ließ den Rucksack zu Boden gleiten, zerrte den Reißverschluss auf, kramte darin herum und brachte einen Plastikbeutel zum Vorschein.

Ina hatte keine Ahnung, mit welcher geheimnisvollen Offenbarung sie gerechnet hatte. Definitiv aber nicht damit, Ebba dabei zuzuschauen, wie sie in aller Herrgottsfrühe irgendwelche Blüten von den Wildpflanzen abschnitt und sie in den Beutel verfrachtete.

Fassungslos beobachtete sie das Treiben aus sicherer Entfernung und fragte sich, was das alles sollte. War Ebba womöglich eine Kräuterhexe, die davon ausging, dass manche Pflanzen nur in der sterbenden Nacht, kurz vor Sonnenaufgang ihre Wirkung entfalteten? Sie baute auf Ebbas Schwerhörigkeit und entschied, noch etwas näher an sie heranzurobben. Hinter dem Baumstamm einer mächtigen Kiefer suchte sie Deckung und lugte vorsichtig darum herum. Ebba war vielleicht fünf Meter von ihr entfernt und noch immer damit beschäftigt, Blüte um Blüte abzuschneiden. Dabei ging sie überaus vorsichtig ans Werk, als befürchtete sie, die Pflanzen zu beschädigen. Es mussten unfassbar wertvolle Blüten sein. Und selten. *Mitten im Wald.*

Irgendetwas daran kam Ina merkwürdig vor. Zum einen waren es die Gewächse selbst. Sie erkannte Disteln und Sonnenblumen. Doch an denen war Ebba nicht interessiert. Ihre Arme griffen darüber hinweg, tiefer hinein in das Grün, das direkt dahinter wuchs. Es waren eigentümliche Pflanzen, die zum einen nicht so recht in das Waldbild passen wollten. Zum anderen lag es an der Form der Blätter, die Ina von ihrem Versteck aus gut erkennen konnte. Sie waren von einem intensiven Grün und seltsam gezackt. *Nein! Nicht seltsam,* korrigierte sie ihren Gedanken. Vielmehr vertraut, weil sie diese Form der Blätter schon unzählige Male gesehen hatte. Ganz Berlin war voll von Zeichnungen dieser Blätter. Und nun vernahm sie auch den würzigen Geruch, den sie aus Hinterhöfen und den weitläufigen Parkanlagen Potsdams kannte.

»Das ist Cannabis«, erklärte sie dem Kiefernstamm ungehalten, weil sie es einfach jemandem kundtun musste.

Damit war klar, was Ebba an diesem frühen Morgen trieb, mitten im Wald. Sie erntete. Wenige Tage vor Mittsommer erntete Viggos Schwiegermutter Rauschgift.

Schwedisch für Anfänger – Teil 8

– Mambo

Nicht der Tanz, sondern das erwachsene Kind, das noch immer bei seinen Eltern lebt.

KAPITEL 22

Stöhnend und schnaufend nahm Ina an der langen Tafel Platz, die in unmittelbarer Nähe zum See errichtet worden war. Sie war vollkommen außer Atem, und der Schweiß rann ihr in Strömen den Rücken herunter. Sie konnte sich nicht erinnern, wann sie sich zuletzt dermaßen verausgabt hatte. Unzählige Runden hatte sie mit den Hofbewohnern und Wildfremden um den Baum getanzt und dabei Lieder gesungen, die sie überhaupt nicht kannte. Immer wieder hatte sie dabei die Hände von anderen Menschen gehalten, von Kindern, jungen und alten Leuten. Zum Schluss hatte sie sich zwischen Agneta und Svante befunden, die das Tempo gesteigert und ihr gezeigt hatten, was es hieß, um den Mittsommerbaum zu tanzen. So lange, bis ihr schwindelig geworden war und der Moltebeerschnaps seine Wirkung entfaltet hatte, der zu jeder Gelegenheit einen Weg in ihr Glas gefunden hatte.

Nun saß sie auf dem Stuhl an der gedeckten Tafel und versuchte, Herrin ihrer Sinne zu bleiben. Noch immer drehte sich alles um sie herum. Mit einer Serviette fächerte sie sich frische Luft zu und bekam das Grinsen überhaupt nicht mehr aus dem Gesicht. Neben ihr saß Svante, der ebenfalls heftig atmete und über beide Backen strahlte. Er hatte das lange Haar nach hinten zu einem Zopf gebunden und trug ein kragenloses weißes Leinenhemd, dessen Ärmel bis über die Ellbogen hochgekrempelt waren. Ina staunte einmal mehr über seine drahtige Figur. Wenn sie da an die Herren aus ihrem Pilatesklub in Babelsberg dachte, lagen Welten dazwischen. Viele Männer in Inas Alter waren entweder dünn oder dick, aber ganz bestimmt nicht sehnig und muskulös. Und schon gar nicht so unverschämt braun gebrannt, wie Svante es war. Einmal mehr kam sie nicht umhin festzustellen, welch ein gut aussehender Mann er war. Er strahlte mit der Sonne um die Wette und klatschte im Takt eines aufspielenden Schifferklaviers. Als er Inas Blick bemerkte, hielt er im Klatschen inne und deutete auf das junge Mädchen, das am Ende des Tisches stand und die Ziehharmonika ertönen ließ.

»Sie ist gut!«, sagte er voller Begeisterung. »Fast so gut, wie Knut es war.«

»Darauf sollten wir einen trinken«, entschied Agneta, die ihnen direkt gegenübersaß und bereits drei Schnapsgläser in die Höhe hielt. Svante und Ina nahmen sich jeweils eines. Ina brachte ein mutiges »Skål« über die Lippen und kippte es auf ex. Während Svante nicht mal den Mund verzog, reagierte Ina mit dem vollen Programm. Angefangen vom Entgleisen ihrer Züge über das Husten bis zum Klopfen auf die Brust. Sie war derart starkes Zeug schlichtweg nicht gewohnt. Schnell kippte sie aus der Karaffe ein Glas Brunnenwasser nach und trank es ebenfalls in einem Zug. Denn das hatte ihre Mutter ihr beigebracht. Wenn schon Alkohol, dann bei einer Sorte bleiben und immer wieder mit Wasser verdünnen. Bislang war sie mit diesem Ratschlag gut gefahren.

Erschöpft lehnte sie sich in dem Stuhl zurück und ließ die Umgebung auf sich wirken. Vor dem Mittsommerbaum hatten sich Paare gefunden, die ausgelassen einen Bugg tanzten. Es war unfassbar, wie viele Menschen über den Tingsmålahof hergefallen waren. Wie die Heuschrecken! Hübsch angezogene Heuschrecken waren es, alle trugen ausnahmslos helle Kleidung, überwiegend in Weiß gehalten. Die jungen Mädchen hatten geflochtene Blumenkränze in den Haaren. Besonders begeistert war sie von den Menschen, die sich in traditionelle Tracht geworfen hatten. Die ganze Atmosphäre auf dem Tingsmålahof erinnerte sie an *Wir Kinder aus Bullerbü*, eine Fernsehserie, die sie als Kind so geliebt hatte. Bloß war dort nie die Rede davon gewesen, wie sehr die Schweden dem Schnaps zugetan waren. Sie kam gar nicht so schnell mit dem Wassertrinken hinterher, wie die Gläser mit Hochprozentigem an sie verteilt wurden.

Ina war bestens gelaunt und schenkte sogar der ihr schräg gegenübersitzenden Souvenirladenbesitzerin ein freundliches Lächeln. Diese war gerade dabei, eines ihrer Filzpüppchen zu basteln. Über eine zurechtgerollte Filzkugel hinweg, die neben ihrem Teller voll angeknabberter Hühnerschenkel lag, sah sie Ina an, drehte sich aber sogleich demonstrativ in die andere Richtung, während sie mit einer langen Nadel Kammzugwolle zurechtzupfte.

Ina zuckte mit den Schultern. Sie konnte ja nicht sämtliche Herzen der Welt im Sturm erobern.

Zeus lag direkt zu ihren Füßen und hoffte darauf, dass etwas unterhalb des Tisches landete, was fressbar war. Wobei er keine großen Ansprüche stellte. Ina hatte zwei Jungs im Visier, die sich kleine Würstchen schmecken ließen und sich dabei so ungeschickt anstellten, dass es nur eine Frage der Zeit war, bis eines davon im Gras landete. Vermutlich lauerte er genau auf diese Chance.

Sie ließ die Hand nach unten sinken, um ihm über das Fell zu streichen, als er aus dem Nichts heraus wüst zu bellen begann und aufsprang. Ina erschreckte sich so sehr, dass sie beinahe mit dem Stuhl nach hinten gekippt wäre, wenn Svante nicht im Reflex nach ihrer Lehne gegriffen hätte.

»Ruhig«, sagte er mahnend. »Immer langsam mit den mitteljungen Pferden.«

Ina bedankte sich mit einem »Tack«. Ihre Aufmerksamkeit galt jedoch der Frage, was in den Hund gefahren war, der soeben schnurstracks am Tisch vorbei auf zwei Personen zuhielt. Schwanzwedelnd.

Sie musste zweimal hinschauen, um in einer der Personen Lars zu erkennen, den Polizisten. Es war das erste Mal, dass sie ihn ohne Uniform sah. Auch er hatte sich feierlich herausgeputzt, trug eine helle Hose und ein Hemd, über das sich breite Hosenträger spannten. Auf seinem Kopf saß eine dieser modischen grau melierten Schirmmützen, die sie äußerst schick an Männern fand. Im Kontrast dazu präsentierte sich der blanke Schädel des Mannes neben ihm, der ein ganzes Stück kleiner war. Auch er trug ein weißes Hemd und darüber eine graue Weste, die bis oben hin zugeknöpft war. Ein stattlicher Bauch drückte sich dagegen und verlangte den Knöpfen einiges ab. Und doch stand die Weste ihm gut zu Gesicht. Er wirkte um einiges älter, als Ina es war. Die Nase und die Augenpartie waren der des Polizisten ziemlich ähnlich, weshalb sie vermutete, dass es sich um Lars' Vater handelte.

Dieser hatte Mühe, Zeus abzuschütteln, der sogleich sein Schienbein erobert hatte. Erst als er die beiden Flaschen, die er in den Händen hielt, an den Mann neben ihm überreicht hatte, wurde er Zeus' Liebesbekundungen Herr. Er trug ihn vor sich her wie eine volle Windel und suchte den Tisch mit Blicken ab. Als er Ina bemerkte, steuerte er sie zielstrebig an.

»Dein Hund!«, sagte er. Mehr nicht. Und es klang nicht gerade freundlich. Ina nahm den schwanzwedelnden Zeus entgegen und scheuchte ihn unter den Tisch, wo er auf Lauerstellung vor sich hin hechelte, ohne den Polizisten aus den Augen zu lassen. Ina fand das ungemein rührend.

»Lars! Schön, dass du gekommen bist.« Agneta erhob sich und umrundete den Tisch. Zur Begrüßung umarmte sie den Polizisten. Eine herzliche Geste, wie Ina fand. Wenngleich er bei dieser Umarmung arg unbeholfen wirkte. Ein wenig verstehen konnte sie es. Vor Kurzem erst hatte er mit seinen Kollegen jedem einzelnen Hofbewohner auf den Zahn gefühlt, um eine Spur zu Knuts Mörder zu finden.

»Ich habe auch was mitgebracht.« Er deutete auf den glatzköpfigen Herrn. »Nicht den alten Mann. Den Wodka.«

Wie auf Kommando reckte dieser der Gastgeberin die beiden Flaschen entgegen. Agneta nahm sie mit überschwänglichem Dank in Empfang.

»Das wäre doch nicht nötig gewesen.«

Lars winkte ab. »Nur eine kleine Aufmerksamkeit. Ein Dankeschön, dass wir mit euch Mittsommer feiern dürfen.«

»Und wie heißt dein Vater?«, fragte Ina, die sich zunehmend in ihrer Vermutung bestätigt sah.

Der kleinere Mann wandte sich ihr mit einem einnehmenden Lächeln zu. »Ich bin Ove.«

Sie musterte ihn interessiert. Bestimmt war Lars' Vater früher einmal ein attraktiver Mann gewesen. Wobei er auch im Alter noch stattlich aussah, wie sie fand. Lars' Hand wanderte in den Nacken, wo er sich nervös kratzte. »Obwohl Paps schon eine ganze Weile in Värnamo lebt, hat er noch nicht so recht Anschluss gefunden.«

»Weil ich so einiges um die Ohren habe«, rechtfertigte sich Ove sofort. »Ich bin ein viel beschäftigter Mann.«

»Vor allem bist du im Ruhestand«, sagte Lars in vorwurfsvollem Ton. »Und da hast du nichts Besseres zu tun, als dich diesem alten Gerümpel zu widmen.«

»Kunsthistorische Gegenstände«, widersprach Ove und legte dabei ein Lächeln an den Tag, das Ina sofort für ihn einnahm. Dieser Mann hatte Charisma.

»Und für Kunst und Kultur kann man sich gar nicht genug Zeit nehmen. Aber das werdet ihr jungen Leute schon noch lernen.«

»Es gibt auch ein Leben im Hier und Jetzt.« Lars grinste, jedoch um einiges zerknirschter als sein Vater. »Und es wäre schön, wenn du nicht nur in der Vergangenheit leben, sondern auch an der Gegenwart teilnehmen würdest.«

»Ob dieses Leben oder ein vergangenes.« Agneta strahlte. »Es ist Mittsommer, und das haben schon unsere Vorfahren vor Hunderten von Jahren gefeiert!« Sie klatschte in die Hände. »Jetzt seid ihr da, und darüber freuen wir uns. Sucht euch einen Platz und trinkt mit uns.« Wie aus dem Nichts zauberte sie eine Handvoll gefüllter Schnapsgläser hervor und verteilte sie an die beiden Männer, Svante und Ina.

»Skål«

»Jawoll!« Es schüttelte Ina durch, aber sie war tapfer und besiegte auch dieses Glas. Ihr war noch immer schummrig. Das Mädchen mit der Quetschkommode stimmte ein neues Lied an, das Ina bekannt vorkam. Es brauchte jedoch den Einsatz mehrerer Stimmen, bis sie Abbas *Waterloo* erkannte.

Sie ließ sich zurück auf ihren Stuhl plumpsen. Sie sollte dringend einen Gang zurückschalten.

Und wenn schon. Sie schmunzelte.

In einem schwelgenden Moment, in dem sie Lars und seinen Vater betrachtete, dachte sie an ihre Tochter, denn sie war der Mensch, der ihr wirklich fehlte. Sie schwor sich auf den nächsten Moltebeerschnaps, dass sie sofort wieder Kontakt mit ihr aufnehmen würde, wenn sie zurück in Deutschland wäre. So leicht würde sie sich nicht mehr von ihr abspeisen lassen. Als Mutter war es schließlich ihre Pflicht, die Wogen zu glätten. Auch wenn ihre Tochter absolut im Unrecht war.

Während sie darüber nachdachte, ließ sie Lars nicht aus den Augen. Er war privat hier, mit seinem Vater. Dennoch erzählte sein Auftreten eine andere Geschichte. Sogleich steuerte er einen freien Platz in direkter Nähe zu Svante und Ebba an und verwickelte die beiden in ein zunächst belangloses Gespräch, das sich aber schnell in eine ganz bestimmte Richtung verlagerte. Nämlich zu Knut. Dabei richtete er den Blick immer wieder auf die abgebrannte Scheune.

Ina spitzte neugierig die Ohren, verstand aber über das Geplapper der anderen hinweg kaum ein Wort.

Dafür sprachen die Gesichter Bände.

Svante wirkte zunehmend zerknirschter, und Ebba reckte Lars auffallend oft das Ohr entgegen, woraufhin er seine Fragen wiederholen musste.

Bruchstücke wie *Zigarette* und *Rauchen* drangen an ihr Ohr.

Mit einem Mal erhob Lars die Stimme: »OB IHR MITT-LERWEILE EINE ADRESSLISTE FÜR MICH HABT, WILL ICH WISSEN! VON EUREN KUNDEN!« Die letzten Wörter schrie er Ebba regelrecht entgegen und formte dabei die Hände zu einem Trichter.

Sein Vater reichte ihm ein Schnapsglas, vermutlich, damit er sich beruhigte. Diese Ablenkung nutzte Svante, um sich von einem der anderen Tische etwas zu essen zu holen. Seinen Platz nahm Agneta ein, die sich noch einmal für Lars' Erscheinen bedankte. »Du darfst keinen schlechten Eindruck von unserem Hof bekommen«, hörte Ina sie sagen.

Lars runzelte die Stirn. »Ich habe nie gesagt, dass ich das tue.«

»Nein, aber die brennende Scheune und Knut ...«

»Ich gebe zu, dass ich zumindest einen Versicherungsbetrug nicht ausgeschlossen habe.«

Agneta lachte beherzt. »Unfug. Kurz nach Viggos Tod habe ich alle Versicherungen gekündigt, die ich nicht unbedingt brauchte. Dazu gehörte auch die Brandversicherung der Scheune.« Sie schaute nun ebenfalls in Richtung des abgebrannten Gebäudes. »Wer hätte auch damit rechnen können.«

»Mit dem Brand eines Holzhauses?«, Lars' Stimme troff vor Sarkasmus, und Agneta blickte ein wenig betrübt drein. »Ein Fehler, ich weiß. Nun bleiben wir selbst auf den Kosten sitzen.«

»Schluss mit dem Trübsinn!« Prompt war Ebba aufgestanden und schlug sich dabei die Handflächen auf die Oberschenkel. Bepackt mit einer Tasche, ging sie auf das Kopfende der Tischreihe zu. »Wo wir alle hier zusammensitzen ...« Ihre leicht krächzende Stimme tönte über das Schifferklavier hinweg und brachte es zum Schweigen. Alle Köpfe fuhren nach rechts, wo Ebba neben der jungen Musikerin stand und geduldig darauf wartete, dass sie sich der Aufmerksamkeit aller sicher sein konnte. Sie trug ein beigefarbenes Kleid und hatte sogar einen Blumenkranz im Haar. »Wo wir nun alle hier zusammensitzen«, wiederholte sie, »möchte ich an diejenigen erinnern, die in diesem Jahr nicht mehr unter uns weilen.« Sie räusperte sich, und diese Pause nutzten viele, um sich betreten anzuschauen. »Natürlich allen voran Knut, den es vor wenigen Tagen so unversehens aus unserem Kreis gerissen hat.«

Hier und da senkten sich die Köpfe.

»Aber ich möchte auch an meinen Sohn erinnern«, sprach sie weiter. »An Viggo.« Sie suchte den Blickkontakt zu Agneta und nickte ihr eindringlich zu. »Es ist der erste Mittsommer ohne ihn.« Sie kämpfte mit der Fassung, hob die Hand und wischte sich über die Augen. »Deshalb habe ich mir gedacht, dass es eine schöne Geste wäre, wenn er doch ein wenig an diesem Fest teilnehmen könnte.«

Alle schauten Ebba an. Fragend. Neugierig. Ängstlich. Diese hob beschwichtigend die Arme. »Keine Sorge, ich weiß, dass ihr es mir zutrauen würdet, aber ich habe nicht seine Leiche ausgegraben, damit er wahrhaftig an unserer Tafel Platz nehmen kann.« Vereinzelt ertönte befreites Gelächter. »Obwohl ich weiß«, holte Ebba weiter aus, »dass in manchen Teilen Indonesiens die Toten alljährlich ausgegraben werden, um mit den Lebenden zu feiern.«

Nun lachte niemand mehr.

Ebba warf die Hände erneut in die Höhe. »Ich schweife ab. Was ich sagen will, ist, dass ich die alten Fotoalben ausgekramt habe.« Feierlich hob sie eine schwere Jutetasche an und hievte sie auf das Kopfende des langen Tisches.

Ein Album nach dem anderen kramte sie hervor und drückte es den Nächstbesten, die in ihrer Nähe saßen, in die Hände. »Schaut sie euch an. Denkt an die Zeiten zurück, die ihr mit meinem Sohn verbracht habt.« Sie richtete den Blick wieder auf Agneta. In einer fließenden Bewegung wandte sie sich Ina zu. Diese erkannte nichts Feindseliges darin, im Gegenteil. Ebba schenkte ihr solch ein gütiges Lächeln, dass ihr warm ums Herz wurde.

»Auf Viggo«, sagte Ebba und hob ein Schnapsglas. »Skål!«

Es dauerte nicht lange, bis das erste Album Ina erreichte. Zwei Schnäpse und ein eiskaltes Glas Brunnenwasser später lag es aufgeklappt vor ihr und präsentierte Schwarz-Weiß-Aufnahmen von Viggo im Kindesalter. Es waren kleine Fotos, dessen weiße Rahmen beinahe größer waren als die Aufnahmen selbst. Ina musste sich dicht nach unten beugen, um Einzelheiten erkennen zu können. Viggo in einer Seifenkiste. Viggo verkleidet als Cowboy. Viggo unter einem Weihnachtsbaum, der kaum größer war als er. Und Viggo im Schnee. Zu behaupten, dass sie etwas bei dem Anblick der Aufnahmen empfinden würde, wäre eine Lüge gewesen. Sie kannte Viggo nicht in seinen jüngsten Jahren – und so war es für sie, als betrachtete sie ein fremdes Kind. Im Grunde erkannte sie Viggo auf den Fotos nicht wieder. Er hatte strohblondes Haar und weiche, beinahe mädchenhafte Züge. Das Gesicht des erwachsenen Viggo aber war markant geschnitten. Männlich. Nur die Augen hatten sich kaum verändert. Bis zu ihrer letzten Begegnung hatte in ihnen noch die spitzbübische Frechheit hervorgeblitzt.

Wie ferngesteuert schaute sie zu Agneta, die mit feuchten Augen vor einem Album saß und hineinstarrte. Wieder überkam Ina ein schlechtes Gewissen. Hatte sie denn ein Recht darauf, hier zu sein und mit all den Menschen zu feiern, die Agnetas und Viggos engste Freunde waren? Vielleicht lag es am Moltebeerschnaps, aber mit einem Mal fühlte sie sich fürchterlich deplatziert und kam sich vor wie eine Närrin.

Anscheinend hatte sie Agneta zu lange angestiert, denn diese hob den Kopf und sah fragend zurück. Ina lächelte sie an, und es fühlte sich merkwürdig an in ihrem Gesicht. Vermutlich zeigte sie das debile Grinsen einer Betrunkenen. Wobei sie das gar nicht war. Noch nicht …

»Magst du dich zu mir setzen, Ina? Dann können wir uns die Fotos gemeinsam anschauen.«

Ina schluckte, blieb eine Weile reglos, wusste nicht, was sie sagen sollte. Eigentlich wollte sie aufstehen, in ihr Haus flüchten und ihre Sachen packen. Sie erhob sich von ihrem Stuhl, doch statt ihrem Impuls zu folgen, warf sie Agneta ein überschwängliches »Gern!« als Antwort entgegen.

Kaum hatte Ina neben ihr Platz genommen, legte Agneta ihr die Hand auf den Arm und sah sie von der Seite her an. »Ich weiß, wie du dich fühlst«, meinte sie. »Aber sei versichert, es bedeutet mir viel, dass du hier bist.« In ihrem Lächeln lag etwas Unergründliches, doch es wirkte absolut aufrichtig. »Es tut mir gut, dich kennenzulernen.«

»Danke, Agneta. Dass du das sagst, bedeutet mir sehr viel.«

»Skål!«, tönte es von gegenüber. Agneta und Ina drehten gleichzeitig die Köpfe und sahen Svante, der sie mit erhobenem Glas angrinste. »Auf Agneta und Ina!«, sagte er.

»Auf die beiden Frauen, die uns allen zeigen, was wahre Größe ist!«

Ina konnte nicht anders. Tapfer, wie sie war, nahm sie auch das nächste Glas entgegen und kippte es herunter. Dieses Mal war es kein Moltebeerschnaps, sondern purer Wodka.

»Das ist ja mal ein ausgesprochen interessantes Foto«, drang die Stimme von Lars' Vater an ihr Ohr, während sie noch die Schärfe des Alkohols zu verarbeiten versuchte.

Sie sah, wie Agneta sich nach vorn beugte, um einen Blick auf das Bild zu werfen, auf das Ove soeben mit dem Finger zeigte.

»Das Foto, auf dem ich mit Viggo tanze?«, fragte Agneta mit zusammengekniffenen Augen. Nun beugte sich auch Ina vor, um besagte Aufnahme in Augenschein zu nehmen. Da Lars' Vater auf der anderen Tischseite saß, stand das Foto auf dem Kopf, was es nicht gerade leichter machte, Einzelheiten darauf zu erkennen.

Agneta lachte gedankenverloren. »Da waren Viggo und ich auf einem Wohltätigkeitsball, zu dem uns SVT1 nach Stockholm eingeladen hatte.« Sie schmunzelte. »Das ist viele Jahre her, da waren wir noch jung.«

Es handelte sich um eine leicht vergilbte Farbaufnahme aus den Achtzigern. Viggo trug diesen fürchterlichen Vokuhila-Schnitt, die Haare vorne kurz und hinten lang bis über die Schulterblätter. Damals hatte er noch volles dunkles Haar gehabt. Ina erinnerte sich gut an diese Zeit zurück. Es waren Jahre gewesen, in denen ihr Kontakt das erste Mal eingeschlafen war. Wohl, weil sie beide versucht hatten, harmonische Ehen zu führen.

Auf dem Foto lächelte Viggo glückselig vor sich hin und

hatte einen schelmischen Blick aufgesetzt, mit dem er seine Tanzpartnerin bedachte. Bei Agnetas Anblick verschlug es Ina förmlich die Sprache. Sie war nicht nur eine hübsche Frau, sie war eine ausgesprochene Schönheit gewesen.

Auf dem Foto trug sie ein fliederfarbenes schulterfreies Paillettenkleid und eine aufwendige Hochsteckfrisur mit geföhntem Pony, der zu den Seiten hin leicht gewellt war. Sie sah aus wie eines dieser Starlets aus dem *Denver Clan*. Dem Foto nach zu urteilen, hätte sie ohne Weiteres eine Karriere als Model anstreben können. Ina spürte, wie Unsicherheit sie überfiel. Was hatte Viggo nur von ihr gewollt, wenn er eine derart schöne und perfekte Frau zu Hause hatte? Sie unterschied sich in so vielen Dingen von der Schwedin. Ob es genau das war?

»Die Halskette mit dem Anhänger«, warf Ove ein. »Die ist äußerst … imposant.«

Ina hob den Kopf, gleichzeitig fragte sie sich, wann sie zuletzt jemanden das Wort »imposant« hatte gebrauchen hören. Das Schmuckstück, auf welches Oves Finger zeigte, war eine feingliedrige Goldkette, an der sich ein Kreuz befand, auf dessen Spitze eine Krone mit glitzernden Edelsteinen saß. Ove griff in seine Westentasche und brachte ein Monokel zum Vorschein, das er sich in das rechte Auge klemmte.

»Paps«, ermahnte Lars ihn, hörbar genervt, in einem Tonfall, wie Ina ihn nur zu gut von ihrer Tochter kannte.

»Lass mich. Ich will nur mal kurz sehen.«

Sein Sohn verdrehte die Augen und deutete ein Kopfschütteln an.

»Außerordentlich hübsch«, sagte Ove.

»Danke, sehr schmeichelhaft.« Agneta lächelte vergnügt.

»Du natürlich auch, meine Liebe. Aber tatsächlich meinte ich die Halskette.«

»Oh.«

Auch Ina betrachtete die Kette mitsamt Anhänger, konnte aber nichts Besonderes daran finden. Für ihren Geschmack lag sie ein wenig zu schwer auf dem zarten Hals der jungen Frau.

»Sie war ein Geschenk meines Mannes.« Agneta schmunzelte. »Ich weiß noch, wie er darauf bestanden hat, dass ich sie anziehen soll, weil er fand, das Blau der Steine betone meine Augen.«

»Oh, das tun sie zweifellos.« Ove sah zu ihr auf und nickte. »Was ist denn mit dem Anhänger, Paps?«, fragte Lars ein wenig ungeduldig.

»Ich bin mir nicht ganz sicher«, erwiderte dieser, »aber ...«

»Aber was?«, hakte sein Sohn nach. Nun war es definitiv Ungeduld, die Ina dem Klang seiner Stimme entnahm.

»Ich meine, ihn schon einmal gesehen zu haben.«

Agneta blickte ihn überrascht an.

»Verrätst du mir, woher du den Anhänger hast?«

»Gern.« Sie fasste sich an den Hals, als könnte sie ihn dort spüren. »Die Kette war wie gesagt ein Geschenk von Viggo.« Sie runzelte die Stirn. »Ich hatte dieses Kleid.« Sie tippte mit dem Finger auf das Foto. »Es war mein absolutes Traumkleid, und ich wusste, dass ich es zu diesem Ball anziehen wollte.« Erklärend hob sie den Kopf. »Der Ball war damals eine große Sache. Alle Showgrößen Schwedens waren zu Gast, und es gab das reinste Schaulaufen auf dem roten Teppich. Mit Blitzlichtgewitter und Reportern.« Sie schwelgte in längst vergangenen Erinnerungen, niemand unterbrach sie dabei. »Auf der Veranstaltung sollte ich mit meinem neuen Lied auftreten. Klar, dass ich dafür perfekt aussehen wollte.«

»Und augenscheinlich unwiderstehlich!«, ertönte die Stimme von Lars' Vater. Ein Kompliment, das seine Wirkung nicht verfehlte, Agnetas Wangen glühten förmlich.

»Bloß fehlte mir noch die passende Halskette zu diesem Kleid. Ich habe sämtliche Juweliere und Boutiquen abgesucht, aber nichts Passendes gefunden. Und dann kam Viggo von einer Geschäftsreise zurück und hatte diese Kette dabei.« Agnetas Blick wirkte entrückt, ihre Hand ruhte noch immer auf ihrem Hals. »Unglaublich, dass mir das alles wieder einfällt.«

»Also, Paps«, gab Lars von sich. »Was hat es denn jetzt mit der Kette und dem Anhänger auf sich?«

Sämtliche Blicke legten sich auf den alten Mann, der das Monokel zurück in die Weste stopfte. Langsam öffnete sich sein Mund, und er gab ein nachdenkliches Schmatzen von sich. »Ich bin mir nicht hundertprozentig sicher«, sagte er. Sein leicht zittriger Finger deutete auf das Foto. »Doch es kommt mir so vor, als hätte dieser Anhänger eine große Ähnlichkeit mit einem historischen Schmuckstück aus unserem Königshaus.«

Agneta blickte ihn erschrocken an, und undeutliches Gemurmel brandete auf.

»Das kann wirklich nicht sein«, sagte sie sofort. »Viggo hatte die Kette durch Zufall auf einem Antikflohmarkt gesehen und fand, dass sie perfekt zum Kleid passte. Deshalb hat er sie für mich gekauft.«

Der alte Mann nickte, schüttelte dann aber den Kopf. »Es ist ein wenig bekanntes Schmuckstück und wurde von der Königsfamilie selten zur Schau gestellt. Ich kenne es auch nur, weil ich mal vor Jahren eine Abhandlung über die Insignien und Juwelen der schwedischen Krone verfasst habe.« Er zögerte. »Wie gesagt, ich bin mir nicht sicher. Aber wenn ich wetten würde, wäre es ein kleines Vermögen, das ich bereit wäre, darauf zu setzen.« Er holte tief Luft. »Natürlich könnte es sich auch um eine Replik handeln. Obwohl …« Ina vernahm wieder dieses unbestimmte Zögern in seiner Stimme. »Sag, befindet sich der Anhänger noch in deinem Besitz? Besteht die Möglichkeit, dass ich ihn mir einmal anschauen kann?«

Agneta zögerte. Ihre Augen verengten sich, sie schürzte die Lippen. »Bedauere«, sagte sie. »Ich habe ihn nicht mehr.«

»Oh, das ist natürlich schade.« Ove blätterte zur nächsten Seite im Fotoalbum. »Ich hätte ihn mir ja zu gern einmal aus nächster Nähe angeschaut.«

»Wieso kennst du dich so gut mit Schmuck aus?«, wollte Ebba wissen. Sie bedachte den Mann mit skeptischem Blick.

»Wie ich schon sagte«, antwortete Lars anstelle seines Vaters. »Er war Kunsthistoriker und Professor an der Kunsthochschule in Stockholm.« Lars lachte, ohne dabei belustigt zu klingen. »Es gibt wohl nichts, was mein Vater nicht über das Königshaus weiß.«

Ebbas Augen wurden groß. »Das ist ja interessant.« Sie scheuchte den jungen Mann fort, der neben Ove saß, und eroberte prompt dessen Platz. »Du musst wissen«, sagte sie in verschwörerischem Tonfall, »dass auch ich äußerst gute Beziehungen zum Königshaus pflege.«

Ina nutzte den Moment, um sich an Agneta zu wenden. »Eines verstehe ich nicht«, sagte sie. »Warum warst du auf einem Wohltätigkeitsball eingeladen und solltest dort auftreten?«

»Das ist nicht dein Ernst!« Svante sah sie von gegenüber ungläubig an. Anscheinend hatte er zugehört.

Sie blinzelte ihn forschend an. »Was soll nicht mein Ernst sein?«

»Du weißt es nicht?«, mischte sich nun auch Ashley ins Gespräch. Allerdings war sie nicht ganz so gut zu verstehen, da sie sich gerade ein großes Stück Blaubeertorte einverleibte.

»Was soll ich nicht wissen?« Ina bewies, dass sie ebenso genervt klingen konnte wie der Polizist.

»Typisch, dass sie nichts davon weiß«, kam es schnippisch aus Astrids Mund, die gerade dabei war, ihrer kleinen Puppe blonde Haare aus Filzwolle aufzusetzen.

Janis trat von hinten an Agneta heran und legte die Hände auf ihre Schultern, die sie sogleich ergriff.

»Agneta ist eine Berühmtheit«, wandte er sich an Ina. »Ein echter Star sogar.«

»Ach was!« Agneta schüttelte befangen den Kopf.

»Was denn nun?«, fragte Ina ungehalten. »Ja oder nein! Bist du berühmt oder nicht?«

Agneta wiegelte ab. »Vielleicht hatte ich meine fünfzehn Minuten Ruhm.« Nun sah auch Lars sie mit zusammengekniffenen Augen an. »Aber ja«, sagte er leise. »Hab ich mir doch gleich gedacht, dass ich dich von irgendwoher kenne.«

Nun flammten Agnetas Wangen tatsächlich rot auf.

»Du bist Caja!«

Sie nickte, vereinzelter Applaus kam auf, und Ina, die überhaupt nichts mehr verstand, verschränkte die Arme und blickte mahnend in die Runde. »Kann mich bitte mal jemand aufklären?«

Das Mädchen am Schifferklavier spielte eine einprägsame Melodie, woraufhin alle am Tisch zu jubeln begannen.

»Caja?«, wandte Ina sich fragend an Agneta, die beinahe entschuldigend die Schultern hob.

»Agneta hätte ich mich schlecht nennen können.« Sie schmunzelte. »Der Name war bereits prominent besetzt.«

»Sing für uns!«, forderte Ebba lautstark. »Sing für uns. Bitte!«

»Ich weiß nicht.« Agneta schien die plötzliche Aufmerksamkeit sichtlich unangenehm zu sein. Sie hob die Hände. »Es ist doch schon so lange her.«

»Gerade deshalb«, entschied Svante. »Außerdem ist Mittsommer!«

Und dann begannen alle am Tisch zu klatschen und stimmten Caja-Rufe an. Mehr und mehr wurden von dem Lärm angezogen und kamen auf die Tischrunde zu, schlossen sich den Rufen und dem Geklatsche an. Ina verstand überhaupt nicht, wie ihr geschah. Ein Gefühl sagte ihr, dass sie ihre Gastgeberin tatsächlich noch gar nicht richtig kennengelernt hatte.

KAPITEL 23

Agneta war eine zierliche Person, doch ihre Stimme strotzte vor Kraft und Energie. Mit offen stehendem Mund glotzte Ina die Frau an, mit der sie sich über die vielen Jahre hinweg einen Mann geteilt hatte. Als hätte sie ihr Leben lang nichts anderes getan, hatte Agneta das Podest erobert. Was sie dann, begleitet von der jungen Frau am Schifferklavier und Svante und Janis an den Gitarren, entfachte, glich einem bengalischen Feuer im Finalspiel eines großen Fußballturniers. Ohne Mikrofon sang sie über die Klänge der Instrumente hinweg und schmetterte einen Song dahin, der so gefällig klang, dass Ina den Refrain bereits beim zweiten Mal Hören mitsingen konnte. Das Lied handelte von einem jungen Mädchen, das sich gegen den Willen seiner strengen Mutter in die große Stadt wagte, um das Tanzen zu lernen. Dort fand es schließlich seinen Traummann und wurde schwanger. *Nun ja ...*

Dennoch war es ein mitreißendes Stück, das mit deutschem Text ganz sicher auch den Weg in die dortigen Charts gefunden hätte. Viele standen laut klatschend und mitsingend auf den Stühlen, Bänken und Tischen, die meisten aber hatten sich vor dem Podest versammelt, sodass Ina ebenfalls auf einen Stuhl steigen musste, um Agneta sehen zu können. Es wurde geklatscht und gepfiffen, und immer wieder erklangen überschwängliche Caja-Rufe.

Ina kam aus dem Staunen nicht mehr raus. Da hatte sie die letzten Tage mit einem echten schwedischen Star verbracht und nichts davon gewusst.

Zu schnell war das Lied zu Ende, doch die Menge sah noch nicht ein, Agneta so einfach von der Bühne zu lassen. Unter frenetischen Zugabe-Rufen gab sie sich schließlich einen Ruck, tauschte sich kurz mit ihren Musikern aus und stimmte ein weiteres Stück an, das selbst Ina kannte. Passenderweise war es ein Lied von Abba, ein Song, den alle Feiernden auf dem Tingsmålahof todernst nahmen und bewiesen, dass in jedem eine *Dancing Queen* steckte.

Auch Agneta ließ sich zu einem Jive hinreißen und brachte Bewegungen zustande, die Ina nicht einmal in ihrer Jugend hinbekommen hätte.

Allmählich wurde sie ein wenig ungehalten. Gab es überhaupt irgendetwas, das diese Frau nicht beherrschte? Sie empfand jedoch keine Eifersucht, sondern aufrichtige Bewunderung. Sie ließ sich von der ausgelassenen Stimmung anstecken, allerdings ertappte sie sich dabei, wie sie von ihrer höheren Position aus die Menschen um sich herum beobachtete. Noch immer stand der Gedanke im Raum, dass unter ihnen womöglich ein Mörder war. Wenigstens ein Brandstifter. Doch wer hatte ein Motiv? Wem war solch eine Tat zuzutrauen?

Sie hatte keinen Schimmer, zumal der Schnaps in ihrem Kopf seine nebulöse Wirkung entfaltete. Also fegte sie sämtliche negativen Gedanken beiseite und sang noch lauter.

Sie schwang die Hüften, riss die Arme nach oben, grölte den Refrain mit. Aber dann änderte sich die Atmosphäre.

Etwas Düster-Bedrohliches legte sich über die Klänge der Gitarren, des Schifferklaviers und der eifrig singenden

Stimmen. Es klang wie das Grollen eines aufziehenden Gewitters. Zunächst war es ein Geräusch, das weniger zu hören war als zu fühlen. Ein bebendes Rauschen, weit entfernt, aber stetig näher kommend. Als sich dem Beben und Wummern ein hörbares Dröhnen anschloss, wurde Ina unruhig. Ihr ging es nicht allein so. Immer mehr Münder verstummten, Gesichter sahen sich fragend an, Köpfe reckten sich in alle Richtungen, um zu erkunden, was die Ursache für dieses Geräusch war.

Und dann ging auch dem Schifferklavier die Puste aus, und nach und nach erloschen die Akkorde der Gitarren, bis nur noch Agnetas glockenklare Stimme zu vernehmen war. Mitten im Refrain brach sie ab.

Mit dem Aussetzen der Musik war das dröhnende Geräusch dominant und legte sich über den gesamten Hof. Es war ein stoisches Brettern, hin und wieder unterbrochen von einem wütenden Aufjaulen. Alle blickten nun in die Richtung, von der der Geräuschteppich eindeutig auszumachen war. Etwas rauschte auf den Tingsmålahof zu, und tatsächlich war nur wenig später eine rote Staubwolke am Horizont zu erkennen.

Und dann waren sie da.

Wie die biblischen Heuschrecken fielen sie ein. Mit einem Mal wurde der Uferplatz durchpflügt von schweren Motorrädern, die sich wild dröhnend einen Weg durch alles bahnten, was ihnen unter die Räder kam. Stühle und Bänke kippten, Schotter und Splitt spritzten auf. Eltern riefen panisch nach ihren Kindern.

Ina sah sich verzweifelt um. Wo war Zeus? In ihrer Aufregung warf sie sich auf den Boden, schaute unter dem Tisch nach dem Hund. Er war nirgends zu sehen.

»Zeus!«, rief sie in das Chaos hinein. »Wo steckst du?«

Als sie unter dem Tisch wieder zum Vorschein kam, knatterte ein ohrenbetäubend lautes Motorrad direkt an ihr vorbei. Zunächst sah sie nur den grellen Scheinwerfer, den riesigen Lenker. Auf dem Höllenteil saß ein Mann, der einen Wehrmachtshelm und eine speckige Lederweste trug, aus der nackte, baumstammdicke Arme herausragten. Für eine Sekunde trafen sich ihre Blicke, und es kam ihr vor, als funkelte der Mann sie höhnisch an. Dann zog er am Gashebel, ließ den Motor seiner Maschine aufheulen und schoss wie eine Wildkatze aus ihrem Sichtfeld. Ina schaute dem Biker hinterher, sah einen Totenkopf auf dem Rücken der Weste, der spitze Hörner auf dem Kopf hatte. *Der Schädel eines Wikingers!* Ein aufheulendes Geräusch ließ sie herumfahren. Gerade noch rechtzeitig, um dem nächsten Motorrad auszuweichen. Als Ina sich erhob, wurde ihr klar, dass es mehr als ein Dutzend dieser Feuerstühle waren, die ihre Kreise um den Langtisch zogen und immer wieder die Motoren aufheulen ließen. Es war solch ein schrecklicher Lärm, dass sie sich die Hände auf die Ohren presste. Fahrig sah sie sich um. Von Zeus noch immer keine Spur. Auf der Bühne standen Agneta und Svante sowie die Musikerin. Aber Janis fehlte.

Svante rief den Bikern etwas entgegen und drohte mit der Faust, seine Worte aber waren in all dem Lärm nicht zu verstehen. Von der Seite presste sich etwas Weiches an Ina, und sie schrie vor Freude auf, als sie Zeus erkannte, den Lars ihr entgegendrückte.

»Nimm deinen Hund!«, rief er. »Pass auf, dass er nicht unter die Räder kommt.«

Eifrig nickend gehorchte Ina, presste den kleinen Racker

fest an ihre Brust, während es ihr die Sprache verschlug, als sich Lars dem nächstbesten Motorradfahrer entgegenstellte und ihn an der Weiterfahrt hinderte. Einen Moment sah es so aus, als würde der Biker einfach über ihn hinwegbrettern, dann aber kam er doch zum Stehen, als Lars die Hände nach vorn streckte und ihm ein wütendes »Halt! Polizei!« entgegenschmetterte.

Mit einem Satz war er neben dem Biker, fasste nach seiner Kutte und riss ihn kurzerhand vom Motorrad. Sofort bildete sich ein Kreis von Motorrädern um die beiden. Lars schien sich davon nicht beeindrucken zu lassen. Er zerrte den Mann auf die Beine und versetzte ihm einen harten Schubser gegen die Brust. Aus dem Augenwinkel sah Ina, wie Svante vom Podest sprang und auf die beiden zuhielt, aber von Agneta zurückgehalten wurde.

Einer der Motorrad-Rocker hielt mit seiner Maschine auf den geschmückten Mittsommerbaum zu und bretterte mit dem Vorderreifen dagegen. Der Baum hatte der Maschine nichts entgegenzusetzen und fiel der Länge nach ins Gras. Die hübschen Schleifen stoben durch die Luft, einige wurden von dem Wind auf den See hinausgetragen.

»Was soll das hier?« Lars' Stimme spuckte Gift und Geifer. »Habt ihr den Verstand verloren?« Er nestelte an seiner Gesäßtasche herum, zückte seine Geldbörse hervor, klappte sie auf und hielt sie der Runde entgegen. Ina sah, dass er ihnen seine Dienstmarke präsentierte. »Soll ich Verstärkung rufen und euch auf der Stelle einsperren lassen?«

Übellaunige Blicke schossen ihm entgegen.

Der Mann, den er eben vom Motorrad gezerrt hatte, stieg wieder auf und grummelte etwas, das Ina nicht verstehen konnte.

Lars starrte ihn ungerührt an, offenbar dachte er überhaupt nicht daran, sich einschüchtern zu lassen. Mehrere Hofbewohner und Gäste schienen ebenso den Mut zusammenzuraffen und stellten sich an seine Seite. Allen voran sein Vater, der sich gerade die Ärmel seines Hemdes hochkrempelte. Eine Weile sagte niemand etwas, nur das Knattern der Motorräder war zu hören. Sie brachten mit ihren Vibrationen die ganze Uferwiese zum Beben.

Dann heulte der erste Motor schrill auf, und die Maschine raste davon. Nach und nach schlossen sich die anderen an und verschwanden so schnell wieder, wie sie gekommen waren. Ina sah den roten Rücklichtern hinterher, die sich vom Hof entfernten. Sie war dankbar darum, dass endlich das Dröhnen aus ihren Ohren verschwand. Lars stand noch immer da, die Dienstmarke in die Höhe haltend. Erst als ihm jemand auf die Schulter schlug, schien er wieder ins Hier und Jetzt zurückzufinden.

»Was wollten die?«, fragte Ebba und suchte mit ihren Blicken die umherstehenden Leute ab. »Hat die jemand von euch eingeladen?«

Niemand sagte etwas.

»Ich glaube ja nicht, dass sie einer Einladung gefolgt sind«, ließ sich Ove zu einer Bemerkung hinreißen. »Es sah mir auch nicht danach aus, als hätten sie ein Bedürfnis danach gehabt, mit uns Mittsommer zu feiern.«

»Nein.« Lars trat zu seinem Vater und Ebba. »Danach sah es ganz und gar nicht aus.« Noch immer hatte er die Einfahrt zum Hof im Fokus – als befürchtete er, die Biker könnten es sich anders überlegen und zurückkehren.

Ina schluckte angestrengt. Noch nie in ihrem Leben war sie so schnell wieder nüchtern geworden. Mehr denn je verlangte ihre Kehle nach einem Schnaps, der ihre Nerven beruhigte.

»Geht es deinem Hund gut?«, fragte Agneta, die plötzlich neben ihr stand. Ina nickte übereifrig. »Was wollten die?«

Agneta ließ den Blick über das Chaos schweifen, das die Biker veranstaltet hatten, und stieß einen leidvollen Seufzer aus.

Svante hielt mit durchgestrecktem Kreuz auf Lars zu und schüttelte ihm dankbar die Hand.

Derweil schwieg Agneta noch immer, ihre verzerrten Züge jedoch sprachen Bände. Noch nie hatte Ina sie so ernst gesehen. Ihr Brustkorb hob und senkte sich schnell. Beinahe war es ihr, als könnte sie das Herz der Schwedin schlagen hören.

»Ich denke, wir wissen ganz genau, was die wollten«, verkündete Ebba schließlich mit einer leisen Stimme, die Ina einer Schwerhörigen so gar nicht zugetraut hätte. Die alte Frau bedachte ihre Schwiegertochter mit einem beinahe vorwurfsvollen Augenaufschlag, den Ina überhaupt nicht zu deuten vermochte. »Das war eine Warnung«, sprach sie weiter und stellte sich ganz dicht neben Agneta. »Die Frage, ob wir zahlen sollen, stellt sich nicht mehr.«

Wenngleich Ebba flüsterte, stand Ina doch nahe genug, um jedes Wort zu verstehen. Entsprechend überrumpelt fühlte sie sich, als die Worte zu ihr durchgedrungen waren.

»Würdet ihr mich bitte mal aufklären?«

Endlich fand Agneta ihre Stimme zurück. »Nicht, solange *er* hier ist.« Ihr Kopf zuckte in Lars' Richtung, der sich angeregt mit Svante unterhielt.

»Er sagt ihm doch nichts, oder?« Agneta sah ihre Schwiegermutter alarmiert an, deren Kopf entschieden zur Seite ruckte. »Niemals. Aber es ist ernst, Agneta! Wir müssen etwas tun, oder wir haben hier richtige Probleme am Hals.«

Ina fragte sich gleichzeitig, welche Probleme schlimmer sein konnten als eine Motorradgang bei einer Stampede und ob sie die Antwort auf diese Frage wirklich wissen wollte. Zumindest auf die zweite Frage wusste sie die Antwort schon beim nächsten Gedankengang. Und ob sie wollte!

»Was müsst ihr tun?« Ihre Stimme drängte sich förmlich zwischen die beiden Frauen.

Stille.

Ein weiterer intensiver Blickaustausch. Kurzerhand hakten sie sich bei Ina unter und zogen sie ein Stück in Richtung des still daliegenden Sees, in dem sich das Sonnenlicht spiegelte. Sie begaben sich zum Rand des Ufers, taten eine ganze Weile nichts anderes, als stur auf das Wasser zu schauen. Ina irritierte das Licht. Es war weder richtig hell noch wirklich dunkel. Der See schimmerte und funkelte in Farben, die sie an ein surrealistisches Gemälde erinnerten. Sie betrachtete eine Stoffschleife, die drauf und dran war, sich im Wasser aufzulösen. Wahrscheinlich war es eine der Schlaufen, die sie gebastelt hatte.

»Es geht um Janis«, rückte Agneta schließlich mit der Sprache raus. Sie schnappte andächtig nach Luft, als hätte sie die ganze Zeit über den Atem angehalten und wäre sich erst jetzt dessen bewusst geworden. »Eigentlich darf niemand wissen, dass er bei uns ist. Und doch haben es diese Typen irgendwie herausgefunden. Und nun erpressen sie uns.«

Ina neigte den Kopf. »Womit?«

»Sie wollen es denen erzählen, die auf keinen Fall wissen

dürfen, dass er bei uns ist«, erklärte Ebba, was die Sache für Ina nicht gerade verständlicher machte.

Sie legte den Kopf noch etwas schiefer. »Warum?«

»Weil die, die es nicht wissen dürfen, dann hierherkommen, um ihn wieder mitzunehmen.«

Hätte Ina den Kopf noch etwas weiter geneigt, wäre sie zur Seite umgekippt. Mit diesen Aussagen verstand sie nunmehr weniger als nichts und zeigte den beiden, dass auch sie ganz gut darin war, den Kopf zu schütteln. Als sie damit fertig war, sah sie Agneta durchdringend an. Diese schien die unausgesprochene Aufforderung zu verstehen und begann endlich Klartext zu reden: »Janis war nicht immer der ruhige, hilfsbereite Mensch, als den du ihn hier kennengelernt hast. Es gab einmal eine Zeit, in der er auf der falschen Seite der Gesellschaft stand und sich … Geschäften hingab, die nicht ganz im Einklang mit dem schwedischen Gesetz standen.«

»Drogen«, wurde ihre Schwiegermutter deutlicher. »Diebstähle …«

»Ebba!«, fuhr Agneta sie rüde an.

»Aber wenn es doch stimmt!« Ebba verzog trotzig den Mund. »Und die Sache mit der Erpressung sollten wir auch noch erwähnen.« Sie hob die Hand und reckte den Daumen. Dann ließ sie den Zeigefinger folgen. »Körperverletzung …«, als Nächstes kam der Mittelfinger. »Inverkehrbringen von Falschgeld.« Anschließend streckte sie den Ringfinger aus, doch Agneta funkelte sie an. »Es reicht, Ebba!«

In einer harten Drehung wandte Agneta sich Ina zu und rang sich ein Lächeln ab. »Es ist ja nicht so, als hätte Janis all diese Straftaten selbst begangen.«

Ina lächelte mit. Warum auch immer. Und noch weniger verstand sie, warum sie Agneta bestärkte: »Natürlich nicht.«

»Aber er war dabei«, setzte Ebba nach. »Hat sich mitschuldig gemacht in allem, was ich aufgezählt habe. Ich könnte die Liste ohne Weiteres fortsetzen.« Wieder hob sie die Hand. Agneta umfasste das dünne Gelenk ihrer Schwiegermutter und drückte die Hand nach unten. »Pscht«, kam es hinter zusammengepressten Lippen hervor. Das Lächeln war dahin. Auch das von Ina, die noch immer nichts verstand. Dafür lauschte sie dem Seufzen ihrer Gastgeberin, die ihr den Rücken zuwandte und stur auf den See schaute.

»Den einzigen Fehler, den Janis begangen hat«, sagte sie, »war der, sich mit den falschen Leuten einzulassen.«

»Mit dem Teufel«, konkretisierte Ebba. »Er hat sich einer Bikergang angeschlossen.« Sie stützte sich mit beiden Händen auf den Gehstock ab und schloss für einen Moment die Augen.

Agneta nickte, ohne sich umzudrehen. »Leider der schlimmsten Bikergang von allen«, stimmte sie leise zu.

Ebba schlug die Augen wieder auf und starrte nun ebenfalls auf den See. »Leider hat unser Janis das zu spät erkannt.«

Agneta sah sie an. »Hat er nicht. Er hat es rechtzeitig erkannt und den Absprung geschafft, ehe …«

»… er eine Kirche anzündet?«, schlug Ebba mit gehobener Augenbraue vor.

»Ehe er schlimmere Dummheiten anstellen konnte«, entgegnete Agneta resolut. »Ehe die ihn tiefer hineinziehen konnten.«

Zumindest das kapierte Ina. Sie hatte genug Bücher gelesen und Filme gesehen, um etwas über den Ehrenkodex von Bikergangs zu verstehen. Solange man auf der richtigen Seite stand, war alles gut. Aber wenn nicht …

»Janis ist also aus der Gang ausgestiegen«, äußerte sie ihre Vermutung.

»Sie hatten einen ganz großen Coup geplant«, erklärte Agneta. »Einen Anschlag auf einen Geldtransporter. Als Janis Wind davon bekam, war ihm klar, dass er aussteigen musste. Also ist er geflüchtet …«

»Weil er bei dem Raub hätte mitmachen sollen. Es sollte seine Bewährungsprobe sein.« Ebba klang richtig aufgeregt, als würde sie eine besonders spannende Passage aus einem Film wiedergeben.

Ina wurde das Gefühl nicht los, dass sie es insgeheim genoss, einen waschechten Biker zu beherbergen, zumal auch sie eine dunkle Seite hatte und eine geheime Drogenplantage betrieb. Sie dachte eingehend über das Gehörte nach. Wie von selbst schob sich zudem das Bild der ausgebrannten Scheune vor ihre Augen. Beunruhigende Abgründe taten sich auf dem Tingsmålahof auf.

Doch dann rang sie nach Luft, weil ihr nunmehr die Tragweite des Gehörten klar wurde. »Er ist bei euch untergetaucht!«

Beide Frauen sahen sie an, unterließen es aber zu Inas Leidwesen, ihre Worte zu verneinen.

»Ihr haltet ihn hier versteckt«, wurde sie konkreter. »Damit diese Biker ihn nicht finden.« Sie schluckte angestrengt. »Doch nun haben sie ihn ausfindig gemacht und …«

Endlich! Da war es. Das ersehnte Kopfschütteln von Ebba und Agneta.

»Nein«, sagte Ebba. »So war es nicht.«

Ina atmete erleichtert ein und aus.

»Nicht seine Bikergang hat ihn gefunden«, erklärte Agneta. »Es war eine andere.«

Ina wurde bei all den Gangs schon ganz schwindelig.

»Einer der Road Devils hat ihn auf unserem Hof gesehen.«

»Road Devils?«, fragte Ina.

»Der Name der anderen Gang. Du hast sie gerade kennengelernt.«

Ina dachte an die Kutten, die sie eben an den Motorradfahrern gesehen hatte. Auf deren Rücken prangten die Konturen eines Totenschädels mit Hörnern. Das waren keine Wikinger, sondern … *Teufel!*

»Es war alles nur ein dummer Zufall«, fuhr Agneta fort. »Janis wurde auf unserem Hof von einem Mitglied der Road Devils erkannt, als dieser sich im Angelshop mit neuen Ködern eingedeckt hat.«

»Ausgerechnet von dem Anführer«, pflichtete Ebba mit stoischem Nicken bei.

»Und der droht nun damit, der anderen Gang von Janis' Aufenthaltsort zu erzählen.«

»Ganz genau, Ina.« Agneta schloss die Augen für einige Sekunden. Als sie sie wieder öffnete, waren sie ungewöhnlich feucht. Ina fühlte, wie sehr die Schwedin all das mitnahm.

»Es ist astreine Erpressung«, sagte Ebba unumwunden. »Zahlt Agneta nicht das geforderte Schweigegeld an den Anführer, werden sie Janis nicht nur richtigen Ärger bescheren, sondern ihn auch an die andere Gang ausliefern. Wir haben Janis aufgefordert, erneut unterzutauchen, zu verschwinden. Doch er weigert sich. Er hat genug vom Weglaufen, sagt er.« Sie senkte das Kinn, und ihre Stimme wurde leiser. »Wobei er nun befürchtet, dass er uns alle mit seiner Anwesenheit in Gefahr bringt, wenn er bei uns bleibt.«

»Unsinn!«, befand Agneta. »Hier bei uns ist er goldrichtig! Sein Leben kann doch nicht daraus bestehen, sich fortwährend zu verstecken.«

»Wenn wir nicht zahlen, wird er gar kein Leben mehr haben.« Ebbas Stimme klang ungewöhnlich rau. Agneta zuckte zurück, als hätte ihre Schwiegermutter ihr einen Schlag versetzt.

Eine Träne stahl sich aus ihrem Auge, rann die Wange hinab. Sie schimmerte schwach im matten Licht. Wieder gab sie ihr unerbittliches Lächeln preis, wenngleich die Unterlippe ein wenig bebte. »Natürlich will er nicht fort von hier. Zum ersten Mal in seinem Leben hat er ein Zuhause gefunden.«

»Und was gedenkst du, was wir jetzt tun sollen?« Ebba sah ihre Schwiegertochter mit zusammengekniffenen Augen an. Doch diese lächelte noch mehr, wischte sich mit dem Handrücken die Wange trocken. »Es ist Mittsommer«, sagte sie. »Stellen wir den Baum wieder auf und feiern weiter!«

KAPITEL 24

Nur noch bis Mittsommer.

Eine fette schwarze Fliege summte um ihren Kopf und ließ sich auf ihrem Arm nieder. Ina wollte sie wegschlagen, verfehlte aber nicht nur die Fliege, sondern gleich den ganzen Arm. Zudem hatte sie so wuchtvoll ausgeholt, dass sie beinahe vom Stuhl gekippt wäre, wenn der neben ihr sitzende Svante nicht schon wieder beherzt zugegriffen und sie damit in der Waagerechten gehalten hätte.

Ina rieb sich die Augen, holte tief Luft, um einen klaren Kopf zu bekommen. Ein leichter Schwindel erfasste sie, sodass sie die Augen ganz fix wieder aufriss.

»Alles in Ordnung mit dir?« Svante warf ihr einen besorgten Seitenblick zu.

Einerseits fand sie das unfassbar süß. Andererseits war sie erbost, weil dieser Blick nicht weniger besagte als: Du hast zu viel getrunken und solltest besser damit aufhören, bevor du vollends die Kontrolle verlierst.

Das sagte Svante nicht, aber sein Blick. Grund genug also für Ina, sauer auf ihn zu sein. Und so erwiderte sie nonchalant:

»Das geht dich überhaupt nichts an. Ich bin eine erwachsene Frau und weiß selbst, wann genug ist.«

Svante sah sie einen kurzen Moment verdattert an, dann

hob er die Arme und zeigte ihr die Handflächen. »Nichts anderes habe ich behauptet.«

»Dann ist ja gut.« Sie räusperte sich zufrieden und beschloss, dass sie genug hatte. Genug von den Moltebeeren, genug von der Feier, die sich bis tief in die Nacht zog. Außerdem war sie müde. Hundemüde sogar. Selbst Zeus schlummerte schon seit Stunden auf ihrem Schoß und ließ sich von dem Krach um ihn herum nicht aus der Ruhe bringen. Die Schweden jedoch schienen kein Ende zu kennen. Immer wieder wurden Lieder angestimmt, die Gläser erhoben, und es wurde um das lichterloh brennende Feuer getanzt und getanzt. Ina taten die Füße weh. Und auch der Hals vom vielen Singen. Vielleicht auch ein wenig vom Schnaps, der jedes Mal so fürchterlich in ihrem Rachen brannte. Also riss sie den Hund aus dem Schlaf, setzte ihn auf die wackeligen Beinchen und erhob sich. Für einen kurzen Moment war sie die Sonne am Firmament, um die sich alles drehte. Rasch setzte sie sich wieder hin, damit die Dreherei aufhörte. Neben ihr lachte Svante leise in sich hinein.

»Wirklich alles in Ordnung?«, fragte er noch einmal.

»'türlich!« Sie stand ein weiteres Mal auf. Diesmal langsamer und mithilfe der Tischkante, die ihre Finger haltsuchend umklammerten. Wieder drehte sich alles, aber längst nicht mehr so schnell.

Schön!

Ina war mit dieser physikalischen Entdeckung zufrieden. Fürs Erste. *Langsame Bewegungen, langsame Schritte,* ermahnte sie sich. Beides wiederholte sie in Gedanken mantraartig.

»Soll ich dich nach Hause begleiten?«

Ina hielt inne, warf einen skeptischen Blick auf Svante,

der sie fürsorglich ansah. Sie lachte. Was glaubte dieser Kerl denn, was sie für eine war.

»Godnatt«, sagte sie. Oder sie wollte es sagen. Allerdings klang es eher wie aus dem Mund genuschelte Silben.

»Dir auch eine gute Nacht.« Der Mann mit der rauen Schale lächelte sie an und zupfte sich eine seiner langen Haarsträhnen hinter das Ohr. »Nimm zwei Aspirin und trink ein großes Glas Wasser dazu. Das hält den Kater morgen in Schach.«

»Danke, Papa!«

Sie klopfte auf den Tisch – als internationales Erkennungszeichen, dass einer von der Bühne abtrat –, machte auf dem Absatz kehrt und ging. Zeus trottete mit einem lang gezogenen Gähnen hinter ihr her.

Der aufrechte Gang und die Bewegung taten ihr gut. Mit jedem Schritt wurde ihr Kopf zunehmend klarer. Sie beglückwünschte sich dazu, rechtzeitig die Handbremse angezogen zu haben. Ein weiterer Schnaps hätte sicher ihren Tod bedeutet. Aber so war sie zuversichtlich, den drohenden Kater tatsächlich in Schach zu halten. Sie würde Svantes Rat befolgen, aber das hatte sie ihm ja nicht unter die Nase reiben müssen.

Vielleicht lag es an ihrer Müdigkeit oder daran, dass ihre Augen schwerer wurden. Mit dem Blick nach oben kam es ihr vor, als wäre es dunkler geworden.

Auf jeden Fall war es eine magische Sommernacht, die sich ihr in Farben präsentierte, wie sie sie noch nie in einer Nacht gesehen hatte. Und auch die Stimmung hatte etwas Mystisches. Das Miteinander der Leute, das ausgelassene Feiern. Selbst die auftauchende Motorradgang hatte das Mittsommerfest nicht zerstören können. Kaum waren die

Unholde fort gewesen, hatten sie aufgeräumt und weiter-gefeiert. Bloß Lars hatte sich kurz darauf verabschiedet, um polizeilich gegen diese Gang zu ermitteln. Sollte er nur. Ina fand es jedoch schade, dass Agneta sich ihm nicht anvertraut hatte. Mit einer Rockergang, die auf Erpressung aus war, war ganz bestimmt nicht zu spaßen.

Für einen beschaulichen Hof inmitten der Natur hatte der Tingsmålahof eindeutig schluchtentiefe Abgründe. Brand-stiftung … Mord … Erpressung …

Darüber wollte sie nicht länger nachdenken, nicht in die-ser Nacht. Schließlich war dies nicht ihre Sorge. Sie schlüpfte aus ihren Sandalen, nahm sie an den Riemchen in die Hand und schlenderte auf der Grasnarbe des kleinen Weges ent-lang. Das lange, kühle Gras kitzelte unter ihren Fußsohlen. *Ich sollte viel öfter barfuß gehen,* dachte sie. *Nichts fühlt sich bodenständiger an.*

Bodenständigkeit war das, was sie gerade am meisten vermisste.

»Ach, Zeus …« Sie seufzte, wie es wohl nur eine an-getrunkene Person tun konnte, die auf dem Heimweg war und plötzlich vom Weltschmerz erfasst wurde, von der un-umstößlichen Tatsache, dass Viggo nicht mehr da war, dass überhaupt alles ein Ende hatte und sie sich im Herbst ihres Lebens befand, was jedoch durchaus seine Vorteile hatte. Aus dem Seufzen wurde ein breites Grinsen.

»Dumpfe Schwermut hinter deinen Wimpern«, zitierte sie die Strophe eines Gedichts, dessen Verfasser sie längst vergessen hatte.

Sie horchte in sich hinein. Um sich in Wehmut zu suh-len, war sie eindeutig zu gut gelaunt. Allerdings war sie eine Frau, die Pläne brauchte, die wissen musste, was sie morgen tat, in welche Richtung ihr Leben verlief. Nun wusste sie überhaupt nichts mehr, ließ sich einfach treiben und nahm das Hier und Jetzt an. Das war ein unglaublich befreiendes Gefühl. Eigentlich hatte sie entschieden, bis Mittsommer zu bleiben. Aber warum? Bisher hatte sie nichts erreicht, weder den Brandstifter gefunden noch den Mörder. Dafür baute sie eine freundschaftliche Beziehung zu einer Frau auf. Sie blieb stehen, hob den Kopf, schaute in den Himmel.

»Es ist so schön hier.« Sie hatte ein kleines Stück Paradies betreten. Bloß gab es nicht mehr den erhofften Mann an ihrer Seite, mit dem sie dieses Paradies genießen konnte. Und dennoch fühlte sich dieser Ort seltsam vertraut an. Nicht, weil sie vor Jahrzehnten schon einmal hier gewesen war, sondern weil ihn die Menschen, die sie hatte kennenlernen dürfen, so vertraut machten.

Wo gehörte sie nun hin? Spielte das überhaupt eine Rolle? Musste sie irgendwo hingehören? Konnte sie nicht einfach in der Gegenwart leben, ohne sich Gedanken über eine Zukunft zu machen. Schließlich war sie niemandem verpflichtet – außer ihrer Tochter vielleicht. Aber die brauchte sie ja nicht mehr. Dafür beschlich Ina das Gefühl, dass sie zumindest hier gebraucht wurde.

Sie suchte den weiten Himmel nach Sternen ab. Ein paar erblickte sie, doch auch die lieferten ihr nicht die Antwort auf ihre Fragen.

Ein Geräusch ließ sie innehalten. Erst dachte sie, Zeus hätte es verursacht, aber der kleine Hund lauschte ebenso gebannt und drehte den Kopf zur Seite.

Es war ein polterndes Geräusch gewesen, als wäre etwas umgefallen.

»Du hast es auch gehört?«, fragte sie im Flüsterton. Der

Hund sah sie aufmerksam an, hielt die Nase in die Luft, schnüffelte.

Dem Poltern folgte ein Scheppern. Es war ganz in Inas Nähe. Zunächst sah sie nichts, doch dann erkannte sie eine Bewegung im tiefen Schatten eines Holzhauses in der zweiten Reihe vom Hauptweg. Etwas landete mit einem dumpfen Laut im Gras. Dazu hatte sie einen kleinen Schatten fliegen sehen. Von der Neugierde gepackt, trat sie an den Zaun des Wegrands und fokussierte den Blick in Richtung des Geräuschs. Sie musste blinzeln, um etwas erkennen zu können. Neben ihr hüpfte Zeus auf die erste Sprosse des Holzzauns, war aber nicht im Stande, etwas zu sehen, was ihn unruhig werden ließ. Er knurrte leise vor sich hin.

»Pscht!«, ermahnte sie ihn.

Zeus gehorchte zur Abwechslung, was nicht nur Ina überraschte, sondern dem Blick nach zu urteilen auch den Hund.

»Brav.« Sie tätschelte ihm den Kopf und blickte wieder in den Schatten der Hauswände. Was sie dann sah, überraschte sie noch mehr, als es der plötzlich gehorchende Hund getan hatte. Jemand verließ ein Haus. Ausgerechnet das leer stehende Haus von Knut. Jedoch verschwand diese Gestalt nicht durch die Haustür, sondern durch ein Fenster. Es war eine groß gewachsene Person, die sich beim Ausstieg verheddert, aus dem Fenster fiel und mit einem Plumps im Gras landete. Sofort rappelte sie sich wieder auf. Der Kopf drehte sich in sämtliche Richtungen. Als er sich zu Ina neigte, duckte sie sich schnell hinter den Zaun. Sie zählte in Gedanken bis drei und richtete sich langsam wieder auf, lugte vorsichtig über die Zaunspitze nach vorn. Die Gestalt war noch immer da. Es war ein Mann, das war anhand der

Silhouette unschwer zu kennen. Er zog das Fenster wieder zu, tunlichst darauf bedacht, kein Geräusch zu erzeugen, was ihm erstaunlich gut gelang. Dann bückte er sich nach vorn und hob etwas auf, das im Gras lag.

»Eine Aktentasche«, äußerte Ina ihre Vermutung leise.

Der Mann stakste durch das hohe Gras des Vorgartens, schlich förmlich auf Zehenspitzen davon. Ina erkannte ihn. An seinem Gang, nicht zuletzt an der gut sitzenden Hose und dem hell glänzenden Hemd, das er bereits bei ihrer letzten Begegnung getragen hatte. *Mats!* Mit einem Mal wurde sie wieder nüchtern. Und damit schossen ihr eine Menge Fragen durch den Kopf, während sie ihn dabei beobachtete, wie er von dem Grundstück schlich. Was machte er in dem Haus eines erst kürzlich und unter äußerst mysteriösen Umständen verstorbenen Mannes? Und was hatte es mit der Aktentasche auf sich, die er aus dem Fenster geworfen und sich dann unter den Arm geklemmt hatte? Es waren äußerst merkwürdige Verhaltensweisen, die dieser Kerl an den Tag legte. Selbst für eine Mittsommernacht. Wenngleich ihre Gedanken von dem Wodka und den gegorenen Moltebeeren noch ein wenig beeinträchtigt waren, drängte sich eine Frage ganz besonders nach vorn: *Was hatte dieser Mats im Haus des toten Knut zu suchen?*

Sie beschloss, dieser Sache gleich morgen früh auf den Grund zu gehen, indem sie ihn zur Rede stellen würde. Insgeheim machte ihr Herz einen freudigen Hüpfer. Diese überraschende Entdeckung hatte ihren Ermittlungsspürsinn entfacht. Auf dem Rückweg in ihren Bungalow fühlte sie sich geradezu beschwingt und voller Tatendrang. Immerhin hatte sie genug Krimis und Thriller gelesen, um zu wissen, dass sie einer handfesten Spur, nun ja, auf der Spur war.

Wenn das mal keine Zukunftsaussichten nach ihrem Geschmack waren. Mit diesem Gefühl im Bauch freute sie sich
auf das Bett und darauf, was der nächste Morgen bringen
würde.

Schwedisch für Anfänger - Teil 9

– Tigerkaka

Wenn man weiß, das Kaka für Kuchen steht, erschließt sich schnell der Sinn hinter Tigerkaka: Marmorkuchen!

KAPITEL 25

Bestürzt starrte Ina die Beine an. Sie gehörten einem Mann, der kopfüber in einem Rührbottich steckte.

»Ist er …?« Agneta fasste sich an den Hals, als versuchte sie, den Worten nach oben zu helfen.

Svante nickte düster. »Ist er.«

Ina konnte den Blick nicht von den Beinen abwenden, die himmelhoch nach oben ragten und jemandem gehörten, der eine dunkle Stoffhose und Budapester trug. Sowohl Hose als auch Schuhe waren vollkommen mit getrocknetem Teig beschmiert. Dennoch kannte sie diese Schuhe. Und damit wohl auch den Mann in dem Bottich. Ohne es sehen zu können, wusste sie, dass er ein Hemd trug, das viel zu sehr glänzte. Der Tote im Rührbottich war Mats. Doch wie konnte das sein? Vor wenigen Stunden noch hatte sie gesehen, wie er mit einer braunen Tasche aus Knuts Fenster geschlichen war und sich auf und davon gemacht hatte. Nun steckte er kopfüber in diesem Kübel. Mausetot.

»Ehrlich, Ina. Kaum bist du hier, haben wir nur Probleme!«

»Und Tote«, fügte Svante völlig unnötig hinzu, was die alte Frau dazu verleitete, ihm eifrig zuzustimmen.

Gut, dachte Ina, die ihren bellenden Hund zum Schweigen brachte. Der Tote war allzu offensichtlich. Es schauderte ihr. Auf einmal fiel ihr das Atmen schwer, als hätten sich all die herumschwirrenden Mehlpartikel in ihrer Luftröhre festgesetzt. Dazu breitete sich ein beklemmendes Gefühl in ihrer Brust aus.

»Mats«, hörte sie Svante sagen. Sie fuhr herum und sah, dass er direkt hinter ihr stand. Er musterte die teigverschmierten feinen Schuhe, von dem der Rechte sich von der Ferse gelöst hatte. Sie selbst war nicht in der Lage, irgendetwas von sich zu geben. Zu ungeübt war sie in Begegnungen mit Toten, als dass sie diesen Anblick ohne Weiteres wegstecken konnte. Agneta schien es nicht anders zu ergehen. Sie war ebenso still. Dafür meldete sich Ebba zu Wort, bemerkte nüchtern: »Irgendwann erwischt das Karma alle.«

Zeus gab ein heiseres Bellen von sich, verstummte aber sofort, weil Ina ihn nicht ermahnte, still zu sein. Anscheinend machte das Gekläffe nur halb so viel Spaß, wenn sich niemand darüber aufregte.

Sie versuchte derweil, ihre Gedanken sortiert zu bekommen. Ob es ihr gefiel oder nicht, Svante und Ebba hatten nicht unrecht. Nun war es der zweite Tote seit ihrer Ankunft. Sie verfluchte sich selbst dafür, dass der Anblick sie dermaßen mitnahm. Gerade jetzt könnte sie einen klaren Kopf gut gebrauchen.

»Das ist ja mal so gar kein rührseliger Tod«, sagte Agneta mit gesenkter Stimme, der die Bedrücktheit anzuhören war.

»Wie man's nimmt«, bemerkte Ebba kurzerhand.

»Glaubt ihr, es war ein Unfall?«, fragte Svante, und Ina wusste gar nicht, was sie erwidern sollte, als sich ihre Blicke trafen. Ein Unfall, das war in ihren Augen ein Sturz von der Leiter, ein Frontalcrash zweier Wagen. Aber kopfüber in einen Rührkübel zu fallen?

»Vielleicht war er betrunken?«, schlug Agneta vor.

Sogleich kam Ina in den Sinn, wie Mats sich aus Knuts Vorgarten entfernt hatte. Er war aus dem Fenster geplumpst, aber das hatte eher unbeholfen gewirkt als betrunken, zumal die anschließenden Schritte weder wankend noch torkelnd gewesen waren.

Ihr Hund schlabberte etwas vom Boden auf und kaute genüsslich darauf herum. Alarmiert ging Ina in die Knie, um es ihm aus der Schnauze zu nehmen. Doch zu spät. Mit einem hörbaren Schlucken hatte er es heruntergeschlungen.

Agneta kam näher. »Er hat wohl Gefallen am Knäckebrotteig gefunden.«

»Wehe, wenn du wieder Verstopfung bekommst!« Ina wedelte mit dem Zeigefinger vor Zeus' Schnauze herum.

»Aber was wollte Mats mitten in der Nacht in der Backstube?«, fragte Svante mit steinhartem Blick. Er schien die ganze Backstube in Augenschein zu nehmen. »Wenn ich mir die Fußspuren so anschaue«, sagte er, »dann sieht es für mich nach einem Kampf aus. Nach einer Rangelei.« Er hob den Kopf. »Guckt doch nur, die sich überlappenden und die schleifenden Spuren.« Sein Blick richtete sich auf die Wand. »Und das Regal«, sagte er.

Sie alle folgten seinem Blick. Einer der Brötchenregalwagen lag im hinteren Bereich der Länge nach auf dem Fliesenboden. Und auch die Backwaren vom Vortag hatten sich auf dem Boden verteilt.

Irgendetwas in Inas Kopf wollte unbedingt nach draußen, pochte lautstark gegen ihre Schläfen. Sie sah die anderen drei an, die zwar übernächtigt wirkten, aber keinerlei Spuren eines Katers zeigten. Ihr selbst war gefährlich flau im Magen. Übelkeit krabbelte ihre Speiseröhre hoch, die sich von dem Anblick des Toten zusätzlich angestachelt fühlte.

»Diese verdammten Moltebeeren.«

Svante legte diesen typischen »Hab ich dir doch gesagt«-Blick an den Tag.

Ina sagte nichts dazu. Ohnehin waren die Gedanken in ihrem Kopf viel zu laut, als dass sie sich auf eine Unterhaltung hätte konzentrieren können. All das konnte doch kein Zufall sein. Erst Knut, dann Mats, der sich aus dem Haus des toten Knut geschlichen hatte ... um nur wenige Stunden später ebenso tot zu sein.

Die Ledertasche, kam es ihr siedend heiß in den Sinn. Hastig suchte sie die nähere Umgebung ab, schaute hinter den Kübel. Nichts.

»Hat jemand Mats auf dem Fest gesehen?«, wollte Agneta wissen. »Du weißt doch, wie er ist«, entgegnete Svante.

»Wohl eher, wie er *war*«, korrigierte Ebba ihn prompt.

Svante fuhr sich nachdenklich über die Bartstoppeln. »Mit Menschenansammlungen konnte er nie was anfangen.«

»Sag mal, Ina, suchst du etwas Bestimmtes?« Ebba sah sie mit Argusaugen an.

»Nein«, erwiderte Ina hastig. Und viel zu schnell, woraufhin die alte Frau sie nur noch intensiver beäugte.

»Was auch immer Mats hier wollte«, gab Agneta grübelnd von sich. »Wir müssen nicht direkt das Schlimmste vermuten. Für mich sieht das nach einem Unfall aus. Womöglich wollte er den Brotteig probieren, hat sich zu weit nach vorne gebeugt, und ...« Den Satz beendete sie mit einem Nicken in Richtung des Bottichs.

»Aber die Kampfspuren ...«, warf Ebba ein.

»Das umgekippte Regal ...«, pflichtete Svante ihr bei.

Die fehlende Aktentasche ..., summte es in Inas Kopf.

Agneta schluckte hörbar. Im Schein der Taschenlampe

erkannte Ina, dass ihre Mundwinkel nervös zuckten. Beinahe so, als wollte sie einen Schluckauf unterdrücken.

»Also …« Sie brach ab und setzte noch einmal von Neuem an: »Also meint ihr, dass es kein Unfall war?«

Sie erntete brütendes Schweigen. Selbst Zeus wurde ungewöhnlich still. Er leckte sich die Pfote, eine Eigenart, die er sich bei Renates Katze abgeschaut hatte. Dann dachte sie an das nicht funktionierende Licht, augenscheinlich herbeigeführt durch einen Stromausfall. Im Bottich befand sich ein riesiger Knethaken, der wirklich unschön die Kehle der Leiche eindrückte. Vermutlich war durch die Blockierung die Sicherung herausgesprungen. Zumindest würde es sie nicht wundern. Mit herausgesprungenen Sicherungen kannte sie sich nur zu gut aus. Sie selbst hatte diese Erfahrungen immer dann machen müssen, wenn sie ihren 3000-Watt-Staubsauger angestellt hatte, während Renates alte, hochpotente Spülmaschine lief. Damals. Lange bevor die EU-Richtlinie in Kraft getreten war und Staubsauger seitdem nur noch eine Maximalleistung von 900 Watt haben dürfen. Vor zwei Jahren hatte sie sich einen neuen zulegen müssen. Seitdem dauerte das Staubsaugen doppelt so lange, aber zumindest hatte sie keine herausgesprungene Sicherung mehr zu beklagen gehabt. Auf jeden Fall war der blockierte Knethaken ein absolut triftiger Grund, um die Sicherung der Backstube herausspringen zu lassen.

Tod im Knäckebrotteig, dachte sie. *Wahrlich kein schönes Ableben. Aber ein umso schönerer Buchtitel für einen Schwedenkrimi.* Und dann fand sie endlich ihren Tatendrang wieder: »Wir sollten Lars kontaktieren«, sagte sie. »Denn ich glaube, dass wir es nun wirklich mit einem handfesten Mord zu tun haben könnten.«

KAPITEL 26

Was stimmt mit diesem Hof nicht? Lars gab sich einem ausgiebigen Gähnen hin, das sogleich in einen wüsten Hustenanfall überging, weil er zu viel von dem Staub eingeatmet hatte, der dick und schwer in der Luft hing. Jemand klopfte ihm fest auf den Rücken, wofür er sich mit einem krächzenden »Tack« bedankte. »Der Mehlstaub«, setzte er kurzatmig zu einer Erklärung an. Obwohl er die Backstube längst verlassen hatte, kam es ihm vor, als haftete der Pulverstaub noch überall an ihm. Da war er nur froh, dass er seinen Kollegen von der Spurensicherung den Tatort überlassen hatte, um sich um die Zeugenbefragung zu kümmern. Mit gezücktem Stift und Notizblock hatte er sich von den älteren Herrschaften jede Einzelheit erklären lassen. Dabei gaben die vier ein äußerst kurioses Gespann ab. Die älteste mit verrutschter Schlafmütze auf dem Kopf, der Mann mit nacktem Oberkörper, die Deutsche mit fest zugezogenem Kimono. Und dann die singende Agneta, die entgegen ihrer Schwiegermutter für diese Temperaturen eindeutig zu luftig gekleidet war. Das wiederum passte auffällig gut zur halb nackten Erscheinung des bärtigen Mannes, wie er fand. Und weil er das fand, machte er sich einen Vermerk in sein Notizbuch. Von der alten Ebba ließ er sich noch einmal haargenau erklären, wie sie die Leiche vorgefunden hatten. Er nickte an den richtigen Stellen, hörte aber gar nicht so genau hin. In seinem Kopf spulte bereits ein eigener Film des Tathergangs ab. Überhaupt passte hier so manches nicht zusammen. Das spürte er mit jeder mehlstaubverstopften Pore. Erst die Brandstiftung in der Scheune, der Fund des Toten. Dann, vor wenigen Stunden, der Besuch der Rockergang und nun ein weiterer Toter. Selbst Gus wirkte ungewöhnlich aufgekratzt. Zwar gab der Schäferhund keinen Laut von sich, doch die Nasenspitze zuckte unentwegt, schnüffelte. Die Deutsche hatte ihren winzigen Hund auf dem Arm, der unablässig vor sich hin knurrte. Vermutlich, um den sechsmal so großen Schäferhund einzuschüchtern. Davon zeigte Gus sich vollkommen unbeeindruckt, was Lars zufrieden schmunzeln ließ. *Guter Hund.*

»Was gibt es denn da zu grinsen«, echauffierte Ebba sich. »Ich habe gesagt, dass sein Hals sich um den Knethaken gewickelt hat!«

Also unterließ Lars das Grinsen und zog einen Strich unter seine Notizen. »Schön.« Er blickte zu Ebba auf, dann zu den anderen. »Oder eben nicht. Auf jeden Fall wäre das dann fürs Erste alles. Um den Rest kümmern sich die Kollegen der Knet... ähm, Kriminaltechnik. Verlasst den Hof nicht, meine Leute und ich werden sämtliche Bewohner für weitere Befragungen aufsuchen.«

»Etwa Verhöre?« Ebbas Brauen schossen in die Höhe.

»Befragungen«, wiederholte Lars. Er ließ den Block und Stift in der Brusttasche seines Diensthemds verschwinden und strich Gus über den Rücken. Mit einem resoluten Nicken gab er den Herrschaften zu verstehen, dass sie gehen konnten, was sie auch sogleich taten. Bloß die Deutsche zögerte, setzte ihren Hund auf dem Boden ab, der Anstalten machte, mit gefletschten Zähnen auf Gus zuzustürmen.

Dieser hob nur eine seiner Lefzen, und das Hündchen versteckte sich hinter den Waden seines Frauchens, wo es laut bellte.

Lars fand sein Grinsen zurück.

»Bist du wohl still?!«, versuchte seine Besitzerin den Hund in die Schranken zu verweisen. Der bellte unablässig weiter.

Also nahm sie ihn wieder auf den Arm, und der Hund verstummte sogleich. Sie tätschelte ihm den Kopf. Lars verdrehte die Augen. *Weiß sie denn nicht, dass sie ihn damit auch noch belohnt?* Er tippte sich gegen die Schirmmütze, um sich zu verabschieden, und holte tief Luft, um sich gegen den Mehlstaub in der Backstube zu wappnen.

Ehe er die Hand auf die Türklinke setzen konnte, hielt Ina ihn auf.

»Wartest du bitte noch einen Augenblick?« Sie sah ihn ernst an. »Da ist noch etwas, was ich dir sagen möchte.«

Lars zog die Hand zurück, sie bewegte sich auf die Brusttasche zu, hielt dann aber inne. Seine Neugierde war geweckt.

Er sah ihr an, wie aufgewühlt sie war. Immer wieder fasste sie sich an den Hals, auf dem bereits rote Flecken sichtbar waren.

»Ich habe es den anderen nicht erzählt«, begann sie schließlich. »Aber ich habe Mats gesehen. Wenige Stunden, bevor wir ihn tot aufgefunden haben.«

»Auf dem Fest?« Lars blinzelte sie an.

»Nein.« Sie schien über die Frage nachzudenken. »Dort habe ich ihn überhaupt nicht gesehen.« Sie zog die Nase hoch. »Allerdings habe ich auch nicht darauf geachtet. Aber ich habe ihn auf dem Heimweg gesehen.«

Lars zückte nun doch den Notizblock hervor und tippte auf den Kopf des Kugelschreibers. »Wann war das?«

Inas Stirn legte sich in Falten. »Gegen zwei Uhr vielleicht?«

»Ist das eine Frage oder Ihre Antwort?«, fragte Lars zurück.

Sie zuckte mit den Schultern. »So genau weiß ich es leider nicht mehr. Aber keinesfalls war es viel später. Um halb drei habe ich zuletzt auf die Uhr geschaut und bin noch einmal aufgestanden, um mir die Schlafmaske überzuziehen, die ich auf der Schminkkommode abgelegt hatte.« Sie hob den Kopf. »Es wird ja so früh hell.«

Lars nickte verständnisvoll. »Mittsommer.«

Er selbst liebte diese Nächte, hatte es schon als Kind getan. Gerne erinnerte er sich daran, wie er oftmals mit seinem Großvater mit dem kleinen Ruderboot auf den See hinausgerudert war, um zu angeln. Die schwedischen Sommernächte boten Angelerlebnisse, die er niemals in seinem Leben vergessen würde. Es waren Erinnerungen für die Ewigkeit. Ganze Nächte hatte er mit seinem Opa auf dem kleinen Boot verbracht und durchgeangelt. Sein aus Uppsala stammender Großvater war fest davon überzeugt gewesen, dass in den Nächten rund um Mittsommer die Chancen am besten standen, die richtig großen Fische zu fangen.

Lars wandte das Gesicht von der Deutschen ab und schaute auf den See hinaus. Wehmut überfiel ihn. So lange schon war er nicht mehr angeln gewesen. Ob er sich die Tage einfach ein Boot ausleihen und eine Nacht hier draußen verbringen sollte? Nur er, seine Angel und ein Sixpack Småland Export Pilsner? Ob er seinen Vater fragen sollte? Vielleicht würde er mitkommen wollen. Er verwarf den

Gedanken schnell wieder. Sein Vater würde keine fünf Minuten Stille aushalten, dann ununterbrochen reden und damit die Fische vertreiben.

»Also gegen zwei Uhr.« Er notierte es sich auf dem Block. »Und wo hast du ihn gesehen?«

Ina biss sich auf die Unterlippe. »Das ist ja das Merkwürdige«, begann sie zögernd. »Er ist aus Knuts Fenster gestiegen.«

»Aus dem Fenster vom toten Knut?«, fragte Lars sofort zurück.

Mit dem Kopf deutete sie in Richtung des Hauses. »Ich habe gesehen, wie er mit den Füßen voran aus dem Fenster wollte, sich dabei aber ungeschickt anstellte und ins Gras gepurzelt ist.«

»War er betrunken?«

Ihr Kopf huschte von links nach rechts. »Ich glaube nicht, denn danach hat er sich vollkommen normal bewegt, ohne zu wanken.«

Lars schrieb jedes Wort mit und beglückwünschte sich insgeheim dafür, vor Jahren den Stenografiekurs besucht zu haben, die seine damalige Polizeidienststelle in Stockholm angeboten hatte. »Wo ist er dann hin?«

»Das weiß ich nicht.«

»In die Bäckerei?«

»Ich weiß es nicht.«

Er hielt im Schreiben inne, sah sie an. »Und was glaubst du, was er in dem Haus von Knut wollte?«

Sie hob die schmalen Schultern, dann ließ sie sie kraftlos wieder fallen. »Das habe ich mich auch schon gefragt«, gab sie nachdenklich von sich. »Er hatte eine Art Ledertasche dabei, als er aus dem Fenster gestiegen war.«

»*Eine Art* Ledertasche?« Lars musterte sie eingehend, was sie nervös blinzeln ließ.

»Vielleicht war es eine Aktentasche. Es war dunkel, ich meine … es war nicht stockdunkel, aber das Licht war eben so merkwürdig und die Schatten so …«

»Grau?«, schlug Lars vor, woraufhin sie dankbar nickte. Er verstand sie tatsächlich. In diesen Nächten wirkten die Schatten in der Tat grau in grau.

»Es war eine Art Ledertasche«, beharrte sie weiter, und genau so notierte es sich Lars auf dem Block. Dann hob er den Stift an und richtete den Blick auf die verschlossene Tür der Backstube.

»Eben«, meinte sie. »Sie ist nicht bei ihm. Die Tasche. Ich habe bereits überall in der Stube nachgeschaut. Nirgends ist die Tasche. Auch nicht im Bottich.«

»Das muss nichts heißen«, sagte Lars. »Er kann die Tasche bei sich zu Hause deponiert haben, bevor er zurückgekommen ist und in die Backstube …«

»Sie kann aber auch von seinem Mörder entwendet worden sein.«

»Moment!« Lars hob beschwichtigend die Hände. »Noch wissen wir nicht, ob es Mord war.«

»Aber das ist doch offensichtlich!«

»Offensichtlich ist es erst dann, wenn die Spurensicherung zu dieser Einschätzung kommt.« Er neigte den Kopf. »Diese Frage muss ich stellen. Hast du etwas getrunken?«

Ihr Mund öffnete sich wie der eines Fisches, und sie schnappte nach Luft. »Aber … das weißt du doch ganz genau. Ich habe mit deinem Vater und dir auf einen Schnaps angestoßen.«

»Es war mehr als nur ein Schnaps.«

»Was soll dann diese dämliche Frage?«

Er begann zu schreiben.

»Schnaps hin oder her. Ich weiß, was ich gesehen habe! Er ist aus Knuts Fenster gekommen und hatte eine Aktenmappe bei sich.«

»Eine Art Ledertasche«, korrigierte Lars sie, doch die Deutsche sprach unbeirrt weiter.

»Dann hat er den Hof verlassen, und wenig später finden wir ihn tot in der Backstube. Aber von der *Art Ledertasche* ist nirgends mehr eine Spur. Ich meine, das stinkt doch zum Himmel!«

Lars sagte nichts. Er war derselben Meinung, doch das musste er ihr nicht gleich unter die Nase reiben. Auf diesem scheinbar friedlichen Hof stank es gewaltig.

Das schien auch der kleine Hund so zu sehen. Denn dieser gab plötzlich ein fiependes Würgen von sich.

Seine Besitzerin schaute ihn alarmiert an. »Zeus, was hast du denn?«

Mit einem Sprung befreite er sich aus der Umklammerung und hetzte in Richtung des angrenzenden Gebüsches, wo er sich lautstark übergab.

Der Frau war anzusehen, wie peinlich ihr das war. »Er verträgt wohl keinen rohen Teig«, sagte sie in entschuldigendem Tonfall. Dann zuckte sie zusammen, weil Gus bellte. Ein einziger Laut. Nur eine Sekunde später schob sich die Eingangstür der Backstube von innen auf und gab den Kopf seines Kollegen preis, der in einem weißen Ganzkörperoverall steckte und mintgrüne Gummihandschuhe trug.

»Chefff!«, er schaute ihn mit bedrückter Miene an und schien Ina gar nicht zu bemerken. »Es deutet wohl alles auf Mord hin.«

KAPITEL 27

»Mein schöner Teig!«

Zu sagen, der Bäcker des Tingsmålahofs wäre außer sich, wäre die Untertreibung des Jahrhunderts gewesen. Dieser Nils wollte sich gar nicht mehr einkriegen. Immer wieder mussten ihn seine Kollegen davon abhalten, in die Teigmasse des Rührbottichs hineinzugreifen.

»Mein schöner Teig!«

Lars ließ ihm noch ein paar Sekunden Zeit für die Selbstbemitleidung. Schließlich ging jeder Mensch mit einem Schock anders um. Und geschockt war dieser Mann über alle Maßen. Lars musterte ihn von der Seite. Er wirkte sichtlich mitgenommen. Und müde. Seine Haut war blass. Wie Mehl. Tiefe Augenringe hatten sich in sein Gesicht gegraben, und das strohige Haar stand ihm zu allen Seiten ab. Kein Wunder, schließlich hatten ihn seine Kollegen gerade erst aus dem Bett geholt und zum Tatort gebracht.

Geduldig sah Lars dabei zu, wie sich Nils in seiner Backstube umschaute und den Leichensack erblickte, den seine Jungs etwas abseits zum Abtransport gelagert hatten. Ein großer Teil seines Teams war derweil mit der kriminaltechnischen Spurensuche beschäftigt. Fingerabdrücke wurden an allen möglichen Gegenständen gesichert und massenweise Proben eingetütet. Immer wieder flackerte das Blitzlicht des Polizeifotografen auf. Das tat es bereits so oft, dass in Lars' Pupillen Dutzende kleine Supernoven munter vor sich hin explodierten. Es würde ihn nicht wundern, wenn er darauf wieder eine Migräne-Attacke bekommen würde. Wobei diese weniger geworden waren, seit er der Großstadt den Rücken gekehrt hatte.

Der Bäcker nahm den Blick vom Leichensack und sah ein wenig ängstlich zu Lars auf. »Ist er da drinnen?«

Lars schenkte sich die Antwort. Er dachte an das Gespräch von seinem Kollegen der Rechtsmedizin zurück, der ihm die vermutete Todesursache mitgeteilt hatte. Demnach war der Mann im Bottich erstickt. Zum einen hatten Teigstücke seine Atemwege blockiert, zum anderen hatte der Knethaken ihm die Luftzufuhr abgeschnitten. Er verkniff sich ein Schaudern.

»Also, noch mal von vorne«, begann er. »Du warst auf dem Fest am See und bist in der Nacht in die Backstube, um den Knäckebrotteig anzurühren.« Er zögerte kurz. »Sagt man das so?«

»Ich mache das jedes Jahr, seit ich hier wohne«, erklärte Nils leise, beinahe kraftlos. »Weil es Glück bringt.«

Lars entging nicht die Ironie an der Sache. »Diesem Mats hatte es kein Glück gebracht.« Er murmelte so leise vor sich hin, dass der Bäcker ihn nicht verstand oder nicht verstehen wollte. Auf jeden Fall sprach er unbeirrt weiter: »An jedem Mittsommerfest rühre ich den Teig für das Knäckebrot an, backe es und verschenke es am nächsten Tag an alle Bewohner.« Er gab sich beinahe einem Schmunzeln hin. »Das ist schon eine feste Hoftradition.«

Lars machte sich eine Notiz. »Aha! Und so auch letzte Nacht?«

»Ganz recht!«

»Gibt es dafür Zeugen?«

Nils zögerte, schien eifrig über eine Antwort nachzudenken, schüttelte aber den Kopf. Als Lars sich eine weitere Notiz auf dem Block machte, schnappte er hektisch nach Luft.

»Warum bin ich hier? Was soll die ganze Befragung? Bin ich etwa ein Tatverdächtiger?«

»Das bist du nicht«, log Lars. Natürlich war er das. Ein Mord in einer Bäckerei bezog immer auch den Bäcker als möglichen Mörder mit ein. Alte Polizistenfaustregel.

Wieder wanderten die müden Augen des Bäckers zur Rührmaschine. »Die ist ganz bestimmt hin.«

»In welchem Verhältnis standest du zu Mats Erlandsson?«

»Nun, ich kannte ihn. Er wohnte schließlich in der Nachbarschaft, aber wirklich etwas mit ihm zu tun hatte ich nicht.« Er hob die Hände, ließ sie träge wieder fallen. »Wollte ich auch nicht.«

Lars neigte den Kopf. »Mochtest du ihn nicht?«

Nils lachte angestrengt. »Zeige mir einen Menschen auf dem Hof, der das getan hat.« Sein Lachen erstarb, als sein Blick den Leichensack streifte.

»Wie lange wohnst du schon hier?«

Nils zuckte zusammen, als Lars seine Frage stellte. Anscheinend hatte er ihn tief aus seinen Gedanken gerissen. Er setzte eine grübelnde Miene auf. »Fünf Jahre«, gab er zögernd von sich. »In etwa. Nein, wohl eher dürften es schon sechs sein.«

»Und davor?«

»Da hab ich woanders gewohnt.«

»Wo?«

»Himmel, ist das denn wirklich wichtig?«

Lars neigte stumm den Kopf.

»Also schön, da habe ich eine Bäckerei in Växjö geführt.«

»Und warum hast du sie aufgegeben?«

»Na, weil ich keine Lust mehr hatte und meinen Frieden haben wollte. Irgendwann war ich hier in der Gegend auf Urlaub, fand es sehr schön und habe gehört, dass die Leute auf einem Hof eine Backstube eröffnen wollten, ihnen aber der Bäcker fehlte.« Wieder hoben sich seine Schultern. »So ergab sich eins ums andere.« Er hob den Kopf und schaute Lars beinahe trotzig in die Augen. »Seitdem bin ich hier der Bäcker.« Der Trotz wich einem stolzen Grinsen.

»Aha.«

»Genau.«

Lars nahm das Rührgerät in Augenschein. »Dann hast du also den Teig in dieser Maschine zubereitet. Wann genau war das?«

»Heute Nacht.«

»Genauer!«

Nils rollte mit den Augen, sagte: »Um elf nach eins.«

Kurz hatte Lars seine Züge nicht im Griff. Zu sehr überraschte ihn die Antwort. »Was ist das denn für eine Uhrzeit?«

»Na, wegen der Glückszahl drei. Das ist schließlich die Quersumme von ein Uhr elf.«

Eine weitere Notiz füllte den Block. Dann ließ er sich von dem Bäcker erklären, wie ein Knäckebrotteig zubereitet wurde. Aus unerfindlichen Gründen schrieb er sich Zutaten wie Mehl, Haferflocken, Sonnenblumenkerne auf. Nicht, dass es für seine Ermittlungen von Bedeutung gewesen wäre. Doch dann hielt er inne. »Warum ausgerechnet in der Mittsommernacht?«

»Weil es Tradition ist«, erklärte Nils ihm noch einmal. »Seitdem ich auf dem Hof bin, gibt es jeden Morgen nach Mittsommer mein Knäckebrot für alle. Das hat sich so eingebürgert. Als Glücksbringer.«

»Aha«, machte Lars, notierte sich *Tradition* auf seinen Block und sah noch einmal den Bäcker an. »Und nachdem du den Teig angerührt hast?«

»Da habe ich alles aufgeräumt, das Licht ausgemacht und bin wieder runter an den See, zur Feier.«

»Und zu diesem Zeitpunkt, als du die Backstube verlassen hast, war weder Mats noch eine andere Person zugegen.«

»Natürlich nicht.« Nils schnaufte und sah beinahe beleidigt aus, weil er diese Frage gestellt bekommen hatte.

»Und auf dem Weg hinunter zum See«, hakte Lars nach. »Hast du da Mats gesehen?«

»Nein! War's das jetzt? Kann ich gehen?«

»Gleich.« Lars beobachtete zwei seiner Kollegen, die sich am Bottich zu schaffen machten. Einer von ihnen tauchte so tief mit dem Oberkörper darin ab, als wollte er die Position des Toten nachstellen. Er hob den Kugelschreiber an und deutete damit auf Nils' Brust. »Zunächst wüsste ich gerne noch, wann du Mats zuletzt gesehen hast.«

Der Bäcker wollte gerade zu einer Antwort ansetzen, als sein Kollege, der eben noch halb im Kübel verschwunden war, rief: »Chefff! Wir haben da was gefunden!«

Schwedisch für Anfänger – Teil 10

– Sötchock

Wortwörtlich ins Deutsche übersetzt, wäre es der »Süß-schock«. Sehr passend, denn es beschreibt eine Person, die vor lauter Süßfinden kurz vor dem Wahnsinn steht – zum Beispiel beim Anblick von Katzenbabys oder Hundewelpen.

KAPITEL 28

Ina saß in Agnetas Küche und nippte an ihrem Tee. Es war ein grüner Tee, der nach Orangenblüten und Pfirsich schmeckte, aber einen herben Nachgeschmack hatte, den sie sehr zu schätzen wusste. Agneta saß ihr direkt gegenüber, vor sich ebenfalls eine dampfende Tasse Tee, die sie jedoch nicht anrührte.

»Du hast also Mats gesehen«, fasste sie noch einmal das zusammen, was Ina ihr soeben haarklein erzählt hatte.

Ina nickte über ihre Tasse hinweg.

»Wenige Stunden, bevor wir ihn im Rührbottich entdeckt haben.«

»Genauso war es.«

»Und er ist aus Knuts Fenster gestiegen.«

Ina nahm einen weiteren Schluck, weil ihr klar wurde, dass Agneta überhaupt keine Antworten erwartete, sondern das Gehörte einfach nur laut aussprechen musste, um es zu verstehen.

»Und was hat der Polizist dazu gesagt, dieser Lars?«

»Nun, hauptsächlich meinte er, dass Zeus dringend einen Hundetrainer brauchen könnte.« Ina sagte es, weil es das Erste war, was ihr in den Sinn kam.

»Und über Mats?«

»Nichts«, erwiderte Ina. »Zumindest nicht viel. Er hat sich jede Menge Notizen gemacht. Dann wurden wir von seinem Kollegen unterbrochen, der unseren Verdacht bestätigt hat. Lars hat mich dann dort stehen lassen und ist in die Backstube, um sich anzuschauen, was seine Kollegen herausgefunden haben.«

»Dass es Mord war«, schlussfolgerte Agneta, fasste nach dem Henkel der Tasse, hob sie aber nicht an. Ihr Blick verfinsterte sich. »Dass Mats aus Knuts Haus gekommen ist, haben mir die beiden Polizisten, die mich befragt haben, gar nicht erzählt.«

Natürlich nicht, dachte Ina. Bestimmt vermuteten sie den Täter im direkten Umfeld der Backstube. Und damit konnte es jeder Hofbewohner gewesen sein. Da wäre es wohl unklug, allzu viel preiszugeben.

Auf dem Hof hatte es bereits die Runde gemacht, dass Nils überaus lange von der Polizei verhört worden war. Und das direkt am Tatort. Es hieß, er sei ganz niedergeschlagen aus der Backstube getreten und habe dreingeschaut wie ein geprügelter Hund. Ina musste sich eingestehen, dass sie ihn als Täter überhaupt nicht auf dem Schirm hatte. Dabei war es naheliegend, dass er in den Fokus der polizeilichen Ermittlungen gerückt war. Immerhin war er der Bäcker, und der Bottich war sein tägliches Arbeitsgerät.

»Kam dir denn etwas an Nils verdächtig vor?«, fragte sie Agneta. »Ich meine, auf dem Fest.«

Diese schüttelte den Kopf. »Eigentlich war er wie immer.« Ihre Stimme sackte beim letzten Wort ab. »Nein, nicht wie immer«, korrigierte sie sich. »Mir ist aufgefallen, dass Nils ungewöhnlich früh das Fest verlassen hat, um seinen Teig vorzubereiten.« Dann hielt sie inne, als jagte ein neuer Gedanke durch ihren Kopf. »Er kam auch nicht mehr zurück. Svante und ich haben uns sogar kurz darüber unterhalten und uns gewundert.« Sie lächelte unbestimmt in die Tasse hinein. »Nils ist sonst immer einer der Letzten, die das Feld räumen.« Sie zuckte mit den Achseln. »Aber vielleicht haben wir ihn einfach übersehen.«

»Genau.« Ina neigte den Kopf.

Die beiden gaben sich einem langen Schweigen hin, eine jede in ihre Gedanken vertieft.

»Mats wurde wirklich ermordet«, platzte es schließlich aus Agneta heraus. In ihrem Gesicht malte sich pures Entsetzen ab. Während Agneta dies erst einmal verdauen musste, fühlte Ina sich ein wenig erleichtert. Es hatte ihr immens im Magen gelegen, niemandem zu erzählen, was sie in der Nacht beobachtet hatte. Sich nach Lars nun auch Agneta anzuvertrauen tat gut.

Der Blick der Schwedin verlor sich derweil in der Teetasse, aus der Dampf aufstieg. Auch Ina schnupperte an dem aufsteigenden Aroma, schloss die Augen und gab sich einem Schmunzeln hin, als ihre Geruchsknospen umgarnt wurden vom Duft der Orangenblüten. Gleichermaßen bedauerte sie es, dass Tee nie so gut schmeckte, wie er roch.

»Hat die Polizei dich denn auch über Mats ausgefragt?«

Agneta schüttelte kaum merklich den Kopf. »Sie wollten nur wissen, warum wir in die Backstube gegangen sind und wie wir ihn vorgefunden haben.«

Mehr gab Agneta von ihrer Befragung nicht preis, was Ina ein wenig seltsam fand. Stundenlang war die Polizei auf dem Hof gewesen, um Spuren zu sichern und sämtlichen Bewohnern Löcher in den Bauch zu fragen.

»Was weißt du über Mats?«, fragte Agneta schließlich.

Ina dachte nach. Ausführlich und angestrengt. Dabei

wurde ihr bewusst, dass die aufkommende Stille zwischen ihr und Agneta überhaupt nicht unangenehm war.

»Nicht viel«, gestand sie sich schließlich selbst ein. »Nur, dass er Viggos bester Freund war und die beiden sich bei meinem ersten Besuch auf dem Tingsmålahof fürchterlich meinetwegen gestritten hatten ...« Kurz fragte sie sich, ob Mats von ihrer Affäre wusste. Hatte Viggo sich ihm anvertraut? Sie sah Agneta an. »Und ich weiß, dass du mit ihm im Clinch wegen des Hofes gelegen hast.«

Agneta verzog die Lippen. »Das weiß jeder. Und vermutlich macht mich das für die Polizei zur Hauptverdächtigen.«

Ina schob die Brauen zusammen. »Hast du denn kein Alibi?«

Sie war überrascht, als sich in Agnetas Gesicht für einen kurzen Moment blanke Panik widerspiegelte. Der Ausdruck war aber so schnell wieder verflogen, dass Ina nicht sicher war, ob sie ihn wirklich gesehen hatte.

»Ich habe Mats nie leiden können«, sprach Agneta weiter, ohne auf die Frage einzugehen. »Ich würde nicht so weit gehen und behaupten, dass ich ihn gehasst habe.« Sie machte eine kurze Pause, bevor sie weitersprach. »Aber viel hat nicht dazu gefehlt.« Sie schüttelte den Kopf. »Ich habe nie verstanden, was Viggo und ihn verbunden hat.«

»Nun, oftmals reicht es, das gleiche Alter zu haben und am selben Ort aufzuwachsen.« Zum ersten Mal fragte Ina sich, ob sie und Agneta ebenfalls hätten Freundinnen werden können, wenn sie am selben Ort aufgewachsen wären. Zweifellos waren sie auf einer Wellenlänge.

»Vermisst du Viggo sehr?«

Die Frage traf Ina vollkommen unvorbereitet. Weil ihre Hände schlagartig zu zittern begannen, setzte sie die Teetasse ab und starrte Agneta mit großen Augen an. In ihrem Blick lag aufrichtige Neugierde. Also antwortete sie auch aufrichtig.

»Hauptsächlich vermisse ich die Idee, die das gemeinsame Leben mit ihm in Schweden für mich bedeutet hätte«, gestand sie. »Viggos Tod bedauere ich sehr. Auch wenn du das bestimmt nicht hören magst, hat mir die Zeit mit ihm viel bedeutet.«

Agneta nickte gedankenverloren. »Mir auch.«

Das wiederum brachte Ina zum Schweigen.

»Trotz seiner Schattenseiten war er ein wunderbarer Mensch«, kam es leise aus dem Mund der Schwedin.

Ina schloss sich dem Nicken an. Mit Viggo war es ihr nie langweilig gewesen. Bei keinem anderen Mann hatte sie sich je so sehr gehen lassen können. Vor allem hatte sie in Viggos Gegenwart immer sie selbst sein können und sich nie verstellen müssen. Er hatte ihr das Gefühl gegeben, dass sie genau richtig war, so wie sie war. Das war ein schönes Gefühl. Ihr Exmann war da ganz anders gewesen. Immerzu hatte er sie kritisiert und versucht, sie in eine Rolle zu zwängen, die ihr überhaupt nicht lag. Die der fürsorglichen Ehefrau, die sich ihrem Mann unterzuordnen hatte. Himmel, sie war wirklich einige Generationen zu früh geboren.

Viggo war nie so gewesen. Stets waren sie einander auf gleicher Augenhöhe begegnet. Ihre Lippen verzogen sich zu einem Lächeln. Unzählige Erinnerungsfetzen schossen ihr in den Sinn. Und dann schlug die Schwermut zu. Ohne Vorwarnung und absolut unvorbereitet. *Herrje, ich vermisse Viggo!*

»Ich glaube, wir beide hätten Freundinnen werden können.«

Ina traf es ein weiteres Mal, als sie sich im gütigen Lächeln ihres Gegenübers verlor.

»Vielleicht hätte ich dich sogar als Affäre akzeptiert, wenn wir voneinander gewusst hätten.« Agnetas Lächeln verlor sich. »Und wenn Viggo dich nicht geliebt hätte.« Sie schloss die Augen für einen Moment, schien sich ihrer eigenen Schwermut hinzugeben. »Ein körperliches Verlangen ist eine Sache«, sagte sie nach einer Weile. »Damit wäre ich womöglich klargekommen. Aber Liebe?« Sie sah Ina lange an. »Liebe ist ein ganz anderes Kaliber.«

»Du kannst nicht wissen, ob er mich geliebt hat«, sagte sie.

»Oh, natürlich hat er das. Ich weiß es.«

Ina blinzelte. »Woher?«

Agneta legte die Hand auf die Brust. »Ich habe von Anfang an gespürt, dass mir nicht sein ganzes Herz gehörte, dass es noch jemand anderen in sich trug. Aber fühlen ist nicht wissen. Und ich bin wirklich gut darin, Dinge zu verdrängen.«

Ina wusste nicht, was sie dazu sagen sollte. Also widmete sie sich wieder ihrem Tee.

»Und als ich dich dann gesehen habe, direkt vor meiner Nase, da ist aus dem Gefühl Gewissheit geworden. Du warst die andere Seite, die Viggo brauchte, um glücklich zu sein.« Ein seltsames Funkeln war in ihren Augen zu sehen. »Vielleicht brauchte Viggo uns beide, um uns glücklich zu machen.«

»Wenn du gespürt hast, dass es da noch jemand anders gab«, setzte Ina an. »Warum hast du dich dann auf Viggo eingelassen?«

»Ich weiß es nicht«, erwiderte Agneta. Dann ließ sie die Brauen tanzen. »Warum du?«

Weil er mir guttat, dachte Ina sofort. Doch sie brachte die Worte nicht über die Lippen. Stattdessen winkte sie ab. »Ich war ja nicht mit ihm zusammen.«

»Du warst genauso mit ihm zusammen wie ich. Über all die Jahre. Nur, weil ihr euch nicht ständig gesehen habt, bedeutet das nichts anderes.« Ohne Vorwarnung begann Agneta zu lachen. »Irgendwie ist das witzig, finde ich.«

Ina fand daran überhaupt nichts komisch.

»Im Grunde waren wir beide durch Viggo ebenfalls über all die Jahre verbunden.« Sie blinzelte sie schlitzohrig an. »Eine Art Seelenverwandtschaft. Wir ahnten voneinander, ohne wirklich etwas zu wissen.«

Damit traf Agneta den Nagel auf den Kopf. Ina war nicht dumm. Ihr war klar gewesen, dass ein gut aussehender, charismatischer Mann wie Viggo auch andere Frauen gehabt hatte. Tief im Innersten hatte sie immer eine bildhübsche, tiefgründige Frau wie Agneta an seiner Seite gesehen. Bloß hatte sie es weder wahrhaben noch genauer darüber nachdenken wollen.

Agneta seufzte betrübt. »Ich vermisse Viggo auch«, kam es ihr über die Lippen. »Es war ein schönes Leben mit ihm. Aufregend und alles andere als langweilig.« Sie schmunzelte vor sich hin. »Mit einem Mann wie Viggo konnte man nie wissen, was der nächste Tag brachte.«

»Das ist wohl wahr.« Ina nippte an dem Tee, schmeckte nunmehr Aromen von Quitte und noch etwas anderes heraus. *Vielleicht Mango?*

Agneta seufzte wieder. »Nur schade, dass Viggo so schrecklich unromantisch war.«

Ina verschluckte sich an ihrem Tee und hustete so sehr, dass sich etwas davon auf dem Tisch verteilte.

Agneta betrachtete sie misstrauisch, was Ina dazu veranlasste, noch ein wenig länger dafür zu brauchen, sich wieder zu beruhigen. Die blauen Augen ihrer Gastgeberin ruhten während ihres Erstickungskampfes anhaltend auf ihr. Forschend. Musternd. Lauernd.

»Alles in Ordnung?«, fragte sie.

»Ja, warum?«

»Wegen deiner Reaktion.«

»Ach!« Ina vollführte eine wegwerfende Geste – so wegwerfend, dass noch mehr Tee aus der Tasse schwappte. Ausgerechnet auf die gute Tischdecke.

»Findest du denn nicht auch, dass Viggo unromantisch war?«

Ina schwieg. Sie schwieg und wünschte sich, dass bereits das Beamen erfunden worden wäre, um diesem beschwörenden Blick aus kornblumenblauen Augen zu entkommen.

Agneta zog auffordernd die perfekt gezupften Brauen hoch.

»Nun ja«, ließ Ina sich zu einer Erwiderung hinreißen und erkannte im selben Moment, dass sie aus dieser Situation nicht mehr herauskam. Agneta wollte es wissen. Und bei allen nordischen Göttern: Sie hatte ein Recht darauf. Also sagte sie: »Viggo war der romantischste Mann, den ich je kennengelernt habe.«

Agneta lachte tonlos. »Entweder kanntest du sonst nur Holzfäller, oder aber wir beide hatten einen gänzlich anderen Viggo zum Partner.«

Ina dachte an ihren Exmann zurück. Auch er war romantisch gewesen. Irgendwie. Zumindest, wenn man eine ausgelegte Spur von Rosenblättern quer durch den Flur bis ins Schlafzimmer, wo besagter Romantiker sie in einem Herz von Teelichten splitternackt mit einer Rose zwischen den Zähnen empfing, als romantisch empfand. Unwillkürlich schauderte es sie – noch einmal zum Nachteil der hübsch bestickten Tischdecke.

»Was hat Viggo in deinen Augen denn so romantisch gemacht?«, setzte Agneta nach.

Ina presste die Lippen zusammen. Sie wollte es nicht erzählen. Nicht ihr. Und noch weniger wollte sie sich im Detail daran zurückerinnern. An das wohl romantischste Erlebnis, das sie je erfahren durfte. An ein Abenteuer, an das sie sich ganz bestimmt selbst dann noch würde erinnern können, wenn sich eine widerliche Krankheit wie Alzheimer durch ihr Gehirn fräße.

Über ihre Tasse hinweg beugte Agneta sich über den Tisch.

Diese Augen, wie geschaffen, um vorwurfsvoll zu schauen. *Erzähl es mir,* forderten sie. *Erzähl es mir sofort!*

Also erzählte Ina es ihr.

»Es ist Jahre her«, begann sie leise, die Hälfte des Gesichts hinter der Teetasse verborgen, die sie mit beiden Händen umklammerte. »Wir hatten uns für ein Wochenende in Berlin getroffen.« Sie blickte stur nach vorn.

»Berlin«, entgegnete die Schwedin knapp.

Ina erzählte nichts von dem vorangegangenen Besuch auf der Museumsinsel. Sie wollte ihr nicht einen weiteren Stich versetzen und sie daran erinnern, dass Viggo ein großer Kunstliebhaber war. Allein diese Erkenntnis musste Agneta bereits hart getroffen haben.

»Es war unser letzter Tag. Wir hatten nur noch diesen einen Abend, bevor Viggos Flug zurück nach Schweden ging.« Sie zögerte kurz, fügte hinzu: »Damals ist man eben noch geflogen«, entschuldigte sie sich auf der Stelle. »Doch bevor er abreiste, wollte er unbedingt noch das Brandenburger Tor besichtigen. Also sind wir mit der Straßenbahn nach Berlin Mitte gefahren und standen direkt davor. Es war die Hölle los. Du musst wissen, es war mitten in der Weihnachtszeit, und die Stadt wimmelte von Touristen aus aller Welt.« In Erinnerungen versunken, schloss sie die Lider. »Der ganze Platz war festlich geschmückt, mit unzähligen Lichtern, Weihnachtsbäumen und übergroßen Nussknackerfiguren – geradezu kitschig.« Ina lächelte, Agneta nicht. Also hörte auch sie wieder damit auf. »Direkt vor dem Torbogen spielte ein kleines Orchester ein Weihnachtslied.« Sie versuchte, sich an das Stück zu erinnern, schaffte es aber nicht.

»Sehr romantisch«, entgegnete Agneta kühl.

»Es wurde noch romantischer«, versprach Ina. »Denn Viggo hatte dort ein Candlelight-Dinner für mich organisiert.«

»Candlelight-Dinner«, wiederholte Agneta, pure Skepsis im Blick. Langsam neigte sie den Kopf. »Ihr hattet ein Candlelight-Dinner vor dem Brandenburger Tor?«

»Nein.« Ina schluckte angestrengt, um genug Spucke für die nächsten Worte zu sammeln. »Nicht vor dem Brandenburger Tor. Wir hatten es *im* Brandenburger Tor.«

Agneta schaute völlig perplex drein. Selbst für Ina war es noch immer ein Rätsel, wie Viggo dieses Erlebnis damals hatte möglich machen können. Er hatte es ihr nie erklärt, sondern mit Leidenschaft den Geheimnisvollen gemimt. Ein Umstand, den Ina nur noch hatte verrückter nach ihm werden lassen. Bei den einrieselnden Erinnerungen schlossen sich ihre Augen wieder wie von selbst. »Viggo nahm mich an die Hand und führte mich durch eine kleine Tür in das Gebäude, das direkt an das Brandenburger Tor grenzt.« Sie spürte, wie ein Lächeln über ihr Gesicht zog. »Dort wurden wir von einem Mann empfangen. Er war älter und gut angezogen. Er hat kein Wort gesprochen, nur genickt und geheimnisvoll gegrinst. Und dann hat er uns eine schmale, steile Treppe hinaufgeführt. Es war beinahe stockdunkel. Schließlich öffnete sich eine kleine Luke, die auf das Dach des Torhauses führte.« Sie lachte leise vor sich hin. »Es war … surreal. Unter uns im Halbdunkel all die Menschen, das Orchester, das Weihnachtslieder zum Besten gab. Und über alledem wir, die einen geheimen Weg betraten und über eine Klappe in das Denkmal gelangten.«

»*In* das Brandenburger Tor?«

Ina nickte heftig, berauscht von den Erinnerungen an diesen Abend, die ihr eine Gänsehaut bescherten. Sie erinnerte sich an die weiß getünchten Wände und den Holzfußboden, der so stark poliert gewesen war, dass sich das Kerzenlicht darin gespiegelt hatte. Überall im fensterlosen Raum hatten Kerzen gebrannt. Ihr kamen auch wieder die hohen gewölbten Decken in den Sinn. In der Mitte war ein runder Tisch für zwei Personen eingedeckt gewesen. An das Essen selbst hatte Ina kaum noch Erinnerungen, dafür waren ihr andere Einzelheiten präsent, die sie Agneta gegenüber verschwieg. Sie stellte die Tasse ab und strich sich über die Unterarme, um sie zu vertreiben.

»Du willst mir allen Ernstes erzählen, dass Viggo für dich ein Dinner *im* Brandenburger Tor organisiert hat?«

Im Anschluss hatte er noch weit mehr als das getan, aber zumindest dieses Geheimnis behielt Ina für sich. Auf jeden Fall konnte sie von diesem Tag an das Tor nicht mehr anschauen, ohne glühende Ohren zu bekommen. Nie wieder war ihr etwas Romantischeres und Leidenschaftlicheres widerfahren, als diese gemeinsamen Stunden in der Soldatenkammer des Brandenburger Tors.

Ina streckte entschuldigend die Hände von sich. »Ich sage nur, wie es war.« Sie musterte Agneta, beobachtete ihre Reaktion auf das Gehörte. Zugleich überkam sie ein schlechtes Gewissen. Nicht nur der Romantik wegen. Auch an diesem Wochenende hatte Viggo sämtliche Kosten übernommen. Dabei hatte er es sich finanziell doch gar nicht erlauben können, wie sie nunmehr wusste. Mit einem Mal fühlte sie sich mitverantwortlich für die Misere um den Hof.

»Ich verstehe überhaupt nichts mehr.« Agneta ließ sich tief in den Sitz fallen. Dabei klimperte sie heftig mit den Wimpern, als versuchte sie, die Tränen zurückzuhalten.

Ina wurde schwer ums Herz. Sie konnte nur erahnen, was in der Schwedin vorging. Derart hart konfrontiert mit der Realität, konnte man schnell den Boden unter den Füßen verlieren. Sie hasste sich dafür, dass ihre Worte diese warmherzige Frau so sehr trafen. Aber manche Dinge mussten eben ausgesprochen werden. Voller Schuldgefühle beobachtete sie Agneta, deren Lippen bebten. Sie rang sichtlich um Fassung. Was wohl gerade genau in ihr vorging? Verletzung? Enttäuschung? Vermutlich beides.

Nach einer ganzen Weile des Schweigens riss Agneta den Mund auf, um tief Luft zu holen. »Nicht nur, dass ich die wildesten Dinge über meinen Mann erfahren muss. Jetzt treibt auch noch ein Mörder sein Unwesen auf unserem Hof.« Sie starrte Ina mit feuchten Augen an. »Mats ist tot. Eiskalt ermordet!«

»Und dafür muss es einen Grund geben.« Nur zu gerne griff Ina den Faden auf. Hauptsache, das Gespräch führte ganz weit weg von Viggos romantischer Ader. »Ich kann nicht glauben, dass Menschen einfach so töten. Es muss ein Motiv geben. Und das müssen wir finden.«

»Wir?« Agneta suchte ihren Blick.

Ina grinste verschwörerisch. »Nun ja, irgendjemand muss den Fall doch schließlich lösen.«

KAPITEL 29

»Waff! Waff! Waff!«

Ina fühlte sich wie paralysiert. Ihr Hund zerrte sie aus der tiefsten Schlafphase und ließ sie mit der Orientierung kämpfen.

»Waff! Waff!«

Sie riss gleichzeitig die Augen auf und die Bettdecke von sich. »Himmel, was hast du denn?«

Sie setzte sich auf, rieb sich die Traumfetzen aus den Augen.

Zeus bellte unentwegt weiter, wollte sich überhaupt nicht mehr beruhigen. Wie ein tasmanischer Teufel hüpfte er vor dem Fenster auf und ab, um einen Blick nach draußen zu erhaschen. Als ihm klar zu werden schien, dass er mit seiner Größe niemals dieses Ziel erreichen würde, sprang er kurzerhand aufs Bett und hüpfte dort herum. Nun war auch Inas Neugierde geweckt. Mit dem wilden Gebell drang nämlich ein weiteres Geräusch an sie heran, das zuvor so sehr im Hintergrund gewesen war wie ein sich ankündigender Tinnitus. Doch drängte es sich zunehmend in den Vordergrund. Ein Knattern und Brettern, das Ina erst eine Gänsehaut, dann eine Panikattacke bescherte, als ihr klar wurde, was sie da hörte. Sie schwang sich aus dem Bett und war mit zwei Schritten am Fenster, wo sie die hauchdünnen Schlaufenvorhänge zur Seite riss. Ein greller

Strahl blendete sie. Sie rieb sich den Schmerz aus den Lidern. Zeus ließ sich gar nicht mehr beruhigen, sprang wieder vom Bett und hüpfte an Inas Beinen herum. Sie nahm ihn auf den Arm, und nun gab es für den kleinen Hund kein Halten mehr. Er bellte und knurrte, als wollte er den Teufel persönlich vertreiben. Ganz unrecht hatte er damit nicht, denn was diesen Höllenlärm verursachte, waren knatternde Motorräder, die im Höllentempo über die Schotterstraße heizten.

»Die Road Devils sind zurück!«, sprach sie ihren Gedanken laut aus.

Unmittelbar vor ihrem Gartenzaun bremste eine Maschine scharf ab und drehte sich um hundertachtzig Grad. Kleine Steinchen stoben auf und schlugen gegen die Fensterscheibe. Ina und der Hund zuckten erschrocken zurück. Für einen kurzen Augenblick war es still, doch schon in der nächsten Sekunde heulte Zeus mit dem Höllengefährt um die Wette. Ina fuhr herum, setzte ihn auf dem Bett ab und eilte aus dem Schlafzimmer, während sie sich im Vorbeigehen ihren Kimono schnappte, der über der Stuhllehne vor der Schminkkommode hing. Sie streifte sich ihn im Gehen über. Mit dem Öffnen der Haustür waren sowohl die Lautstärke als auch der Benzingestank unerträglich, der ihr entgegenschlug. Es waren bestimmt ein Dutzend Motorräder, deren zappelnde Scheinwerfer durch die Nacht schnitten. In den umliegenden Häusern sprangen die Lichter an, Menschen traten nach draußen.

Was ging hier nur vor sich? Obwohl ihr das Blut mit Hochdruck durch die Adern jagte, hielt sie auf das Gartentörchen zu, trat auf die Straße und stellte sich dem erstbesten Motorradfahrer entgegen. Dieser bremste seine Maschine scharf ab, kam ins Schlittern und stoppte gerade noch rechtzeitig vor Inas Füßen, indem er sich zur Seite legte. Sie wurde von unzähligen Steinchen bespritzt, die piksten wie tausend kleine Nadelstiche. Doch sie blickte dem Fahrer stoisch entgegen, dessen Nase und Mundpartie hinter einem schwarzen Tuch verborgen waren. Auf dem Kopf hatte er einen topfartigen Helm, der sie entfernt an den eines Soldaten erinnerte.

Ina warf aufgebracht die Arme hoch.

»Was soll dieser Unsinn?«, schrie sie dem Mann auf Deutsch entgegen. Darauf folgte ein wortloses Blickgefecht – das sie verlor. Blinzelnd zog der Biker am Gashebel, ließ den Motor kreischen und schlitterte voran, an Ina vorbei, um sich den anderen Motorrädern anzuschließen, die wie wild gewordene Shetlandponys über den Hof jagten. Sie blickte ihm nach und erkannte das große Emblem auf der Lederkutte, die er über einer ausgefransten Jeansjacke trug. Es zeigte einen Totenkopf mit Teufelshörnern, die sie jüngst für Wikingerhörner gehalten hatte.

Während sie so dastand und fassungslos das Treiben verfolgte, stellten sich zwei Gestalten neben sie. Es waren Svante und Ebba. Letztere hielt sich die Ohren zu, was Ina ziemlich verwunderte. Einmal mehr fragte sie sich, wie schlecht es wirklich um das Gehör der alten Frau stand. Svante hatte wieder seine Axt dabei, dessen Griff er mit beiden Händen umspannte. »Denen werd ich's zeigen!« Mit geschwellter Brust trat er voran. Ina stürzte sich sogleich auf ihn, versuchte, ihn zurückzuhalten. Es gelang ihr jedoch erst mit Ebbas Hilfe, die die andere Seite des Mannes enterte.

»Ruhig Blut«, sagte Ina. »Gegen alle wirst auch du nichts ausrichten können.«

Als Antwort schwang er kurz die Axt.

»Mach hier bloß keine Dummheiten«, ermahnte Ebba ihn ernst.

»Aber wir können uns das doch nicht von denen gefallen lassen!«

Ebba schüttelte den Kopf und legte die Hände auf die Axt, anscheinend für den Fall, dass Svante sich doch losreißen wollte. »Sie versuchen, uns einzuschüchtern. Wir dürfen ihnen nicht zeigen, dass ihnen das gelingt.«

Für Inas Verhältnisse gelang ihnen das sogar außerordentlich gut. Das Herz sprang ihr wild in der Brust herum. Diese Rowdys jagten ihr mit ihrem üblen Getue und dem Getöse ziemliche Angst ein. Deshalb befand sie: »Wir sollten die Polizei rufen.«

Svante nickte hart. »Ja! Das sollten wir.«

Doch keiner der drei setzte sich in Bewegung. Stattdessen sahen sie den Motorrädern nach, die über die engen Wege dicht an den Menschen vorbeischossen. Ein paar von ihnen hatten sich unten am Seeufer versammelt. Ina sah, wie das Licht im Wohnwagen ansprang und kurz darauf Ashley zum Vorschein kam. Mit einem Wischmopp in der Hand, den sie wie einen Speer schwang, stürmte sie auf die Biker zu, die tatsächlich auf Abstand gingen.

Ina musste unwillkürlich grinsen. Die Amerikanerin gefiel ihr. *Vielleicht*, dachte sie, *hat Svante recht, und wir sollten uns zur Wehr setzen.* Sie lockerte den Griff um Svantes Arm und schwor sich, ihm zu folgen, wenn er nun losstürmen würde. Doch das tat er nicht. Sein anfänglicher Kampfeswille schien abgeflaut zu sein. Dennoch machten die Motorräder einen großen Bogen um sie, vermutlich weil sie die Axt in Svantes Hand erblickten, wobei Ina seinen grim-

migen Gesichtsausdruck hinter dem Bart viel angsteinflö-
ßender fand. Svante war ganz bestimmt kein Mann, mit
dem man sich freiwillig anlegte – nicht mal Mitglieder einer
wild gewordenen Motorradgang.

Das stürmische Herumgebrumme ging noch eine ganze
Weile weiter. Immer mehr Menschen versammelten sich um
Svante, Ebba und Ina herum und versperrten die Straße,
sodass die Motorräder ihren Radius verlegen mussten und
zunehmend in Nähe des Ufers ihre Kreise zogen, wo sie
wiederum einen großen Bogen um Ashley machten, die
noch immer den Wischmopp schwang und nur darauf zu
warten schien, den Erstbesten mit einem Lanzenstich vom
Sattel zu heben.

Ein wenig war Ina überrascht, dass sich die gestandenen
Biker tatsächlich davon einschüchtern ließen. Im Grunde
schienen sie gar nicht die Absicht zu haben, ihnen etwas zu
tun. Ebba hatte wohl recht, es ging wirklich nur um eine
Einschüchterung.

Und dann war es so schnell vorbei, wie es begonnen hatte. Die Motorräder sammelten sich in Höhe des Streichelzoos, wo sich das Geblöke der Ziegen mit den aufheulen-
den Motoren vermischte. Wie an einem unsichtbaren Band
gezogen, knatterten sie dicht hintereinander die breite Straße entlang, die aus der Siedlung hinausführte. Sie alle sahen
ihnen nach, und Ina spürte, wie sich ihr Herzschlag verlangsamte. Mit Erleichterung folgte ihr Blick der Spur der
Rücklichter, die sich den Hügel zum Horizont hinaufzog.
Der Motorenlärm wurde zunehmend leiser und war schon
bald nur mehr eine vage Erinnerung in ihren Ohren.

»Sie sind weg!«, sagte jemand. Ina drehte sich um und
erkannte Astrid, die Besitzerin des Souvenirladens, die in

einem Nachthemd steckte, das ihr bis zu den Knöcheln reichte. Darunter waren Plüschpantoffeln zu erkennen, an deren Seiten Hasenohren in die Höhe ragten.

»Was ist bloß aus unserer ruhigen Siedlung geworden?« Sie warf einen scharfen Blick in die Gesichter der umherstehenden Leute und schüttelte verächtlich den Kopf. Niemand gab ihr eine Antwort. Ina musterte Astrid noch eine Weile, sagte aber ebenso wenig dazu.

»Was machen wir denn nun?«, fragte sie weiter.

»Die Polizei rufen!«, schlug jemand vor.

Unruhiges Gemurmel erklang.

»Wir sollten einen Wachtrupp gründen!«, sagte Nils, der sich ebenfalls zu ihnen gesellt hatte. Er trug ein weißes Shirt, und seine Hände waren voller Mehl, woraus Ina schloss, dass er wohl gerade aus der Backstube gestürmt war, die erst am späten Nachmittag von der Polizei wieder freigegeben worden war. Das Hofleben musste schließlich weitergehen. Leider war die Knetmaschine hinüber und befand sich nun in der hofeigenen Reparaturwerkstatt, wie sich Ina erinnerte. Dort wollten Janis und Svante sie auf Vordermann bringen, wenngleich Ina die Vorstellung, darin wieder Teig zu kneten, reichlich befremdlich fand. Aber das Leben in der Abgeschiedenheit veranlasste zu pragmatischem Handeln.

»Er ist weg!«, ertönte eine hysterische Stimme. »Janis ist weg!«

Es war Agneta, die auf sie zugestürmt kam. Anstelle des Negligés trug sie in dieser Nacht ein langes hellblaues Hemd, das um ihre nackten Beine flatterte. Sie war barfuß und schien sich überhaupt nicht an den kleinen Steinen zu stören, die den Weg bedeckten.

»Janis ist fort!«, rief sie noch einmal. Als sie unmittelbar vor ihnen stand, sah Ina Tränen in ihrem Gesicht, was sie nachhaltig erschütterte. Seit sie Agneta kennengelernt hatte, war sie der Mensch gewordene Sonnenschein, und ihre Zuversicht schien grenzenlos. Nun wirkte sie völlig aufgelöst.

»Sie haben ihn entführt!« Als Ebba auf sie zutrat und sie in die Arme nahm, weinte Agneta hemmungslos. Schluchzend stürzten die Worte aus ihrem Mund: »Sie haben sich Janis geschnappt. Ich habe gesehen, wie sie ihn weggezerrt haben.«

Svante schlug nach dem Stil der Axt, die der Länge nach zu Boden fiel. »Diese Dreckskerle«, brummte er. »Das wilde Herumgetue war nur ein Ablenkungsmanöver!«

»Wir müssen die Polizei rufen!«, forderte Ina und wollte sich in Bewegung setzen, doch Agneta hielt sie mit ausgestreckten Armen auf. »Nein. Keine Polizei!«

KAPITEL 30

Lars war in den letzten Tagen so oft hinaus ins Hinterland gefahren, dass er selbst seinen Hund hinter das Steuer hätte setzen können, und Gus hätte den Weg zum Tingsmålahof gefunden. Er kannte durchaus schlechtere Ziele, die man an einem gemütlichen sonnigen Morgen vor Augen haben konnte. Dafür gab es weitaus angenehmere Gründe, um diesem Hof einen Besuch abzustatten. Hinter dem nächsten Hügel tauchten bereits die rot getupften Häuser der Siedlung auf. Aus manchen zogen über den Schornsteinen fade Nebelschlieren hinweg, die sich im nahezu wolkenfreien hellblauen Himmel verloren. Lars gähnte. Er war kein Morgenmensch, zumal ihn sein Vater in dieser Nacht auf Trab gehalten hatten. Die Wände der Wohnung waren unverschämt dünn, und nachdem Ove am Abend zuvor ein Gläschen zu viel von seinem geliebten Branntwein getrunken hatte, schnarchte er wie ein Braunbär im Winterschlaf. Da halfen selbst Ohrstöpsel nichts. Zu allem Überdruss hatte sich Gus dem Geschnarche angeschlossen und gezeigt, was eine lange Hundeschnauze für Töne erzeugen konnte.

Er war nicht wenig wütend auf seinen Vater. Ebenso auf seinen Hund. Wobei der Hund nichts für seine Nebenhöhlen konnte, sein Vater aber sehr wohl für den Genuss des Weinbrands. Natürlich war das unfair. Ove konnte tun und lassen und trinken, was er wollte, immerhin war es seine Wohnung. Und doch wünschte Lars sich etwas mehr Rücksicht. Sein Vater wusste ganz genau, dass er durch den Alkohol schnarchte wie ein Trupp Bauarbeiter. Selbst Mutter hatte ihm das stets zum Vorwurf gemacht. Gus wusste wahrscheinlich nicht einmal, dass er schnarchte.

Genau genommen war Lars wütend auf die ganze Welt. Immerhin war er gestern in den frühen Morgenstunden mit einer im Knäckebrotteig steckenden Leiche konfrontiert worden. Es war also die zweite Nacht in Folge, in der er keinen ausreichenden Schlaf bekommen hatte.

Er schnaufte, während er das Lenkrad umklammerte und angestrengt die Augen offen hielt.

Dabei hatte der Hund ihn erst auf die Spur gebracht. Sein Vater. Nicht Gus. Ohne ihn hätte er der Sache keine große Bedeutung beigemessen. Und das machte alles nur noch mysteriöser. Kurz fragte er sich, ob es wirklich eine gute Idee war, allein hier rauszufahren. Andererseits hatte er das Gefühl, es ihr schuldig zu sein. Auf irgendeine Weise. Er mochte diesen Ort. Man hatte ihn herzlich aufgenommen. Trotz all der Umstände, die so ... verrückt waren.

Diese Müdigkeit ...

Er manövrierte den Streifenwagen durch den Torbogen. Wie auf Kommando gab Gus ein leises Knurren von sich, was Lars ein wenig erheiterte. »Was ist los?« Er blickte auf den Beifahrersitz, auf dem der Hund saß und aus dem Fenster schaute. »Denkst du gerade an den kleinen Kläffer von der Deutschen?«

Gus setzte ein kehliges Knurren nach. Lars tätschelte die breite Brust des Hundes, der genau genommen in den Kofferraum in seine Hundebox gehörte. Aber Lars fuhr stets vorsichtig, wenn er Gus neben sich hatte, und gönnte sich dessen Nähe auch nur bei langen Fahrten auf der Landstraße. Von Ausnahmen abgesehen, die jedoch zur Folge hatten, dass der Schäferhund immer unwilliger in den Kofferraum stieg.

Vor den ersten Häusern verlangsamte er die Fahrt – hauptsächlich deshalb, um sich nicht den Lack des Wagens mit dem Rollsplit zu ruinieren. Kurz überlegte er, welches das richtige Haus war. Das Meer an bunten Blumen, die regelrecht aus dem Vorgarten sprudelten, erleichterte ihm die Suche.

Kaum hatte er vor dem weiß gestrichenen Staketenzaun geparkt, öffnete sich die Haustür.

Lars stieg aus, schob sich die Mütze zurecht und schlug die Tür vor Gus' Schnauze zu, der unzufrieden bellte. Lars wartete, bis die Frau mit den strohblonden Haaren das Gartentor erreicht hatte und an ihn herantrat. Eigentlich wollte er ihr entgegengehen und die Angelegenheit in ihrem Haus besprechen. Doch etwas lag in dem Blick der Frau, das ihm einen Strich durch seinen Plan machte.

Sie begrüßte ihn mit den Worten: »Wer hat dich gerufen?«

Lars neigte den Kopf und rückte dann seine Mütze zurecht.

»Wie bitte?«

»War es Ebba? Hat sie dir von Janis erzählt?«

»Ebba?« Lars konnte seine Irritation nicht verbergen. Er stemmte sich vom Wagen ab und machte einen Schritt auf sie zu. »Nun ja«, begann er zögernd und suchte noch nach den richtigen Worten. Er hatte keinen Schimmer, wovon die Frau sprach.

»Endlich! Die Polizei!«

Lars fuhr herum und sah die Deutsche mit einem Mann auf ihn zukommen. Dafür fehlte der kleine Hund.

Den Mann an ihrer Seite erkannte er als diesen einsilbigen Svante, von dem er noch immer nicht wusste, wie er ihn einzuschätzen hatte.

»Hast du dich nun doch dazu entschieden, die Polizei hinzuzuholen?«, fragte sie über ihn hinweg. »Eine sehr kluge Entscheidung.«

Nun war er nicht mehr der Einzige, der irritiert dreinblickte. Die ihm gegenüberstehende Frau wirkte ebenso verwirrt. Dafür sagte dieser Svante nichts, musterte ihn nur unverhohlen.

»Hast du ihm denn schon alles erzählt?«, stellte die Deutsche sogleich die nächste Frage. »Können wir noch etwas beisteuern?«, wandte sie sich nun an Lars.»Als Zeugen?«

»Zeugen?«, fragte Lars zurück und fühlte sich nur noch mehr im falschen Film. Er wurde das Gefühl nicht los, etwas gründlich verpasst zu haben.

Die Deutsche stupste den Mann an ihrer Seite an, der kurz überrumpelt wirkte, dann aber brummend nickte.

Lars betrachtete die beiden, versuchte, einen Sinn hinter dem Gehörten zu erfassen. Es gelang ihm nicht. Also griff er zu seinem ursprünglichen Plan zurück.

»Nun«, begann er. »Womöglich könnt ihr das in der Tat.« Er griff in die Hosentasche und brachte einen durchsichtigen Plastikbeutel zum Vorschein.

»Zunächst einmal hätte ich gerne eine Bestätigung, was diesen Gegenstand angeht.« Er wandte sich an die strohblonde Frau, die mit verschränkten Armen vor ihm stand und die Stirn runzelte, während ihr Blick auf dem Plastikbeutel ruhte, den Lars ihr vor die Nase hielt. Urplötzlich entglitten ihr die Züge.

»Das ist mein Anhänger.«

Lars nickte zufrieden. Hatte er sich also doch nicht getäuscht.

»Ich verstehe nicht.« Die Deutsche trat an ihn heran und betrachtete den Beutel ebenfalls. Kurz war Lars versucht, sie wegzuscheuchen, aber ganz so unhöflich wollte er nicht sein. Zumal er sie tatsächlich als Zeugin gebrauchen konnte.

»Was hat dieser Anhänger mit Janis zu tun?«

»Mit wem?«, fragte Lars prompt zurück. Er spürte, wie sich seine Stirnfalten zusammenschoben.

»Mit Janis!«, sagte nun auch der Mann.

Lars senkte die Tüte. »Ich habe keinen Schimmer, wovon ihr sprecht. Ich bin nicht wegen einem Janis hier, sondern wegen ihr.« Er reckte sein Kinn der blonden Frau entgegen.

»Wegen Agneta?«, fragte die Deutsche überrascht.

»Meinetwegen?«, fragte die blonde Frau noch überraschter.

»Diesen Gegenstand hat die Spurensicherung im Rührbottich gefunden«, sprach Lars über die allgemeine Überraschung hinweg und erntete damit nur noch mehr überraschte Gesichtszüge.

»In dem Rührbottich eurer Bäckerei«, wurde er konkreter. »In dem Bottich, indem der Tote kopfüber steckte.«

»Oh«, machte Agneta.

Ganz genau, dachte Lars. *Oh!* Er war aber noch nicht fertig.

»Die Spurensicherung geht davon aus, dass der Anhänger diesem Mats aus der Hand gefallen ist, als man ihn aus dem Bottich gewuchtet hat.«

Die Deutsche hatte den Blick wieder auf die Tüte gerichtet, machte sogar Anstalten, danach zu greifen, weshalb Lars sie in die andere Hand nahm.

»Diese Kette und den Anhänger ... den kenne ich doch«, sagte sie nachdenklich. »Haben wir nicht vorgestern, beim Mittsommerfest, darüber geredet?« Sie sah ihn nachdenklich an. »Gemeinsam mit deinem Vater?«

In der Tat hatten sie das. Dennoch ließ er ihre Frage unbeantwortet und wandte sich Agneta zu.

»Ich ... ich kann es erklären«, sagte sie auf seinen drängenden Blick hin.

»Ich hoffe sehr, dass du das kannst.« Lars schloss für einen kurzen Moment die Augen und legte den ernstesten Blick an den Tag, den er draufhatte: »Aber bedenke bitte, dass alles, was du jetzt sagst, gegen dich verwendet werden kann.«

»Himmel!« Sie fasste sich an den Hals. »Stehe ich etwa unter ... Mordverdacht?«

Lars ließ auch diese Frage unbeantwortet auf dem Gehweg stehen. Er trat auf die hintere Tür seines Wagens zu, öffnete sie, und prompt drängte sich ihm Gus' hechelnde Schnauze entgegen. Nach einem kurzen Kopfnicken von Lars zog der Hund sich jedoch zurück auf den Beifahrersitz.

»Nun ja.« Er wandte sich um, blickte der Frau in die intensiv blauen Augen. »Zumindest muss ich dich bitten mitzukommen«, sagte er. »Auf das Polizeirevier, nach Värnamo. Wir haben da einige Fragen an dich, die dringende Antworten verlangen.«

Agneta lachte unsicher und überdreht. Dem schloss sich dieser Svante an.

»Du glaubst doch nicht wirklich, dass sie Mats auf dem

Gewissen hat«, sagte er, noch immer lachend. »Mats war ein gestandener Mann, wie sollte eine zierliche Person wie Agneta ihn in die Schüssel bekommen? Kopfüber?«

Diese Frage hatte Lars sich ebenfalls gestellt. Aber das tat nichts zur Sache. Er hielt ein Indiz in der Hand beziehungsweise in der Tüte. Einen Verdachtsgrund, der viele drängende Fragen aufwarf und diese Frau in kein gutes Licht rückte.

Agneta zögerte mit dem Einstieg. Als sie sich dann doch dazu durchrang, verstellte ihr Svante den Weg.

»Einen Teufel wirst du«, brummte es brummig hinter seinem Bart hervor. Dabei sah er jedoch nicht Agneta an, sondern Lars.

»Bloß, weil deine Kollegen ihren Anhänger gefunden haben, kannst du nicht einfach so hier auftauchen und eine von uns verhaften.«

Doch, genau das kann ich. Dennoch hob Lars beschwichtigend die Hände. »Ich verhafte niemanden.« Wenngleich eine Gegenwehr genau darauf hinauslaufen würde. Denn der Fund bei dem Toten stellte die Frau vor ein großes Problem. Und es war nur seinem Einreden auf den Polizeichef zu verdanken, dass nicht gleich ein ganzer Mannschaftswagen hierhergefahren war, um genau das zu tun: sie zu verhaften.

»Ich verstehe das nicht«, meldete sich die Deutsche zu Wort. »Agneta sagte doch, sie hätte den Anhänger schon länger nicht mehr. Und wie kommt er überhaupt in den Bottich?«

»Genau das gilt es zu klären«, sagte Lars mit einer Engelsgeduld.

»Aber du hast doch ein Alibi, Agneta, nicht wahr?«, fragte sie nun die Frau.

Diese schwieg, doch Lars entging nicht, dass ihr Blick kurz zu Svante schweifte, der sichtbar schluckte. Lars hatte in einem Polizeikurs eine Menge über Körpersprache gelernt. Und auch im Blick der Deutschen änderte sich etwas. Tatsächlich rückte sie sogar ein wenig von dem Mann ab, als sich in ihrem Gesicht der Blick der Erkenntnis offenbarte. Lars hatte es bereits bei der Zeugenbefragung erfahren, dass der Brummbär und die Sängerin die Nacht gemeinsam verbracht hatten. Und wenn schon. Ein Alibi war das noch lange nicht. Immerhin hatte sich die Frau aus dem Haus stehlen können, während der Mann schlief. Oder sie beide waren in diese Sache verstrickt.

Wieder hob er die Plastiktüte an. »Ein weiterer äußerst mysteriöser Umstand ist, dass dieses Schmuckstück sich eigentlich überhaupt nicht in deinem Besitz hätte befinden dürfen.« Damit sprach er das Mysteriöseste von allem an.

Agneta fasste sich wieder an den Hals. Für Lars sah es aus, als tastete sie ihn ab, als würde sie das Fehlen der Kette erst jetzt bemerken.

Einen Moment fragte er sich, ob nun ein guter Zeitpunkt war, diesen Trumpf auszuspielen. Vielleicht ja. Vielleicht nein. Doch er war zu neugierig auf die Reaktion der Frau. »Mein Vater hatte mit seiner Entdeckung recht«, brachte er schließlich hervor. »Dieses Schmuckstück ist tatsächlich das besagte verschollene Stück aus dem Besitz der Königsfamilie.« Nun war er es, der ausgiebig schluckte, weil das alles noch immer so abwegig klang. »Da stellt sich schon die Frage, wie du wirklich an diese Kette gekommen bist, nicht wahr?«

Die Frau blieb stumm, doch ihr Blick drückte pure Fassungslosigkeit aus.

»Zumal du meinem Vater gegenüber behauptet hast, du hättest die Kette mit dem Kronenkreuz gar nicht mehr.« Er bedachte sie mit hochgezogener Braue. »Wieso taucht sie dann urplötzlich, nur wenige Stunden später, wieder auf? In direkter Nähe eines Toten?«

Sein Blick richtete sich auf Svante, der noch immer den Weg versperrte, dann zögernd zur Seite trat.

»Aber ... du hast gesagt, dass du den Anhänger damals von Viggo ...«, kam es brüchig aus dem Mund der Deutschen.

Agneta schwieg weiter. Lars glaubte, ein unbestimmtes Nicken erhascht zu haben. Sicher war er sich nicht.

Svante fuhr sich mit der Hand über den Bart. »Von der Königsfamilie«, kam es leise dahinter hervor, als müsste er es laut aussprechen, um diese Tatsache begreifen zu können.

»Ich sage es nicht gern«, wandte Lars sich an Agneta. »Aber du bist uns einige Antworten schuldig.« Er richtete den Finger auf sie. »Und es sollten gute Antworten sein.«

Agneta schien es Mühe zu kosten, ihn anzuschauen. Sie senkte den Kopf und beugte sich vor, um auf dem Rücksitz des Streifenwagens Platz zu nehmen.

»Hast du einen Anwalt?«, fragte Lars in den Wagen hinein. »Du solltest ihn anrufen.«

Lars schloss die hintere Tür, nickte Svante und der Deutschen zu und nahm selbst hinter dem Steuer Platz, wo eine hechelnde Hundeschnauze ihn bereits erwartete.

Er fuhr nicht sofort los, sondern schnaufte erst einmal tief durch. Auch ihn nahm die Situation mit, weil sie so absonderlich und mysteriös war. Er blickte in den Rückspiegel und erspähte seinen aufgelösten Fahrgast.

»Stecke ich in Schwierigkeiten?«, fragte sie geradeheraus.

»Das kommt ganz darauf an.« Er drehte den Kopf zu ihr herum und stieß dabei beinahe mit Gus hechelnder Schnauze zusammen. Sein strenger Hundefutteratem schlug ihm entgegen. Heute Morgen hatte es Wildente gegeben.

»Wie kann es sein, dass exakt diese Kette mit dem auffälligen Anhänger, von dem du vorgibst, ihn seit Jahren nicht mehr zu besitzen, bei einem Toten gefunden wird?« Er ließ sie nicht aus dem Blick. »Obendrein in eurer Backstube, wohlgemerkt.« Sie wandte sich zur Seite, schaute aus dem Fenster, ohne ihm eine Antwort zu liefern. Warum nicht? Er musterte sie weiter. Sie wollte einfach nicht mit der Sprache rausrücken. Irgendetwas verschwieg sie. Aber was? Dutzende Möglichkeiten fielen ihm ein. Streute hier jemand eine falsche Spur? Warum schwieg sie dann? Wollte Agneta jemanden schützen? Oder war sie tatsächlich die Mörderin? Der Anhänger war nur ein Indiz, kein hieb- und stichfester Beweis. Er betrachtete sie intensiv durch den Spiegel, versuchte, ihre Gedanken zu lesen. Es gelang ihm nicht. Natürlich nicht. Schließlich war er kein Jedi. Agneta und eine Mörderin? Er schüttelte kaum merklich den Kopf und nahm den Blick vom Spiegel. Dennoch wollte er nicht in ihrer Haut stecken.

In Gedanken versunken startete er den Wagen und fuhr los.

– *Lagom*

Nicht zu viel, nicht zu wenig, einfach goldrichtig. Es ist nicht nur ein Wort, sondern eine Lebenseinstellung. Alles in Maßen, stets im Einklang mit Körper und Geist. Lagom!

KAPITEL 31

Im leuchtenden Mittagslicht saß Ina am Seeufer und ließ sich die laue Sommerluft durch das Haar wehen. Sie dachte nach, während sie einen Stock in das seichte Wasser warf, damit Zeus mit Anlauf ins Nass springen und der Beute hinterherschwimmen konnte. Eine Ente schnatterte wütend im Schilf und schien von der Anwesenheit des Vierbeiners alles andere als begeistert zu sein. Dennoch war es ein witziger Anblick, wie er mit dem Stock im Maul zurückschwamm und ihn hechelnd und schwanzwedelnd vor Inas Füßen ablegte, damit sie ihn wieder ins Wasser warf. Von der Mitte des Sees stoben Blubberblasen auf. Sie kamen von einem Tauchertrupp, mit dem Ashley eben erst zum Wrack hinabgetaucht war.

Ina stellte sich vor, wie es wohl war, beinahe schwerelos im Wasser zu gleiten. Sie seufzte.

Gerade mal zwei Stunden waren seit Agnetas Abtransport vergangen. Seitdem hatte sich ein unsichtbarer Schleier über den Hof gelegt, der sämtlichen Frohsinn neutralisierte. Die vergangenen Ereignisse setzten allen Bewohnern außerordentlich zu. Mit Knuts plötzlichem Tod war man halbwegs klargekommen. Nach Mats Ableben und der Festnahme der Hofbesitzerin war es damit endgültig vorbei. Es hatte sich regelrecht ausbejaht.

Alles war so unfassbar verrückt.

Agneta war keine Mörderin. Da konnte sich die Polizei noch so sehr auf den Kopf stellen und weiter im Dunkeln tappen. Was blieb Ina anderes übrig, als selbst die Spurensuche aufzunehmen? Noch immer war sie davon überzeugt, dass jeder Mats' Mörder sein könnte. Nicht nur die Hofbewohner, immerhin war in dieser Nacht eine ganze Motorradgang zugegen gewesen. Und doch sagte ihr ein heftiges Gefühl, dass sie den Täter unter den Bewohnern finden würde. Oder zumindest in dessen Dunstkreis. Das war beunruhigend. Weitaus beunruhigender war, dass sie nicht nur einen Mörder suchte, sondern womöglich einen Serienmörder. Umso dringender war ihr Handeln gefordert. Nicht auszudenken, er würde ein weiteres Mal zuschlagen. Um einen Schritt weiterzukommen, hatte sie das getan, was sie am besten konnte: Sie hatte sich umgehört. Bei Ebba. Bei Ashley. Sogar mit Astrid, der Besitzerin des Souvenirladens, hatte sie gesprochen. Sie hatte ihr sogar bereitwillig Auskunft gegeben, was nur verdeutlichte, wie sehr es allen Bewohnern am Herzen lag, diesen Mord endlich aufzuklären. Gerne hätte sie sich auch mit Svante unterhalten, doch der war nach dem Auftauchen der Polizei derart außer sich, dass er sofort in seiner Hütte verschwunden und danach mit seiner Axt in den Wald gegangen war.

Nur Nils hatte sie nicht gefragt. Und das aus gutem Grund. Sie wollte keine schlafenden Hunde wecken. Denn das Ergebnis ihrer Befragung war, dass niemand den Bäcker später noch auf dem Fest gesehen hatte. Überraschend früh hatte er sich verabschiedet, um den Teig anzurühren, hatte sogar versprochen wiederzukommen. Doch genau das hatte er nicht getan. Und das in der Tatnacht. Damit war ausgerechnet er der Letzte, der den Tatort wissentlich betreten hatte und sogar an dem Bottich zugange gewesen war. Darüber hinaus war er zum möglichen Zeitpunkt des Mordes nicht auf der Feier gewesen. Zumindest hatte ihn niemand gesehen. Das war verdächtig. Höchst verdächtig, vielleicht. Inas eigene Verdächtigungserfahrungen in Mordermittlungen waren nicht sehr ausgeprägt. Aber das konnte ja noch werden.

Und dann war da noch der Kreuzanhänger, von dem niemand genau wusste, wo Viggo ihn herhatte. Ob es tatsächlich Diebesgut war? Aus dem schwedischen Königshaus? Falls ja, wie war er in Viggos Besitz gekommen? Wirklich durch einen Zufallskauf auf einem Flohmarkt? Und warum fand man den Anhänger beim toten Mats? So sehr Ina sich auf einen anderen Täter versteifen wollte, es sprach einiges gegen Agneta. Mehr als gegen Nils.

Zeus' wüstes Gebell riss sie aus den Gedanken. Ohne dass sie es bemerkt hatte, hüpfte er wieder vor ihr auf und ab, setzte die Pfoten in den nassen Sand. Vor ihr lag der Stock. Also hob sie ihn auf und warf ihn ein weiteres Mal in den See. Dieses Mal etwas mehr in die Mitte, damit der Hund nicht allzu schnell wieder zurück war. Sie war mit dem Denken noch lange nicht fertig. Außerdem verspürte sie etwas, ein Gefühl, das sich mehr und mehr zu Wort meldete und drauf und dran war, alles andere zurückzudrängen: Hunger!

KAPITEL 32

Man konnte von der schwedischen Küche halten, was man wollte: Ebbas Köttbullar waren eine Offenbarung. Ina hatte bereits das zwölfte Bällchen verputzt, und ihr Bauch drückte sich gefährlich gegen die Knöpfe ihrer Bluse, doch an ein Aufhören war nicht zu denken. Immer wieder stibitzte sie sich mit der Gabel eines der kleinen Fleischbällchen aus dem Topf, ertränkte es in der würzigen Rahmsoße und stopfte es sich in einem Happen in den Mund. Ja, sie war eine Stressesserin!

Obendrein schien sie die Einzige am Tisch zu sein, die Appetit hatte. Alle anderen stocherten mehr oder weniger lustlos in ihrem Essen herum.

Das war nur zu verständlich. Schier war es unglaublich, wie viele Probleme sich auf dem Hof aufgetan hatten. Die brennende Scheune, zwei Tote, Agneta in Polizeigewahrsam und ein vermisster Junge – augenscheinlich entführt. Ferner sprach alles dafür, dass ein Mörder frei herumlief. Da konnte einem schon der Appetit vergehen.

Die einzige Person, die außer ihr wenigstens etwas aß, war Svante. Sie befanden sich in Ebbas und Agnetas Gemeinschaftsküche. Mittlerweile wusste Ina, dass die beiden sämtliche Mahlzeiten gemeinsam einnahmen, weil Ebba es hasste, allein zu essen. Vermutlich war das auch der Grund, warum diese unmittelbar nach Agnetas polizeilichem Abtransport Svante, Ashley und sie zum Mittagessen eingeladen hatte.

Rechts neben ihr saß Ashley, auf deren Gesicht sich die Abdrücke einer Tauchermaske abzeichneten. Ihr Haar war noch nass, was daran lag, dass sie eben erst mit ihren Tauchschülern aus dem See gestiegen war. Ashley bedrängte Ina immer wieder damit, dass auch sie mal einen Schnupperkurs mit ihr machen sollte. Dabei war sie alles andere als eine Wasserratte.

Die Amerikanerin betrachtete sie von der Seite. Dabei ließ sie die Brauen förmlich auf und ab hüpfen. Erst tat Ina so, als würde sie es nicht bemerken, aber bei dem vierzehnten Bällchen platzte ihr dann doch allmählich der Kragen. Sie legte die Gabel mit den Zacken nach oben auf dem Teller ab – noch war sie nicht fertig! – und blickte zu Ashley.

»Wie kannst du in dieser Situation nur an Essen denken«, platzte es aus der Amerikanerin heraus, als hätte sie nur darauf gewartet, dass Ina ihr Aufmerksamkeit schenkte.

»Es ist Mittag«, erwiderte Ina. »Ich habe noch nicht gefrühstückt und bin entsprechend hungrig.« Sie wandte den Blick zum Kopfende, wo Ebba mit gefalteten Händen saß und ihre Gäste betrachtete. »Außerdem sind das die besten Köttbullar, die ich je in meinem Leben gegessen habe.« *Und außerdem esse ich immer, wenn ich aufgeregt bin!*

»Ach …« Die alte Frau winkte ab und bekam tatsächlich gerötete Wangen, was Ina ungemein sympathisch fand. Ja, beinahe süß.

»Aber Agneta«, entgegnete Ashley. »Während wir hier sitzen und zu Mittag essen, ist sie bei der Polizei und kommt womöglich ins Gefängnis.«

»Unsinn!«, befand Svante. »Sie kommt doch nicht ins

Gefängnis.« Aber dann sah er unsicher Ina an und fügte heiser hinzu: »Oder?«

Ina schob die Lippen nach vorn. Sie hätte gern erwidert, dass das Unsinn war. Ebenso gern hätte sie ihn gefragt, ob er wirklich mit Agneta die Nacht verbracht hatte, nachdem sie ihn hatte abblitzen lassen. Was sie davon halten sollte, wusste sie nicht.

Ebenso wenig, ob Agneta wirklich das Gefängnis drohte. Es lag auf der Hand, dass Agneta in argen Schwierigkeiten steckte. Nicht nur, dass ihr Schmuck bei dem Toten gefunden worden war, was bereits einen echten Schlamassel darstellte. Dass es sich bei der Kette um einen gestohlenen Schmuckgegenstand aus dem schwedischen Königshaus handelte, machte das Ganze umso brisanter. Sie kannte sich nicht gut mit dem hiesigen Rechtssystem aus, glaubte aber, dass das Bestehlen der royalen Familie alles andere als ein Kavaliersdelikt war. Doch wie sah es mit der Verjährungsfrist aus? Gab es die in Schweden? Sie glaubte Agneta, dass der Anhänger ein Geschenk von Viggo war. Warum sollte sie daran zweifeln? Aber warum hatte sie behauptet, sie hätte den Schmuck nicht mehr, wenn er dann nur wenige Stunden später bei einem Toten gefunden worden war. Außerdem stand die Frage im Raum: Wie war Viggo wirklich an diesen Anhänger gekommen?

Ashley tupfte sich mit der bereitliegenden Stoffserviette die Mundwinkel ab und warf sie wie zur Kapitulation auf ihren unangerührten Teller. »Ich kann nicht glauben, dass ihr sie mit der Polizei habt wegfahren lassen!«

Sie hatte Svante fest im Blick, als wäre ausgerechnet er an allem schuld.

»Was hätte ich denn deiner Meinung nach tun sollen?«,

setzte er zur Gegenwehr an. »Die Beweislast hat uns alle ziemlich … überrascht.«

Schockiert wäre das passendere Wort, dachte Ina. *Oder bestürzt … erschüttert.*

Ashley schien nicht zufrieden. »Ihr könnt doch nicht glauben, dass sie wirklich etwas mit Mats' Tod am Hut hat.«

»Natürlich nicht!«, platzte es gleichzeitig aus Svante und Ina heraus.

»Obwohl sie und Mats alles andere als beste Freunde waren«, wandte Ebba ein.

»Niemand war Mats' bester Freund«, brummte Svante.

Außer Viggo, dachte Ina, sagte aber: »Ich kenne Agneta noch nicht so lange wie ihr, aber einen Mord traue ich ihr beim besten Willen nicht zu.«

»Natürlich nicht«, sagte nun auch Ashley. »Sie ist einer der liebsten Menschen auf diesem Planeten.«

Svante nickte zustimmend, doch Ebba schürzte die Lippen. »Unter den richtigen Umständen ist jeder Mensch zu einem Mord fähig.«

Svante lachte. »Du glaubst doch nicht wirklich, dass Agneta Mats umgebracht hat.«

Nun endlich schüttelte auch Ebba den Kopf. Zwar langsam, aber es war eine verneinende Bewegung. »Natürlich nicht. Aber ich bin eine alte Frau und habe genug Dinge auf dieser Welt gesehen, um nichts im Vorhinein auszuschließen.«

Ashley bedachte sie mit großen Augen. »Aber … Agneta! Ich meine … sie ist deine Schwiegertochter!«

»Eben!«

Ina konnte sich Agneta beim besten Willen nicht als Mörderin vorstellen. Allerdings hatte sie so viele Krimis gelesen, dass sie wusste, dass die Nettesten immer auch die am meisten Verdächtigen waren. Jedoch klafften Fiktion und Realität sehr weit auseinander.

»Irgendwie habe ich das Gefühl, dass Nils vielleicht etwas mit alldem zu tun haben könnte.« Ina warf einen langen Blick in die Runde. »Immerhin war er in der Mordnacht in der Backstube. Und er konnte Mats ebenso wenig leiden wie alle anderen.«

»Nils und ein Mörder?« Ashley runzelte skeptisch die Stirn.

»Agneta etwa?«, fragte Ina forsch zurück.

»All diese Vermutungen, die zu nichts führen!« Svante gab ein genervtes Brummen von sich und legte die Hände flach auf den Tisch, direkt neben seinem Teller. »Wir sollten uns schleunigst damit beschäftigen, wie wir Agneta helfen können.« Er sah sie alle mahnend an. »Und dann sollten wir ganz schnell herausfinden, wo Janis abgeblieben ist. Das bereitet mir echte Sorgen.«

»Jedem von uns«, pflichtete Ashley bei.

»Genau deshalb habe ich euch zum Essen zusammengetrommelt. Aber alles der Reihe nach.« Ebba sah sie der Reihe nach aufmerksam an. »Was Agneta angeht … ich habe bereits bei der Polizei angerufen.«

»Und?«, fragte Ashley drängend. Dasselbe Wort hatte Ina auf der Zunge gelegen, doch das fünfzehnte Fleischbällchen hatte es heruntergedrückt.

»Abgesehen davon, dass der Mann am anderen Ende der Leitung furchtbar leise gesprochen hat?«, fragte Ebba zurück. Mit einem Mal zogen sich ihre Mundwinkel nach unten, als hingen unsichtbare Bleigewichte daran. »Sie haben gesagt, dass sie mir keine Auskunft geben dürfen.«

»Hm.« Nun schnaubte Svante tatsächlich.

Ashley massierte sich eine Schläfe, als dächte sie ange-strengt nach. »Haben sie denn gesagt, wann Agneta wieder nach Hause darf?«

Ebba schüttelte kaum merklich den Kopf. »Diese Frage habe ich dem Polizisten auch gestellt, und wenn ich den jungen Burschen am Apparat richtig verstanden haben, wird das wohl noch eine Weile dauern. Er meinte, dass der Rich-ter hinzugezogen werden müsste.«

Svantes Blick verfinsterte sich. »Dann dürfte die Sache äußerst ernst sein.«

»So oder so«, entschied Ashley. »Wir brauchen mehr Informationen.«

Alle nickten.

»Und wie kommen wir an die heran?«, stellte Svante die Frage aller Fragen.

Ein betretenes Schweigen gesellte sich an den Esstisch.

Ina schaufelte sich einen weiteren großen Löffel des Kar-toffel-Sellerie-Stampfs auf den Teller und versenkte die Gabel darin. Beim Essen kamen ihr die besten Ideen. Und tatsächlich! Ein Ruck der Erkenntnis durchfuhr sie. So sehr, dass etwas von dem Stampf von der Gabel auf der Tisch-decke landete. »Ich habe eine Idee«, ließ sie es nun auch die anderen wissen. »Wir fragen Lars direkt!«

Svante lehnte sich zurück, verschränkte die Arme vor dem Bauch. »Und wie?«

»Na, wir statten ihm einen Besuch ab«, schlug Ina vor und war von ihrem eigenen Vorschlag so begeistert, dass sich ihre Wangen vor Grinsen spannten. »Ich werde ihn mit Zeus besuchen«, sagte sie, »unter dem Vorwand, dass ich ihn nicht erzogen bekomme und seine Hilfe benötige. In der Hundeerziehung, meine ich. Und dann kann ich ihm unbemerkt wegen Agneta auf den Zahn fühlen.«

Ashley hob anerkennend das Kinn.

»Das wäre noch nicht mal ein Vorwand«, sagte Ebba nickend. »Jeder weiß, wie schlecht dein Hund erzogen ist.«

Ina verschlug es für einen Moment die Sprache, weil sie diese Aussage schon ein wenig unverfroren fand. Sie wusste selbst, dass man älteren Menschen mehr durchgehen lassen sollte, weil sie im fortschreitenden Alter immer mehr so redeten, wie ihr die Schnäbel gewachsen waren. *Trotzdem!* Bevor sie die Sprache wiederfand und etwas Adäquates erwidern konnte – für eine schlagfertige Antwort war es ohnehin längst zu spät –, läutete hinter ihr ein Telefon. Ebba zog den Stuhl zurück, trat an ihr vorbei und nahm das schnurlose Telefon in die Hand, musterte das Display. »Eine unterdrückte Nummer«, murmelte sie, tippte auf eine Taste und hielt sich den Hörer ans Ohr. »Hallo?«, sagte sie laut. »Hallo, wer ist da? Sie müssen schon lauter sprechen!«

Ashley verdrehte die Augen, hob die Hand und ließ sich das Telefon von Ebba reichen.

»Dass die Leute am Telefon immer so leise sprechen müssen.« Mit genervter Miene nahm Ebba wieder Platz. Ina spießte noch ein Fleischbällchen auf.

»Das Letzte für heute«, sagte sie leise, woraufhin Svante ebenso leise brummte.

»Hallo?«, fragte nun auch Ashley im freundlichen Tonfall. Sie hatte sogar ein Lächeln auf den Lippen, dass jedoch ziemlich schnell wie ein gemischter Salat in der Mittagssonne in sich zusammenfiel.

»Bitte, wer ist dran?« Irritiert blickte sie zu den anderen, die mit dem, was sie gerade taten, innehielten und wiederum Ashley irritiert ansahen. Ina vergaß sogar zu kauen.

»Janis?«, hörten sie Ashley sagen. Sie richtete sich auf. »Wo ist er? Wie geht es ihm? Was soll das all…« Sie unterbrach sich, lauschte, gab einige schwerfällige »Mhms«, »Ohs« und »Ahas« von sich und vergaß dabei sogar das Blinzeln.

»Ob ich verstanden habe?« Besorgt sah sie Ina an. »Ähm, ja.«

»Wer ist dran?«, fragte Svante beunruhigt. »Was ist los?«

Ashley deckte die Muschel mit der Hand ab. Ihr Gesicht war kreidebleich. »Sie haben Janis«, flüsterte sie hastig.

»Wer?«, fragte Svante.

»Das ist doch klar«, sagte Ina ebenso leise. »Die Rocker.«

Daraufhin nickte Ashley eifrig und fragte in das Telefon: »Sie wollen Lösegeld?« Sie schnappte nach Luft. »Aber …!«

»Gib mir den Hörer!« Svante reckte sich nach vorn und streckte beide Hände quer über den Tisch, doch Ashley wedelte sie weg. »Das können Sie doch nicht machen!«, hielt sie dem Gesprächspartner entgegen. »Das ist Menschenentführung!«

Ina wurde es zu bunt. Sie sprang auf und trat zu Ashley, die überhaupt nicht mit ihr gerechnet hatte. Entschlossen nahm sie der Amerikanerin den Hörer aus der Hand, drückte auf die Taste mit dem Lautsprecher und legte das Telefon in die Mitte des Tischs.

Eine blecherne, leicht verzerrt klingende Stimme ertönte. »Entweder ihr zahlt, oder wir liefern den Jungen an die Sons of Odin aus! Es liegt ganz bei euch.«

Ina räusperte sich, erhob sich noch einmal und beugte sich über das Telefon. »Wie viel sollen wir bezahlen?«

»Drei Millionen Kronen«, lautete die prompte Antwort. Während sie diese Summe noch in Euro überschlug, eroberte Kurzatmigkeit den Tisch. Svante, Ebba und Ashley sogen gierig die Luft ein.

Wenn sie richtiglag, waren das mehr als zweihundertfünfzigtausend Euro, die da gefordert wurden. Sie hatten es also mit einer handfesten Entführung zu tun. Und sie wiederum sprach leibhaftig mit einem Entführer, der richtiges Lösegeld forderte. Ihre Nerven begannen zu flattern. Wie war sie nur von jetzt auf gleich in diese dramatische Situation geschlittert? Sie fasste sich an die Kehle. *Herrgott, ist das aufregend!*

»Schaltet ihr die Polizei ein«, sprach der Entführer weiter, »werden wir euch Janis stückchenweise mit der Post zusenden.« Ina lief es eiskalt den Rücken hinunter. Svante ballte die Fäuste, hob sie an, als wollte er das Telefon zertrümmern.

»Wir geben euch zwei Tage Zeit, um das Geld zusammenzubekommen. Dann melden wir uns wieder.«

Ina wollte sich darüber echauffieren, wie unfassbar dieses Gespräch als solches war, vor allem, dass es ein Ding der Unmöglichkeit war, innerhalb solch kurzer Zeit derart viel Geld aufzutreiben. Doch jedes weitere Wort auf ihren Lippen wurde zurückgedrängt vom Tuten des Telefons.

Fassungslos sah sie erst Ashley, dann Ebba und schließlich Svante an. »Der hat einfach aufgelegt.«

KAPITEL 33

Trotz rosaroter Bullerbü-Brille und eines blau-gelb gestreiften Herzens in der Brust musste Ina sich eingestehen: Das öffentliche Verkehrsnetz in Schweden war noch mieser ausgebaut als das deutsche. Seit Stunden verfluchte sie sich dafür, Svantes Hilfe ausgeschlagen zu haben, der sie mit dem Hoftransporter direkt nach Värnamo hatte fahren wollen. Ina hatte das aus vielerlei Gründen für keine gute Idee gehalten. Zum einen hatte sie den Eindruck, dass Lars Svante nicht unbedingt mochte. Zum anderen glaubte sie, dass es psychologisch geschickter war, wenn sie erzählen könnte, sie wäre mit dem Bus angereist, weil Lars sie dann nicht so ohne Weiteres wieder wegschicken könnte. Und es gab noch einen anderen Grund für ihre Entscheidung: Vielleicht war sie paranoid, doch sie nahm die Drohung des Entführers sehr ernst. Der alte VW-Bus war auffällig. Was, wenn sie verfolgt wurden und der Bus ausgerechnet vor dem Haus eines Polizisten entdeckt werden würde?

Also war sie zu Fuß zur zwei Kilometer vom Hof entfernten Bushaltestelle gepilgert, wo sie die Demut des Wartens gelehrt bekam. Hin und wieder hatte sich ein Eichhörnchen aus dem hinter der Haltestelle liegenden Wald zu ihr verloren, aber ebenso schnell wieder Reißaus gesucht, sobald es Inas Anwesenheit bemerkt hatte. Vermutlich waren die Tiere menschlichen Besuch nicht gewohnt. Ebenso rar wurde die pfeilgerade Straße befahren, die eine Schneise durch den Wald zog. In der einstündigen Wartezeit waren es vielleicht eine Handvoll Autos gewesen, die an ihr vorbeigefahren waren. Und alle Insassen hatten ihr freundlich gewinkt. Man konnte über die Schweden sagen, was man wollte, sie waren ein nettes Völkchen. Ebenso nett hatte Ina die Regale im Bus gefunden, auf denen sich die unterschiedlichsten Bücher aneinandergereiht hatten. Diesen Brauch kannte sie bereits, dass ausgelesene Bücher einfach in den Bussen gelassen wurden und so eine kleine fahrende Bibliothek entstand, an der sich die Reisenden nach Herzenslust bedienen konnten. Nur war Ina nicht nach Lesen zumute gewesen. Viel zu nervös war sie angesichts des bevorstehenden Treffens. Außerdem hatte sie beide Hände voll wegen der großen Pappschachtel, die sie als Gastgeschenk mitbrachte.

Und nun stand sie in einer der ersten Häuserreihen der kleinen Stadt. Lars und sein Vater waren in einer beschaulichen Gegend zu Hause. Die Straße endete in einer Sackgasse und war mit hohen Pappeln umsäumt. Sie betrachtete das große Mehrfamilienhaus mit dem roten Dach, das ohne Weiteres in Potsdam hätte stehen können. Laut der Klingelschilder gab es drei Wohnparteien. Lars wohnte mit seinem Vater im untersten Geschoss.

Sie drückte den Finger auf die Türklingel, und nur wenige Augenblicke später kam Lars zum Vorschein. Er trug noch seine Uniform. Nachdem er bereits am Morgen auf dem Hof gewesen war, um Agneta mitzunehmen, hatte sie sich ausgerechnet, wann seine Schicht endete. Und sie hatte recht behalten. Insgeheim klopfte sie sich für ihre Cleverness auf die Schulter, während sie ihr freundlichstes Lächeln an den Tag legte und ihm ein überschwängliches »Hej« entgegenschmetterte.

Lars lächelte zurück. Allerdings wirkte er eher verstört als freundlich. »Du?«, purzelte es aus ihm heraus.

Ina versuchte, sich die aufkommende Unsicherheit nicht anmerken zu lassen. Hastig streckte sie die Arme aus, hielt dem Polizisten die Pappschachtel entgegen. »Ich habe euch Kanelbullar mitgebracht. Frisch gebacken. Von Ebba!« Insgeheim klopfte sie sich selbst dafür auf die Schulter, dass sie auf die Idee gekommen war, dieses köstliche Gebäck einzupacken. Wenngleich ihr ein wenig mulmig gewesen war, allein die Backstube zu betreten, um ein Dutzend der noch lauwarmen Zimtschnecken vom Blech einzusammeln.

Etwas ungeschickt nahm Lars den Karton entgegen und räusperte sich. »Äh, danke?«

Er reckte den Kopf und sah an ihr vorbei, suchte die Straße ab. »Bist du etwa mit dem Bus gekommen?«

Ina nickte tapfer und erhielt von Lars einen aufrichtigen Mitleidsblick. Er nuschelte etwas in seinen Dreitagebart hinein. Für Ina klang es verdächtig nach: »Verrückte Deutsche.«

Dann sah er sie noch eine Weile an, musterte den Karton und trat endlich zur Seite. »Nun, komm doch rein.«

Das tat Ina nur zu gern. Sie stahl sich an Lars vorbei in den Hausflur, wo sie am Ende des Korridors eine sperrangelweit offen stehende Tür erspähte. Flugs schlüpfte sie hindurch, ehe Lars seine Meinung änderte.

Im Innern empfing sie eine weiträumige Diele, von der fünf Zimmer abgingen. Bis auf zwei Türen standen alle offen. Es war eine große Wohnung. Zu Inas Linken war die Küche, geradeaus war das Wohnzimmer zu erkennen, mit

Blick auf eine Terrasse. Aus diesem spähte soeben Lars'
Vater.

»Ina«, rief er, stürmte regelrecht auf sie zu, blieb dann
aber im gebührenden Abstand vor ihr stehen und legte die
Hände zusammen.

Sie war sehr davon angetan, dass er sogar noch ihren
Namen kannte, und bedachte ihn mit ihrem aufrichtigsten
Lächeln, wenngleich der Mann ein wenig zerknittert wirkte. Vermutlich hatte er gerade ein Nachmittagsschläfchen
gehalten. Um seinen Hals baumelte eine Brille, die an einer
provisorischen Kordel befestigt war.

»Mit dir habe ich überhaupt nicht gerechnet«, sagte er.

»Ich auch nicht«, grummelte Lars, während er die Woh-
nungstür schloss und neben Ina erschien. »Wir haben
eigentlich auch überhaupt keine Zeit. Wir müssen noch ein-
kaufen fahren.«

Sein Vater winkte ab. »Die halbe Stunde früher oder später. Der Supermarkt kann ruhig mal auf uns warten.«

Lars stutzte, zuckte dann mit den Schultern. »Sie hat uns
etwas mitgebracht.« Er übergab den Karton an seinen
Vater, der ihn sogleich entgegennahm und öffnete. »Kanelbullar«, stieß er triumphierend aus. »Wie die duften!«

Während sein Gesicht hinter dem aufgeklappten Karton
verschwand, sah Ina sich unauffällig um. Die Wände der
Diele waren mit einer Strukturtapete versehen, auf der sich
geometrische Muster in den unterschiedlichsten Graustufen
anordneten. Überall hingen kleine Bilderrahmen, die hauptsächlich ein und dieselbe Frau zeigten. Ein schwerer Sekretär aus dunklem Holz – vielleicht Teak – stand neben der
Garderobe. Briefe und Angelzeitschriften stapelten sich
darauf.

Das war alles andere als der Einrichtungsstil eines jungen Mannes, woraus sie schloss, dass dies die Wohnung von Ove war und Lars zu ihm gezogen war – warum auch immer.

In der Ecke neben der Wohnzimmertür gab es einen flauschigen Hundekorb, in dem der Schäferhund saß und Ina beäugte. Aber er bellte nicht. Zeus wäre bereits bei der Türklingel ausgeflippt.

Und das wiederum brachte sie auf den vorgeschobenen Grund ihres Besuches. Lachend wandte sie sich an Ove, der den Kopf überhaupt nicht mehr aus der Schachtel nehmen wollte. »Ich muss gestehen, dass ich nicht wegen dir da bin«, sagte sie, »sondern wegen deines Sohnes.«

»Meinetwegen?«, fragte Lars überrascht zurück und klang dabei wie Agneta, als er sie am Morgen abgeführt hatte.

Ina nickte eifrig und gab sich einem Seufzen hin, das zumindest in ihren Ohren ein wenig zu theatralisch klang. Dennoch warf sie die Arme in die Höhe, um ihren verzweifelten Auftritt perfekt zu machen. »Ich weiß einfach nicht mehr weiter«, klagte sie dem Polizisten ihr Leid. Ihr Blick legte sich auf den Hundekorb, in dem noch immer der Polizeihund thronte, der sie nicht aus den Augen ließ. Die Fellnase starrte sie regelrecht an. Misstrauisch und skeptisch, als witterte er Verrat. Ina nahm Lars wieder in Augenschein und bemerkte, dass er denselben Blick für sie übrighatte.

»Mein Zeus tanzt mir auf der Nase herum und hört überhaupt nicht auf mich.«

»Zeus.« Lars verschränkte die Arme. »Ich kann es immer noch nicht fassen, dass du diesen Hund wahrhaftig nach dem Göttervater benannt hast.«

Ina achtete gar nicht auf seinen Einwand. »Ich hatte gehofft, dass du mir vielleicht ein wenig beibringen kannst ... über Hundeerziehung.« Noch einmal drehte sie sich zu Gus. »Immerhin gehorcht dir dein Hund aufs Wort, und ich habe das Gefühl, dass du ein wirklich gutes Händchen mit Hunden hast.«

»Er versteht sich besser mit Hunden als mit Menschen«, kam es mampfend hinter dem Kartondeckel hervor.

Ina grinste vergnügt. Ove hatte sich also bereits über das Gebäck hergemacht. Das fand sie ungemein sympathisch. Sie verabscheute höfische Zurückhaltung.

Nur Lars blieb ernst. »Ich erziehe Polizeihunde.« Er verschränkte die Arme vor der Brust. »Keine ... Schoßhündchen mit Götternamen.«

»Hund ist Hund.« Ove stellte sich an Inas Seite, als wollte er seinem Sohn verdeutlichen, für wen er Partei ergriff. Er zupfte sich ein Zuckerhagelkorn aus einem Mundwinkel. »Die Kanelbullar sind ein Gedicht.«

»Das freut mich, ich werde es der Bäckerin ausrichten.«

Ove reichte den Karton an seinen Sohn weiter, der jedoch sofort ablehnte und schmerzvoll das Gesicht verzog. »Danke, aber ich kenne die Bäckerei, in der die Kanelbullar zubereitet werden.«

Ina ließ diese Spitze unkommentiert. »Hund ist Hund«, entgegnete sie stattdessen. »Manche sind eben größer, manche kleiner.«

Der Blick des Polizisten verfinsterte sich, während er ihr in die Augen schaute. »Ich weiß nicht«, brachte er nach einer Weile zögernd hervor.

»Ich bezahle dich auch!«

»Unsinn!«, entschied Ove und nahm das nächste Teilchen aus der Schachtel. »Lars macht das gern, nicht wahr?«

Dieser beließ es dabei, zerknirscht dreinzublicken. Mit einem Schnipsen rief er den Hund zu sich, der sich prompt erhob, neben ihm auf den Hinterpfoten Platz nahm und sich das Kinn kraulen ließ.

»So einfach, wie du dir das vorstellst, ist es nicht.« Er sah Ina inständig an. »Polizeihunde werden bereits im frühen Alter erzogen. Wie alt ist dein Hund? Drei?«

»Vier«, erwiderte Ina. »Aber das ist nicht weiter tragisch. Ich möchte schließlich keinen Polizeihund aus ihm machen.« Sie grinste spontan, weil ihr Gedächtnis ausgerechnet das Bild eines Schäferhunds mit einer auf den Rücken geschnallten Polizeisirene hervorzauberte, wie sie es einmal in einer Kinderfernsehserie gesehen hatte, deren Name ihr partout nicht einfallen wollte. »Er soll nur ein wenig besser hören und auf ein paar Kommandos gehorchen.«

Lars grunzte. Der Hund schloss sich ihm an.

Dann neigte er mit skeptischem Blick den Kopf. Lars. Nicht der Hund.

»Darum hast du den weiten Weg auf dich genommen?«, fragte er. »Um mich das zu fragen?«

Ina nickte entschieden. »Ganz genau.«

»Du hättest auch anrufen können.«

»Das schon«, räumte Ina ein und zwinkerte Ove zu. »Dann hätte ich aber nicht diese köstlichen Kanelbullar vorbeibringen können.«

Der alte Mann drückte sie mit der freien Hand kurz an sich.

»Gut.« Lars schien sich seinem Schicksal zu fügen, dennoch bedachte er nun den Boden rund um Ina voller Skepsis. »Aber wo ist denn der Hund?«

Verflixt! Ein weiteres ozongroßes Loch in Inas Plan hatte

sich prompt aufgetan. »Ich ... ich dachte, wir sprechen erst darüber, ob du das überhaupt willst.«

»Natürlich will er!«, antwortete Ove anstelle seines Sohnes.

»Schön.« Nun schien Lars' Widerstand endgültig gebrochen zu sein. »Ich rufe dich an, und dann machen wir einen Termin aus.«

Ina schrieb ihre Nummer auf einen Zettel, ließ sich dabei jedoch besonders viel Zeit, weil sie bereits ihre Felle davonschwimmen sah. Schließlich war sie nicht *wirklich* hier, um den Polizisten als Hundetrainer zu engagieren. Ab sofort hatte sie ihn als Coach am Hals. Das war ein hoher Preis, um mehr Details über Agneta in Erfahrung zu bringen.

Auch schwand ihr die Zeit für eine ausgeklügelte Taktik oder wenigstens für eine charmante Überleitung. Und so fragte sie ihn über die Notiz hinweg direkt: »Wie geht es Agneta?« Sie blickte kurz auf, sah, wie sich die Brauen des Polizisten zusammenschoben. Sogar der Hund bellte einmal auf, woraufhin Ina leicht zusammenzuckte.

»Wie soll es ihr gehen?«, fragte er zurück. »Sie steckt in Schwierigkeiten. Gelinde gesagt.«

Zögernd gab sie ihm den Zettel mit ihrer Telefonnummer. »Aber es ist doch alles sicherlich nur ein Missverständnis?«

Der Polizist zuckte mit den Schultern. »Das sieht der Richter anders. Die Kette mit dem Anhänger im Bottich ist eine Sache, aber dass es ein gestohlenes Schmuckstück unserer Königsfamilie ist, steht auf einem ganz anderen Blatt. Da wird das Ganze persönlich.« Seine Wangen blähten sich, als sammelte er Luft, um sie dann ruckartig auszustoßen. »Zumindest für den Richter, der die Untersuchungshaft angeordnet hat. Denn der ist ein ausgesprochener Sympathisant des Königshauses.«

Ihre Augen weiteten sich geschockt. »Aber ... wann darf sie denn wieder nach Hause?«

Wieder hoben sich Lars' breite Schultern. »Sobald sich alles zum Guten aufgelöst hat – oder auch nicht.« Er schaute ein wenig gequält drein. »Es sind schwerwiegende Anschuldigungen, die es zu entkräften gilt. Zu viele Dinge sind hier zusammengekommen, die Agneta alles andere als gut dastehen lassen.« Er zählte sie an den Fingern ab: » Ein gestohlenes Schmuckstück in direkter Nähe des Toten. Dazu ein fadenscheiniges Alibi. Und eine unter Zeugen ausgesprochene Morddrohung. Aus unseren Befragungen geht hervor, dass alle auf dem Hof mitbekommen haben, wie schlecht das Verhältnis zwischen Agneta und Mats war.«

Ina hielt den Atem an. »Das klingt nicht gut, oder?«

Dieser Lars war ein schweigsamer Zeitgenosse. Wieder überließ er die Antwort seinen rollenden Schultern.

»Glaubt der Richter denn wirklich, dass Agneta den Schmuck gestohlen und Mats ermordet hat? Ich meine ...«

»Es spielt überhaupt keine Rolle, was er glaubt«, fuhr Lars ihr ins Wort. »Wir sind hier nicht in der Kirche, sondern bei der Polizei. Und da zählen Indizien und handfeste Beweise. Beides liegt uns hier vor. Zudem gibt es Fingerabdrücke von ihr in der Backstube.«

»Und von mir«, fuhr nun Ina ihm ins Wort. »Und von all den anderen auf dem Hof vermutlich auch. Jeder geht dort ein und aus.«

»Ich kann mir nicht helfen«, sagte Lars. »Aber es deutet einiges darauf hin, dass beide Tode auf eurem Hof miteinander in Verbindung stehen.«

Ina dachte an Knut und daran, dass sie diese Befürchtung ebenfalls hegte, was das Ganze aber noch abwegiger machte. Immerhin redeten sie hier von Agneta.

»Agneta ist keine Mörderin.«

Wieder diese Schultern. »Der Richter sieht sie als Hauptverdächtige.« Nun seufzte auch er. »Leider gestaltet es sich äußerst schwierig, sämtliche Puzzleteile zusammenzusetzen, weil ich von den Leuten auf dem Hof kaum nützliche Informationen erhalte.«

»Nun, davon weiß ich natürlich nichts, ich bin ja noch nicht lange dort.« Und doch verstand sie sofort, was Lars meinte. Die Menschen auf dem Tingsmålahof waren herzlich. Zumindest die meisten, korrigierte sie sich in Gedanken, als ihr Astrid, die Besitzerin des Souvenir-Shops, in den Sinn kam. Und doch drang sie nur bis zu einem gewissen Punkt zu ihnen durch. Es war, als hätten manche eine unsichtbare Barriere errichtet, in die nur der innere Kreis vordringen durfte. Zu Inas Leidwesen zählte sie nicht dazu. Und gerade bei Ebba und Svante hatte sie das Gefühl, dass die beiden ihr etwas verheimlichten.

»Agneta ist keine Mörderin«, sagte sie noch einmal frei heraus. Vielleicht half es ja.

»Aber einer muss es sein«, erwiderte Lars.

»Die Motorradrocker!« Ina sprach, bevor sie nachdachte. Am liebsten hätte sie sich auf die Zunge gebissen. Doch nun war es raus.

Zu ihrer Überraschung nickte Ove zustimmend. »Meine Rede«, schloss er sich ihr an. »Es muss schließlich einen Grund geben, warum sie mitten in der Nacht an Mittsommer aufgetaucht sind und ein derartiges Durcheinander veranstaltet haben.«

Ina nutzte das Stück Seil, das er ihr zugeworfen hatte. »Erst waren da diese Wilden auf ihren Motorrädern, dann stirbt Mats und dann dieser Anruf auf Agnetas Festnetz.«

»Welcher Anruf?« Lars trat einen Schritt auf sie zu. Im Reflex wich sie einen Schritt nach hinten.

»Anruf?«, fragte sie zurück, während sie sich innerlich dafür verfluchte, dass es ihr doch noch rausgerutscht war. Sollte sie ihm davon erzählen? Es war ein Spiel mit dem Feuer. Der Entführer hatte ihnen eingebläut, nicht die Polizei hinzuzuziehen. Dennoch konnten ausgerechnet sie dafür sorgen, dass Agneta endlich wieder freikam. Vor allem, dass der absurde Verdacht von ihr abfiel.

Aber das Risiko war zu groß. »Kein Anruf«, sagte sie und setzte ein schiefes Grinsen auf.

Lars musterte sie noch einen Moment, winkte dann aber ab. »Ich würde diesen Halbstarken keine so große Bedeutung beimessen. Momentan scheint es, als würde ganz Schweden von Rockerbanden überschwemmt werden. Ich habe Nachforschungen über sie angestellt. Die Road Devils sind weitestgehend harmlos.« Nun hob er die Hände. »Ich möchte sie nicht näher um mich haben, aber anders als die großen Gangs, die uns das Leben schwermachen, sind sie doch kein ernstes Problem.«

Sein Vater sah ihn an. »Du meinst die Sons of Odin?«

Lars senkte den Kopf und schnaubte missmutig.

Ina hingegen hob den Kopf. Den Namen kannte sie bereits. Der Entführer am Telefon hatte ihn in den Mund genommen. Mit Unschuldsmiene hakte sie nach: »Was ist mit den Sons of Odin?«

»Das sind die schlimmsten«, sagte Ove.

Lars nickte zustimmend. »Dabei waren wir kurz davor,

ihnen den Kopf abzuhacken.« Er fuhr sich mit dem Zeigefinger über den Hals. »Man hatte bereits den Anführer hinter Gitter gebracht. Doch im Gerichtsprozess konnte man ihm letztlich nichts anhängen, weil sämtliche Zeugen von ihren Aussagen zurückgetreten waren.« Sein Gesichtsausdruck wirkte geradezu verbissen. »Also hat man ihn laufen lassen müssen, und das Erstbeste, was er gemacht hat, ist unterzutauchen. Natürlich.«

»Dann wurden die Zeugen womöglich unter Druck gesetzt?«, vermutete Ina.

»Ganz sicher sogar«, stimmte Ove zu. »Das sind üble Gestalten, die schrecken vor nichts zurück.« Sein Blick verlor sich im offenen Karton. »Und jetzt werde ich besser mal die restlichen Kanelbullar in den Kühlschrank tun, bevor *ich* vor nichts zurückschrecke.« Er schloss den Karton, als erforderte es eine gewaltige Kraftanstrengung, und begab sich in die Küche.

»Organisiertes Verbrechen«, ließ Lars in einem gleichgültigen Tonfall verlauten, während er seinem Vater hinterhersah.

Und ausgerechnet dieser Gang gehörte Janis an. Ina schüttelte innerlich den Kopf. Sie hatte ja keinen Schimmer gehabt, in welchen Schlamassel dieser Junge hineingeraten war. Und Agneta wohl ebenso wenig, die ihn vertrauensselig aufgenommen hatte. Ina hatte schlichtweg keine Ahnung von Rockergangs, hatte nie Berührungspunkte mit ihnen gehabt.

Zu gerne hätte sie dem Polizisten von der Lösegeldforderung erzählt. Aber das gerade Gehörte machte die Drohung umso dramatischer.

Lars bewegte sich auf den Sekretär zu und wühlte in

den Unterlagen herum, bis er augenscheinlich gefunden hatte, wonach er suchte. Mit einem Blatt Papier kam er zu ihr zurück. Ohne Erklärung streckte er ihr den Zettel entgegen.

»Was ist das?« Ina sah ihn verwundert an.

»Eine Liste«, sagte Lars. »Verhaltensregeln. Für dich und deinen Hund. Lies sie dir durch und befolge sie. Alles Weitere dann bei unserer ersten Trainingsstunde.«

Ina rang sich ein Lächeln ab, ergriff das Papier und überflog es. Es waren verflucht viele Regeln. Auf was hatte sie sich da bloß eingelassen.

Sie sah zu Gus, der sich zu Lars' Füßen gelegt hatte. Er erwiderte ihren Blick, und Ina kam es so vor, dass er ebenso wenig begeistert von der Aussicht war, dass sein Herrchen nun Zeus trainieren würde.

Lars sah sie an, auf seinen Lippen lag ein »Auf Wiedersehen«. Doch er schien zu gut erzogen zu sein, um sie wirklich hinauszukomplimentieren. Ina hingegen wollte noch nicht gehen. Zu viele Fragen brannten ihr auf der Seele.

»Was ist mit weiteren Tatverdächtigen?«, fragte sie. »Die Polizei kann sich doch nicht nur auf diese eine Person stürzen. Solltet ihr nicht in verschiedenen Richtungen ermitteln?«

Er hob eine Braue. »Wer sagt, dass wir das nicht tun?«

Ina straffte ihr Kreuz. »Ich habe nachgedacht.«

»Wirklich?«

Sie ließ sich von seinem sarkastischen Tonfall nicht beirren. »Die letzte Person, die wissentlich vor uns die Bäckerei betreten hatte, war Nils.«

»Nils«, wiederholte Lars.

»Der Bäcker«, konkretisierte Ina.

»Ich weiß, wer Nils ist. Schließlich habe ich ihn vernommen.«

Das wiederum wusste Ina. Verdächtig lange hatte er ihn sogar vernommen. Entsprechend groß war ihre Neugierde. Immerhin war es trotz allem Agneta, die abgeführt worden war, und nicht der Bäcker.

»Und?«, fragte sie zurück. »Hat er denn ein solides Alibi?« Es tat gut, das auszusprechen. Es gab ihr das professionelle Gefühl einer waschechten Ermittlerin. So oft hatte sie diesen Satz in Büchern gelesen und in Filmen und Serien gehört. Nun stellte sie diese Frage einem richtigen Polizisten. Sie fühlte sich wie Inspektor Columbo.

Lars lächelte. »Er war mit euch feiern«, sagte er in geduldigem Tonfall. »Unten am See.«

»Das war er – und eben nicht«, erwiderte Ina sofort und spürte, wie ihr Puls zu rasen begann. »Nachdem er sich in die Bäckerei verabschiedet hatte, hat ihn im Anschluss niemand mehr gesehen.«

Die Züge des Polizisten veränderten sich. Ina konnte nicht sagen, in welche Richtung sie entglitten, aber dass es ein Entgleiten war, das war offensichtlich.

– Björn

Der Bär. Der Eisbär heißt in Schweden Isbjörn, der Panda-
bär Panadabjörn. Und das Gummibärchen? Richtig:
Gummibjörn.

KAPITEL 34

»Du fährst wie eine gesenkte Sau. Und parken tust du noch schlimmer.«

Lars grunzte hinter dem Einkaufswagen. »Dann gehst du das nächste Mal eben zu Fuß.«

»Das würde ich ja gerne, wenn mein werter Herr Sohn mich lassen würde.«

»Dein Bein«, sagte Lars nur.

»Was ist damit?« Sein Vater hob den Fuß ein Stück weit an und zog das Hosenbein nach oben. »Ist noch alles dran.«

»Du musst deinen Bruch auskurieren.«

Ove zog das Hosenbein wieder herunter. »Es gibt keinen Bruch mehr, meine alten Knochen sind längst wieder zusammengewachsen.«

»Außerdem kannst du momentan kein Auto fahren. Wie willst du denn dann die ganzen Einkäufe nach Hause bekommen?«

»Zu Fuß natürlich. Die paar Meter.«

Schnaubend wandte er sich von seinem Sohn ab und griff tief in seine Tasche, um ein mehrmals gefaltetes Blatt Papier zu Tage zu fördern. Während er es ausbreitete, sah Lars mit Sorge, wie voll es beschrieben war. Es würde ein langer Einkauf werden. Dabei hatte er überhaupt keine Zeit dazu, sich im Supermarkt herumzutummeln. Aber sein Vater war unerbittlich. Heute war Einkaufstag. Da könnte selbst der

Mond auf die Erde stürzen, es würde seinen Vater nicht aufhalten.

»Es ist nicht gut, wenn du mit dem Streifenwagen so rast und beim Parken zwei Plätze einnimmst. Das wirft ein schlechtes Licht auf die Polizei.«

»Es ist nun mal ein großer Volvo«, rechtfertigte Lars zumindest das Parkmanöver. »Der passt nicht in eine normale Lücke.« Außerdem hasste er es, wenn andere Wagen zu dicht bei ihm parkten. Deshalb hatte er es sich zur Gewohnheit gemacht, mittig auf zwei Plätzen zu stehen, um einen gebührenden Abstand zu beiden Seiten zu haben. Da es ein Einsatzwagen war, hatte sich bislang niemand beschwert. Von seinem Vater einmal abgesehen. Schwamm drüber. Er warf ihm ein müdes Lächeln zu.

»Wo fangen wir an?«

»Blaubeersuppe«, sagte dieser. Kaum hatten sie den Eingangsbereich hinter sich gelassen, durchquerte sein Vater in überraschend forschem Schritt die Obst- und Gemüseabteilung. Mit dem Einkaufswagen hatte Lars im Getümmel ein wenig Mühe, Schritt zu halten. Ohne auf die Preise zu achten, schoben sich seine Hände im Vorbeieilen nach links und rechts, griffen nach Brokkoli, Kartoffeln und Zwiebeln und beförderten sie in den Einkaufswagen.

Blaubeersuppe war die Leibspeise seines Vaters. Jeden Tag aß er sie mittags zum Nachtisch. J-e-d-e-n Tag.

Sein Vater warf den Kopf zurück. »Dann möchte ich noch in die Weinabteilung«, sagte er. »Die haben heute den Chianti im Angebot.« Sie hielten auf die Kühlregale zu, und sein Vater packte kiloweise Tiefkühlfisch in den Einkaufswagen. Dass er damit den Brokkoli zerquetschte, kümmerte ihn nicht.

»Nett von dieser Deutschen, dass sie uns Gebäck mitge-bracht hat.« Ove blieb vor einem gläsernen Gefrierschrank stehen und hatte eine Packung Tiefkühl-Paella in der Hand. Mit angehobener Brille und zusammengekniffenen Augen inspizierte er die Zutatenliste, schob dann die Unterlippe vor und legte die Packung zurück ins Regal. »Viel zu teuer.« Er schnaufte. »Dabei würde ich gerne mal wieder Spanisch probieren.« Schulterzuckend eilte er weiter.

»Ich fand es auch nett von dieser Ina«, stimmte Lars zu und folgte seinem Vater. Auf Höhe des Kühlschranks wurde er jedoch langsamer, schnappte sich die Paella-Packung und verfrachtete sie zu den anderen Einkäufen.

Zwischen dem Frischkäse und den Quarkprodukten blieb sein Vater stehen und sah ihn ernst an. »Glaubst du denn, dass sie recht hat?«

»Womit?« Lars blickte ihn überrascht an.

»Na, dass diese Hofbesitzerin unschuldig ist.«

Lars grunzte leise vor sich hin. »Immerhin bist du es ge-wesen, der mich überhaupt auf die Spur gebracht hat. Ohne deine Argusaugen hätte ich erst einmal den Besitzer der Kette mit dem Kronenkreuz ausfindig machen müssen.«

»Aber sie sagte doch, dass sie den Anhänger nicht mehr besäße«, wandte sein Vater ein.

»Dennoch wurde er nur wenige Stunden nach dieser Aus-sage in direkter Nähe eines Toten gefunden. Schon merk-würdig, nicht?«

Sein Vater zuckte mit den Achseln und setzte seinen Gang fort. »Schon. Ja.«

Er hielt vor den Wurstwaren, sah sich alles ganz genau an, schüttelte den Kopf und ging weiter. Das machte Lars ein wenig stolz. Früher hatte sein Vater abgepackten Aufschnitt wie Schinken und Salami geliebt. Doch Lars hatte ihn davon überzeugen können, dass diese Dinge weder gesund für ihn noch gut für den Planeten waren. Was letzten Endes der ausschlaggebende Punkt gewesen war, dass Ove sie nicht mehr aß, wusste er nicht. Es spielte auch keine Rolle. Wichtig war, dass er es nicht mehr tat. *Vielleicht ja*, so dachte Lars, *einfach mir zuliebe, weil ich es nicht will.* Er schmunzelte über diesen Gedanken.

»Was grinst du so dämlich vor dich hin«, fuhr sein Vater ihn an.

»Ich dachte nur gerade an diesen kleinen Hund der Deutschen. Dem ich Manieren beibringen soll.« Eine Notlüge, die sein Vater nicht durchschaute. Lars hörte auf mit dem Grinsen. »Es spielt überhaupt keine Rolle, was ich denke«, sagte er weiter. »Fakt ist, dass viele Dinge dafür sprechen, dass Agneta schuldig ist. Sie hat ein starkes Motiv, und die Kette ist ein ernstes Indiz. Wenn sich herausstellt, dass sie sich doch all die Zeit in ihrem Besitz befand, könnte daraus schnell ein belastendes Beweisstück werden.« Seine Gedanken verfinsterten sich. *Hoffentlich nicht.* Er wollte einfach nicht wahrhaben, dass eine Frau wie Agneta eine Mörderin war.

»Also glaubst du, dass sie es war.«

Lars wusste keine eindeutige Antwort darauf. Zumindest war er unsicher und konnte die Frau nicht von allem freisprechen. Jedoch lag ihm noch das Gespräch mit der Deutschen im Magen. Ihre Aussage, dass der Bäcker nach dem Ansetzen des Teiges nicht mehr auf dem Fest gewesen war, stand im direkten Widerspruch zu dem, was dieser Mann zu Protokoll gegeben hatte. Das war nicht gut. Zumal Lars kein Idiot war und sich das Alibi von mehreren

Hofbewohnern direkt im Anschluss des Verhörs hatte bestätigen lassen. Sie alle hatten ausgesagt, dass Nils nach seinem Ausflug in die Backstube zurückgekommen sei, um weiter mit ihnen zu feiern. Das ließ ihn übellaunig werden, zeigte es doch einmal mehr, dass man der Polizei nicht traute und lieber eine Falschaussage tätigte, als jemandem aus dem eigenen Kreis zu schaden. Möglicher Mörder hin oder her. Schlimmer noch, dass sie sich anscheinend dennoch der Neuen anvertraut hatten. Das ließ kein gutes Urteil über seine Reputation zu. Auf jeden Fall bedeutete es, dass er diesem Nils mehr auf den Zahn fühlen sollte. Schließlich gab man nicht ohne Grund ein falsches Alibi ab. Er hatte seinen wohlverdienten Feierabend, doch ein guter Polizist war immer im Dienst. Und wenn es nur darum ging, seinen diensthabenden Kollegen anzurufen und ihn mit Anweisungen zu versehen. Also nahm er sein Telefon und rief Rasmus auf dem Revier an.

»Muss das jetzt sein?« Sein Vater warf ihm einen mahnenden Blick zu. »Kannst du nicht einmal bei der Sache sein?«

Lars wollte sich rechtfertigen, doch da hatte er bereits seinen Kollegen am Ohr. »Du musst etwas für mich herausfinden«, begann Lars ohne ausschweifende Begrüßungsfloskeln. »Es geht um eine Person mit dem Namen Nils ...« Kurz kam er ins Stocken, weil ihm der Nachname nicht mehr einfallen wollte. Sein Block mit den Notizen befand sich in seinem Uniformhemd, das er zu Hause ausgezogen hatte. Sein Vater hielt ihm eine Oskars-Surströmming-Konservendose entgegen, woraufhin Lars angewidert das Gesicht verzog. Sein Vater liebte diesen vergorenen Fisch, doch Lars hatte ihm den Verzehr verboten, weil der Gestank noch tagelang in der Wohnung stand.

Lekander, fiel es ihm blitzartig wieder ein. »Nils Lekander.« Er gab Rasmus alle weiteren Informationen durch, die ihm noch in den Sinn kamen, und ließ sich von seinem Kollegen versichern, dass er sofort zurückrufen würde, wenn er etwas Interessantes herausgefunden hätte. Als Lars das Gespräch beendete, sah er, dass sich drei dieser Fischkonserven im Einkaufswagen befanden. Mehr schlecht als recht versteckt unter einer großen Müslipackung, die wiederum ein Eingeständnis seines Vaters war, der es nämlich hasste, wenn ihm Lars morgens laut kauend gegenübersaß. Kurz spielte er mit dem Gedanken, den Fisch aus dem Einkaufswagen zu verbannen, machte es dann aber doch nicht. Vielleicht, weil ihn die Geste mit dem Müsli versöhnte. Vielleicht aber auch nur, weil er viel zu sehr mit der Frage beschäftigt war, warum dieser Nils ihn angelogen hatte. So oder so. Ein weiterer Besuch auf dem Tingsmålahof stand an. Dort ging es nicht mit rechten Dingen zu, das war ihm bald klar gewesen. Er war bereits stutzig geworden, als er Agneta abgeholt hatte und die Leute davon ausgegangen waren, dass er aus einem völlig anderen Grund da wäre. *Wegen eines Jungen,* hatte er die Worte von diesem Svante im Ohr. Und dann die Bemerkung der Deutschen über diesen Telefonanruf. Was ging da vor sich? Immer mehr bekam er das Gefühl, dass dieser Hof in ein Netz aus Illegalitäten verstrickt war und er gegen ein Bollwerk anrannte. Niemand auf dem Hof gab ihm freiwillig etwas preis. Bis auf Ina. Sie suchte geradezu seine Nähe. Als wären sie Kollegen. Er hatte sie von Beginn an gemocht. Irgendwie.

KAPITEL 35

In ihrer aufsteigenden Panik biss Ina fest in den Schnorchel. Sie rang nach Atem, doch anstelle von Luft schluckte sie einen ordentlichen Schwall Wasser, den sie hustend ausprustete. Dass sie sich nicht wohlfühlte, wäre die Untertreibung des Jahrhunderts gewesen. Ihr kam es vor, als wäre sie gerade erst gestorben und als Seeotter wiedergeboren worden.

Der tiefschwarze Neopren-Albtraum hatte sich wie eine zweite Haut um sie gelegt und saugte sich mit dem Seewasser voll. Immer wieder rief sie sich ins Gedächtnis, das Atmen nicht zu vergessen. Eine aus dem Nichts auftauchende Untiefe hatte sie ins Leere treten lassen, und, schwupps, war sie mit dem Kopf untergetaucht. Sofort zappelte sie sich an die Oberfläche. Hustend schaffte sie es zurück an das seichte Ufer, wo Ashley sie lachend erwartete.

»Auf einmal warst du fort«, drang die Stimme der Amerikanerin dumpf durch das Wasser in ihren Ohren zu ihr durch. Auch sie hatte sich in einen Neoprenanzug gequetscht und trug ihre Taucherbrille. Sie stand bis zu den Hüften im Wasser und hob die Hände aus dem See. »Das war mein Fehler, ich hätte dich vor der Stelle warnen sollen.«

Für Ina wirkte dieses Schuldeingeständnis nicht allzu aufrichtig, doch sie sagte nichts. Stattdessen riss sie sich den Schnorchel aus dem Mund, der nunmehr an ihrer Tauchermaske baumelte.

»Lass uns weiter hier rübergehen.« Ashley zeigte auf eine Stelle im Wasser, die sich nur wenige Meter neben ihr befand. Mit dem Gewicht der Taucherflasche auf dem Rücken und der Enge ihres Anzugs fühlte sich jeder Schritt dreimal so beschwerlich an.

Das war sie also, die erste Tauchstunde ihres Lebens. Ashley hatte sie nach einer kurzen Einführungsrunde in einen Neoprenanzug verfrachtet, der so eng war, dass sie kaum mehr Luft zum Atmen bekam. Sie hatte um ein größeres Modell gebeten, doch Ashley hatte ihr erklärt, dass diese Anzüge möglichst eng anliegen sollten, um ihre Funktionalität zu entfalten. Nicht erwähnt hatte sie, dass es eine Weile dauerte, bis das Seewasser, mit dem der Anzug sich vollsaugte, die Körpertemperatur erreichte. Dabei war der See gar nicht so kalt. Zumindest nicht in der Nähe des Ufers. Doch Ashley wollte mit ihr auf den Grund tauchen, und dort herrschten weitaus kühlere Temperaturen.

Also hatte sich Ina dem Schicksal gefügt und sich in den Anzug gequetscht.

Dass ihre Figur gar nicht in einer Form für eine derartige Zurschaustellung war, stand auf einem vollkommen anderen Blatt. Wenigstens gab es keine Zuschauer, die sie bei ihrem ersten Tauchgang beobachteten.

Sie würgte ihren negativen Gedanken mit den letzten Resten des Seewassers herunter, das sich noch in ihrem Mund befand, und rang sich ein Lächeln ab.

Sie wollte dieser Sache eine Chance geben. Weil sie gerne neue Dinge ausprobierte und der Tauchkurs ein großes Abenteuer versprach. Weil Ashley so viel daran lag. Außerdem hatte sie gerade ohnehin nichts anderes zu tun, außer sich den Kopf darüber zu zermürben, wie sie Agneta aus dem Polizeigewahrsam bekam, Janis aus den Fängen seiner Entführer befreite und dazu einen Mörder aufspürte. Ja, sie konnte wahrlich jedwede Ablenkung gebrauchen, die ihren Kopf freimachte.

Ashley hatte sich Mühe gegeben, ihr alles Notwendige über das Tauchen beizubringen. Sie hatte ihr ausgiebig erklärt, wie der Atemregler funktionierte, was die wichtigsten Handzeichen bedeuteten. Ina hatte sich als eifrige Schülerin erwiesen, die Signale schnell erlernt und auch problemlos den Umgang mit ihrer Ausrüstung verstanden. Allzu schwer war das nicht. Schwieriger hingegen war es, ihre eigene Courage aufrechtzuerhalten. Es war nicht ohne, mit der schweren Ausrüstung in den See zu steigen.

»Also«, sagte Ashley, als sie die besagte Stelle erreicht hatten. »Lassen wir das mit dem Schnorchel. Wir machen das jetzt genau so, wie ich es dir beigebracht habe. Sobald du mit dem Kopf unter Wasser bist, atmest du völlig ruhig durch den Regler ein und aus.« Zur Veranschaulichung nahm sie den Atemregler in den Mund und machte es kurz vor.

»Wir gehen immer tiefer, bis wir keinen Boden mehr unter den Füßen haben, und dann schwimmen wir unter Wasser und nehmen unsere Tauchflossen zur Hilfe.« Sie vollführte die entsprechenden Schwimmbewegungen in der Luft.

Ina tat es ihr gleich. Nicht, weil sie es wollte, sondern weil Ashleys Blick sie dazu aufforderte.

»Ich werde die ganze Zeit dicht neben dir sein. Gemeinsam tauchen wir Stück für Stück weiter runter.« Sie lächelte zuversichtlich. »Keine Sorge, der See ist nicht sehr tief. Bis auf den Grund sind es keine fünf Meter. Bei solch einer geringen Wassertiefe musst du keine Dekompressionserkrankung befürchten.« Sie klang so entspannt, dass Ina sich tatsächlich ein wenig beruhigte.

»Achte nur auf den Druckausgleich – nicht, dass du mit Ohrenschmerzen wieder auftauchst.«

Ashley hatte ihr gezeigt, wie sie den Druck ausgleichen konnte, indem sie sich fest die Nase zuhielt und dabei versuchen sollte, durch die Nase die Luft wieder auszustoßen, bis es in ihren Ohren knackte. Das war leicht, und Ina war zuversichtlich, dies ebenso problemlos unter Wasser hinzubekommen.

»Wir machen unseren ersten gemeinsamen Stopp in einer Tiefe von drei Metern.« Ashley deutete auf die große Taucheruhr an ihrem Handgelenk und tippte das Zifferblatt an.

Mit einem Mal verschwand das Lächeln in ihrem Gesicht. »Dennoch, Ina, es ist dein erster Tauchgang. Achte bitte ganz genau auf deinen Körper. Gib ein Zeichen, wenn du dich unwohl fühlst. Wenn du Kopfschmerzen bekommst, dir schlecht wird, du schlagartig müde wirst … oder Angstzustände bekommst.«

Ina nickte und versprach es, woraufhin ihre Tauchlehrerin das unerschütterliche Lächeln wiederfand. »Du wirst sehen, es wird dir gefallen. Abzutauchen ist wie das Betreten einer völlig neuen Welt. Und der Vorteil beim Tauchen im See ist, dass du keine gefährlichen Strömungen, Untiefen oder Tiere fürchten musst. Allerhöchstens kann mal ein Karpfen an dir knabbern.« Sie lachte, und Ina lachte mit. Obwohl sie gut und gerne darauf verzichten konnte, von irgendetwas unter Wasser angeknabbert zu werden. Kurz dachte sie an Seeschlangen, verwarf es aber, Ashley danach zu fragen. Manche Dinge wusste man besser nicht.

»Wir tauchen hinunter zum Wrack, schauen uns dort ein wenig um, und dann geht es auch schon wieder aufwärts.« Sie nahm noch einmal die Taucherbrille ab, spuckte hinein, rubbelte an dem Glas herum und setzte sie sich auf. »Bereit?«

Ina hob den Daumen, und schon ging es los. Mit voller Montur watschelte sie über den schlammigen Boden, stieg tiefer und tiefer in den See hinein, bis sie mit dem Kopf untertauchte. Die erste Enttäuschung machte sich in ihr breit, denn viel erkannte sie nicht. Um sie herum war das Wasser aufgewirbelt. Ashley befand sich dicht neben ihr, sodass Ina nur die Hand hätte ausstrecken müssen, um sie zu berühren. Allmählich wurde es so tief, dass sie den Halt unter den Füßen verlor und durch das Wasser watschelte wie diese Nilpferde, die sie einmal im Zoo hinter einer Glasscheibe mit Unterwassereinsicht gesehen hatte. *Schwimmlaufen,* kam ihr der Text der Erklärungstafel in den Sinn. Genau das tat Ina jetzt. *Schwimmlaufen* … In der Enge des Neoprens fühlte sie sich sogar ein wenig nilpferdartig. Ashley begann zu schwimmen. Ina schaute ihr nach, wie sie in einer Einheit die Arme bewegte und dazu mit den Flossen strampelte. Ina versuchte, es ihr nachzumachen, doch die Bewegungen mit den Flossen kamen ihr unkoordiniert vor. Irgendetwas schien sie dennoch richtig zu machen, denn sie bewegte sich voran, schwamm auf Ashley zu, die in der Mitte des Sees auf sie wartete und mit Daumen und Zeigefinger einen Kreis formte. Das Zeichen dafür, dass alles in Ordnung war. Ein wenig erfüllte Ina das mit Stolz. Als sie Ashley erreicht hatte, zeigte diese mit dem Daumen nach unten.

Also ging es nun abwärts. In die Tiefe. Ina schaute hinab. In der Seemitte war das Wasser ungleich klarer als am aufgewirbelten Ufer. Die Sonnenstrahlen drückten sich durch die Oberfläche und ließen Teile des Grunds aufschimmern. Ashley hatte recht, der See war wirklich nicht sehr tief. Ina war zunehmend begeistert, während sie den Blick in alle Richtungen schweifen ließ. Unterbrochen von den Blubberblasen, die um sie herum aufstoben, offenbarte sich ihr eine unglaubliche Unterwasserwelt. Ein Schwarm kleiner Fische schwamm neugierig um sie herum. Unter sich sah sie Büschel von Seegras, das sich geschmeidig hin und her wiegte.

Ashley stieg nach unten, sah aber immer wieder hinauf, um sich zu vergewissern, dass Ina ihr folgte. Der Abstieg kostete sie einiges an Überwindung. Schlagartig wurde sie sich darüber bewusst, wie viel Wasser über ihr war. Kurzzeitig beschleunigte sich ihr Atem, und ihr Puls stieg an. Doch sie unterdrückte die aufglimmende Panik, beschloss, sich der für sie neuartigen Welt hinzugeben. Durch den Regler atmete sie tief ein und aus und folgte Ashley, die sich immer weiter nach unten fallen ließ.

Ina spürte einen unangenehmen Druck auf den Ohren, vollführte den Druckausgleich, der ihr sofort gelang. Allmählich bekam sie auch ihren Körper in den Griff, begann die Schwerelosigkeit des Wassers zu genießen, in der sie sich unfassbar leicht vorkam. Sie war nun gleichauf mit Ashley, deren breites Grinsen sie sogar unter der Tauchermaske erkennen konnte. Ihr Tauchbuddy fasste nach ihrer Hand und deutete auf eine Stelle am Boden, direkt vor ihrer Nase.

Das Wrack!

Dort lag es, auf dem Grund des Sees, bewachsen mit Seetang und irgendeinem moosigen Geflecht. Es war eines dieser kleinen Boote, die sogar eine Kajüte hatten. Gemeinsam schwammen sie darauf zu. Ina umfasste die Reling, die sich unter ihren Händen glitschig anfühlte. Das stumpfe Heck ragte ein wenig empor, während die Spitze halb im sandigen Boden steckte. Auch lag es nicht vollkommen gerade auf dem Grund des Sees, sondern hatte ein wenig Schlagseite. Sie suchte den Rumpf nach einem Namen ab, den sie jedoch nicht entziffern konnte, weil alles mit Algen bewachsen war. Ashley ließ ihre Hand los und stieß sich ab, um auf das Schiff zu gelangen. Ina folgte ihr, sah dabei zu, wie die Tauchlehrerin die Tür der Kajüte aufzog. Sämtliche Fenster fehlten – vermutlich aus Sicherheitsgründen, damit man für den Fall der Fälle schnell aus dem Boot kam. Ashley tauchte in die Kajüte ein, die Platz für mehrere Personen bot. Sie winkte ihr zu, doch Ina zögerte. Sie betrachtete noch ein wenig den grün schimmernden Seegrund, folgte den glitzernden Sonnenstrahlen, die durch das Wasser wie die Kegel von Taschenlampen schnitten und sich im Seegras reflektierten.

Also schön, dachte sie. *Was soll's.* Und so hielt sie auf die Kajüte zu und tauchte hinein. Dabei musste sie schmunzeln, weil Ashley sich hinter das große Steuerrad bugsiert hatte und so tat, als manövrierte sie das Schiff. Ina sah sich um. Ein leerer Bettkasten war zu erkennen, in der Bordwand waren Schränke eingelassen, die allesamt offen standen, und Regale mit einer Glaskugel, verschiedenen Figuren und Kerzenständern. Vermutlich hatte Ashley das alles arrangiert. Direkt neben der Koje jedoch befand sich etwas, dass sie ziemlich irritierte. Es war ein schwerer klobiger Edelstahltresor, der unter den Regalen stand. In seiner schwarzen Lackierung mit den goldenen Verzierungen wirkte er alt, sehr alt sogar. Sie tippte Ashley an und deutete darauf, doch die zuckte nur mit den Schultern und machte Platz für Ina, damit auch sie sich an das Steuerrad begeben konnte. Also tat sie ihr den Gefallen und lenkte ein wenig daran herum, während sie immer wieder den Tresor in Augenschein nahm. Dieser Tresor hatte kein Drehschloss, sondern ein kleines Schlüsselloch – eben für einen Schlüssel. Zwei Fingerbreit über der Öffnung prangte ein goldfarbenes Emblem, das sogleich Besitz von ihren Gedanken nahm. Es war wohl das Logo des Tresorherstellers und stellte die Kontur eines Diamanten dar, in dem mittig ein geschwungenes S abgebildet war – ebenfalls in goldener Schrift. Daneben stand *Secure Säker*. Dabei handelte es sich augenscheinlich um den Namen des Tresorherstellers. Sie betrachtete noch eine Weile den Buchstaben, der aufgrund seiner geschwungenen Form eine gewisse Ähnlichkeit mit einer Schlange besaß.

Und dann vergaß sie das Atmen. Sie starrte das Schlüsselloch an, während sich in ihrem Kopf ein einziger Gedanke manifestierte und nichts anderes mehr zuließ. Etwas zerrte an ihrem Ärmel. Ina wollte sich losreißen, doch der Druck war unfassbar fest. Widerwillig riss sie sich von dem Schloss los und blickte zu Ashley, die sie mit großen Augen anstarrte. Nur eine winzige Sekunde später drehte sich alles vor Inas Augen, und ihr Herz setzte einen Schlag aus. Ashley schüttelte sie, und Ina schnappte gierig nach Luft. So schnell, wie der Schwindel eingesetzt hatte, war er auch wieder vorbei.

Sie formte das OK-Zeichen, doch Ashley schleppte sie förmlich raus aus der Kajüte. Gemeinsam machten sie sich an den Aufstieg. Weg von dem Tresor mit diesem merkwürdigen Schlüsselloch.

KAPITEL 36

Mit klatschnassen Haaren hetzte Ina den *Strandvägen* entlang. Ihre ebenfalls nassen Korksandalen gaben bei jedem Schritt einen schmatzenden Laut von sich, während ihr das Aroma des Duftflieders am Wegrand in die Nase stieg. Der süßliche Geruch vermischte sich schon bald mit dem von frischer Hefe und Zuckerzimt, als sie nur noch wenige Meter von der Backstube entfernt war. Erst da fiel ihr auf, wie hungrig sie der Tauchgang gemacht hatte. Mit knurrendem Magen blieb sie vor der Tür stehen, schüttelte sich das nasse Haar zurecht und betrachtete sich im Fensterglas. Ihr Spiegelbild war wenig zufriedenstellend. Sie sah aus wie ein nasser Wischlappen. Doch zum Föhnen und Stylen der Haare blieb ihr keine Zeit, zu angespannt war sie. Und dennoch war es ihr nicht recht, Svante in derartiger Erscheinung gegenüberzutreten. Dass er in der Backstube war, hatte sie von Ashley erfahren. Während sie das Tauchgerät geordnet hatte, hatte die Amerikanerin ihr mitgeteilt, dass Ebba und Svante sich in der Bäckerei aufhielten. Und so war Inas direkte Anlaufstelle die Backstube, deren bloßer Anblick sie nach wie vor frösteln ließ.

Sie strich sich die Haare zur Seite, betrachtete sich noch einmal – und wuschelte sich über den Kopf, weil sie fand, dass sie mit dem Seitenscheitel aussah wie eine unheilvolle Person aus der deutschen Geschichte. *Dann lieber wie ein*

Alpaka, dachte sie sich und trat in die Backstube, wo der intensive Duft von Frischgebackenem ihr das Wasser im Mund zusammenlaufen ließ.

»Hej«, sagte sie, als sie Svante an einem der Arbeitstische stehen sah. Dieser fuhr vor Schreck zusammen, woraufhin vom Tisch eine Mehlwolke aufstob.

»Ina«, begrüßte er sie ruppig. »Was machst du hier?« Er musterte sie kurz. »Du bist ja ganz nass.«

Sie legte den Kopf auf die Seite, um das Wasser aus dem Ohr zu bekommen. »Das ist der Grund, warum ich hier bin!«

»Ein Wasserschaden in deinem Bungalow?« Er fuhr sich über die Wange, wo er eine pudrige Mehlspur im Bart hinterließ. »Ist dein Föhn wieder kaputt?«

»Was? Nein!« Ina schüttelte unwirsch den Kopf. So sehr, dass die Tropfen ihrer nassen Haare nur so durch die Gegend flogen.

Sie warf einen Blick auf die Arbeitsfläche und erspähte eine stattliche Anzahl an Edelstahlschüsseln und mehrere Teigklumpen, die Svante wohl gerade mit den Händen bearbeitet hatte. Die gesamte Arbeitsplatte war mit einer dicken Mehlschicht bedeckt.

Während er weiter an dem Teig herumknetete, immer wieder kleinere Stücke von dem großen Klumpen riss und sie zu Kugeln formte, beäugte er sie unablässig.

»Ich war mit Ashley tauchen«, erklärte sie ihm und verschränkte die Arme vor der Brust.

Ein raunendes »So?« kam hinter seinem Bart hervor.

»Sie hat mir keine Ruhe gelassen und darauf bestanden«, erklärte Ina weiter. »Also habe ich ihr den Gefallen getan und eben die erste Tauchstunde meines Lebens absolviert.«

Aus ihrem struppigen Haar löste sich ein Wassertropfen, der exakt auf ihrer Nasenspitze landete.

Svante sah sie an. »Und, wie war es?«

»Nass«, sagte Ina das, was ihr als Erstes in den Sinn kam. Dann schnalzte sie missbilligend mit der Zunge. Sie war viel zu aufgeregt, um sich weiter diesem unbekümmerten Small Talk hinzugeben. Also platzte es aus ihr heraus: »Wir waren unten am Bootswrack.«

Svante nickte. »Ihr habt die Skuld besichtigt.«

»Ich habe den Tresor gesehen«, sagte sie ungeduldig über seine Worte hinweg.

»Was ist mit dem?«

»Genau das möchte ich von dir wissen«, sagte sie. »Was hat es damit auf sich?«

Svante nahm die Hände vom Teig und drehte sich nun mit dem ganzen Körper zu ihr. Er klopfte sich den Mehlstaub an seiner Jeans ab und beäugte sie fragend. »Was soll es damit auf sich haben?«

»Wie kommt er auf das Boot?«

Seine Lippen schoben sich nach vorn. »Es war eine Idee von Viggo, um das Wrack spannender zu gestalten. Allerdings stand er immer offen, weil es keinen Schlüssel mehr dazu gab.«

Ina nickte. »Jetzt ist er aber zu.«

Svante nickte ebenfalls. »Weil ihn irgendein Scherzbold zugeschlagen hat. Und nun geht er eben nicht mehr auf.« Er gab einen schmatzenden Laut von sich. »Weil es keinen Schlüssel mehr gibt.«

Ina lehnte sich gegen den Arbeitstisch und scherte sich einen Kehricht um das Mehl, das Spuren an ihr hinterließ. Ihre Gedanken drehten sich nur noch um die eine Sache.

Sie senkte die Stimme. »Und wenn ich dir sage, dass es doch einen Schlüssel gibt?«

Svante hielt in der Bewegung inne, sah sie an. Nun hatte sie seine ungeteilte Aufmerksamkeit, und das kostete sie aus, indem sie tief Luft holte. Dann brachte sie die Sprache auf den Fund in Viggos Jagdhütte.

»Der Schlüssel hat dasselbe Symbol, wie ich es eben auf dem Tresor gesehen habe«, sagte sie abschließend. »Ich bin mir absolut sicher, dass er in das Schloss passt.«

Svante grinste schief. Ina sah ihm an, dass er zu verarbeiten versuchte, was sie ihm gerade erzählt hatte.

»Was, wenn die Tür zum Tresor auf der Skuld nicht aus einem Jux heraus zugeschlagen wurde, sondern weil jemand etwas darin versteckt hat?«, bohrte sie nach. »Vielleicht Viggo?«

Svante sah sie nur ausdruckslos an, während er langsam weiterknetete, ohne irgendetwas zustande zu bringen.

Allmählich wurde er Ina zu schweigsam. Sie fasst ihn am Arm, damit er mit dem Kneten aufhörte. »Was sagst du denn dazu?«

»Ich … ich weiß nicht.« Seine Stirn legte sich in tiefe Falten. »Ist das nicht vielleicht ein bisschen weit hergeholt?«

Ina zog rasch die Hand zurück, als ihr klar wurde, dass sie noch immer auf dem Unterarm des Mannes ruhte.

»Viggo hatte viele Geheimnisse«, sagte sie. »Ich habe da so ein unbestimmtes Gefühl, dass dies ein weiteres ist.« Sie seufzte. »Es gibt wohl nur eine Möglichkeit, um das herauszufinden. Wir müssen noch einmal dort runter. Zur Skuld.«

»Wir?«

»Natürlich wir! Ich hatte gerade meine erste Stunde. Ich kann doch unmöglich allein auf den Grund des Sees. Du kannst tauchen. Also wirst du mein Buddy.« Sie zwinkerte ihm spitzbübisch zu. »Mein *partner in crime,* wenn du so willst.«

Svante wirkte alles andere als begeistert, während er sie musterte und sein stoisches Brummen zum Besten gab.

»Und was glaubst du, dort unten im Tresor zu finden?«

Sie hatte nicht den leisesten Schimmer. Aber ihre Abenteuerlust war geweckt. Sie spürte es, dass sie einem weiteren Rätsel von Viggo auf der Spur war. Aber das war längst nicht alles. Allmählich verstärkte sich das Gefühl in ihr, dass sämtliche Rätsel zusammengehören könnten. Vielleicht würde sie dort unten etwas finden, das ihr einen Aufschluss über all die mysteriösen Geschehnisse gab, von denen der Hof in den letzten Tagen heimgesucht worden war.

»Es gibt nur ein Problem«, gestand sie Svante. »Ich habe den Schlüssel nicht. Agneta hat ihn an sich genommen. Er muss irgendwo in ihrem Haus sein.« Sie seufzte. »Und da Agneta ...«

»Was ist mit meiner Schwiegertochter?«

Nun fuhren sowohl Svante als auch Ina erschrocken zusammen. Unmittelbar vor ihnen tat sich ein kleiner Schatten auf, den Ina auf den zweiten Blick als Ebba erkannte. Mit beiden Händen hatte sie sich auf dem Gehstock abgestützt und blinzelte Ina fragend an. »Was ist mit deinen Haaren passiert?«

»Sie war tauchen«, antwortete Svante für sie.

Die alte Frau zuckte mit einem Mundwinkel. »Und was machst du dann hier?«

Ina wollte zu einer Erwiderung ansetzen, doch Ebba hob ihren Gehstock an und ließ ihn hart wieder aufkommen. »Wie auch immer, hier kannst du nicht bleiben. Svante und ich haben eine Verabredung. Zum Backen der nächsten Fuhre Kanelbullar.« Sie hob nun das andere Handgelenk und blickte auf die Uhr, was sie wiederum zu einem missmutigen Schnauben veranlasste. »Wir sind ohnehin schon zu spät dran. Wir haben eine riesige Bestellung zu meistern, und ohne Knut müssen wir das Zeug – ich meine, die Kanelbullar – selbst ausfahren.« Dem fügte sie ein weiteres Schnauben hinzu. Dann trat sie zur Seite und richtete ihren Stock in Richtung des Ausgangs. Eine eindeutige Geste, die Ina galt.

Diese warf Svante einen kurzen Blick zu, der aber nur die Backen aufblies.

»Also schön!« Sie klatschte sich den Staub von den Händen und fuhr sich durch das nasse Haar, dessen vordere Fransen ihr tief in die Stirn hingen. »Dann will ich euch beide nicht weiter stören.«

– Påtår

Von Kaffee kann man nie genug bekommen. Deshalb haben die Schweden ein eigenes Wort, das den Koffeinnachschub garantiert. Wörtlich würde es »ein weiterer Schluck« bedeuten. *Påtår? Aber gern!*

KAPITEL 37

Ina trat aus der Backstube ins Freie und atmete tief durch, um den Mehlstaub aus der Nase zu bekommen. Sie wusste nicht so recht, was sie von Ebbas ungehobelter Art halten sollte. Geradezu rausgeworfen hatte die alte Frau sie. Mit einem Mal musste sie fürchterlich niesen, weil ein Sonnenstrahl ihre Nase kitzelte. Und jetzt lief ihre Nase auch noch – ohne dass sie ein Taschentuch zur Hand hatte. Doch es war kein Rotz, der ihr aus dem rechten Nasenloch floss. Es war Blut. Kurz bekam sie Panik. Ob sie sich die Taucherkrankheit eingefangen hatte? Sie legte den Kopf in den Nacken, suchte ihre Shorts nach einem Taschentuch ab, fand aber keines.

Flugs wandte sie sich um, trat wieder in die Backstube, sagte mit näselnder Stimme: »Von euch beiden hat nicht zufällig jemand ein Taschentuch einstecken?«

Eine Antwort erhielt sie nicht, dafür jedoch zwei perplexe Gesichter, die sich ihr rasch zuwandten, begleitet von Ebbas ruppiger Bewegung, die versuchte, etwas hinter ihrem Rücken zu verbergen, dabei aber so hastig war, dass es zu Boden fiel.

Ina zog die Nase hoch, doch sie konnte nicht verhindern, dass ein paar Tropfen Blut auf dem mehligen Boden landeten.

»Ich habe Nasenbluten«, sagte sie. Hauptsächlich, um überhaupt etwas zu sagen. Doch die beiden schienen kein

Auge für ihre Nase zu haben. Dafür starrten sie das kleine Päckchen an, das vor Ebba auf dem Boden lag.

Nach einer Schrecksekunde stellte diese den Fuß darauf und grinste verkrampft. Sie räusperte sich und flötete geradezu: »Du brauchst ein Taschentuch? Momentchen ...« Angespannt tastete sie ihre Kittelschürze ab, doch Ina achtete schon gar nicht mehr auf das herauslaufende Blut. Sie stellte sich vor Ebba, sah sie unverwandt an, während sie immer wieder die Nase hochzog. »Was hast du da?«, fragte sie. »Unter deinem Fuß?«

»Nichts«, schoss es blitzschnell aus Ebbas Mund. »Gar nichts.«

Ina blickte über Ebbas Schulter hinweg, nahm die Arbeitsfläche in Augenschein. Svante trat dicht neben Ebba, um ihr die Sicht zu verstellen. Vergebens. Mahnend streckte Ina die Hand aus. »Und was ist das da?«, fragte sie fordernd.

»Nichts«, sagte nun auch Svante.

Dem schloss Ebba sich mit einem beherzten »Gar nichts!« an.

Ina ging in die Hocke, schob kurzerhand Ebbas Fuß zur Seite und hob den kleinen Plastikbeutel vom Boden auf. Sie hielt ihn sich vor die Augen, betrachtete den Inhalt, hatte längst eine Ahnung, was er enthielt. Und dann sagte sie: »Ich weiß, was das ist.«

»Das ist nichts!«, entgegneten Ebba und Svante wie aus einem Mund.

Ina drängte sich zwischen die beiden und inspizierte den Arbeitstisch, auf dem zu den Schüsseln und Teigkugeln ein weiterer Haufen hinzugekommen war. Dieser bestand aus mehreren kleinen Plastikbeuteln. Es waren Dutzende.

Sie enthielten ein getrocknetes gräulich grünes Kraut.

Ina war sich zu hundert Prozent sicher, dass es sich nicht um eine Kräutergewürzmischung handelte.

Das alles erfasste sie mit nur wenigen Blicken. Um die Tragweite dessen zu verstehen, was hier vor sich ging, brauchte sie jedoch einige Sekunden länger. Doch dann stürzten die Worte aus ihr heraus. »Ihr vertickert Drogen, indem ihr sie in euren Zimtschnecken versteckt?«

Svante hob die Hände. »Was heißt denn hier vertickern?« Er versuchte sich an einem unbekümmerten Lachen, doch die Schweißperlen auf seiner Stirn verrieten ihn.

Ina traf es wie der Schlag. »Ihr seid Drogendealer!«, entrüstete sie sich. »Deshalb ist euer Lieferservice so erfolgreich. Es geht gar nicht um die Kanelbullar, sondern um das, was darin steckt.«

Ebba stupste Svante harsch an, damit er die Hände herunternahm. »Nun, Ina.« Sie schürzte die Lippen. »Jetzt, wo du uns auf frischer Tat ertappt hast, werden wir dich wohl umbringen müssen.«

»Ebba«, brummte Svante. »Darüber macht man keine Scherze.«

Die alte Frau lachte dennoch und nahm eine entspannte Haltung ein. »Schön, Ina, bist du also hinter unser kleines Geheimnis gekommen, wie wir unsere Hofkasse ein wenig aufbessern. Und jetzt?« Sie reckte ihr auffordernd das Kinn entgegen. »Willst du uns bei der Polizei verraten? Uns anschwärzen?«

Ina öffnete den Mund, schloss ihn aber sogleich wieder, weil sie gar nicht wusste, was sie davon zu halten hatte. Svante und Ebba waren Dealer. Wie unangenehm es doch war, Dinge herauszufinden, die niemandem nützten und die man schon gar nicht wissen wollte.

Wieder schoben sich Svantes Arme nach oben. In beschwichtigendem Tonfall sagte er: »Machen wir keine große Sache draus, einverstanden?« Er lächelte sie an. Beinahe liebevoll. Es war ein Blick, der Ina nicht kaltließ.

»Wir bereichern uns nicht daran. Sämtliche Einnahmen kommen dem Hof zugute«, versprach er. »Jede Öre wandert postwendend in unser Einmachglas, aus dem immer wieder anfallende Kosten beglichen werden.«

Ebba nickte zustimmend. »Ohne unseren kleinen Nebenerwerb ginge es unserem Hof noch schlechter. Wir sind auf das zusätzliche Geld angewiesen. Allein die Kosten für den Tierarzt sind beachtlich!«

»Wir schaden auch niemandem damit«, pflichtete Svante bei. »Wir geben unsere … Ware nur in kleinen, haushaltsüblichen Mengen ab.«

Inas Mund öffnete sich wie von selbst. »Aber … wie?«

»Ganz einfach!« Ebba grinste sie stolz an. »Wir lassen beim Backen der Kanelbullar eine Aushöhlung in der Mitte, stopfen im Anschluss den Beutel hinein und verschließen das Ganze mit Zuckerguss.«

»Das ist dann auch sogleich der Bestell-Code«, erklärte Svante. »Eben die mit dem Zuckerguss.«

Ebba schnalzte lapidar mit der Zunge. »Absolut nichts Wildes.«

Svante schmunzelte. »Du musst dir also wirklich keine Sorgen machen, dass wir arme Rentner zu drogensüchtigen Zombies mutieren lassen.«

Ina hob eine Braue. »Wer weiß davon? Agneta?«

Beide schüttelten den Kopf. »Sie würde uns die Hölle heißmachen«, gab Ebba kleinlaut von sich.

»Und wusste Viggo etwas?«

Wieder nur Kopfschütteln.

»Und wenn jemand dahinterkommt?«

Svante grinste schief. »Wie sollte das passieren?« Er wandte sich der Arbeitsfläche zu und vollführte eine weit ausholende Geste. »Das ist ein ausgeklügeltes System. Niemand wird je darauf kommen.«

»*Ich* bin darauf gekommen«, wandte Ina ein. *Und ich habe ohne Probleme eure Drogenplantage gefunden.*

»Aber nur durch Zufall.« Ebba reichte ihr ein Stofftuch aus der Kittelschürze. »Du blutest unsere Ware voll.«

Ina hielt sich das Tuch vor die Nase. Zumindest in einer Hinsicht musste sie den beiden recht geben. Die Haschischbeutel in den Kanelbullar zu verstecken war raffiniert. Da stellte sich die Frage, wie die Polizei ihnen jemals auf die Schliche kommen sollte, wenn man nicht gerade mit den Zimtschnecken unter deren Nase herumwedelte.

Sie legte den Nacken zurück, um den Blutfluss zu unterbrechen. Dann verschluckte sie sich an ihrem eigenen Blut, das ihr den Rachen hinunterlief. »Ach du Sch…«

Ihr Kreislauf sackte ab, und kurz wurde ihr schwarz vor Augen. Doch nicht aufgrund des Blutverlusts, sondern weil ihr ein siedend heißer Gedanke durch den Kopf geschossen war und sämtliche Nerven in Alarmbereitschaft versetzt hatte.

Ebba sah sie besorgt an, Svante stürmte sogar auf sie zu und klopfte ihr den Rücken. »Alles in Ordnung?«

Ina verneinte heftig. »Gar nichts ist in Ordnung.« Sie presste sich das Stofftuch auf den Nasenflügel und sagte mit näselnder Stimme: »Ich … ich glaube, ich habe großen Mist gebaut«, stammelte sie. »Ich muss euch wohl etwas gestehen.«

Für das Geständnis brauchte es nur wenige Worte. Die aber reichten aus, damit Svantes und Ebbas Gesichter so weiß wurden wie das Mehl auf der Arbeitsplatte. Svante fasste entrüstet zusammen: »Du hast dem Vater des Polizisten unsere Haschisch-Kanelbullar als Gastgeschenk mitgebracht?«

Ina wagte es nicht, etwas darauf zu erwidern. Sie schaffte es nicht einmal, ihm in die Augen zu schauen.

»Es waren nicht viele«, wandte sie ein. »Nur etwa ein Dutzend.«

Svante und Ebba warfen sich unheilvolle Blicke zu.

»Von welchem Blech genau?«, wollte Svante wissen, woraufhin Ina angestrengt nachdachte. Sie hatte es eilig gehabt und von den oberen Blechen jeweils die vorderen Kanelbullar eingepackt.

Svante sah sie ernst an. »Auch von denen mit dem Zuckerguss?«

Ina zuckte hilflos mit den Schultern. »Kann schon sein.« Sie wusste es beim besten Willen nicht mehr. Das reichte, dass Svante sich mit beiden Händen durch die Haare ging.

»So eine verfluchte Kacke!« Er scharwenzelte durch die Backstube, ohne die Hände von den Haaren zu lassen. »So eine verfluchte Kacke«, sagte er noch einmal, lauter diesmal. Dann blieb er abrupt stehen und wandte sich Ebba zu. »Was machen wir denn jetzt? Ich meine, der Vater eines Bullen!« Er brummte inbrünstig und warf Ina einen vernichtenden Blick zu. »Ausgerechnet.«

»Es tut mir leid!« Ina streckte die Hände von sich. Sie konnte doch nicht ahnen, welches düstere Geheimnis diese Gebäckstücke in sich bargen. Gleichzeitig lief es ihr heiß und kalt den Rücken hinunter. Ove hatte vor ihren Augen drei Kanelbullar in sich hineingestopft. Nicht auszudenken, er hätte in ihrer Anwesenheit in einen gebissen, in dem ein Haschischbeutel verborgen war.

»Wir müssen sie zurückbekommen«, platzte es aus Svante heraus, als hätte er die Idee des Jahrhunderts. »Wir müssen uns irgendwie in die Wohnung schleichen und die Kanelbullar an uns reißen.«

Ina war skeptisch. Ove hatte solch einen Heißhunger auf die Leckereien gehabt, dass einen Tag später bestimmt nichts mehr davon übrig war.

»Spitzenidee, Svante!« Ebba lachte lustlos vor sich hin. »Brechen wir in die Wohnung eines Polizisten ein.«

Svante sah sie wütend an. »Hast du eine bessere Idee?«

Anstatt ihm zu antworten, griff Ebba in ihre Kittelschürze und zückte einen kleinen länglichen Gegenstand hervor, der dafür sorgte, dass Inas Mund aufschnappte.

»Auf den Schock könnten wir erst mal einen durchziehen.« Sie übergab Svante den Joint, der ihn nachdenklich ansah.

Dann nickte er und wandte sich Ina zu. »Bist du dabei?«

Diese sah die beiden ausdruckslos an. »Ihr … ihr wollt, dass ich mit euch … kiffe?«

»Genau das wollen wir!« Ebba eroberte den Joint zurück und wedelte damit vor Inas Nase herum. »Das ist astreines Zeug.« Sie neigte erwartungsvoll den Kopf. »Bist du dabei?«

Ina war dabei. Nur wenige Augenblicke später standen sie draußen hinter der Backstube im Schatten eines Kastanienbaums und ließen die entzündete Haschischzigarette der Reihe nach durchgehen. Erst war Svante am Zug, dann Ebba. Nach einem intensiven Inhalieren – mit geschlossenen Augen – stieß sie zwei weiße Rauchschwaden aus den Nasenlöchern aus, was ihr ein wenig das Aussehen eines Drachen verlieh. Dann reichte sie Ina den Joint.

Diese ergriff ihn zögernd. Es war schon lange her, dass sie das letzte Mal an etwas Derartigem gezogen hatte, Jahrzehnte sogar. Hin und wieder in ihrer Jugend, wenn sie mit Freunden unterwegs gewesen war. Damals hatte sie sich nichts daraus gemacht, nicht mal aus normalen Zigaretten.

Dennoch nahm sie sich ein Herz und zog daran, sah dabei zu, wie die Aschespitze rot aufglimmte. Der Rauch schoss in ihren Mund. Er schmeckte anders als Zigaretten. Würziger. Der Qualm schlich ihre Luftröhre hinunter. Ina zwang sich zu einem festeren Zug, bis die Glut noch mehr aufglimmte und sich ihre Lungen mit Rauch füllten. Sie unterdrückte ein Husten, hielt den Qualm gefangen. Doch dann wurde der Hustenreiz zu stark, dass sie ihn nicht mehr unterdrücken konnte.

»Langsam.« Svante klopfte ihr auf den Rücken. »Nicht gleich so einen tiefen Zug«, ermahnte er sie.

Ina stieß den Rauch aus, nahm einen gierigen Atemzug. Augenblicklich wurde ihr schwindelig. Sie schloss die Augen, lehnte sich gegen den Baum, spürte die knochige Rinde und das Gras, wo es ihre in Sandalen steckenden Füße berührte. In ihrer Vorstellung bekamen die Grashalme winzige Ärmchen und Hände, die sich daranmachten, ihre Zehen durchzukitzeln. Sie grinste. Und kicherte.

Ebba stimmte ebenfalls in das Lachen ein, als sie ihr den Joint aus der Hand nahm. »Sag ich doch, astreines Zeug.«

Ina rutschte am Baum entlang, ließ sich nach unten sinken, bis sie mit dem Hintern im Gras saß. Sie fühlte sich unendlich leicht und unbeschwert. Bevor Ebba den Joint an Svante weiterreichte, riss sie den Arm nach oben und forderte ihn ein.

»Nur einen kleinen Zug«, appellierte Ebba jetzt ebenfalls an sie. »Und atme für den Anfang nicht zu tief ein.«

Ina spitzte die Lippen und nahm entgegen der Warnung erneut einen tiefen Zug. Wieder brannte es in ihrer Lunge, doch diesmal schaffte sie es, das Husten zu unterdrücken. Sie schloss die Augen und spürte, wie sich ein schwindeliges Gefühl in ihr ausbreitete. Rasend schnell stieg es aus der Mitte ihres Körpers auf, bis es ihren Kopf erreichte und ihr Hirn in Watte hüllte. Samtig und fluffig. *Zuckerwatte.*

Sie grinste. So breit wie ein Honigkuchenpferd.

Breit ... ich bin breit!

Jetzt lachte sie aus ganzem Herzen.

Ebba und Svante ließen sich neben ihr im Gras nieder und gaben sich schweigend dem Genuss hin. Ina hob den Kopf, betrachtete die Sonnenstrahlen, die durch die Krone des Kastanienbaums hindurchblitzten und ihr ins Gesicht schienen. Es war ein wundervolles Sommerwetter. Herrlich leicht und unbeschwert.

»Ich verrate euer kleines Geheimnis niemandem«, sagte sie nach einer Weile des Schweigens, dem absolut nichts Unangenehmes beiwohnte. Im Gegenteil: Es kam ihr auf eine unbestimmte Weise seltsam vertraut vor. Dabei kannte sie die beiden Menschen gar nicht gut. Und doch war es, als gäbe es da ein unsichtbares Band, das sie miteinander verknüpfte. Sie hob drei Finger und legte sie sich auf die Brust. »Euer Geheimnis ist gut bei mir aufgehoben.«

Svante lächelte sie an. »Das ist sehr nett von dir.«

»Zumal du uns alle damit in arge Schwierigkeit bringen würdest«, wandte Ebba ein. »Denn so gut wie niemand hier auf unserem Hof verwehrt sich gegen den gelegentlichen Konsum eines Joints.«

Svante lachte versonnen. »Vermutlich ist das der Grund, warum wir alle so gut miteinander auskommen.« Kurz zögerte er, rupfte ein Büschel Gras aus, um die letzten Reste des Joints in der Erde auszudrücken. »Abgesehen vielleicht von Astrid.«

»Was ist denn schon dabei?«, sagte Ina mehr zu sich selbst. »Die paar Gramm, die ihr anbaut und an die Leute verteilt. Da kräht doch sicher kein Hahn nach.«

Svante wie auch Ebba wurden schlagartig still und sahen sie ernst an.

Ina blinzelte verwirrt zurück. »Man kann hier ja doch nicht von Dealerei im großen Stil sprechen, oder?« Sie hörte selbst den unsicheren Klang ihrer Stimme.

»Nein«, sagte Svante. »Ganz bestimmt kann man das nicht.«

»Also, kein Grund zur Sorge, richtig? Ich meine, selbst wenn Lars dahinterkommen sollte, dass die Kanelbullar mit Haschischbeuteln gefüllt sind.«

Svante legte den Kopf schief und sah sie eindringlich an. »Sag mal, Ina, was weißt du über das schwedische Drogengesetz?«

Ina dachte nach, schaffte es aber nicht, diese Frage zu beantworten, ohne ihre grenzenlose Unwissenheit zur Schau zu stellen.

»Gut, dann erkläre ich es dir.« Er nahm noch einmal den ausgedrückten Joint in die Hand. »Selbst das hier könnte uns ins Gefängnis bringen.«

Ina zuckte zurück, grinste ungläubig, hörte aber damit auf, als auch Ebba ernst nickte. »Man würde uns sogar auf

Zwangsentzug setzen. Schweden versteht beim Umgang mit Drogen absolut keinen Spaß.«

»Aber … ein kleiner Joint?« Ina wurde zunehmend unsicherer.

»Schweden betreibt eine Null-Toleranz-Politik.« Svante streckte die Hand aus und zeigte mit dem Joint auf sie. »Selbst der Besitz kleinster Mengen stellt eine Straftat dar.«

Ina nahm ihm den toten Joint aus der Hand, sah sich hastig um und ließ ihn wieder im Gras verschwinden. Sie rupfte sogar noch ein paar weitere Halme aus, um ihn besser zu bedecken, was Svante lustig zu finden schien.

»Was aber nichts daran ändert, dass der Cannabiskonsum in diesem Land höher ist als in manch anderem europäischen Land, in dem die Gesetze lockerer sind.«

»Wenn das alles stimmt, was ihr da sagt …«, purzelte es aus Inas Mund, denn selbst im nebelverschleierten Dunst des Joints schufen ihre Synapsen Verbindungen, die ihre Nerven ein weiteres Mal aufflattern ließen. »… Und wenn die Polizei von eurem Drogenhandel erfährt, rückt das Agneta ganz bestimmt in ein noch schlechteres Licht. Immerhin ist es ihr Hof!«

KAPITEL 38

»Ich kann auch allein runter zur Skuld«, flüsterte Svante ihr zu. Ina hatte etwas Mühe, ihn zu verstehen, weil ein Teil seiner Nase bereits von der Tauchermaske verdeckt war und er den rechten Fuß in eine Flosse zwängte, was ein wüstes Rascheln und Quietschen nach sich zog. Dann winkte sie ab. »Kommt überhaupt nicht infrage, ich will dabei sein, wenn wir den Tresor öffnen!« Sie umfasste die Kordel, an der sich der Schlüssel befand, den Svante eben erst aus Agnetas Wohnung entwendet hatte. Ihn zu finden war nicht schwer, er hatte noch immer in ihrer Strickjacke gesteckt, die an der Flurgeraderobe hing. Damit Ina ihn beim Tauchgang nicht verlor, war ihr die Idee mit der Kordel gekommen.

»Ich meine ja bloß.« Svante sah sie zweiflerisch an. »Es ist dunkel und erst dein zweiter Tauchgang.«

Beide waren sich einig, dass es besser war, wenn niemand von ihrem Tauchgang etwas mitbekommen würde. Und so blieb nur die Nacht, wenn alle schliefen.

»Außerdem wird es ohne Neoprenanzug ziemlich kalt da unten.«

»Und wenn schon. Ich bin nicht aus Zucker.« Ohnehin verspürte Ina nicht die geringste Lust, sich ihm eingequetscht in einer Wurstpelle zu präsentieren. »Wir halten uns ja auch nicht lange dort unten auf, richtig?«

Svante nickte. »Wir tauchen zum Wrack, schauen, ob der Schlüssel in den Tresor passt, und dann geht es auch schon wieder nach oben.« Mit beiden Händen rückte er die Taucherbrille zurecht und steckte sich anschließend den Atemregler in den Mund. Dann reichte er Ina eine der beiden klobigen Taschenlampen, die er mitgebracht hatte, näherte sich ihrem Rücken und überprüfte ihre Ausrüstung. Zur Bestätigung, dass alles in Ordnung war, klopfte er ihr auf die Sauerstoffflasche. Dabei überkam Ina ein schlechtes Gewissen. Es war gar nicht nett, die Sachen aus Ashleys Fundus ungefragt entwendet zu haben. Aber das ließ sich nun mal nicht ändern. Svante nahm sie an die Hand und setzte sich in Bewegung. Gemeinsam stapften sie durch das seichte Wasser des Ufers immer tiefer in den See hinein. Die Taschenlampen hatten sie noch ausgeschaltet. Ausgemacht war, dass sie sie erst anknipsen würden, wenn sie gänzlich untergetaucht waren. Ina versuchte, einen Rhythmus in ihrer Atmung zu finden, was alles andere als leicht war, weil ihr Herz doppelt so schnell in der Brust schlug. Zum einen war ihr ein wenig mulmig wegen des Vorhabens, auf das sie sich da eingelassen hatte. Der See war nicht mehr als ein Teich, aber im Dunkeln wirkte alles viel unheimlicher. Zum anderen aber wegen der Hand, die sie festhielt und ins Wasser zog. Die Berührung ließ sie unnatürlich nervös werden. Sie bezweifelte, dass der Heftigkeitsgrad ihrer Nervosität allein am bevorstehenden Tauchgang lag.

»Du musst ruhiger atmen«, flüsterte Svante ihr zu. Dabei war er wieder kaum zu verstehen, weil er den Atemregler im Mund hatte. Dennoch nickte sie eifrig. Zu der Nervosität gesellte sich ein Zittern, das mit jedem Schritt in den

See heftiger wurde. Das Wasser kam ihr verflucht kalt vor, schnürte ihr die Brust zu. Es wurde schlimmer, je tiefer sie in den See stiegen. Als sie schließlich den Kopf unter Wasser hatte, setzte für einen Moment ihr Atemreflex aus. Augenblicklich war sie umgeben von vollkommener Dunkelheit. Svante ließ ihre Hand noch immer nicht los, umschloss sie sogar fester und zog sie weiter in die Tiefe. Eine kleine Sonne erschien neben ihr. Erst mit dem zweiten Gedanken kam sie auf die Idee, auch ihre Taschenlampe einzuschalten, und sogleich offenbarte sich ihr eine völlig andere Unterwasserwelt als bei Tageslicht. Überall sah sie unheimliche Schatten, die aus dem Nichts auftauchten. Ein weiteres Mal verkrampfte sich ihr Körper. Svantes Gesicht tauchte direkt vor ihr auf. Er sah sie durch die Taucherbrille hinweg an, zwinkerte, als wollte er ihr sagen: »Alles ist gut.«

Ina entspannte sich – und verlor den Boden unter den Füßen. Wieder schwebte sie im Wasser, begann mit den Flossen zu strampeln. Sie fror, zitterte wie Espenlaub. Svante ließ ihre Hand los und gab ihr das Zeichen zum Abtauchen. Wasserbläschen blubberten auf allen Seiten, als er Schwung nahm und mit dem Kopf voran in die Tiefe vorstieß. Der Schein seiner Taschenlampe legte sich auf den Grund, beleuchtete Teile des sanft dahinwogenden Seegrases. Ina folgte ihm, eher zappelnd und ungelenk. Sie stieg tiefer und leuchtete Svantes Silhouette nach. Schon bald sah sie im Schein der Lampen die Umrisse des Wracks, der Skuld. Svante hatte das Boot bereits erreicht und setzte mit den Flossen auf dem Deck auf. Er hielt sich an der mit Seetang bewachsenen Reling fest und leuchtete Ina entgegen. Nur wenige Sekunden später war sie neben ihm, und gemeinsam traten sie durch die offen stehende Tür der Kajüte, in der sich seit Inas letztem Besuch nichts verändert hatte. Bloß sah alles in der Dunkelheit noch unheimlicher aus. Jeden Augenblick rechnete sie damit, dass eine riesige Muräne auftauchen würde, um sich in ihr festzubeißen.

Svante hielt auf das Steuerrad zu und drehte sich zur rechten Seite, auf Höhe des Tresors. Dabei hielt er so viel Abstand, das Ina neben ihm Platz fand. Wieder sah er sie an und deutete mit seiner Taschenlampe auf den Tresor.

Nun war der Augenblick der Wahrheit gekommen. Sie nestelte die Kordel von ihrem Hals, was unter Wasser alles andere als leicht war. Dafür musste sie sogar die Taschenlampe auf einem Regal absetzen, weil sie beide Hände benötigte. Als sie es endlich geschafft hatte, bemerkte sie, wie sehr sie noch immer zitterte. Mühsam nahm sie den Schlüssel zwischen Zeigefinger und Daumen und bewegte diese auf das Schloss zu. Doch es war ihr unmöglich, den kleinen Schlüssel in die Öffnung zu bekommen. Also nahm Svante ihn ihr aus der Hand und steckte ihn ins Schloss. Bevor er ihn umzudrehen versuchte, sah er Ina an, die entschlossen nickte. Sie hielt den Atem an, ließ Svantes Hand nicht aus den Augen. Ein wenig stocherte er in dem Schloss herum, nichts schien sich zu tun, doch dann drehte er die Hand mit einem festen Ruck nach rechts, und der Schlüssel folgte ihm. Trotz des Geräuschs ihres Atemreglers vernahm sie einen knackenden Mechanismus im Innern des Tresors. Svante zog an dem Hebelgriff – und öffnete die Tresortür. Dies schien erstaunlich leicht zu gehen. Ina wusste nicht, womit sie gerechnet hatte. Einem Tusch, einem Trommelwirbel? Tönenden Fanfaren? Svante wirkte ebenso überrascht. Er schaute gar nicht in den Türspalt, sondern nur in ihre Richtung. Sie wiederum fixierte die hinter der Tür hervorspringende Schwärze. Geistesgegenwärtig nahm sie die Taschenlampe vom Regal und leuchtete hinein. Eines war der Tresor keinesfalls: leer.

Er war sogar das genaue Gegenteil davon.

Hastig näherte sich Svante dem Tresor, der nun sperrangelweit offen stand. Ina atmete so hektisch, dass sie aufgrund der vielen aufsteigenden Blubberblasen kaum etwas sehen konnte. Erst als sie sich dazu zwang, die Luft anzuhalten, erkannte sie Einzelheiten. Svantes Kopf war dicht neben ihr. Sie streckte die freie Hand aus, griff in den Tresor, ertastete etwas Glattes, Weiches unter ihren Fingerkuppen. Es waren mehrere Objekte. Sie umfasste eines davon, zog es heraus und brachte einen länglichen Gegenstand zum Vorschein, der so dick war wie ein Ziegelstein, jedoch um einiges leichter. Neugierig betrachtete sie ihn, leuchtete ihn mit der Taschenlampe ab. Es war ein fest eingeschweißtes Objekt, wie vakuumiert. Svante griff ebenfalls in den Tresor und brachte zwei weitere dieser backsteingroßen Dinger zum Vorschein. Auch er leuchtete sie ab und schien schneller zu verstehen, was er da in den Händen hielt. Zumindest deuteten die vielen Luftblasen darauf hin, die unter seinem Regler zum Vorschein kamen. Einen der Brocken hielt er Ina unter die Nase, die nach wie vor nicht verstand, was sie da vor sich hatte. Dann begriff sie. Ihr Blick richtete sich auf den obersten Geldschein des eingeschweißten Stapels. Er war rötlich bedruckt; auf ihm war eine verhalten lächelnde, recht jung aussehende Frau abgebildet. Ina aber hatte nur Augen für die große Zahl, die darauf stand: fünfhundert Kronen. Während sie überschlug, wie viel Euro das waren, brachte Svante immer mehr von diesen eingeschweißten Stapeln zum Vorschein. Päckchen um Päckchen drückte er ihr in die Hand. Ina kam mit dem Zählen gar nicht mehr nach. Als er das letzte Päckchen aus dem Tresor befördert hatte, schlug er die Tür zu und zog den Schlüssel aus dem Schloss, den er nun um seinen Hals hängte. Dann nahm er ihr mehrere Packen aus der Hand und verstaute sie in seinen Taschen. Einige stopfte er sich sogar vorne in die Hose, weil in den Taschen kein Platz mehr war. Ina tat es ihm gleich. Entsprechend bepackt machten sie sich an den Aufstieg. Ina blickte noch einmal zurück, ob sie auch kein Päckchen übersehen hatten. Sie war zufrieden. Nichts deutete darauf hin, dass sie hier gewesen waren.

Beim Auftauchen kam es ihr vor, als zöge sie das zusätzliche Gewicht der Tresorbeute immer wieder nach unten. Zudem schlug ihr Herz heftiger denn je.

Entsprechend erschöpft durchbrach sie die Wasseroberfläche und war so sehr in Gedanken vertieft, dass sie völlig vergaß, die Taschenlampe auszuschalten. Sofort kam Svante auf sie zugeschwommen und riss ihr die Lampe aus der Hand, um sie auszuknipsen. Mit dem Zeigefinger vor den Lippen bedeutete er ihr, leise zu sein. Und so schwammen sie ruhig und besonnen an den Rand des Ufers und stiegen aus dem Wasser. Der Gedanke an die Kälte war vollkommen verflogen. Ina kam es sogar so vor, als glühte sie von innen heraus. Svante führte sie zu einer nahe gelegenen Stelle im Schilf, weit genug entfernt von Ashleys Wohnwagen. Hockend leerte er die Taschen aus, griff sich immer wieder in die tropfnasse Hose und zog Päckchen um Päckchen hervor, die er genau zwischen sich und Ina warf. Diese befreite sich ebenfalls von ihrer Beute. Als er damit fertig war, knipste er die Taschenlampe an und steckte sie unter sein nasses Shirt, um das Licht abzuschwächen. Mit der freien

Hand riss und zerrte er das eng sitzende Plastik von einem der Päckchen, zumindest versuchte er es. Eine Weile sah Ina ihm zu, verlor aber dann die Geduld und nahm ihm das Päckchen aus der Hand, um den Inhalt aus der Zellophanfolie zu befreien. Die saß so fest, dass sie herzhaft daran zerren musste. Sie tat es so kraftvoll, dass im nächsten Moment ein wahrer Geldregen auf sie niederrieselte. Erschrocken schlug sie sich die Hand vor den Mund.

»Unfassbar.« Svante stöhnte leise auf und fing ein paar der Scheine mit der freien Hand auf. Einen davon hielt er sich nah ans Gesicht und blinzelte angestrengt. »Der ist echt, würde ich mal behaupten.«

Ina sagte noch immer nichts. *So viel Geld,* dachte sie nur, während sie die Scheine besah, die sich um sie herum verteilt hatten. Allmählich spürte sie die Kälte in ihren Gliedern, sie sollte dringend aus den nassen Klamotten raus.

»So viel Geld.« Sie hob den Kopf, schaute Svante an. »Wo hatte Viggo es nur her?«

»Diese Frage drängt sich in der Tat auf. Das müssen Millionen von Kronen sein.« Mit einem Brummen ließ Svante den Nacken kreisen, bis es laut knackte.

»Ich verstehe es nicht«, gab Ina von sich. »Warum hatte er bei Mats Schulden gemacht, wenn er derart viel Geld besaß? Das passt doch überhaupt nicht zusammen.«

Svante verzog den Mund. »Ich habe da so ein Gefühl, dass Viggo weitaus mehr finstere Geheimnisse hatte, als wir bislang angenommen haben.«

»Und ich werde das Gefühl nicht los, dass hier jeder auf dem Hof so seine Geheimnisse hat.« Sie ließ sich nach hinten fallen und landete mit dem Hintern auf dem sandigen Boden. Regelrecht ermattet fühlte sie sich beim Anblick des

Geldes. Es war absolut unbegreiflich. Jeder Stein, den sie bei ihrer Ermittlungsarbeit umdrehte, barg ein weiteres Geheimnis. »Ich verstehe überhaupt nichts mehr«, gestand sie sich leise ein. »Nichts passt zusammen. Der Brand, der tote Mats. Nils mit seinem falschen Alibi …«

»Wieso falsch?« Svante sah von einem Bündel Geldscheine auf.

»Na, alle, die ich gefragt habe, haben mir erzählt, dass er nicht mehr zum Fest zurückgekehrt ist. Der Polizei gegenüber muss er aber genau das behauptet haben.«

»Mich hast du nicht gefragt.«

»Stimmt!« Ihr fiel es wieder ein. Er war nicht da gewesen, hatte sich direkt nach Agnetas Abtransport in den Wald verabschiedet, um seine Nerven zu beruhigen.

»Denn sonst hätte ich dir erzählt, dass ich Nils sehr wohl noch gesehen habe in der Mordnacht.«

Sie warf ihm einen verwirrten Blick zu. Svante jedoch widmete sich weiter den Geldscheinen und zählte das Bündel ab. Ein grimmiges Lächeln erhellte sein Gesicht. Es schien ihm Spaß zu machen.

»Du hast ihn gesehen?«

Er summte Zustimmung. »Ich war eine rauchen und stand draußen. Da habe ich gesehen, wie er zu seinem Kombi ist und den Hof verlassen hat.«

»Er ist weggefahren? Mit dem Auto?«

Svante lachte. »Geschoben hat er es nicht.«

»Und?«, hakte sie nach. »Ist dir da etwas aufgefallen?«

Er schaute sie fragend an. »Was sollte mir aufgefallen sein?«

Darauf wusste Ina ebenso wenig eine Antwort. Sie gab sich einem brütenden Schweigen hin und nahm ein weiteres

Bündel zur Hand. Es fühlte sich schwer an. Schwer und schuldig.

»Fein angezogen war er«, sagte Svante nach einer Weile. »Mit Anzug und Krawatte.« Er kratzte sich den Bart. »Das fand ich schon recht merkwürdig, so läuft er sonst ja nie rum. Und er hatte eine Tasche dabei.«

»Eine was?« Ina horchte auf.

»Eine Art Aktentasche, die er auf dem Beifahrersitz verstaut hat, bevor er losgefahren ist.«

Ina war regelrecht alarmiert von dieser Neuigkeit. »War sie aus braunem Leder?«

»Es war mitten in der Nacht!«

»War sie es?«

Er zögerte. »Kann schon sein, ja.«

Sie schauderte.

Svante musterte sie mit gefurchter Stirn. »Erklärst du mir, was diese Befragung soll?«

Sie sah ihn bestürzt an. Dann öffnete sie den Mund. Schloss ihn und öffnete ihn wieder. Was sollte sie schon sagen? Also beugte sie sich nach vorn und stapelte die Päckchen. »So viel Geld«, sagte sie düster. »Was machen wir denn damit?«

»Nun.« Svantes Brauen schoben sich so dicht zusammen, dass sie sich beinahe berührten. »Ich wüsste da schon etwas.«

KAPITEL 39

Nils Lekanders kleines Holzhaus befand sich ziemlich genau zwischen der Backstube und dem Ufer. Allerdings führte nur eine schmale Schottergasse zu seinem Grundstück, sodass Lars den Dienstwagen auf dem Hauptweg stehen lassen musste und den Rest des Weges zu Fuß bestritt. Sein Vorgesetzter hatte es für keine gute Idee gehalten, dass Lars ihm alleine einen Besuch abstattete. Aber aus Mangel an Personal war ihm nichts anderes übrig geblieben. Immerhin hatte er Gus dabei. Und auf den konnte er sich mehr verlassen als auf manche seiner Kollegen. Dennoch war Lars angespannt, was daran lag, dass es zu viele Ungereimtheiten gab. Er betrachtete die hellblau gestrichene Fassade mit den beigefarbenen Fensterläden. Das Grundstück war eingerahmt von einer kunstvoll gestutzten Hecke, die pfeilgerade an einem Stellplatz endete, der flankiert war von zwei großen Kirschbäumen. Dazwischen parkte ein alter Saab Kombi. Er öffnete das hüfthohe Gartentürchen und wollte gerade das Grundstück betreten, als Gus die Schnauze nach oben hielt, angestrengt schnüffelte und ein Bellen von sich gab.

»Was hast du denn?«

Der Hund wandte sich von ihm ab, senkte den Kopf und erschnüffelte eine Spur auf dem Schotter. Dabei ging seine Rute heftig nach links und rechts – wie ein Scheibenwischer bei einem sintflutartigen Regenschauer. Lars folgte dem

Hund. Der Schnüffelweg dauerte nicht lang und endete zwischen dem angrenzenden Gebüsch in Nähe der beiden Kirschbäume. Schnurstracks hielt Gus auf den blassroten Kombi zu und verschwand knurrend mit der Schnauze zwischen dem schmalen Spalt der Beifahrerseite und dem Gebüsch.

»He, lass das!« Eine flüsterschrille Stimme erklang.

Wieder knurrte Gus, zog die Schnauze zurück und sah Lars erwartungsfroh an. Hinter ihm kam das Gesicht einer älteren Frau zum Vorschein.

»Du?« Lars schaffte es nicht, die Überraschung in seiner Stimme zu verbergen. Er starrte die Deutsche an, die sich mühsam aus dem Spalt schälte, sich aufrappelte und ihr Kleid sauberklopfte. In ihren Haaren hatten sich Blätter und Geäst verfangen, die sie allesamt herauszupfte, während sie verlegen vor sich hin lächelte.

»Hallo, Lars.«

»Was machst du da?« Er stemmte die Hände in die Hüften und baute sich vor ihr auf. Die Frau versuchte, eine Haarnadel in den Händen zu verbergen. Eine zweite steckte im Schloss der Beifahrertür des Kombis.

»Es ist absolut nicht das, wonach es aussieht.« Sie hob abwehrend die Hände.

Lars neigte den Kopf. »Für mich sieht es so aus, als würdest du hier herumschnüffeln.«

»Gut, dann ist es doch das, wonach es aussieht.«

»Warum?«

Sie deutete mit dem Finger auf den Beifahrersitz. »Weil dort eine Ledertasche liegt«, sagte sie. »Vielleicht ist es die Tasche, nach der wir suchen.«

»Wir?«

Ina schüttelte unwirsch den Kopf. »Dieser Nils hat Dreck am Stecken, das spüre ich im kleinen Finger.«

Genau den streckte sie ihm nun entgegen und wedelte damit vor seinem Gesicht herum. »Ich habe mich umgehört«, sprach sie weiter. »Es gibt eine Menge Dinge, die absolut nicht zusammenpassen.«

»Das Alibi«, kam Lars ihr entgegen, woraufhin die Deutsche eifrig nickte. »Ganz genau. Aber nicht nur das. Mittlerweile weiß ich auch, dass er sich in der Mordnacht vom Hof geschlichen hat. Mit der Ledertasche. Vielleicht hat er Spuren beseitigt.«

Nun warf auch Lars einen Blick in den Wagen. »Aber sie liegt doch dort. Von beseitigen kann also nicht die Rede sein.«

»Schön.« Sie verdrehte die Augen. »Dann eben nur den Inhalt.«

Lars gab sich einem nachdenklichen Schweigen hin. Er nahm kaum wahr, wie die Frau ihn musterte und weiteres Gestrüpp aus ihren Haaren fischte. Doch dann sah sie ihn stutzig an. »Und warum bist du hier?«

Er konnte es nicht genau beschreiben, aber irgendetwas an der Art der Deutschen gefiel ihm. Unwillkürlich musste er lachen. »Es gibt da ein paar … Wendungen«, begann er vorsichtig. »Und zudem noch die eine und andere Frage, auf die ich Antworten will«, fügte er murmelnd hinzu. »Du sagst also, du weißt, dass er in der Mordnacht den Hof verlassen hat?«

Die Deutsche nickte.

»Also schön. Das ist eine Information, die ich noch nicht hatte.« Mit einem freundlichen Lächeln wandte er sich von ihr ab und ging zurück zum Gartentor. Die Frau folgte ihm.

Er blieb stehen, drehte sich zu ihr um. »Würdest du mir mal bitte sagen, was das werden soll?«

»Na, ich komme mit!«

Lars lachte. »Nein, kommst du nicht.«

Ina lachte nicht. Im Gegenteil. Sie schaute ihn todernst an. »Komme ich doch. Ich habe ein Recht darauf zu erfahren, was hier vor sich geht. Schließlich ist Agneta meine Freundin, und sie wird von euch zu Unrecht festgehalten. Und das nun schon den dritten Tag!«

Lars funkelte sie an. Tatsächlich könnten es noch einige Tage mehr werden, da der Richter eine Verdunklungsgefahr sah. Er hatte mit Engelszungen auf den Mann eingeredet, doch der Richter befürchtete, dass Agneta die Ermittlungen erschweren oder gar Beweismittel vernichten könnte, wenn er sie voreilig auf freien Fuß setzen würde.

»Außerdem weiß ich Dinge, die dir bei deiner Befragung helfen können.«

Lars funkelte sie noch mehr an – und war überrascht, dass sie seinem stechenden Blick standhielt. Das schafften nicht viele. Im Grunde nur sein Vater. Resigniert zog er die Schultern hoch und begab sich erneut zum Gartentor. Mit der Deutschen im Schlepptau betrat er das Grundstück. Vor dem Eingang klopfte er an die Tür und musste nicht lange warten, bis Nils ihm öffnete. Er sah anders aus als bei ihrer letzten Begegnung. Sein Haar war gekämmt, und auch die Müdigkeit war komplett aus seinem Gesicht verschwunden. Tatsächlich wirkte er um Jahre jünger als an dem Morgen in der Backstube.

Nils schien gar nicht zu wissen, wo er hinschauen sollte. Erst galt sein Blick dem Polizisten, dann dem Hund, und noch länger schaute er Ina an.

»Ja, bitte?« Er zog die Worte ungewöhnlich lang, als wollte er Zeit schinden.

Lars streckte das Kreuz durch. »Ich hätte da noch ein paar Fragen.« Er kam lieber direkt zur Sache.

»Fragen?« Mit großen Augen sah Nils zu ihm auf. »Welche Fragen?« Er wedelte nervös mit den Händen, als wollte er eine Fliege verscheuchen. »Gerade ist es schlecht, ich bin auf dem Sprung.«

»Fragen, die dein Alibi betreffen«, sprach Lars unbeirrt weiter.

Die Nasenspitze des Mannes begann zu zucken. Lars ließ ihn nicht aus dem Blick und setzte nach. »Und Fragen zu den Lügenmärchen bezüglich deiner Vergangenheit, die du mir aufgetischt hast.«

Neben ihm schnappte die Deutsche nach Luft. Nils hingegen schien zu keiner Regung imstande. Selbst die Nase zuckte nicht mehr. Mit flatternden Lidern starrte er den Polizisten an. In der nächsten Sekunde ging sein Blick ruckartig an ihm vorbei, als wollte er sich vergewissern, dass sie keine unliebsamen Zuhörer hatten. Dann schluckte er angestrengt und trat zur Seite. »Bitte.« Er vollführte eine einladende Geste. »Unterhalten wir uns doch drinnen weiter.«

Er führte seinen Besuch durch einen schmalen Flur in ein gemütlich eingerichtetes Wohnzimmer. Lars sah sich in dem Raum um. Ein Schrank, ein Tisch, eine Sitzecke und ein Fernseher. Mehrere Teppichläufer mit orientalischen Mustern lagen auf dem dunklen Holzboden und strahlten eine behagliche Gemütlichkeit aus. Nils nahm am Kopfende des Tisches Platz und bedeutete den beiden, sich zu ihm zu setzen. Gus folgte seinem Herrchen und legte sich vor ihm hin, den wachsamen Blick auf Nils gerichtet.

»Möchtet ihr etwas trinken?«

»Danke, nein.« Lars wollte sich gar nicht erst mit freundlichem Geplänkel aufhalten. »Du bist mir eine Menge Antworten schuldig.«

Nils öffnete den Mund, wollte etwas erwidern, doch mit einer resoluten Handbewegung schnitt Lars ihm das Wort ab. »Ich habe Nachforschungen über dich angestellt.« Genau genommen hatte er Rasmus damit beauftragt, aber das tat hier nichts zur Sache. »Nichts an der Geschichte, die du mir untergejubelt hast, stimmt. Weder hattest du eine Bäckerei in Valxjö, noch hast du jemals eine Ausbildung zum Bäcker absolviert.«

Ein Japsen kam aus Inas Kehle, aber Lars schenkte ihr keine Aufmerksamkeit. Er fixierte Nils, der mit jedem Wort mehr in sich zusammensackte. Lars war auf Hab-Acht-Stellung. Was er gerade tat, war ein Spiel mit dem Feuer. Er trieb einen Verdächtigen in einem Mordfall in die Enge. Aus diesem Grund hatte er eine Hand unter dem Tisch verschwinden lassen und sie auf die Dienstwaffe gelegt. Als auch Gus das bemerkte, setzte er sich auf die Hinterläufe und fixierte den ihm gegenübersitzenden Mann.

»Zudem warst du im Gefängnis«, sprach Lars weiter. »Wegen Hochstapelei.«

Nils schüttelte heftig den Kopf. »Ich war lediglich in Untersuchungshaft«, rechtfertigte er sich. »Ich wurde auf Bewährung freigelassen.« Kurz sah er Ina an, senkte dann den Kopf und musterte die Tischplatte. »Es ist nicht so schlimm, wie es klingt, Ina.« Seine Stimme verklang zu einem angestrengten Flüstern. »Ich habe mich als Elektromeister ausgegeben. Allerdings hatte ich bei einer Installation einen Fehler begangen, woraufhin ein Kurzschluss einen Brand auslöste. Dann ging es um die Versicherungsfrage. Ich hatte aber keine und …« Mit jedem Wort war er leiser geworden und brach schließlich ganz ab.

»Geschenkt«, sagte Lars, der all das schon längst wusste. »Ich bin nicht hier, um mir deine Hochstaplergeschichte anzuhören. Ich will wissen, warum du mir ein falsches Alibi angedreht hast. Wo warst du in der Mordnacht?«

»Du wurdest gesehen«, setzte die Deutsche nach. »Wie du mitten in der Nacht den Hof verlassen hast. Mit einer Ledertasche. Wo bist du hin? Hast du Beweise versteckt?«

Nils schüttelte heftig den Kopf und vergrub das Gesicht hinter den Händen. »Nein. Nein. Nein«, kam es leise dahinter hervor. »So war es nicht.«

Lars musterte ihn konzentriert. »Wie war es dann?«

Ina stemmte die Fäuste auf den Tisch und richtete sich auf. »Hast du Mats ermordet?«

»Pst!« Lars legte eine Hand auf ihre Schulter, sie wirkte ziemlich aufgebracht. Ganz sicher war es ein Fehler, zugelassen zu haben, dass sie dabei war. Sie war so aufgebracht, dass ihre Stimme zitterte.

»Stimmt es, was der Polizist sagt? Du bist gar kein Bäcker?«

Nils gab einen Laut von sich, der einem Schluchzen gefährlich nahekam.

»Aber genauso wenig bin ich ein Mörder«, rechtfertigte er sich. »Das müsst ihr mir glauben.«

»Mir fällt es schwer, dir noch irgendetwas zu glauben.« Lars sprach ruhig, aber so klar und sachlich, dass Nils zurückzuckte, als hätte er ihm eine Ohrfeige verpasst.

»Der Reihe nach. Wo warst du in der Mordnacht?«

»Es … es ist mir … unangenehm«, gab Nils zaudernd von

sich. Er schluckte schwer, rang sich förmlich die Worte ab: »Ich war an Mittsommer auf zwei Feiern eingeladen. Wobei die zweite Feier ein wenig, nun ja, später begann und ... intimer war.«

»Welche Feier?«, wollte Lars wissen.

»Was meinst du mit intim?«, fragte Ina, ohne jegliches Taktgefühl erkennen zu lassen.

Nils schwieg. Weder Lars noch Ina drängten ihn.

Als ihm selbst das Schweigen zu bunt zu werden schien, rückte er mit der Sprache raus: »Ich war im Dorf, bei einer Freundin.« Er sah Lars an und schien aus seinem Blick zu lesen, dass ihm die Erklärung nicht reichte. »Als ich auf den Tingsmålahof gezogen bin, habe ich mich mit der Frau des Dorfbäckers angefreundet.« Er klang angestrengt, als verlangte ihm das Sprechen einiges an Kraft ab.

Lars meinte, die Bäckerei zu kennen. Das Dorf, von dem Nils sprach, befand sich einige Kilometer vom Hof entfernt, in Richtung Valmö. Er fuhr jedes Mal an der Bäckerei vorbei und hatte eine übergroße goldene Brezel vor Augen, die an einer gusseisernen Aufhängung an der Fassade hing.

»Und die Frau des Bäckers fährst du mitten in der Nacht besuchen?« Ina sah ihn befremdet an. »An Mittsommer?«

Nils holte tief Luft. »Wir haben ein Verhältnis. Seit Jahren schon.«

Lars lächelte fast. »Ausgerechnet mit der Frau eines Bäckers?« Für ihn klang das alles andere als nach einem Zufall.

»Irgendwie musste ich mir doch das Handwerk aneignen«, sagte er. »Sie hat mir geholfen. Mit Ratschlägen und Tipps. Und mit Rezepten ihres Mannes.«

Lars tauschte mit Ina einen kurzen Blick aus. Er wusste

nicht, was in ihrem Kopf vorging. Er selbst verspürte Verachtung. Menschen mit Affären konnte er nicht ausstehen. Weil es unfair war.

»Also hast du sie für deine Zwecke ausgenutzt?«, fragte sie geradeheraus.

Nils schaute so gequält, als hätte er eine Fliege verschluckt. »Ich gebe zu, dass es zunächst Mittel zum Zweck war. Von beiden Seiten wohlgemerkt. Aber über die Jahre entstand zwischen uns beiden echte Zuneigung.« Er schloss für einen Moment die Augen. »Vielleicht sogar Liebe.«

»Und ihr Mann?«, fragte Lars ruppig. »Wo war der?«

»Er war an Mittsommer mit seinen Freunden auf Rehbockjagd.«

Die Deutsche rutschte nervös auf ihrem Stuhl hin und her und biss sich unablässig auf die Unterlippe. »Aber ich verstehe es nicht. Du hast den Hof in der Mittsommernacht in einem feinen Anzug verlassen. Mit einer Aktentasche.«

Zu Lars' Überraschung gab Nils sich einem verträumten Lächeln hin.

»Rollenspiele«, sagte er. »Das ist so eine Leidenschaft von uns.« Nun zwinkerte er Ina sogar zu. »In dieser Nacht war ich der Versicherungsvertreter, der ihr einen Besuch abgestattet hat.«

Lars verkniff sich ein Grinsen.

»Aus diesem Grund habe ich das Fest so früh verlassen und eher mit dem Backen begonnen.«

»Also war die Aktentasche nichts weiter als …«, begann Ina.

»Sie ist meine Requisite. Sie ist leer. Sie liegt noch in meinem Wagen. Ich kann sie gerne holen und euch zeigen.« Er erhob sich, und sogleich war Gus mit wildem Gebell zur

Stelle. Also setzte Nils sich wieder hin, und aus dem Bellen wurde ein Knurren, das jedoch sofort erstarb, als Lars mit der Zunge schnalzte. *Braver Hund.*

Er rieb sich angestrengt über das Gesicht – mit der Hand, die eben noch auf dem Knauf seiner Pistole lag. »Ich nehme an, dass die Frau des Bäckers deine Geschichte bezeugen kann.«

»Wenn es denn unbedingt sein muss.«

»Es muss! Und was dieses Lügenmärchen mit dem Backen angeht«, er musterte ihn abschätzig. »Es ist deine Sache, was du den Leuten hier erzählst. Polizeilich hast du da nichts zu befürchten.« Er zückte den Block aus seiner Brusttasche und machte sich zum Schreiben bereit.

Während Nils ihm den Namen der Bäckersfrau nannte, sah er zu Ina. »Ich weiß, dass ich großen Mist gebaut habe in meinem Leben. Aber seit ich auf dem Hof bin, habe ich mich verändert.« Er stieß einen tiefen Seufzer aus. »Ich bin ein anderer Mensch geworden. Wirklich!«

Lars verkniff sich ein Lachen. Wie oft hatte er diesen Spruch schon gehört.

»Ich bin kein schlechter Mensch, das musst du mir glauben.« Nachdem er Lars den Namen und die Telefonnummer diktiert hatte, sah Nils Ina eindringlich an. »Wirst du mich verraten? Sagst du es den anderen?«

Sie hielt seinem Blick stand. An ihr wäre eine gute Pokerspielerin verloren gegangen. Keine Regung war in ihrem Gesicht zu erkennen.

»Wie käme ich denn dazu? Du bist ein hervorragender Bäcker, Ausbildung hin oder her.« Sie fuhr sich mit Daumen und Zeigefinger über den Mund. »Von mir erfährt niemand etwas.«

Lars war hier fertig. Er erhob sich, und auch Nils wollte aufstehen. »Bleib sitzen. Ich finde allein heraus.« Ihm schlossen sich Gus und Ina an.

Kaum hatte die Frau die Haustür hinter sich zugezogen, sah sie ihn lange an, sagte aber nichts.

»Bist du enttäuscht?«, fragte er in ihr Schweigen hinein. »Weil er nicht der Mörder von Mats ist?«

»Natürlich nicht.« Sie klang erbost, musterte aber verhalten die Türmatte, auf der »Välkommen« stand. »Allerdings hättet ihr dann keinen Grund mehr gehabt, Agneta weiter festzuhalten.«

»Tja, das ist richtig.« Lars musste sich eingestehen, dass er selbst ein wenig enttäuscht war. Zu gerne hätte er Agneta all das erspart. Mit einem Nicken wandte er sich von der Deutschen ab. Doch dann drehte er sich noch einmal um. »Ach, da fällt mir was ein. Neulich sagtest du etwas von einem mysteriösen Anruf.«

Etwas in ihrem Gesicht veränderte sich. »Keine Ahnung, wovon du sprichst«, sagte sie viel zu schnell.

»Hm.« Lars kratzte sich am Kinn. »Und der Junge«, sprach er weiter.

Einer ihrer Mundwinkel zuckte.

»Janis, richtig?«

Ein zögerndes Nicken.

»Meinst du, ich kann mich mal mit ihm unterhalten?«

»Er ist unterwegs«, kam die prompte Erwiderung.

Und dann war sie es, die sich abwandte und ging. Auf einmal schien sie es eilig zu haben, denn es war ein schnelles Gehen. Er sah ihr noch eine ganze Weile nach. Er sollte die Deutsche besser mal im Auge behalten.

Schwedisch für Anfänger – Teil 14

– Gammelmormor

Mutter ist die Mor, Großmutter die Mormor. Also ist die
Urgroßmutter in schwedischer Logik die Gammelmormor.
Gammelfarfar wäre der Urgroßvater.

KAPITEL 40

Ina hatte keine Ahnung, wie sie sich eine Geldübergabe in Wirklichkeit vorgestellt hatte, zumindest diese hier entsprach jedwedem Klischee.

Sie war nervös wie nie. Auf was hatte sie sich da nur eingelassen? Es hatte so viele Möglichkeiten gegeben, dem Tingsmålahof den Rücken zu kehren, alles hinter sich zu lassen und ein halbwegs sorgenfreies Leben irgendwo auf diesem Planeten zu führen. Aber nein, sie musste mal wieder in der ersten Reihe stehen und alles an sich reißen. Und so hörte sie sich selbst mit einer Stimme sagen, die viel mutiger klang, als sie sich fühlte: »Erst der Junge, dann das Geld.« Zur Bestätigung ihrer Worte hatte sie die Arme vor der Brust verschränkt. Sie fror, obwohl es ein herrlich lauer Sommerabend war. Allerdings war es eine Kälte, die weniger von außen als tief aus ihrem Innersten kam. Es grenzte an absoluten Wahnsinn, worauf sie sich da eingelassen hatte. Aufgereiht wie Orgelpfeifen, standen Ebba, sie und Svante vor dem betagten VW-Bus, mit dem Knut einst die Einkäufe an die umliegende Kundschaft verteilt hatte. Knut, der Drogenkurier, dessen Tod wohl kein Unfall gewesen war. Über ihnen stand der Vollmond und offenbarte viel zu viel von der Szenerie, als es Ina lieb gewesen war.

Zumindest waren die Entführer pünktlich, das musste man ihnen lassen. Exakt zwei Tage nach dem verhängnisvollen Anruf hatten sie sich wieder gemeldet und sogleich den darauffolgenden Abend für die Geldübergabe bestimmt.

Als Übergabeort war ein verlassener Campingplatz inmitten eines Waldstückes gewählt worden, zu dem eine einzige unbefestigte Straße führte. Ina versuchte, sich vorzustellen, wie der Platz einst belebt ausgesehen haben musste. Es fiel ihr schwer, weil die Natur sich einiges von diesem Ort zurückerobert hatte. Hier und da entdeckte sie im Dickicht die Konturen verlassener Wohnwagen, die meisten Stellen des aufgegebenen Platzes waren jedoch nicht mehr als kiesige Rechtecke, auf denen sich das Unkraut nach Herzenslust ausbreitete.

Svante hatte den VW-Bus auf dem Parkplatz vor einer ausgebrannten Holzhütte abgestellt. Dem Bus standen ein Dutzend aufgemotzter Motorräder gegenüber, deren Scheinwerfer sie blendeten. Ina blinzelte tapfer dagegen an, vermied es, sich die Hand vor die Augen zu halten. Sie war so froh, dass Svante dicht neben ihr stand, ja, selbst Ebbas Anwesenheit ermutigte sie. Überhaupt wirkte die alte Frau am furchtlosesten von allen.

»Woher sollen wir denn wissen, dass ihr das Geld wirklich dabeihabt?«, fragte der Mann, den Ina vom Mittsommer-Fest wiedererkannt hatte. Sie schätzte, dass er der Anführer der Motorradbande war. Nun führte er einen Trupp von vier Bikern an, die ihn rechts und links flankierten. Obwohl sie nur wenige Meter entfernt standen, war es für Ina unmöglich, deren Gesichter auszumachen, da die Scheinwerfer sie von hinten anstrahlten. Dafür warfen sich deren Konturen wie Schattenrisse in die Nacht, groß und stämmig. Allesamt trugen sie ihre Kutten und hatten klobige Stiefel an den Füßen. Ina kam dieser Kleidungsstil wie eine Uniform vor.

Svante griff hinter sich und trat mit einer Sporttasche in der Hand zwei Schritte vor. Er streckte sie nach vorn. »Ist alles hier drinnen«, sagte er. Zum Beweis zog er den Reißverschluss der Tasche auf und brachte eines der Päckchen zum Vorschein, die Ina und er erst gestern aus dem See gefischt hatten.

Sie war sich noch immer nicht sicher, ob es wirklich eine gute Idee war, auf die Lösegeldforderung der Rockerbande einzugehen. Ihr war alles andere als wohl dabei. Viel lieber hätte sie diese Mistkerle der Polizei überlassen. Doch was, wenn sie ihre Drohung wahrmachen würden? Immerhin stand das Leben des Jungen auf dem Spiel. Lars hatte ihr eindrücklich klargemacht, wie schlimm die Sons of Odin waren.

Und doch war es purer Wahnsinn. Aufregender Wahnsinn. Sie und Svante und eine alte, schwerhörige Frau gegen eine ganze Rockerbande. Das war wie in einem Thriller. Konnte das gut gehen?

Inas Nervosität wuchs. Immerhin war dies hier die erste Geldübergabe ihres Lebens.

»Erst der Junge, dann das Geld«, wiederholte Ebba Inas Forderung. Jedoch mit einer festen Stimme, um die Ina sie beneidete.

Eine Weile wurde es still auf dem verlassenen Parkplatz.

Nur das Zirpen der Grillen war zu hören. In dieser Stille hob einer der Männer die Hand und schnippte mit dem Finger.

Neben ihr spannte sich Svante an. Gebannt verfolgte sie, wie weitere Männer aus den Schatten der Nacht traten und in das Licht der Scheinwerfer eintauchten. Es waren drei. Der in der Mitte bekam Inas ganze Aufmerksamkeit, da er sich seltsam ungelenk bewegte und von den beiden anderen rüde nach vorn gedrängt wurde.

»Janis!« Ebba griff sich an die Kehle. »Er lebt!«

»Natürlich lebt er«, stellte der Anführer ruppig klar. »Wir sind doch keine Unmenschen.«

Nun spannte auch Ina sich an. Zwar fehlte ihr die Geld-übergabe-Erfahrung, doch war sie sicher, dass diese gerade auf ihren Höhepunkt zusteuerte. Die drei Männer blieben auf Höhe ihres Anführers stehen. Ina sah, wie sie sich am Rücken von Janis zu schaffen machten. »Geht es dir gut?«, rief Ebba ihm zu.

Zur Antwort erhielt sie ein lautes »Grmpf!«.

»Na schön«, verkündete daraufhin der Boss der Rocker. »Dann nehmt ihm auch den Knebel aus dem Mund.«

Ina blinzelte den Lichtern entgegen, konnte aber kaum etwas erkennen.

»Mir geht es gut«, hörte sie Janis krächzend von sich geben. »Mir fehlt nichts.« Dem Gekrächze folgte ein Husten.

Dann bekam er einen Schubser verpasst und setzte sich stolpernd in Bewegung.

Svante straffte das Kreuz und setzte sich ebenfalls in Bewegung.

Ina verfolgte alles gebannt. Ebba stand urplötzlich neben ihr und hakte sich bei ihr unter.

Daraufhin ging alles furchtbar schnell und schrecklich unspektakulär. Als Svante und Janis sich entgegenkamen, drückten sie sich kurz und zogen aneinander vorbei. Janis begab sich in die Geborgenheit von Ina und Ebba, das Geld in die Obhut der Rocker.

Eine furchtbar lange Sekunde lang rechnete Ina damit,

dass die Männer sich nun Svante schnappten, um eine weitere Lösegeldforderung geltend zu machen. Doch er durfte anstands- und nunmehr sporttaschenlos den Rückweg antreten. Noch ehe er wieder am Bus war, röhrten die Motoren der schweren Maschinen auf, und die Scheinwerfer schnitten durch die Nacht. Ina presste sich die Hände auf die Ohren, als die Maschinen an ihnen vorbeibretterten und noch einmal die Motoren aufheulen ließen. Selbst die Grillen waren verstummt und fanden nur nach und nach wieder Spaß daran, ihre Flügel aneinanderzureiben.

Ina lauschte eine ganze Weile dem sich entfernenden Getöse. Je leiser es wurde, desto mehr beruhigte sie sich. Es war vorbei, und um sie herum wurde es wieder still.

»Sie sind weg«, bestätigte Ebba das Offensichtliche. Dann warf sie sich Janis an den Hals. »Da bist du! Und du lebst!«

»Offensichtlich tue ich das, ja.« Der Junge erwiderte die Umarmung, stieß ein befreites Lachen aus. »Ich habe wirklich gedacht, das wäre mein Ende.«

Svante trat auf die beiden zu und drückte Janis' Schulter. »Du kannst von Glück reden, mit denen war ganz sicher nicht zu spaßen.«

»Dafür ging das aber gerade ziemlich problemlos vonstatten«, sagte Ina mit leisem Unbehagen.

Nur widerwillig ließ Ebba Janis los. Es war lustig mit anzusehen, wie sie mit ihrer knappen Körpergröße versuchte, den groß gewachsenen Jungen mit ihren Armen wieder einzufangen.

Janis fasste sich an den Nacken und sah Svante eindringlich an. »Ihr habt wirklich das Geld bezahlt.« Es klang mehr nach einer Klage als nach einer Frage. Doch die nächste richtige Frage ließ nicht lange auf sich warten: »Wo habt ihr das Geld überhaupt her?«

Svante öffnete den Mund, doch Ina kam ihm zuvor. »Spielt überhaupt keine Rolle. Wichtig ist, dass wir dich aus den Fängen dieser Unholde befreit haben und dir kein Haar gekrümmt wurde.«

Er fuhr sich durch selbiges, als müsste er sich erst davon überzeugen, dass dem so war. Gleichzeitig reckte er das Kinn und warf einen Blick in den VW-Bus. »Wo ist Agneta? Ist sie nicht mitgekommen?«

Svante und Ebba sahen sich in betretenem Schweigen an. Also lag es wieder einmal an Ina, Klarheit zu schaffen: »Sie ist bei der Polizei«, sagte sie dem Jungen. »In Untersuchungshaft.«

»Aber warum?« Nun wanderte auch Janis' andere Hand zum Nacken. Er sah sie ungläubig an.

»Wegen Mordes.« *Was gibt es da zu beschönigen,* dachte Ina. *Die Umstände sind nun einmal, wie sie sind.*

Svante räusperte sich entsprechend umständlich. »Die Polizei glaubt, dass Agneta irgendetwas mit dem Mord an Mats zu tun haben könnte.« Sie zögerte, fügte dann hinzu: »Vielleicht auch in irgendeiner Weise mit Knut.«

»Aber ... warum?«

Ina pustete sich eine Strähne aus der Stirn, um ein genervtes Augenrollen zu unterdrücken. Angesichts der Wortkargheit des jungen Mannes fragte sie sich nun doch, ob die Rockerbande ihm nicht den einen oder anderen Schlag auf den Kopf verpasst hatte.

»Ich meine«, setzte er an, weil auch ihm anscheinend klar wurde, wie wenig Informatives er da zum Besten gab. »Warum?«

Also erzählte Ina ihm auch das. Sie berichtete von dem fehlenden Alibi und von der Kette, die einst Agneta gehört hatte, zuvor aber einem Mitglied der königlichen Familie.

»Was für eine Kette?« Reflexartig griff Janis sich an den Hals und riss unmittelbar darauf die Augen auf.

»Ein Kreuz«, berichtete Ebba. »Mit einer Krone drauf. Groß und klobig und vermutlich äußerst wertvoll.«

Janis schüttelte den Kopf. »Die Polizei glaubt, dass Agneta die Mörderin von Mats ist?«

»Und womöglich von Knut«, warf Ina noch rasch mit in den Verdachtstopf.

»Aber …«

»Warum?«, vermutete Ina.

»Nein.« Janis schüttelte nun vehement den Kopf. »Aber das ist doch totaler Unsinn!«

Der Meinung war auch Ina. Aber die Polizei hinterfragte das Offensichtliche nicht. Ihr gefiel eine einleuchtende Antwort immer am besten. Das hatte Ina aus ihren Thrillern gelernt.

Svante brummte. »Natürlich ist es das. Aber der Kreuzanhänger …«

»Er hat nicht Agneta gehört«, fiel Janis ihm schroff ins Wort. Er rang nach Luft, schluckte angestrengt – so sehr, dass sein Kehlkopf zuckte. »Es war … meiner.«

Wenn es je eine Offenbarung gegeben hatte, die für eine überraschende Wendung gesorgt hatte, dann hätte es Janis' Offenbarung zweifellos in die Top Ten aller je offenbarten Offenbarungen geschafft.

Ina zerrte die Lippen auseinander, rang nach Worten. »Aber … warum?«

»Weil *sie* ihn *mir* geschenkt hat.« Etwas unvorstellbar

Trauriges lag auf einmal im Gesicht des jungen Mannes. Er winkte ab. »Erst wollte ich ihn nicht, weil er viel zu wertvoll ist, aber sie hat darauf bestanden.« Eine verlorene Träne stahl sich aus seinem Auge. »Ich habe dieser Frau so unendlich viel zu verdanken. Sie hat mir geholfen, mir das Leben gerettet, dafür gesorgt, dass ich wieder auf die rechte Bahn gekommen bin.« Trotzig hob er den Kopf, wischte sich mit dem Handrücken über die Augen. »Und nun ist sie im Gefängnis. Meinetwegen!«

»Moment, mir geht das alles viel zu schnell.« Svante streckte die Hände von sich. »Willst du damit sagen, dass Agneta dir den Anhänger mit dem Kronenkreuz geschenkt hat und du die Kette getragen hast?«

»Sie war mein Talisman«, gab Janis unumwunden zu, lächelte verkrampft. »Mein Glücksbringer.« Er zuckte mit den Schultern. »Ich mach mir nichts aus Gott und Kreuzen, aber dieser Anhänger hatte eine große Bedeutung für mich.« Er schniefte. »Immerhin hat er mal meinem Vater gehört.«

Schlagartig wurde es still, und wieder kam es Ina so vor, als hätten selbst die Grillen ihr Zirpen eingestellt. *Aber ja ...* diese Ähnlichkeit. Sie wusste sofort, dass Janis die Wahrheit sagte. Als sie ihn das erste Mal gesehen hatte, da hatte er sie an jemanden erinnert. Bloß hatte sie nicht gewusst, an wen.

»Du bist Viggos Sohn?«, stellte Svante die Frage, deren Antwort längst offenkundig war.

Ebba warf sich in die Arme ihres Enkelkindes. Entsprechend überrascht sah Svante sie an. »Du wusstest es! Du wusstest es die ganze Zeit!«

»Agneta hat ihn ausfindig gemacht«, gab die alte Frau leise zur Antwort. »Kurz nach Viggos Tod, nachdem sie einen seiner mysteriösen Briefe gefunden hatte.«

Svante rang um Fassung, strich immer wieder über seinen Bart und starrte, ja, er starrte Janis erschüttert an.

»Der Anhänger hat mir alles bedeutet«, begann Janis noch einmal. »Ich habe ihn gehütet wie meinen Augapfel. Bis ich ihn ...«

»Bis du ihn verloren hast«, kam Ina ihm zuvor, woraufhin Janis zögerlich nickte. »Im Rührbottich der Backstube«, sprach sie weiter, erntete ein weiteres Zugeständnis. »Wo du Mats ermordet hast.«

Janis sagte nichts, senkte nur den Blick, schniefte laut.

»Du hast Mats ermordet?«, hakte Svante mit heiserer Stimme nach. »Du warst das?« Seine Hand ging nach vorn, umfasste das Kinn des Jungen und zwang ihn dazu, ihm in die Augen zu blicken.

Einen Moment sahen die beiden sich an.

»Es ... es war Notwehr«, platzte es schließlich aus Janis heraus. »Ich wollte ihn nicht töten, bloß einschüchtern, damit er Agneta endlich in Ruhe lässt. Ich habe es nicht ertragen können, dass er ihr ständig aufgelauert und mit dem Hof in den Ohren gelegen hat.« Er zog den Kopf zurück, um Svantes Griff zu entkommen. »Dass sie endlich an ihn verkaufen soll.« Er lachte hart auf, blickte abwechselnd Ebba und Svante an. »Das wolltet ihr doch genauso wenig, oder nicht? Er hat Agneta keine Wahl gelassen, früher oder später hätte sie verkaufen müssen, ihr wisst selbst, wie es um den Hof steht. Und dann? Was wäre aus uns geworden? Aus Tingsmåla? Zum ersten Mal in meinem Leben habe ich einen Ort gefunden, an dem ich glücklich bin, einen Ort, den ich als mein Zuhause empfinde.« Er sah Ebba eindringlich an. »Mit Menschen, die mir am Herzen liegen. Meiner Oma!«

Diese schluchzte gerührt.

»Und dieser Mats wollte alles zunichtemachen.«

»Also hast du ihn ermordet«, setzte Ina nach.

»Ja.« Wieder schluckte Janis angestrengt, wackelte nervös mit den Armen. »Aber es war nicht so, wie ihr euch das vorstellt. Wie schon gesagt, es war Notwehr. Ich wollte ihm nur sagen, dass er Agneta in Ruhe lassen soll. Und dann ist es irgendwie eskaliert.«

Janis wurde einen Augenblick stumm, kratzte sich angestrengt den Nacken. »Es ging um Knut«, sprach er schließlich weiter, wobei seine Stimme eine Nuance leiser wurde. »Ich habe gesehen, wie Mats gemeinsam mit Knut die Scheune betrat.« Er nahm einen tiefen Atemzug, warf den Kopf in den Nacken und starrte auf den vollen Mond. »Wenig später kam Mats wieder raus. Allein, ohne Knut.«

Er sah in die Gesichter der drei, die stumm an seinen Lippen hingen. »Zunächst dachte ich mir nichts dabei, doch ihr wisst ja selbst, wie es ausging. Nur kurze Zeit später stand die Scheune lichterloh in Flammen. Und Knut ...« Er brachte den Satz nicht zu Ende, griff in seine Jeanstasche und holte eine zerdrückte Packung Zigaretten hervor. Mit zittrigen Fingern fischte er eine aus der Schachtel, steckte sie sich in den Mund, tastete dann seine Hosentaschen ab. Svante hielt ihm ein brennendes Feuerzeug hin, an dem Janis sich die Zigarette anzündete. Nach einem tiefen Zug fuhr er fort: »Ich habe Nachforschungen angestellt und herausgefunden, dass Mats erpresst wurde. Und zwar von Knut. Anscheinend hatte Knut eines von Viggos vielen Verstecken gefunden. Und in diesem befand sich der Vertrag, aus dem hervorging, dass Mats von Viggo längst ausbezahlt worden war.«

Ina versuchte den Sinn der Worte zu verstehen, doch Ebba raunte bereits heiser: »Er hatte also gar keine Besitzansprüche mehr an den Hof.«

Janis zog erneut an seiner Zigarette. »Hatte er nicht. Mats aber wollte das verschleiern und ein zweites Mal abkassieren. So oder so. Entweder hätte Agneta ihn noch einmal ausbezahlen müssen, oder aber er hätte den Hof übernehmen können.« Er grinste schief. »Bloß hat Knut ihm mit seinem Fund einen Strich durch die Rechnung gemacht und seinerseits versucht, Profit aus der Sache zu schlagen.«

Ina sah ihn zweifelnd an. »Woher weißt du das?«

Janis lächelte sie verhalten an. »Kurz vor Knuts Tod habe ich sein Vogelhäuschen repariert und es wieder in seinem Garten aufgestellt. Dabei habe ich ein Telefongespräch mitgekriegt, in dem er jemandem von dem gefundenen Vertrag erzählte. Nämlich Mats. Ich habe mit eigenen Worten gehört, wie er ihm sozusagen die Pistole auf die Brust gesetzt hat.«

Ina schaute ihn bestürzt an. »Und du glaubst, aus diesem Grund hat Mats Knut umgebracht?«

»Sie gingen gemeinsam in die Scheune«, wiederholte Svante die Worte von Janis. »Und nur einer kam wieder raus.« Er blickte Ina tief in die Augen. »Bei Geld verstand Mats keinen Spaß.«

»In der Mittsommernacht wollte ich Mats in der Backstube zur Rede stellen und mit den Ergebnissen meiner Nachforschungen konfrontieren«, erzählte Janis weiter. »Ich wollte, dass er sich zum Teufel scherte. Aber er hat komplett anders reagiert, als ich erwartet hatte. Plötzlich hat er sich auf mich gestürzt. Es kam zu einer Rangelei, woraufhin er kopfüber in den Rührbottich gestolpert ist.« Janis schluckte angestrengt. »Ich hab dann das Weite gesucht, weil ich mit der Situation komplett überfordert war. Ich habe keine Ahnung, wie das passiert ist, aber kurz danach hat sich wohl versehentlich der Knethaken eingeschaltet und …«

»Es war also ein Unfall«, entschied Ebba. »Du hast ihn nicht absichtlich ermordet.«

Janis warf die Hände hoch. »Natürlich habe ich das nicht! Ich bin kein Mörder! Ich wusste ja auch gar nicht, dass er tatsächlich gestorben ist. Ich bin nur weggerannt, weil mich diese Situation komplett überrumpelt hat, ich konnte doch nicht wissen, dass er in dem Bottich zu Tode …« Er brachte den Satz nicht zu Ende.

Ina reichte ihm ein Taschentuch, das er dankend ergriff. Er schnäuzte sich heftig. Sie glaubte ihm.

»Natürlich konntest du das nicht«, pflichtete Ebba ihm bei. Lächelnd sah sie zu ihm auf und strich ihrem Enkelsohn liebevoll über den Arm.

»Was denkst du?« Ina wandte sich Svante zu, der ungewöhnlich still geworden war.

Er schob die Unterlippe nach vorn. »Vermutlich ist Mats bei dem Versuch, sich aus seiner misslichen Lage zu befreien, versehentlich an den Knopf gekommen, mit dem der Knethaken angeschaltet wurde.« Ihn schüttelte es. »Wirklich dramatisch. Kein schöner Tod.«

»Ich bleibe dabei«, entschied Ebba. »Es war ein Unfall. Kein Mord.«

»So oder so.« Der Junge schnippte im hohen Bogen die halb aufgerauchte Zigarette weg. »Ich werde mich der Polizei stellen und sagen, wie es wirklich war. Damit Agneta freikommt.«

Schweigend sah Ina den Jungen an. Was er sagte, ergab Sinn, und doch war da ein unbestimmtes Gefühl in ihrem Bauch, eine Empfindung, die ihr keine Ruhe ließ. Als hätte sie etwas Falsches gegessen. Übersah sie womöglich etwas?

»Das ist wohl das Beste«, fand auch Svante. »Lasst uns zurück zum Hof fahren.«

Auch Ina wollte sich in Bewegung setzen, wurde aber von einem aufleuchtenden Scheinwerfer geblendet, der direkt vor ihnen auftauchte. Nur einen Moment später ertönte das typische Röhren eines Motorrads, das auf sie zuhielt.

»Was zum …!« Svante zerrte Ebba und Ina zu sich heran, stellte sich vor sie.

Mit quietschenden Reifen kam das Geschoss nur wenige Meter vor ihnen zum Stehen. Es ging alles so furchtbar schnell, dass Ina überhaupt nicht wusste, wie ihr geschah. Die Gestalt auf dem Motorrad stieg ab und zückte in einer fließenden Bewegung eine Pistole. Oder einen Revolver. Ina hatte nie den Unterschied verstanden. Auf jeden Fall war es eine große Handfeuerwaffe mit einem langen, silbrig schimmernden Lauf, dessen Mündung direkt auf Janis gerichtet war. Wie von selbst schossen Inas Arme nach oben. Die anderen taten es ihr gleich. Über das Licht des Scheinwerfers hinweg blinzelte sie eine Gestalt an, die sie ganz sicher noch nie zuvor in ihrem Leben gesehen hatte. Der Mann war eine wüste Erscheinung, mit schulterlangen grau melierten Haaren. Er trug eine speckige Lederweste und hatte entblößte tätowierte Arme.

Janis stieß einen erstickten Laut aus. Augenscheinlich wusste der Junge, wen er da vor sich hatte.

»Ihr wurdet gelinkt«, kam es düster aus dem bartstoppeligen Mund des Mannes. »Man hat euch die Kohle abge-

knöpft und mir dennoch deinen Aufenthaltsort verraten.«
Ein breites Grinsen stahl sich in das ebenso breite Gesicht
des Mannes, das auf Ina alles andere als sympathisch wirkte.
»Ich dulde es nicht, wenn einer meiner Söhne abtrünnig
wird.«

Etwas in der Revolverpistole klickte, und die Waffe richtete sich ein Stück weit höher, direkt auf den Kopf von
Janis. »Heute ist Zahltag.«

Nun endlich kapierte Ina, wen sie vor sich hatte. Es
musste der Anführer der anderen Rockerbande sein, dessen
Mitglied Janis zuvor gewesen war. Dann war dies also der
Mann, den Janis mit seiner Aussage vor Gericht gebracht
hatte. Der Anführer der Sons of Odin.

»Hier und jetzt wird es enden!«

»Nein«, schrie Svante und stellte sich mit ausgestreckten
Händen vor Janis.

»Wie rührend.« Der Mann grinste noch immer übellaunig. »Als würdest du mich von meinem Vorhaben abhalten
können. Ich habe sechs Patronen in meiner Trommel. Ihr
glaubt doch nicht wirklich, dass ich auch nur einen von
euch lebend davonkommen lasse.«

Das war der Moment, in dem Ina das Herz in die Hose
rutschte, aus dem Hosenbein purzelte und auf dem Kiesschotter zu ihren Füßen zum Liegen kam. Sie hatte Angst.
Todesangst. Es gab keinen Zweifel daran, dass dieser Kerl
es ernst meinte.

»Du hast mich verraten«, wandte der Rocker sich in seiner wohl letzten Botschaft an Janis. »Du hast mich den Bullen ausgeliefert.« Er schloss ein Auge, visierte sein Ziel an.

»Beende es«, sagte der Junge leise. »Aber lass die anderen
gehen. Bitte!«

Der Kopf des Rockers ging langsam von einem zum anderen. »Niemand wird hier gehen.«

Ein weiteres Klicken kam aus der Waffe. Mit einem Mal spielte sich alles wie in Zeitlupe ab. Ina sah, wie sich der Finger an der Waffe langsam krümmte. Ihre Nerven lagen blank. Zunehmend verengte sich ihr Sichtfeld. Etwas Flimmerndes riss grelle blaue Fetzen in die Nacht. In ihrer Panik befürchtete sie einen Schlaganfall, was sie verwirrt auflachen ließ. Aber das grelle Licht ... Es nahm ihr halbes Sichtfeld ein, zuckte und blitzte.

Blau, schoss es ihr schmerzvoll durch den Kopf. *Dieses grelle Blau. Blau wie ...* Sie presste die Lider zusammen, rieb sich über die Augen, dann über die Ohren, als das Kreischen anschwoll. Als sie die Lider wieder öffnete, fand sie endlich das passende Wort. Blau wie ... »BLAULICHT!«

Und dann ging alles unfassbar schnell. Der Kopf des Rockers fuhr herum, eben in die Richtung, aus der die aufheulende Sirene kam und in der sich Teile des Waldes sekündlich blau färbten. Zwei Scheinwerfer tauchten in der Einfahrt des verlassenen Campingplatzes auf. Gleichzeitig stürzte sich jemand auf die ausgestreckte Hand des Rockers. Wer auch immer den Anfang machte, es entstand ein Gerangel, an dem Svante, Janis und der Rocker beteiligt waren. Über die Köpfe hinweg fiel etwas im hohen Bogen zu Boden und schlitterte über den Kies.

Die Waffe! Sofort stürmte Ina darauf zu und nahm sie an sich. Sie kam ihr unendlich schwer vor. Langsam streckte sie die Hand aus und richtete die Waffe auf den Rocker. »Keine Bewegung!«

Tatsächlich bewegte sich niemand mehr. Es war, als stünde die Zeit still.

Erst das Bellen eines Hundes beendete die Stille, gefolgt vom wüsten Schrei einer ihr nur zu bekannten Stimme: »Halt! Polizei!«

Sie erkannte Gus, der sich in der Hand des Rockers verbiss, ihn auf die Knie zerrte, dann sah sie aus dem Augenwinkel Lars' Silhouette, der aus dem Einsatzwagen stürmte, die Dienstwaffe in die Luft riss und einen Warnschuss abgab. All dies prägte Ina sich ein. Für den Fall, dass sie mal Enkelkinder bekommen würde und ihnen eine spannende Geschichte erzählen wollte.

KAPITEL 41

Wenn die Leute vom Tingsmålahof etwas verstanden, dann war es, Feste zu feiern. Binnen kürzester Zeit wurde eine Party auf die Beine gestellt, die dem Mittsommerfest in nichts nachstand. Kaum hatte Ebba den Anruf erhalten, dass Agneta freikommen würde, war sie auch schon aus dem Haus gestürmt und hatte alle Bewohner an ihrer Freude teilhaben lassen. Svante war dazu verdonnert worden, sogleich mit dem Transporter in die Stadt zu fahren, um ihre Schwiegertochter abzuholen. Währenddessen hatten alle anderen tatkräftig mit angepackt und das Seeufer in einen stimmungsvollen Festplatz verwandelt, um der verlorenen Tochter einen Empfang zu bescheren, der sich gewaschen hatte. Die Girlanden und Lampions vom Mittsommer wurden vorzeitig aus den Kisten befreit und kamen wieder zum Einsatz. Alkohol und Essen wurden in Massen herbeigeschafft, um festzustellen, dass es noch mehr Essen brauchte. Vor allem mehr Alkohol. Nunmehr reihte sich auf dem langen Holztisch eine hochprozentige Flasche an die andere.

Als der VW-Bus mit der wertvollen Fracht wenige Stunden später endlich den Hof erreichte, wurde Agneta empfangen wie eine Majestät. Und vielleicht war sie das sogar, die ungekrönte Königin des Tingsmålahofes, die nach dem Tod des Königs die Herrschaft über das kleine Volk übernommen hatte. Sie war eine gütige Herrscherin, die Bewohner lagen ihr sprichwörtlich zu Füßen.

Obwohl es früher Nachmittag war und die Sonne hell am Himmel stand, loderte ein riesiges Feuer, in das mehrere Bewohner Stöcke mit Marshmallows hielten. Ein verheißungsvoller Duft lag in der Luft. Der Geruch von Abenteuer, Sommer und Freiheit, der Ina seit frühester Kindheit begleitete. Sie war bereits ein wenig beschwipst, woran der Moltebeerschnaps schuld war, der noch verstohlen seine Kreise drehte – ein Vorglühen für die eigentlichen Festivitäten.

Entsprechend beschwingt und losgelöst fiel sie Agneta um den Hals. Die Umarmung fühlte sich gut an. So vertraut und innig, als wäre die Schwedin eine jahrelange Freundin, mit der Ina die höchsten Höhen und tiefsten Tiefen durchlebt hatte. Das irritierte und überraschte sie gleichermaßen. Andererseits waren ihre Tage in Schweden derart mit Erlebnissen geprägt, dass ihr beinahe schwindelig wurde. Sie entschied, dass sie die Freundschaft zu Agneta in einem Schnelldurchlauf durchlebte, im Zeitraffertempo. Was andere in Jahren aufbauten, packten sie eben in Tage.

Nach der Umarmung hielten sie sich eine Armlänge auf Abstand, sahen einander an. »Du bist braun geworden«, fand Agneta.

»Danke.« Ina strahlte. »Und dir steht der ausgelaugte Chic mehrerer schlafloser Gefängnisnächte.«

Agneta lachte herzhaft und drückte Ina noch einmal fest an sich. Voller Liebe und Zärtlichkeit.

»Und?« Svante näherte sich den beiden. »Bist du froh, wieder bei uns zu sein?«

»Oh ja, ihr habt mir alle so gefehlt.« Sie lächelte ihn

besonnen an. Einfühlsam, nicht leidenschaftlich, was Ina ein wenig beruhigte. Immerhin spürte sie, dass sie sich mehr und mehr zu Svante hingezogen fühlte. Ungern würde sie ein weiteres Mal in eine Beziehung platzen.

Verstohlen musterte sie ihre Gastgeberin. Es war ihr anzusehen, dass ihr etwas auf dem Herzen lag, und als hätte Ebba ihren Gedanken aufgefangen, tätschelte die alte Frau die Hand ihrer Schwiegertochter. »Janis bekommen wir auch wieder rausgeboxt«, versprach sie. »Er ist kein Mörder.«

Agneta lächelte, doch es wirkte ein wenig verkrampft. »Natürlich ist er das nicht. Ich werde die besten Anwälte für ihn engagieren, damit er schnell wieder bei uns ist. Hier auf dem Hof.«

Daran hatte Ina doch einige Zweifel. Wenngleich er niemanden umbringen wollte und Knuts Tod augenscheinlich auf Mats' Kappe ging, so war es doch der Kampf in der Backstube, der den Mann das Leben gekostet hatte. Sie kannte das Vorstrafenregister von Janis nicht, hatte aber eine düstere Ahnung, dass es ein solches gab und dass das Hinzufügen eines Streits mit tödlicher Folge einen Richter nicht gerade vor Begeisterung aufschreien ließ.

»Wie sollen wir uns denn die besten Anwälte leisten können?«, gab Ebba betrübt von sich.

Ina spürte Svantes Blick auf sich ruhen. Ihr war klar, dass er dasselbe dachte wie sie. Hätten sie das Lösegeld nicht bezahlt, wäre genug Geld für einen Anwalt da gewesen. Andererseits wäre dann aber womöglich Janis nicht mehr da. Man konnte es drehen und wenden, wie man wollte. Ihnen war keine andere Wahl geblieben. Viggos verstecktes Geld war zum größten Teil für das Lösegeld draufgegangen. Aber wer wusste schon, ob es nicht irgendwo weitere Geldverstecke gab? Zumindest mussten sie sich keine Gedanken mehr über die Schulden bei Mats machen.

»Vielleicht sollten wir die Kanelbullar-Aktivitäten ausweiten.« Dieser Vorschlag kam Ina von den Lippen, ehe sie überhaupt verstand, was sie da im Affekt von sich gegeben hatte.

Alle sahen, nein, starrten sie an.

Sofort hielt sie sich die Hand vor den Mund, in der Gewissheit, etwas Falsches gesagt zu haben.

Ebba schüttelte langsam den Kopf. »Nett gemeinte Idee, Ina. Aber so viele kann ich gar nicht backen, als dass wir damit einen teuren Juristen finanzieren könnten. Außerdem sollten wir erst einmal die Füße stillhalten. Immerhin hast du unsere Drogen frei Haus an einen Polizisten geliefert.«

»Und wenn wir den VW Bus verkaufen?«, schlug Svante vor. »Er ist noch recht gut in Schuss.« Er machte eine Schnute. »Wenn ich den wieder komplett auf Vordermann bringe, zahlen Sammler bestimmt ein nettes Sümmchen dafür.«

»Und wie sollen wir dann unsere Ware an die Kundschaft bringen?«, hielt Ashley scharf dagegen. »Wie sollen wir dann überhaupt noch Einnahmen generieren?«

»Ashley hat recht«, befand Agneta. »Wir sind auf jede Krone angewiesen.«

»Anwalt hin oder her.« Svante brummte. »Wir sollten uns mit dem Gedanken abfinden, dass Janis für eine Weile ins Gefängnis muss.«

Mit dieser Aussage erntete er ein zustimmendes Raunen. Niemand wollte derjenige sein, der es laut aussprach, doch sie alle waren der gleichen Meinung. Selbst Agneta nickte. Tiefe Traurigkeit lag in ihrem Blick.

»Immer dieses verdammte Geld«, krächzte Ebba wütend.

»So ist es nun mal«, befand Agneta. »Wir alle können von Glück reden, wenn wir es schaffen, den Hof zu behalten.«

Ein nachdenkliches Schweigen legte sich über den See, in dem nur die Wellen zu hören waren, die der laue Sommerwind gegen das Ufer drückte. Die Stimmung war, gelinde gesagt, im Keller.

Ina verstand noch immer nicht, wie es finanziell so schlecht um den Hof stehen konnte. Anhand der Geschäftsbücher, die Agneta ihr ausgehändigt hatte, sah die Sache gar nicht so hoffnungslos aus.

»Ich denke schon, dass wir das hinbekommen. Wenn wir ein wenig sparsamer sind und die eine und andere Stellschraube drehen, könnte der Tingsmålahof auf einen grünen Zweig kommen. Im Zweifelsfall nehmen wir eine Hypothek auf.«

Svante hob eine Braue. »Wir?«

Ina schluckte. »Nun ja, ich meine ...« Sie sortierte ihre Gedanken, grinste dann und streckte die Hand aus, um die von Agneta zu berühren. »Lass mich euch helfen, ja? Gemeinsam bekommen wir den Hof sicherlich auf ein gesundes Fundament gestellt.«

Agneta strahlte. »Du bist hier herzlich willkommen!«

»Niemand möchte, dass du gehst«, befand Ebba.

Ashley lächelte sie freudig an. »Ich kann mir schon gar nicht mehr vorstellen, wie es ohne dich war. Außerdem hast du noch einige Tauchstunden vor dir.«

Ina musterte Svante, der ihren Blick erwiderte, aber stumm wie ein Fisch blieb. Ein Fisch auf dem Trockenen. Zumindest ging sein Mund entsprechend auf und zu. Er zuckte zusammen, gab ein unwirsches »Autsch« von sich, zog seine Hand nach unten, um sich das Schienbein zu reiben. Sein wütender Blick fing den von Ebba ein, die ihm augenscheinlich dagegen getreten hatte. Er räusperte sich, sah Ina noch ein Stück ernster an. »Wär schön, wenn du bleibst.«

Er grinste. Es wirkte verkrampft und unbeholfen. Dafür aber absolut aufrichtig. Zudem röteten sich seine Wangen. Dann sah er schnell weg und griff nach seinem Bierkrug, ließ sein Gesicht dahinter verschwinden.

Ina beobachtete ihn von der Seite, freute sich über seine Worte. Sie waren das schönste Kompliment, das sie seit Langem zu hören bekommen hatte.

KAPITEL 42

»Einmal ›Sittplats!‹ muss reichen«, predigte Lars. »Du musst das nicht mantramäßig wiederholen.«

Wenn er doch nicht hört, dachte Ina verzweifelt, sagte aber nichts, weil sie die Antwort bereits erahnte. Sie umschloss mit den Händen die Arbeitsplatte der Küchenzeile, gegen die sie sich lehnte. Haltsuchend, um ihre Unsicherheit zu kaschieren. Lars' Besuch in dem kleinen Ferienbungalow war ihr unangenehm. Dabei war sie es, die ihn eingeladen hatte. Es war auch gar nicht der Mann selbst, der ihr dieses beklemmende Gefühl bescherte. Im Gegenteil, sie arrangierte sich immer mehr mit ihm. Sicherlich trug die Tatsache, dass er ihr mit seinem Erscheinen auf dem verlassenen Campingplatz das Leben gerettet hatte, einen großen Teil dazu bei. Doch das war heute kein Thema zwischen ihnen. Nicht bei der ersten Hundetrainingsstunde, die einen Besuch in Zeus' vertrauter Umgebung verlangte.

Und was tat der Hund? Nichts von dem, was er tun sollte. Nicht mal ein einfaches »Sitz« bekam er hin – oder er wollte es nicht hinbekommen, denn es gab Momente, da funktionierte das sehr wohl sehr gut. Meistens dann, wenn keine Zeugen anwesend waren.

»Rede nicht wie ein Wasserfall auf den Hund ein«, belehrte Lars sie. »Er ist sonst gar nicht mehr in der Lage, das Wichtige vom Unwichtigen zu unterscheiden.«

Zeus schien das genauso zu sehen. Er stand auf drei Beinen und kratzte sich mit der Hinterpfote das Ohr.

»Alles, was ich sage, ist wichtig«, stellte Ina klar und gab ein zwinkerndes Lächeln von sich, um ihrem Gast klarzumachen, dass sie das nicht wirklich ernst meinte.

Lars grummelte missmutig vor sich hin, während er die mitgebrachte Leine von der einen in die andere Hand nahm. »Eigentlich wollte ich darauf verzichten, aber dein Hund braucht die Hausleine.« Er hielt sie ihr hin, doch Ina ergriff sie nicht.

»Muss das wirklich sein?«

»Ich befürchte, ja. Anders bekommen wir die Unarten nicht aus deinem Hund heraus. Er muss lernen, wo seine Grenzen sind.« Noch einmal streckte er ihr die Leine entgegen. »Und das klappt am besten hiermit.«

Sie nahm sie entgegen.

»Gut.« Lars nickte zufrieden. »Dann klopfen wir mal die Grundlagen ab, die du deinem Hund hoffentlich beigebracht hast. Hältst du dich denn an alle Regeln, die auf meiner Liste stehen?«

»Aber natürlich tue ich das«, log sie, ohne rot zu werden. Keinen Blick hatte sie mehr auf den Zettel geworfen, nachdem Lars ihn ihr ausgehändigt hatte. Sie wusste nicht einmal, wo sie ihn verstaut hatte.

Lars neigte den Kopf und legte eine Miene an den Tag, die pure Skepsis verriet. Er hob eine Braue an. »Schläft Zeus also nicht mehr in deinem Bett?«

»Nun ja ...«

»Schickst du ihn auf seinen Hundeplatz, sobald du Besuch bekommst und er zu bellen anfängt?«

»Also, ja ... immer häufiger.«

»Und gibst du ihm erst zu essen, wenn du deine Mahlzeit eingenommen hast?«

»Aber so was von … meistens.«

»Und er bekommt auch nichts mehr vom Tisch?«

Ina schüttelte den Kopf und versprach: »Fast nichts mehr!«

Lars seufzte. »Hoffnungslos.«

»Überhaupt nicht!«, widersprach sie vehement. »Es braucht nur eben seine Zeit, um aus dem Muster der alten Gewohnheiten auszubrechen. Das klappt nicht von jetzt auf gleich!«

Lars richtete sich auf und nahm den kleinen Hund in Augenschein. »Sittplats!«

Der Hund nahm Platz.

Dieser miese kleine Verräter!

»Es klappt sehr wohl von jetzt auf gleich«, sinnierte Lars und klang wie ihr ehemaliger Physiklehrer, den sie mindestens so sehr verabscheut hatte wie das Fach selbst. »Wenn du dich an meine Anweisungen halten würdest. Binnen weniger Tage hättest du einen vollkommen anderen Hund.«

»Aber ich will keinen anderen Hund. Ich will Zeus!«

Lars schüttelte den Kopf, als könnte er genau das am wenigsten verstehen.

»Er bleibt ja auch dein Hund«, erklärte er ihr im Ton eines Erwachsenen, der einem kleinen Kind etwas beibringen musste. »Bloß ist er dann dein erzogener Hund, der dir nicht mehr auf der Nase herumtanzt.«

»Ach, na ja.« Ina beugte sich nach vorn und nahm den Hund auf den Arm.

»Himmel. Was machst du denn jetzt?! Runter mit dem Hund!«

Zeus bellte erschrocken auf, und auch Ina zuckte eingeschüchtert zusammen. Dieser Mann hatte ein lautes Organ. Sie ließ den Hund wieder runter und blickte schuldbewusst drein.

Lars kam aus dem Kopfschütteln nicht mehr heraus. »Wo hast du dieses unerzogene Tier nur aufgegabelt?«

»Aus dem Tierschutz. Vor mir hatte er vier Besitzer und wurde immer wieder abgeschoben, da hat er mir so leidgetan, dass ich mich seiner angenommen habe, obwohl ich eigentlich eine Katze wollte.«

Lars sah sie stur an. Eine geschlagene Sekunde lang. Dann tat er etwas, das sie vollkommen aus dem Konzept brachte. Er kam auf sie zu und umarmte sie. Tief und innig drückte er sie an sich.

»Danke«, sagte er in ihren Rücken hinein. Er ließ sie wieder los, betrachtete sie noch kurz. »Du bist ein guter Mensch.«

Ina stand da und wusste überhaupt nicht, wie ihr geschehen war. Irgendetwas sollte sie sagen, weil die aufkommende Stille nun doch ein wenig zu still wurde. Lars gesellte sich zu ihr, betrachtete den Hund, jedoch bei Weitem nicht mehr mit der Strenge, die seine Züge eben noch an den Tag gelegt hatten.

»Dir danke ich übrigens auch«, sagte Ina.

»Wofür?« Lars sah sie ratlos an.

»Na, für deinen Heldeneinsatz auf dem verlassenen Campingplatz.«

Er grinste schief, wirkte tatsächlich ein wenig verlegen, wie er sich die Hand in den Nacken schob und fahrig am Haaransatz herumrieb. »Ach, das. Dabei müsste ich eigentlich dir danken. Durch dich habe ich erst die Idee gehabt,

Agnetas Festnetztelefon anzapfen zu lassen. Sonst wäre ich niemals hinter die Sache mit der Geldübergabe gekommen.«

Ina sah ihn von der Seite her an. »Aber wie bist du dem Anführer der Sons of Odin auf die Schliche gekommen?«

»Oh, ich bin ihm schon eine ganze Weile auf der Spur«, erklärte Lars jovial. »Ich wusste auch, dass er von dem Devil-Anführer kontaktiert worden war, aber nicht, warum. Also war ich vor dem Termin der Geldübergabe vor Ort, um die Lage abzuchecken. Ich habe etwas abseits geparkt und mir Gus geschnappt, um mit ihm eine Runde auf dem Platz zu drehen.«

In einer fließenden Bewegung nahm er ihr die Hausleine aus der Hand und beugte sich zu Zeus hinunter, um sie an seinem Halsband festzumachen. »Dann habe ich dieses Motorrad gesehen.« Er reckte den Kopf und schaute Ina von unten her an. »Es war vollkommen verchromt und hatte grüne Flammen an den Seiten des Tanks. Sein Fahrer drehte einige Kreise um den Campingplatz. Die Maschine habe ich sofort wiedererkannt, es war die des Anführers der Sons of Odin. Auch er wollte sich also vor der Übergabe umsehen.« Lars grinste sie verstohlen an. »Damit ergab alles einen Sinn, und mir war klar, dass er mitmischen würde. Ich musste mich somit nur verstecken und auf den richtigen Zeitpunkt warten, bis er die Bühne betreten würde.« Mit seiner Hand vollführte er eine Bewegung wie das Zuschnappen von Handschellen. Sein Grinsen wurde zu einem Lachen. »Diese Festnahme macht sich natürlich mehr als gut in meiner Polizeiakte.«

Das glaubte Ina gern. »Aber was geschieht nun mit dem Rockeranführer?«

»Ihm wird der Prozess gemacht. Diesmal richtig! Schließlich war er drauf und dran, einen vierfachen Mord zu begehen.«

Ina schluckte den Kloß im Hals hinunter. Immerhin wäre sie eine von den vieren gewesen. »Und was geschieht nun mit Janis?«, fragte sie weiter.

Lars kam wieder zu ihr hoch und ließ Zeus einen Moment lang einfach nur unerzogener Hund sein, der mitsamt Leine prompt auf die Eckbank hüpfte und es sich dort gemütlich machte.

»Es ist ernst«, sagte er schließlich. »Er hat einen Menschen getötet – offenkundig absichtlich.«

Ina verzog die Lippen. »Er streitet das ab, sagt, dass Mats noch gelebt hat, als er aus der Backstube gestürmt ist.«

Lars zögerte. Ina fühlte förmlich, dass er ihr etwas mitteilen wollte. Und dann, tatsächlich: »Was ich dir jetzt sage«, begann er ernst, »ist eigentlich nicht für deine Ohren bestimmt.« Er hob den Zeigefinger, wackelte damit vor ihrem Gesicht herum. Kurz fühlte sie sich wie ein Hund, von dem eine entsprechende Reaktion auf ein Kommando erwartet wurde. Also sagte sie: »Ja.«

»Schön.« Lars grunzte zufrieden. »Etwas an Janis' Geschichte, die er uns aufgetischt hat, stimmt nicht.«

Ina wölbte die Brauen. »Inwiefern?«

Lars biss sich auf die Lippen, als wollte er die Worte in seinem Mund sortieren. »Uns gegenüber hat er ausgesagt, dass er den Schalter der Knetmaschine nicht gedrückt hat.«

»Das hat er uns auch erzählt. Er meinte, dass Mats selbst gegen den Schalter gekommen sein muss.«

Lars sah sie ernst an. »Und genau das kann nicht sein. Wir haben es ausprobiert. Aus seiner Position heraus war

Mats unmöglich in der Lage, den Knopf des Bedienelements zu erreichen.«

»Dann habt ihr eben noch nicht alle Möglichkeiten durchprobiert«, hielt sie dagegen, was Lars zum Lachen brachte. »Doch«, sagte er, »haben wir. Es wäre schlichtweg unausführbar gewesen.«

»Und deshalb glaubt ihr, dass Janis es gewesen sein muss.«

Wieder ließ er sich Zeit mit seiner Antwort. Er fokussierte den Hund, schnalzte mit der Zunge, woraufhin Zeus sofort von der Eckbank sprang.

»Das ist eben die naheliegende Möglichkeit.«

»Und die Aktentasche?«, fragte Ina weiter. »Habt ihr sie bei Janis gefunden?«

Lars schüttelte den Kopf.

»Konnte er euch denn etwas dazu sagen?«

Wieder ein Kopfschütteln. Er näherte sich Zeus, griff in seine Tasche und zog ein Leckerli hervor. Dieser hechelte sofort auf ihn zu und ließ sich den kleinen Happen schmecken. Lars schnappte nach der kurzen Leine, sah Ina an.

»Mit ihr kannst du Zeus dabei helfen, das angemessene Verhalten zu finden, indem du ihn immer wieder korrigierst und auf seinen Hundeplatz führst, wenn dir etwas an ihm missfällt.« Er deutete auf das Körbchen, das direkt am Fenster stand. »Ist das sein Hundeplatz?«

Ina nickte gedankenverloren und zeigte zwei weitere Plätze, die Zeus für sich auserkoren hatte.

»Nein, nein, nein!« Lars' Ton wurde strenger. »Er darf nur einen Platz haben!«

»Janis ist kein Mörder«, sagte Ina aus dem Affekt heraus. Selten war sie sich einer Sache so sicher gewesen. Nicht, dass sie ihres Wissens je einen Mörder kennengelernt hätte.

Dennoch vertraute sie ihrem Instinkt. Und dieser sah Janis unschuldig – zumindest, was den Mord an Mats betraf.

»Es spricht wirklich alles gegen ihn«, beharrte Lars. »Die Spurensicherung hat die Backstube auf den Kopf gestellt. Nichts deutet auf einen anderen Täter hin. Es wurden keinerlei Spuren gefunden, die darauf hinweisen würden, dass jemand nach ihm die Backstube betreten hat.« Kurz zögerte er. »Außer den Kollegen natürlich.«

Ina brummte. »Dann haben die eben etwas übersehen.«

»Das sind Profis. Die übersehen nichts.« Er tätschelte Zeus die Flanke. »Es gibt absolut keine Spur, die auf einen anderen Täter hindeutet.«

Erstaunt erkannte Ina, dass beinahe etwas Liebevolles in dem Blick lag, mit dem Lars Zeus betrachtete. Er grinste sogar ein wenig vor sich hin. »Außer, dein Hund hätte sie aufgefressen.«

In ihrem Kopf summte etwas.

Lars tätschelte Zeus weiterhin, hob dann aber irritiert den Kopf. »Alles in Ordnung mit dir?«

»Was?«

Wie betäubt sah sie dabei zu, wie er sich am Halsband des Hundes zu schaffen machte. »Und überhaupt«, maulte er. »Das Halsband ist viel zu locker. Es muss viel straffer sitzen. Hast du eine Stanzzange?«

Sie hörte ihm nicht zu. Ein jäher Gedanke hatte sich fest in ihren Kopf gebohrt, sich tief in ihrem Gehirn verankert. Alles andere trat in den Hintergrund. Lars, ihr Hund, die aufkreischende Kreissäge.

»Eure Reparaturwerkstatt!« Lars grinste. »Dort wird man uns bestimmt helfen können.«

– Tidsoptimist

Was den Deutschen der notorische Zuspätkommende, ist den Schweden der Zeitoptimist. Und das ist selten böse gemeint. Leute eben, die ein wenig zu optimistisch mit der Zeit umgehen und glauben, sie hätten noch reichlich davon, obwohl sie längst zu spät dran sind.

KAPITEL 43

Ina war froh, Lars endlich wieder los zu sein. Gemeinsam waren sie in die Reparaturwerkstatt gegangen, in der Svante den Mittsommerbaum in ein mehrteiliges Puzzle zersägt hatte. Zu ihrem Schrecken hatten sich auf der Werkbank Teile der Knetteigmaschine befunden. Die Vorstellung, dass das Gerät schon bald in der Backstube stehen und Teig kneten würde, wollte ihr nicht so recht behagen. Aber auf dem Hof wurde eben nichts weggeworfen, sondern so lange repariert, bis es nicht mehr zu reparieren war.

Bereitwillig hatte Svante mit einer Lochstanze das Hundehalsband um ein Loch erweitert und damit Lars zufriedengestellt, der sich direkt im Anschluss verabschiedet hatte. Ina war daraufhin zurück in ihren Ferienbungalow geeilt und hatte sich mit Gummihandschuhen und einer Plastiktüte ausgestattet.

Derartig bewaffnet, spazierte sie nun in Richtung der Backstube, um der Sache auf den Grund zu gehen, die ihr keine Ruhe ließ. Es war nur ein vager Verdacht, ein Grummeln in ihrer Magengrube. Doch wenn sie etwas in ihrem Leben bereute, dann, nicht viel häufiger auf ihr Bauchgefühl gehört zu haben. Allerhöchste Zeit also, genau daran etwas zu ändern. Das Gefühl in ihrem Bauch war überdies zu stark, als dass sie es länger hätte ignorieren können. Ihr gingen Lars' Worte einfach nicht aus dem Sinn. Entsprechend beschleunigte sich ihr Puls, als sie vor der Backstube stand und sich verstohlen umsah. Bei ihrem Vorhaben wollte sie keine Zeugen in der Nähe haben. Nachdem sie sich davon überzeugt hatte, dass die Luft rein war, hielt sie schnurstracks auf den wuchernden Rhododendronbusch zu, der sich unmittelbar neben dem Eingang befand. Mit knacksenden Knien ging sie in die Hocke. Sie fand schnell, wonach sie gesucht hatte. Im Grunde musste sie nur ihrer Nase folgen, was das Ganze nicht unbedingt angenehmer machte. Inmitten des Grases thronte ein getrockneter Haufen, von dem ein Schwarm schwarzer Mücken aufflog, als sie sich darauf zubewegte. Sie streifte sich die mitgebrachten Gummihandschuhe über und machte sich ans Werk.

»Es könnte schlimmer sein«, sagte sie sich und zwang sich dazu, es wirklich so zu meinen. »Die Kotze könnte frisch sein.«

War sie aber nicht. Es war Tage her, als Zeus sich genau hier übergeben und das ausgewürgt hatte, was er in der Backstube aufgeschlabbert hatte.

Der Kotzehaufen war zwar eingetrocknet, was ihn aber nicht daran hinderte, übel zu stinken. Ina unterdrückte ihren Ekel und langte zu, tauchte die Gummifinger in das Gras und hob das Häuflein an, das sich grün-gräulich von der knallgelben Gummifläche ihrer Hand abhob. Den Kopf möglichst weit abgewandt, stocherte sie mit dem Zeigefinger der anderen Hand darin herum und versuchte, aus dem schlau zu werden, was der Haufen offenbarte. Viel zu erkennen war da nicht. Eingetrockneter Schleim, Fleischbrocken, die Überreste eines Wurststutzens, den Zeus ganz bestimmt von einem der Kinder auf dem Mittsommerfest in den Rachen gestopft bekommen hatte. Aber da war noch etwas anderes. Etwas, das aussah wie ein hervorgewürgtes Wollknäuel.

Widerwillig senkte sie den Kopf, betrachtete das Knäuel näher, pulte mit den Fingern darin herum.

Es waren keine Haare, sondern hauchdünne Fäden von einer Länge von vielleicht zehn Zentimetern. Ein paar davon fischte sie mit Daumen und Finger auf, zerrieb sie zwischen den Kuppen. Sie waren fest und fühlten sich ein wenig störrisch an, stumpf.

»Was ist das?«

Es kam ihr vor, als würde sich etwas in ihrem Gehirn mit riesigen Schaufelhänden nach vorn wühlen und doch nicht den Durchbruch schaffen. Dabei war es wichtig. Das spürte sie mit jeder Pore.

KAPITEL 44

Die Erkenntnis hatte sie beinahe im Schlaf heimgesucht. Irgendwie hatte es der Maulwurf doch noch geschafft, sich bis ganz nach vorne zum Großhirn durchzuwühlen. Und das in einem Moment, in dem Ina sich in der Phase befunden hatte, die normalerweise in das Reich der Träume führte. Melatoningeschwängert hatten sich ihre Gedanken mit Realität und Traum vermischt. Der perfekte Boden für die Schaufelhände des Wühlers, der sich sogleich an die Arbeit gemacht hatte, um die in den Tiefen ihres Gehirns verbuddelte Erinnerung freizuschaufeln und sich damit auf den Weg an die Bewusstseinsoberfläche zu machen.

Jäh richtete Ina sich im Bett auf, mit rasendem Puls und bellendem Hund, der sich zu Tode erschreckt hatte.

Eine ganze Weile saß sie nur so da – kerzengerade, mit dem flauschigen Kopfkissen im Rücken und der bis zu den Knien heruntergeschobenen Bettdecke, weil die Hitze in dieser Nacht unerträglich war. Ein dünner Schweißfilm lag auf ihrer Haut. Der Gedanke war jetzt allgegenwärtig. Geradezu präsent lag er vor ihr, offenbarte sich ihr in seiner nackten, schonungslosen Gestalt. Ina wägte ab, es gab keinen Grund, der Sache sofort auf den Grund zu gehen. Nichts, was nicht bis morgen warten könnte. *Oder doch?*

Ein weiterer Erinnerungsfetzen huschte in ihr Bewusstsein. Ausgelegte Spielkarten auf einem runden Tisch. Wie an jedem Freitag war heute Bruus-Nacht im Café. Ein Kartenspiel, das mit vier Spielern gespielt wurde. Das wiederum bedeutete, dass Ina jetzt, genau jetzt, freie Bahn hätte. Sie warf einen Blick auf ihren Wecker, der kurz nach elf anzeigte. »Vor Mitternacht sind die Bruus-Nächte nie vorbei«, hatte sie Agnetas Worte im Ohr. Damit war klar, dass die Suche nach der Gewissheit keinen Aufschub duldete.

Nur kurze Zeit später fand sie sich in dunkler Kleidung und festen Schuhen vor dem Badezimmerfenster eines Holzhauses wieder, in das sie am helllichten Tag niemals freiwillig einen Fuß gesetzt hätte. Nun aber blieb ihr keine andere Wahl. Vor dem Badezimmerfenster stand sie, weil es das einzige war, das geöffnet war. Es war aber auch das kleinste Fenster. Ina schätzte die Maße ab, schaute dann an sich herunter. Das würde eng werden. Nicht nur das. Zudem war es ein Fenster im ersten Stockwerk. Ausgerechnet!

Doch sie hatte keine Wahl. Sie sah sich um und entdeckte ganz in der Nähe ein Regenfass, das sie mit aller Kraft umkippte, damit das ganze Wasser rauslaufen konnte. Während sie das Fass vor sich her rollte, walzte sie einige Blumen im Beet nieder. Im Zwielicht der Nacht glaubte sie, Orchideen zu erkennen, war sich aber nicht sicher, ob die wirklich einfach so hier wuchsen. Was spielte es für eine Rolle. Die Tonne stellte sie kopfüber ins Beet und wagte sich an den Aufstieg. Es war eine zittrige Kletterpartie, bei der sie sich so sehr verkrampfte, dass sie jeden Augenblick mit einem Hexenschuss rechnete. Mit der Hand presste sie sich an die Holzfassade und bekam das Fenstersims zu fassen, das sich jetzt nur wenige Zentimeter über ihrer Stirn befand. Sie tastete sich weiter voran, bis sie die Fensterbank im Inneren greifen konnte. Ein kurzer Ruck, um die Belastbarkeit zu überprüfen. Forschend blickte sie sich um. Das Hofcafé, wo hoffentlich noch viele Bruus-Runden gespielt wurden, ließ sich von ihrer Position nicht ausmachen, dafür waren die umliegenden Häuser allesamt nicht beleuchtet. Sie suchte die Straße ab. Einem vorbeischlendernden Passanten hätte sie schwer erklären können, warum sie mitten in der Nacht auf einer Regentonne stand. Noch einmal überprüfte sie den Griff und kam zu der Auffassung, dass die Innenfensterbank ihr Gewicht halten würde. Also zog sie sich mit den Armen nach oben. Zumindest versuchte sie es. In der Praxis war dieses Unterfangen viel, viel schwieriger, als sie es sich in der Theorie zurechtgelegt hatte. Himmel, sie schaffte nicht einen Klimmzug, worauf hatte sie sich da eingelassen! Sie nahm die Füße zur Hilfe, strampelte gegen die Fassade, um sich abzustützen und nach oben zu gelangen. Dabei kam sie sich vor, wie die legendären Palmenkletterer auf einer Südseeinsel. Sie ächzte, keuchte, stöhnte und fluchte. Weil sie trotzdem noch nicht ganz durch das Fenster war, begann sie damit noch einmal von vorn. Die Finger, die sich an die Kante der Fensterbank klammerten, schmerzten, die verkümmerten Muskeln in ihren Oberarmen brannten. Und ihre Brüste, als sie sich über die Kante des Fensters zog – darüber wollte sie gar nicht erst nachdenken. Unter Qualen und Schmerzen arbeitete sie sich mit dem Oberkörper voran durch das Fenster und ließ sich einfach nur nach vorne fallen, wo sie auf einem flauschigen Badvorleger landete. Genau dort blieb sie erst einmal liegen. Zum Sterben. Vielleicht. Sie rang gierig nach Luft, rieb sich die eingequetschten Brüste und wartete darauf, dass die brennenden Schmerzen aufhörten. Ebenso schmerzhaft wurde sie sich ihres lückenhaften Planes bewusst. Was hoffte sie hier zu finden?

Ein Bekennerschreiben? Eine Videoaufzeichnung, auf der die Tat festgehalten wurde?

Mühsam rappelte sie sich auf, widerstand dem Drang, das Badlicht anzuknipsen, und versuchte, sich im dunklen Raum zu orientieren. Das schwache Mondlicht, das durch das Fenster fiel, reichte kaum aus, um Einzelheiten zu erkennen. Mehr tastend als sehend, bahnte sie sich einen Weg zur Tür und drückte die Klinke nach unten. Leise zog sie die Tür auf, lugte durch den Spalt – obwohl sie wusste, dass niemand im Haus war. Im fensterlosen Flur empfing sie die vollkommene Düsternis, weshalb sie nach ihrem Handy in der Tasche kramte und die Taschenlampenfunktion aktivierte. Ein greller LED-Strahl breitete sich kegelförmig vor ihr aus, tauchte den Korridor in scharfe Schatten. Unschlüssig trat sie aus dem Bad und überlegte, wo sie mit ihrer Suche beginnen sollte. Drei Türen gingen vom Korridor ab. Direkt vor ihr befand sich die schmale Holztreppe, die ins Erdgeschoss führte.

Aus einem Impuls heraus zog sie zuerst die Tür zu ihrer Rechten auf und fand sich in einer Art Gästezimmer wieder. Als sie hineinleuchtete, krampfte sich ihre Brust zusammen. In der Mitte des Raumes befand sich eine Bügelstation. Und darauf war an einer Stange eine Bluse gespannt, was auf den ersten Blick wirkte, als stünde eine Person mitten im Raum. Inas Puls dachte überhaupt nicht daran, sich zu beruhigen. Einmal mehr wurde sie sich der Waghalsigkeit ihres Unterfangens bewusst. In ein fremdes Haus einzudringen war eine Sache. Sich Zugang in das Haus eines womöglich kaltblütigen Mörders zu verschaffen jedoch eine ganz andere.

Schnell verwarf sie den Gedanken und widmete sich ihrer

Aufgabe. Mit leisen Schritten trat sie in das Zimmer. Unter ihren Sohlen knarzten die Dielen, also ging sie auf Zehenspitzen weiter. Oberflächlich betrachtet, wirkte in diesem Zimmer alles normal. Sie leuchtete einen kleinen Tisch an, auf dem eine recht neu aussehende Nähmaschine stand. Am Kopfende gab es eine Cordcouch, auf der sich die bereits gebügelte Wäsche stapelte. Auf der anderen Seite stand ein Wandschrank. Anscheinend hatte man in diesem Zimmer die ausgedienten Möbel eines Wohnzimmers untergebracht. Ina drehte sich zum Schrank und begann damit, sämtliche Schubläden und Schränke zu öffnen. Die meisten davon waren voller Tischdecken, Bettlaken, Kopfkissen- und Bettbezüge – ein wahres Arsenal, das bei ihr die Frage aufwarf, wie viel Bettwäsche ein Mensch allein benötigte. Hinter den anderen großen Schranktüren fand sie Stoffe in den unterschiedlichsten Mustern und Farben. Und Filz. Davon sogar am allermeisten. Filzwolle in allen erdenklichen Farben stapelte sich in den Fächern. Sie nahm ein grünes Knäuel zur Hand, rollte ein paar Zentimeter ab und zupfte es auseinander, bis sie nur noch dünne Fäden in der Hand hielt. Stumpfe feste Fäden. Perfekt, um daraus eine Population aus Wichtelpuppen zu basteln.

Ihr war nur allzu klar, was sie in der Hand hielt. Ein Indiz, aber keinen Beweis. Trotzdem … Eben solche Fäden hatte Zeus ausgekotzt.

Sie stopfte die Wolle zurück in den Schrank und suchte weiter.

Halbherzig wühlte sie sich durch die Bastelmaterialien, ertastete aber nichts Verdächtiges. Schon gar nicht das Gesuchte. Dabei war sie sich sicher, dass sie irgendwo hier sein musste: die verschwundene Aktentasche von Mats. Wo immer sie war, offenbar befand sie sich nicht in diesem Zimmer. Schmerzlich wurde sie sich bewusst, dass ihr gar nicht die Zeit für eine intensive Inspizierung sämtlicher Räume blieb. Das würde Stunden dauern. So konnte sie nur darauf hoffen, etwas Offensichtliches zu finden. Und offensichtlich befand sich dieses Etwas nicht in diesem Raum. Sie klappte sämtliche Schranktüren zu und zog sich zurück, um sich der Tür am Ende des Korridors zuzuwenden.

Behutsam drückte sie die Klinke herunter – doch sie war verschlossen.

Das kam ihr merkwürdig vor. Warum verschloss jemand einen Raum in seinem eigenen Haus, wenn er darin ganz allein wohnte?

Sie drückte die Klinke noch einmal herunter, fester diesmal, in der Hoffnung, sie würde sich doch noch öffnen lassen. Tat sie natürlich nicht.

Fieberhaft dachte Ina nach. Wie viel Zeit blieb ihr noch? Wie lange würde sie wohl brauchen, um den passenden Schlüssel zu finden?

Wahrscheinlich nicht mehr viel und viel zu lange, lauteten die Antworten auf ihre Fragen.

Eine radikale Entscheidung musste her. Sie klopfte gegen das Holz der Tür, überprüfte die Massivität, hatte aber zu wenig Ahnung von Holz im Allgemeinen und von Türen im Besonderen, als dass sie von dem Klopfgeräusch irgendetwas hätte ableiten können.

»Also mit dem Kopf durch die Wand«, sagte sie zu sich selbst, verstaute das Handy in der Hosentasche. Mit einem beherzten Atemzug nahm sie Anlauf ... und erntete die schlimmsten Schulterschmerzen ihres Lebens. Der Aufprall kam ihr vor, als wäre sie gegen eine Betonwand gelaufen.

Irgendetwas knackte. Der erste Gedanke galt ihrem Schlüsselbein, doch dann kam ihr halb die Zarge der Tür entgegen, die aufgrund der Wucht aus dem Rahmen gerissen worden war. Die Tür sprang nach innen auf, und Ina stolperte ins Leere. Gerade noch konnte sie sich auffangen und einen Sturz verhindern. In ihrem Oberarm pochte der Schmerz so arg, dass es kaum auszuhalten war.

Sie versuchte, ihn fortzureiben, während sie mit der Orientierung kämpfte, wieder das Handy hervorzog und Licht machte. Sie fand sich in einem kleinen, fensterlosen Raum wieder, einer Art Vorratskammer, in der es aber keine Vorräte gab, sondern ein Regal voll Putzmittel und gestapelten Hand- und Scheuertüchern. Neben dem Regal hing an einem Haken ein langstieliges rotes Kehrset, dessen Schaufel aus robustem Metall war. Das erkannte sie daran, weil an der Spitze der Lack abgeblättert war und dunkler Rost zum Vorschein kam. Sie suchte die Wand nach einem Lichtschalter ab, fand aber keinen, dafür stieß sie mit der Nasenspitze gegen eine Kordel, die mitten in der Luft zu schweben schien.

»Aber ja!« Schmunzelnd zog sie daran und wurde mit einem klickenden Geräusch belohnt, woraufhin eine kleine nackte Glühbirne über ihr aufflackerte. Es war eine dieser alten Birnen, die erst mühsam aufglommen und dann immer heller wurden.

Und mit der Helligkeit zogen sich auch die Schatten aus der kleinen Kammer zurück und offenbarten nach und nach das Geheimnis des verschlossenen Raumes.

Voller Unglauben nahm sie ein Podest in Augenschein, das mit rotem Samt ausstaffiert war. Erst dachte sie, ein Möbelstück aus einer Kirche vor sich zu haben. In der Mitte des Podests stand ein großes Silberkreuz, wie es besser auf einen Altar gepasst hätte. Und da erkannte sie ihren Fehler. Es *war* ein Altar, vor dem sie stand. Aber keiner, der seinen Bestimmungsort in einer Kirche hatte. Auf dem roten Samt befanden sich so viele unterschiedliche Devotionalien, dass Ina überhaupt nicht wusste, wo sie hinschauen sollte. Mit dem nächsten Gedanken korrigierte sie ihre Einschätzung. *Weniger ein Altar, mehr ein … Schrein.*

Es war ein Sammelsurium an Gegenständen, deren Sinn sich ihr beim besten Willen nicht erschließen wollte. In einer Silberschale lag ein getrockneter Kranz aus Gänseblümchen. Seitlich saß ein kleiner, staubzerfressener Teddybär, der ein Herz in den Pfoten hielt.

Davor lag ein aufgeschlagenes Poesie-Album mit einem schwedischen Spruch in krakeliger Handschrift, den Ina grob übersetzte. Er handelte von drei Engeln, die auf Lebenszeit die Begleiter des Besitzers von diesem Album sein sollten. Engel, die da hießen: Liebe, Glück und Zufriedenheit.

Sie blätterte vor und zurück, wirbelte damit Staub auf, der sich im Lichtkegel der nackten Glühbirne kräuselte. Das Buch war nur zur Hälfte vollgeschrieben. Doch warum war ausgerechnet diese Seite aufgeschlagen? Sie versuchte, den Namen des Verfassers zu entziffern, scheiterte aber an der unbeholfenen Unterschrift, die eindeutig einem Kind gehörte. Vielleicht einem Jungen.

Ina sah von dem Buch auf und blickte sich weiter um. Überall waren Fotos, gerahmt oder einfach so aufgestellt. Einige der Fotos wirkten alt, als hätten sie mehrere Jahrzehnte auf dem Buckel. Sie nahm eines in die Hand, es war ein vergilbtes Klassenfoto. Schlaghosen und Koteletten dominierten das Bild bei den jungen Männern, die Mädchen hingegen schienen sich in der Kürze der Miniröcke übertrumpfen zu wollen. Ina stellte es zurück und nahm ein gerahmtes Foto zur Hand, das einen Burschen im Teenager-Alter zeigte, den sie nur zu gut kannte. Es war eine Schwarz-Weiß-Aufnahme mit unscharfem Hintergrund, offenbar in einem Fotostudio aufgenommen. Der Junge hatte dunkles Haar und einen dünnen Oberlippenbart, der ihn älter erscheinen ließ, als er vermutlich war. Das Foto musste ungefähr zu dem Zeitpunkt entstanden sein, als sie ihn kennengelernt hatte.

Auch dieses Bild stellte sie zurück und betrachtete die anderen Gegenstände. Zur Rechten stand die leere Flasche eines Herrenparfüms, dessen Hersteller ihr nichts sagte. Sie war auf einem Stück Stoff drapiert, der sich als zusammengefaltete Krawatte herausstellte.

Neben dem Teddy lag eine Handvoll Plastikrosen, die wiederum auf einem Stapel handgeschriebener Briefe platziert waren. Und dann gab es jede Menge Dinge auf dem Samt, die scheinbar willkürlich abgelegt worden waren. Ein Zigarettenstummel, ein Knopf, eine Sonnenbrille, der ein Glas fehlte. Sie erspähte abgerissene Karten für ein Autokino, Eintrittskarten für ein Freizeitbad, die Speisekarte eines Eiscafés. Es war eine skurrile Sammlung, deren Leitthema sich ihr einfach nicht erschließen wollte.

Und dazwischen standen ringsherum Bilderrahmen. Selbst die Wand hinter dem Schrein war beklebt mit Fotos, viele davon Polaroids, die längst ihre Farben verloren hatten.

Auf jedem der Schnappschüsse war dieser junge Mann abgebildet. Entweder blickte er frontal nach vorn, oder es waren Aufnahmen, die aus dem Moment heraus entstanden waren und ihn nur zufällig zeigten. Und das über mehrere Jahrzehnte hinweg. Sie sah ein weiteres Bild, das ihren Pulsschlag beschleunigte, denn es handelte sich um eine Aufnahme, die Viggo in den besten Jahren zeigte. Es war ein Kneipenfoto, entsprechend schlecht war die Beleuchtung. Mit breitem Grinsen hatte er den Arm um den Mann gelegt, der auf jedem dieser Fotos zu sehen war. Es war sein bester Freund. Mats. Beide prosteten sich mit großen Biergläsern zu und blickten direkt in die Kamera. Sie schaute in Mats' Augen. Sie waren überall. Auf jeder Aufnahme.

Unwillkürlich wich sie einen Schritt zurück, als sie verstand, was sie da vor sich hatte. Es war ein Schrein für einen Mann, für Mats. *Aber warum?*

»Ausgerechnet du!«

Eine bitterböse klingende Stimme drang an Inas Ohr, füllte förmlich die kleine Kammer aus. Ein eiskaltes Kribbeln entsprang in ihrem Nacken und glitt langsam über den gesamten Rücken.

Unzählige Gedanken schossen ihr in diesem Moment durch den Kopf. Sie verfluchte sich selbst. War sie tatsächlich so sehr in ihre Entdeckung vertieft gewesen, dass sie nicht bemerkt hatte, wie die Besitzerin des Hauses zurückgekommen war?

Langsam drehte sie sich um und sah Astrid im Türrahmen stehen, buchstäblich zum Greifen nah.

»Ich habe doch gewusst, dass du mir Ärger bescheren würdest.«

Die Besitzerin des Souvenirladens sagte dies ohne jeden Groll in der Stimme. Es klang eher wie eine unumwundene Tatsache, an der es nichts zu rütteln gab. Ebenso gleichgültig zog sie die Hand hinter dem Rücken hervor und reckte ein langes Küchenmesser nach vorn, was Ina augenblicklich dazu veranlasste, die Hände zu heben.

Fieberhaft suchte sie nach den richtigen Worten, um sich aus der Situation zu winden. Doch was gab es da noch zu bereden? Sie war in Astrids Haus eingebrochen und hatte den Schrein eines Mannes vorgefunden, der tot war. Und sowohl sie als auch Astrid wussten, wer der Mörder war. Oder vielmehr die Mörderin. Über manche Dinge mussten einfach keine weiteren Worte mehr verloren werden.

»Du hast ihn geliebt?« Ina musste mehrfach schlucken, um genügend Spucke fürs Sprechen zusammenzubekommen.

Astrid reckte das Kinn. »Das ist ja wohl offensichtlich.«

»Aber er dich nicht«, vermutete Ina.

Die Hand mit dem Messer zuckte kurz, woraufhin Ina einen kleinen Schritt nach hinten machte und gegen einen Gegenstand stieß. Sie blickte nach unten und erkannte, dass es die braune Aktentasche war.

»Es war ein wenig kompliziert«, räumte Astrid ein. »Mats wusste nicht immer, was gut für ihn war.«

Fieberhaft versuchte Ina, aus der Situation schlau zu werden. »Männer wissen selten, was gut für sie ist und was nicht.«

Astrid lächelte unbestimmt. »Nicht wahr?« Sie neigte den Kopf wie ein Hund, der ein ihm fremdes Geräusch vernahm. »Weißt du denn nicht mehr, wer ich bin? Erinnerst du dich wirklich nicht mehr an mich?«

Ina blinzelte angestrengt. Sie wollte Astrid anschauen, ihr tapfer entgegentreten. Doch ihr Blick glitt immer wieder zu dem großen Küchenmesser und machte damit jedweden klaren Gedanken zunichte.

»Mats und ich, wir waren ein Paar«, fuhr Astrid fort. »Zumindest waren wir das für eine kurze Zeit.« Sie stieß ein bedauernswertes Seufzen aus, wie wahrscheinlich nur liebesunglückliche Frauen eines von sich geben konnten.

Ina streckte die Hände nach vorn. »Bitte, Astrid, du musst mir wirklich nichts erklären, ich …«

»Aber ich will!«, fuhr sie ihr über den Mund. »Ich will darüber reden, damit du verstehst!«

Ina rang sich ein fades Lächeln ab. Sollte sie doch. Alles war besser als eine Wahnsinnige, die sich mit einem langen Messer auf sie stürzte.

»Ich war jung damals«, begann Astrid. »Wir alle waren jung. Mats und ich, wir kannten uns von der Schule, wohnten im selben Dorf. Zunächst nahm er mich nicht ernst, weil er fünf Jahre älter war als ich und in mir immer nur die kleine Astrid sah.« Sie schmunzelte gedankenverloren. »Doch ich wusste schon immer, dass er der richtige Mann für mich war. Mein Mats.« Sie schloss kurz die Augen. »Mats aber hat eine ganze Weile gebraucht, um zu erkennen, dass wir zusammengehören. Er war noch nicht so weit, das Unvermeidliche zu sehen – obwohl ich ihm so viele Liebesbriefe geschrieben habe. Natürlich habe ich sie nicht mit meinem Namen unterzeichnet.« Sie zwinkerte Ina zu. »Allzu leicht wollte ich es ihm auch nicht machen. In einer Mittsommernacht wollte ich mich ihm anvertrauen, ihm meine Liebe gestehen. Reichlich Mut musste ich mir dafür antrinken.« Die messerführende Hand wackelte auf und ab, während sie sprach. »Ich war so jung damals. Und naiv.«

Eine Pause entstand, in der Ina das Blut in ihren Ohren rauschen hörte.

»Und was hat Mats gemacht?« Astrids Stimme klang mit

einem Mal feindselig. »Er hat sich an meiner Schulter aus-
geheult, weil Viggo ihm die Deutsche vor der Nase weg-
geschnappt hatte.« Die Spitze der Messerklinge funkelte im
Schein der Lampe, als Astrid sie auf Ina richtete. Diese hatte noch immer arge Probleme, den Kopf klar zu bekommen.
Die Deutsche, spukten Astrids Worte darin herum.

»Erinnerst du dich an mich?«

Sie meint ... MICH!

»Nein«, gestand Ina. »Aber ich erinnere mich daran, dass
Mats damals ein Auge auf mich geworfen hatte.«

»Ein Auge?« Astrid lachte. »Mit Haut und Haaren war
er in dich verknallt! Weil du so anders warst. So ...
DEUTSCH!«

Dazu wusste Ina nichts zu sagen. Ebenso wenig war sie
sich einer Schuld bewusst. Sie hatte Mats damals eine klare
Abfuhr erteilt, damit war das Thema für sie erledigt. Wohl
aber nicht für Astrid. Diese verzog angewidert das Gesicht.
»Wie er mir von dir vorgeschwärmt hat.«

»Nun ja.« Ina errötete vor Verlegenheit. Ihr Blick löste
sich endlich vom Messer, und sie sah Astrid in die Augen.
Es war nicht der Blick einer Wahnsinnigen, der sie empfing.
Vielmehr wirkte der Ausdruck in ihrem Gesicht erschre-
ckend klar, wie der einer Frau, die ganz genau wusste, was
sie tat.

»Wie bist du mir auf die Schliche gekommen?« Astrid
neigte den Kopf und hob das lange Messer ein Stück weit
an.

»Nicht ich«, stellte Ina klar. »Es war Zeus. Er hat in der
Backstube etwas von deiner Filzwolle gefressen. Vermutlich,
weil sie nach Hühnerschenkeln gerochen hat.«

Astrid sah sie baff an, woraufhin Ina bloß mit den Schultern zuckte. »Vermutlich ist dir was davon aus der Tasche gefallen, als du dich über Mats gebeugt hast, um den Schalter zu betätigen.«

»Dein Hund«, sagte sie nur.

»Er hat die Wolle nicht vertragen und sie wieder ausgekotzt.« Die weiteren Einzelheiten ersparte sie Astrid und sich selbst.

»Spielt im Grunde keine Rolle mehr«, beschloss Astrid. Sie senkte die Messerspitze. »Dieser Filz ist schon ein wenig lästig. Er bleibt überall hängen.«

Inas Gedanken rasten. Sie musste etwas tun, sich aus der Position befreien. Kurz dachte sie daran, sich blindlings auf Astrid zu stürzen. Doch als hätte diese ihren Gedanken gelesen, fuchtelte sie erneut mit dem Messer herum. Eine unausgesprochene Drohung, die Ina nur zu gut verstand und die dazu führte, dass sie die Hände noch weiter hob.

»Dumm, wie ich damals war«, redete Astrid in völlig klarem Tonfall weiter, »dachte ich, dass ich Mats für mich gewinnen könnte. In dieser Nacht an Mittsommer.« Sie schloss für einen kurzen Moment die Augen. »Die Nacht, in der sich Wünsche erfüllen, in der Träume wahr werden.« Ein unbestimmtes Lächeln lag in ihren Zügen, doch es verschwand sogleich wieder, als sich ihr Mund öffnete. »Ich habe ihm das Wertvollste geschenkt«, sagte sie, »und hatte gehofft, dass er dich damit aus dem Kopf bekommt.« Das Lächeln fand den Weg zurück in ihr Gesicht, aber es wirkte ungleich trauriger. »Zumindest in dieser Nacht. Doch ich muss ihn in seinen Gefühlen komplett verwirrt haben, denn danach hat er sich von mir zurückgezogen und ist mir aus dem Weg gegangen. Zunächst habe ich die Welt nicht mehr verstanden, und dann ist alles noch schlimmer geworden.

Er hat sich vor anderen über mich lustig gemacht. Ich habe nicht verstanden, warum.« Traurigkeit blitzte in ihren Augen. »Er war richtiggehend gemein zu mir. Dabei ...« Sie brach ab.

»Männer können echte Schweine sein.« Auch Ina ließ die Geschichte nicht kalt. Für einen kurzen Moment schienen sie sich das Leid angesichts der Männer auf dieser Welt zu teilen. Die Einigkeit hielt jedoch nicht lange. Keinen zweiten Augenaufschlag. »Er hat damit geprahlt, dass er mich entjungfert hat. Schlimmer noch, da er nun wusste, von wem die Liebesbriefe stammten, hat er sie überall herumgezeigt. Ja, er hat sie sogar kopiert und in der gesamten Schule verteilt.« Tränen rannen ihr die Wangen hinab. Ina konnte es nicht fassen. Diese Geschichte war ungeheuerlich. Sie wusste, dass Mats ein Scheusal war, aber das übertraf wirklich alles an Boshaftigkeit. Mit einem Mal tat Astrid ihr unendlich leid, und sie war versucht, sie in die Arme zu schließen, sie zu trösten. Doch bei der kleinsten Bewegung richtete Astrid die Klinge wieder direkt auf sie. »Keinen Schritt weiter«, sprudelte es finster aus ihr heraus.

Ina gehorchte.

»Er hat mich zutiefst gedemütigt, und da war mir klar, dass ich niemals wieder etwas mit Männern zu tun haben wollte.«

Das verstand Ina nur zu gut.

Astrid schnaubte angestrengt, wischte sich mit der freien Hand die Tränen aus dem Gesicht. »Aber wann hat das Herz schon einmal in der Geschichte der Menschheit auf den Kopf gehört?«, fragte sie, ohne eine Antwort zu erwarten. »Wenn ein Herz liebt, dann liebt es«, sagte sie niedergeschlagen. »Und, weiß Gott, ich habe Mats geliebt ... bis zu seinem Tod.« Ein lautes Schlucken war zu vernehmen. Sie sah Ina an, beinahe belustigt. »Weißt du, was Beziehungsratgeber in solchen Fällen für Tipps parat haben?«

Ina dachte an die Sachbücher in der Schmökerecke des Souvenirladens. Ihr Kopf ging kaum merklich von links nach rechts.

»Dass man mit der Vergangenheit abschließen soll. Nun, das habe ich getan. In der Mittsommernacht. Ein passender Zeitpunkt, nicht wahr? An Mittsommer hat er mir die Unschuld genommen, und ich habe ihm an Mittsommer das Leben genommen. Und all das habe ich dem jungen Janis zu verdanken, der die Vorarbeit geleistet hat.« Ihr Blick verfinsterte sich. »Ich musste also nichts weiter tun, als diesen einen Knopf zu drücken.«

»Astrid!« Ina konnte ein Stöhnen nicht unterdrücken. »Was Mats dir angetan hat ... es tut mir alles so leid. Aber ...«

»Geschenkt!« Mit dem Messer vollführte sie einen Schnitt in der Luft. »Seit Mittsommer habe ich meinen Frieden mit ihm gemacht.« Sie hob die andere Hand. »Und nun gib mir deinen Schlüssel.«

»Welchen Schlüssel?« Ina starrte sie verwirrt an.

»Der zu deinem Haus.« Ihre Hand öffnete und schloss sich, öffnete und schloss sich.

»Aber ... warum?« Eine unheilvolle Ahnung überfiel sie. »GIB IHN MIR!«

Ina sog scharf die Luft ein, fand, dass diese Frau unbedingt mal ein Selbstbeherrschungsseminar besuchen sollte. Zögernd gehorchte sie. Die Übergabe des Schlüssels war noch nichts, was ihr Leben gefährdete.

»Was willst du damit?«, fragte sie in beiläufigem Tonfall.

»Spuren beseitigen«, erwiderte Astrid ebenso beiläufig.

Das war nun durchaus etwas, was ihr Leben gefährden konnte. »W-w-welche Spuren?«, stammelte sie.

»Deine.«

»Das kannst du nicht tun!«

Astrids Gesicht bekam im Licht der Glühbirne diabolische Züge. »Du wirst sehen, was ich kann. In meiner Garage steht ein Gartenhäcksler. Niemand wird dich finden, und alle Welt wird denken, dass du abgereist bist.«

Ina warf die Arme hoch.

»Aber … mein Hund! Niemand wird glauben, dass ich ohne meinen Hund fortgegangen bin. «

»Den schnapp ich mir als Nächstes, sobald ich mit dir fertig bin!«

Ihr Leben war in Gefahr, das war eine ernste Bedrohung. Aber der Gedanke, dass auch ihr Hund daran glauben sollte, sprengte jegliche Vernunft. In ihrer Wut und Panik und Tobsucht warf Ina den Kopf in alle Richtungen und sah rot. Buchstäblich. In einer ruckartigen Bewegung schoss sie nach rechts und riss das langstielige Kehrset vom Haken. Mit demselben Schwung holte sie mit der verrosteten Metallschaufel aus. Voller Schreck erkannte sie, dass Astrid ihr Vorhaben durchschaut hatte. Sie sprang bereits auf Ina zu und holte mit dem Messer aus. Im letzten Augenblick schaffte Ina es, ihr auszuweichen und den Schwung zu nutzen, um ihrer Angreiferin mit der flachen Seite der Kehrschaufel eins überzubraten. Astrid ging wie eine gefällte Eiche zu Boden, blieb dort liegen, während Ina über ihr stand, die Schaufel fest in der Hand, bereit, noch einmal auszuholen. »Drohe niemals wieder meinem Hund!« Sie zitterte am ganzen Leib, hatte Mühe, ihre noch immer brodelnde Wut zu bändigen. Doch Astrid stand nicht auf, blieb einfach regungslos liegen und stöhnte leise vor sich hin. Wäre es ein Boxkampf gewesen, wäre dies ein Sieg durch technisches Knock-out.

KAPITEL 45

Und wieder war es an der Zeit, ein Fest zu feiern. Ohne groß darüber reden zu müssen, schienen sich alle darin einig, Janis ebenso gebührend zu empfangen wie zuvor Agneta. Immerhin war er der heimkehrende Sohn des verstorbenen Königs.

Sämtliche Bewohner hatten sich wieder mal an der Feuerstelle am Seeufer versammelt und priesen gegenseitig ihre selbst gebrannten Schnäpse. Wobei der Alkoholgehalt des eigens produzierten Branntweins sich in einem gefährlich hohen Bereich bewegte.

Mittlerweile hatte Ina dazugelernt. Sie trank nur noch jeden zweiten ausgeschenkten Moltebeerschnaps und machte einen großen Bogen um Ebbas Selbstgebrannten, mit dem man auch die schlimmsten Flecken von Fliesenböden beseitigen konnte. Ganz bestimmt führte er obendrein zu vorgeblicher Taubheit, denn mittlerweile war sie sich sicher, dass die alte Frau alles verstand, was sie verstehen wollte.

Und dann war es so weit, der verloren geglaubte Sohn kam mit Blaulicht und Sirenen in die Siedlung gefahren. Natürlich fuhr er den Streifenwagen nicht selbst. Hinter dem Steuer klemmte Lars, und Janis war der Beifahrer. Lars parkte den Wagen direkt vor der Feuerstelle und wurde dort mit frenetischem Beifall empfangen. Ina hatte Mühe zu klatschen, weil sie sich viel lieber die Ohren zugehalten hätte. Die Sirene war extrem laut. Entsprechend erleichtert atmete sie auf, als der Lärm endlich ausgeschaltet wurde und nur noch die Blaulichter zuckten. Erst stieg Janis aus, dann Lars und dann auch Ove, den sie auf dem Rücksitz gar nicht gesehen hatte. Es war eine ungeheuer nette Geste von Lars, wie Ina fand. Er hätte Janis schließlich nicht bis zum Tingsmålahof bringen müssen. Schon gar nicht mit dem Streifenwagen.

Kaum war Janis ausgestiegen, wurde er umringt und umzingelt, allen voran von Ebba. Verständlicherweise war sie am meisten aus dem Häuschen, ihren Enkel wieder in die Arme schließen zu können. Diese Szene war so rührend, dass Ina sich selbst eine Träne verdrücken musste. Anscheinend hatte Svante sie beobachtet, denn sogleich hielt er ihr ein Stofftuch unter die Nase und drückte sie dann beherzt an sich. Sie schloss die Augen und ließ es geschehen. Er roch gut. Wie ein aufziehendes Gewitter nach einem zu heißen Sommertag.

»Und?« Er sah sie von oben herab an. »Wirst du bleiben?«

»Willst du denn, dass ich bleibe?«, fragte sie zurück, ohne seinem Blick auszuweichen.

Seine Umarmung wurde fester, und das fühlte sich gut an. Wundervoll vertraut.

»Du passt schon hierher.« Mit einem verschmitzten Grinsen gab er ihr einen zärtlichen Kuss auf die Stirn. Zumindest wäre er auf der Stirn gelandet, wenn Ina just in diesem Moment nicht den Hals gestreckt hätte. So landeten seine bärtigen Lippen auf ihrem Mund. Dort passten sie auch ganz gut hin.

Es war ein Kuss, keine Offenbarung. Es ertönten keine

unsichtbaren Geigen, und die Welt machte nicht extra Halt für sie. Das war gut und recht so. Immerhin waren sie keine Teenager mehr.

Dennoch flatterte der eine oder andere Schmetterling in ihrem Bauch wie verrückt umher. Dieser Kuss ließ sie nicht kalt. Es war ein Kuss, der die Zärtlichkeit vor die Leidenschaft stellte. Sie drückte sich an ihn, atmete ihn mit fest geschlossenen Augen tief ein. Und da war es, das Gefühl, nach dem sie sich all die Zeit gesehnt hatte. Das Gefühl, angekommen zu sein. *Endlich!*

Lars lief gut gelaunt auf sie zu, als er sie beide in enger Umarmung da stehen sah.

Ina lächelte verschmitzt. Nun fühlte sie sich doch wie ein Teenager.

Ove gesellte sich zu ihnen und hielt zwei Schnapsgläser in der Hand, von dem er eines seinem Sohn überreichte.

»Danke für die Einladung«, sagte er an Ina und Svante gewandt, prostete seinem Sohn zu und exte den Schnaps, ohne die Miene zu verziehen.

»Da geht nun endlich wieder alles seinen Weg.« Lars raunte zufrieden vor sich hin. Er sah Ina an. »Und was wird nun aus dir?«

Sie zuckte mit den Schultern. »Ich weiß es nicht.« Sie war ehrlich zu Lars, zu Svante, zu sich selbst. »Mir gefällt es hier. Mal sehen, was die Zukunft bringt.«

»Darauf skål«, sagte Ove, der sich einen weiteren Schnaps von einem der Tische stibitzt hatte. Auch dieses Glas exte er und warf es unbedarft über die rechte Schulter ins Gras.

»Ich hoffe doch, dass die Zukunft noch weitere Kanelbullar bringt!« Er zwinkerte Ina so konspirativ zu, dass diese sich verschluckte und angestrengt zu husten begann.

Breit grinsend formte er mit Daumen und Zeigefinger einen Kreis. »Die mit dem Zuckerguss waren ein Gedicht.«

Lars nickte zustimmend. »Es wäre wirklich gut, wenn du eine Weile bleiben würdest«, sagte er. »Dein Hund könnte dringend noch ein paar Trainerstunden brauchen.« Er rang sich ein Lächeln ab und kratzte sich dabei am Nacken. »Außerdem hast du dich wirklich gut beim Lösen der Mordfälle gemacht. Dass Mats Knut unter einem Vorwand in die Scheune gelockt und ihn hinterrücks erschlagen hat, das hätten wir wohl mit Janis' Aussage herausgefunden. Aber dass du Astrid als Mörderin von Mats entlarvt hast, Chapeau.« Er zog einen unsichtbaren Hut.

»Du solltest dich bei Zeus bedanken«, erwiderte Ina vergnügt. »Hätte er nicht das Stück Filz heruntergeschlungen und anschließend rausgewürgt, wäre ich wohl nicht so schnell darauf gekommen, dass es Astrid war, die den Knopf der Rührmaschine gedrückt hat, als Mats nach dem Zwist mit Janis kopfüber drinsteckte.«

Durchgerüttelt von den lebhaften Erinnerungen all dieser Erlebnisse, schloss sie für ein paar Sekunden die Augen und holte tief Luft. Dann sah sie Lars eindringlich an: »Du hast mir und den anderen auf dem Campingplatz das Leben gerettet, das werde ich nie vergessen.«

»Ach … na ja.« Er schluckte so schwer, dass sie seinen Kehlkopf hüpfen sah. Regelrecht verlegen wirkte er.

Ove stellte sich zwischen die beiden und legte die Arme um sie, während er sie abwechselnd musterte. »Seht der Wahrheit ins Auge, ihr beide seid ein gutes Team.«

Schwedisch für Anfänger – Teil 16

– Ficklampa

Ein unverzichtbares Utensil für die langen, dunklen schwedischen Nächte: die Taschenlampe.

KAPITEL 46

»Da müssen wir jetzt durch«, stellte Agneta im Brustton der Überzeugung klar. »Was ist schließlich ein Hof ohne Scheune?«

Ina hustete sich die Seele aus dem Leib und zerging im Schweiße ihres Angesichts. Der Tag war so unfassbar heiß, und es kam ihr so vor, als hätten die eingeschwärzten Balken noch immer die Glut des vorangegangenen Feuers in sich gespeichert und stünden kurz davor, sich erneut zu entzünden. Seit Stunden waren sie nun schon damit beschäftigt, die Scheune freizuräumen. Verbrannte Bretter, Balkenreste und Haufen von angekokeltem Stroh hatten sie mit Leibeskräften nach draußen geschafft. Wieso hatte sie sich nur von Agneta breitschlagen lassen und eingewilligt, bei den Aufräumarbeiten zu helfen? Andererseits gehörte das wohl zu den Pflichten, wenn man Teil eines Aussiedlerhofes war. Sie hatten sich bis zum hinteren Bereich der Scheune vorgekämpft und waren nun dort, wo augenscheinlich das Feuer ausgebrochen war. Alles um sie herum war schwarz und eingerußt. Sie hatten sich Stofftücher vor Mund und Nase gebunden, um nicht so viel von dem Gestank einzuatmen, was nur leidlich klappte. In der Hauptscheune waren Svante, Janis und noch eine Handvoll weiterer Männer damit beschäftigt, den vollkommen verbrannten Traktor ins Freie zu ziehen. Ina trug Gummistiefel, die sie sich von

Agneta geliehen hatte. Ihre Hände steckten in dicken Arbeitshandschuhen, die Svante ihr überlassen hatte. Zwar schützten sie diese vor herausragenden Nägeln und scharfen Gegenständen, doch ihre Hände schwitzten darin und machten die Arbeit schier unerträglich. Zudem konnte sie kaum etwas sehen. In seiner Weitsicht hatte Janis den hinteren Scheunenbereich mit Halogenstrahlern ausgeleuchtet, aber die aufgewirbelte Asche schwebte so dicht in der Luft, dass die Sicht mehr als eingeschränkt war. Und so tastete Ina sich beinahe blindlings durch die verkohlten Strohhaufen, die den ganzen Boden bedeckten.

»Ich finde übrigens, dass du dich ruhig mehr einbringen könntest«, ermahnte Agneta sie.

Ina hielt in der Bewegung inne. Eben erst hatte sie zwei Hände voll verbranntem Stroh aufgehoben, das sie nun sprachlos wieder fallen ließ.

»Aber ich schufte doch schon seit Stunden wie ein Tier.«

Agneta lachte. »Ich meine doch nicht das hier.« Sie winkte ab. »Ich meine auf dem Hof.«

Ina verstand nicht.

»Du brauchst deinen eigenen Bereich«, erklärte sie daraufhin. »Etwas, wofür nur du zuständig bist.«

Ina verstand noch weniger.

»Etwas, wie Ashley es sich geschaffen hat«, erklärte Agneta.

»Einen Bootsverleih und eine Tauchschule?«, fragte Ina ungläubig und wurde noch ungläubiger, als Agneta begeistert zustimmte.

»Ganz genau«, sagte sie. »Janis hat die Reparaturwerkstatt mit Svante. Nils hat die Backstube, und Ebba leitet kommissarisch das Café. Und du …«

»Und ich?«, wiederholte Ina.

»Na, du hast … nichts.«

»Ich kümmere mich doch um die Buchführung«, widersprach Ina. Auf Agnetas hochgezogene Brauen hin revidierte sie: »Gut, dass es kein tagesfüllendes Programm ist, weiß ich selbst. Aber ich bin auch nicht hier, um nur zu arbeiten, sondern …«

»Sondern was?« Die Brauen der Schwedin schossen noch höher. »Versteh mich nicht falsch.« Sie ruderte zurück. »Du bist hier herzlich willkommen und kannst tun und lassen, was immer du willst. Dennoch sind wir der Meinung, dass es gut wäre, wenn du dich mehr in unsere Gemeinschaft einbringen würdest.«

»Wir?«, hakte Ina nach, doch darauf ging Agneta nicht ein.

»Deshalb haben wir dir einen Vorschlag zu unterbreiten«, redete sie munter weiter, während sie mit der Schaufel die Strohreste auf dem Boden zusammenkratzte.

»Wir?«, fragte Ina noch einmal, dieses Mal mit mehr Nachdruck, und dann fügte sie noch nachdrücklicher hinzu: »Was für einen Vorschlag?«

Agneta stellte die Schaufel beiseite und widmete sich den Werkzeugen an der Wand. Sie zerrte an der verkohlten Stange einer Sense, deren geschwungene Klinge komplett eingeschwärzt war.

»Verflixt, sitzt die fest.« So sehr Agneta auch daran riss und zerrte, sie gab nicht nach. »Hilf mir doch mal«, forderte sie Ina auf, und gemeinsam zogen sie an der Stange, um die Sense von der Wand zu bekommen.

»Nun, wo Astrid nicht mehr da ist«, führte Agneta ächzend die Unterhaltung fort.

»Eine wirklich schöne Beschreibung für schwedische Gardinen«, entgegnete Ina und konnte sich ihrerseits ein Grinsen nicht verkneifen. Gleichzeitig bekam sie trotz der Hitze eine Gänsehaut. Noch immer waren ihr die Erinnerungen an die jüngst zurückliegenden Ereignisse allgegenwärtig. Einmal mehr wurde ihr klar, wie knapp sie in dieser Nacht dem Tod von der Schippe gesprungen war. Und wie sie die Schippe genutzt hatte, um Astrid auszuschalten. Wie stolz und wütend Lars gewesen war, den sie unmittelbar darauf angerufen hatte. Er hatte ihr eine Standpredigt gehalten, dass es unverantwortlich sei, auf eigene Faust Mats' Mörderin stellen zu wollen. Doch dann hatte sein Stolz überwogen, und entsprechend aufgeräumt hatte er Astrid mitgenommen. Ina bezweifelte stark, dass sie noch einmal das Licht der Freiheit erblicken würde. Immerhin stand sie wegen des kaltblütigen Mordes an Mats unter Anklage. Ina dachte an den letzten Moment zurück, als Lars sie in Handschellen auf die Rücksitzbank des Einsatzwagens manövriert hatte. Ihr war es vorgekommen, als läge in Astrids Blick eine Erleichterung, als hätte sie endlich einen Frieden geschlossen, auf den sie so lange gewartet hatte.

»Wir haben niemanden mehr für den Souvenirshop«, ließ Agneta endlich die Katze aus dem Sack. »Und da dachten wir, dass du …«

Weiter kam sie nicht, weil ihre Worte in einem kräftezehrenden Ächzen untergingen. Sie zog mit aller Kraft, doch Ina stand nur da und starrte sie an.

»Du meinst …?«

Agneta zog das Stofftuch von der Nase, lächelte angestrengt. »Du hast selbst gesagt, dass die Bücherecke dringend frischen Wind vertragen könnte.«

438

Ina tat es ihr gleich, zog sich ebenfalls den Stoff vom Mund, weil sie plötzlich das Gefühl hatte, gar nicht mehr genug Luft zu bekommen. »Aber ... ich ...« Weiter wusste sie auch nicht.

»Du wärst die perfekte Person für den Shop«, versicherte Agneta. »Denk darüber nach.«

Ina dachte darüber nach. Nicht lange, das musste sie nicht. Sie fühlte, wie ihr Herz schneller schlug, weil dieser Vorschlag aufregend war, sie beflügelte. *Ich könnte mich wieder den Büchern zuwenden,* dachte sie.

Agneta ächzte weiter. »Jetzt hilf mir gefälligst!«

Ina schüttelte sich zurück ins Hier und Jetzt, packte mit an, und mit vereinten Kräften zogen sie an der Sense, die kein Stück nachgab.

»Die sitzt bombenfest«, sagte Ina in einer Atempause, doch Agneta gab nicht auf, und gemeinsam mobilisierten sie noch einmal sämtliche Kraftreserven, bis die Sense endlich aus der Halterung riss – und mit ihr ein ganzes Holzpaneel, das sich prompt aus der Wand löste und drauf und dran war, Ina zu erschlagen, wäre sie nicht hastig zur Seite gesprungen. Das Holz kam krachend neben ihr nieder und wirbelte noch mehr Asche auf.

»Himmel, alles in Ordnung?« Agneta war ihr zur Seite geeilt und half ihr beim Aufstehen.

»Mir fehlt nichts.« Ina klopfte sich die Asche vom Shirt, spürte, wie sich der Staubfilm auf ihr verschwitztes Gesicht legte. *Ein Königreich für eine Dusche.*

»Was ist denn das ...?!« Agneta stand unmittelbar vor ihr und stierte vor sich hin. Ina richtete sich auf, stellte sich neben sie. Einen Moment lang sah sie nur in ihr Gesicht, las deren Schrecken. Ina machte sich auf das Schlimmste gefasst, und nur widerwillig folgte sie dem Blick der Schwedin, der stur auf das klaffende Loch gerichtet war, welches die fehlende Holzlatte aufgerissen hatte. Und dann verstand sie. Denn dahinter befand sich nicht die erwartete Sicht ins Freie, sondern ein schmaler Verschlag. Ein Versteck.

Während Ina noch zu verarbeiten versuchte, was sie da sah, war Agneta bereits einen Schritt weiter und lief in Richtung der Hauptscheune.

»Hilf mir mal mit dem Halogenstrahler«, befahl sie. »Wir brauchen mehr Licht.«

Gemeinsam bugsierten sie den Halogenstrahler in den Nebenraum und leuchteten damit die Wand aus, deren Loch aussah wie das Maul eines riesigen Monsters. Die beiden sahen sich unschlüssig an.

»Das ist ein Geheimversteck«, sprach Ina schließlich das Offensichtliche aus. »Das hat jemand absichtlich dorthin gebaut.«

Zögernd schüttelte Agneta den Kopf. »Nicht jemand.« Sie wandte sich Ina zu. »Viggo. Er hat die Scheune damals mit seinem Vater errichtet.«

Gemeinsam lugten sie in den Spalt, der nicht sehr breit war, sich dafür aber mehrere Meter parallel zur Bretterwand zog. Ina trat als Erste ein, pfriemelte angestrengt den rechten Handschuh herunter, um nach ihrem Handy greifen zu können. Sie leuchtete damit in die Dunkelheit. »Am Ende des Verschlags steht irgendetwas auf dem Boden.«

Agneta war dicht hinter ihr, sie hatte eine Hand auf Inas Schultern gelegt. In kleinen Schritten wagte sie sich voran, kämpfte sich durch dichte Spinnweben. Die Luft in diesem Verschlag war so stickig, dass sie kaum atmen konnte.

»Da ist wirklich etwas«, hörte sie Agnetas Stimme dicht an ihrem Ohr. Ihre ausgestreckte Hand kam über Inas Schulter zum Vorschein. »Da lehnt etwas an der Wand.«

Von der Neugierde getrieben, bewegte Ina sich schneller, scherte sich nicht mehr um die dicht gesponnenen Netze, die sich in Schlieren in ihrem Gesicht festsetzten. Immer wieder strich sie sich über die Augen, um etwas sehen zu können, bis sie den hinteren Teil des Verschlags erreicht hatte. Dort stand eine Art schmaler Koffer, aus Aluminium gefertigt – wie diese Reisetrolleys, die Stewardessen hinter sich herzogen.

»Was ist das?«, hörte sie hinter sich Agnetas erregte Stimme.

»Halt mal.« Ina drückte ihr das Handy in die Hand und inspizierte den Koffer, der mit zwei Clips verschlossen war. Diese waren etwas angerostet, schnappten aber problemlos auf. Sie zögerte einen Moment, bevor sie den Koffer aufklappte. Allem Anschein nach hatten sie eines von Viggos Geheimnissen vor sich. Aber wollte sie überhaupt wissen, worum es sich hierbei handelte? Waren es nicht schon genug Geheimniskrämereien, mit denen Viggo sie immer wieder konfrontierte? Mit einem tiefen Atemzug klappte sie die Vorderseite des schmalen Koffers auf. Und dann war sie erst einmal überrascht und wusste nicht so recht, was sie mit dem Anblick anstellen sollte, der sich ihr bot. Das Innere des Koffers war mit dunklem Samt ausstaffiert. Vielleicht blau, vielleicht schwarz, im Licht des Handys war das unmöglich zu bestimmen. Interessanter war vielmehr, was in diesen Samt eingebettet war.

Ein Schwert.

Ein großes Schwert.

»Das ist nun wirklich überraschend«, fand auch Agneta und trat neben sie, während sie in den Koffer leuchtete.

Das Schwert steckte bis zum Schaft in einer Scheide, die straff mit Lederbändern umwickelt war.

»Was ist das?«, fragte Agneta in einem Tonfall, der eine Spur zu schrill klang.

Ina nahm das Schwert aus dem Koffer und zog es behutsam aus der Scheide. Es war schwer, aber keine dieser martialischen Waffen, mit denen Ritter und Wikinger in die Schlacht zogen. Dieses Schwert war aus einem matten Metall, mit goldenen Verzierungen am Griff und der Parierstange.

Es wirkte alt. Unfassbar alt. Der Griff ließ gravierte Runen erkennen, die sich mit befremdlichen Symbolen abwechselten. *Verschlungene Buchstaben vielleicht.* Auf der Vorderseite war ein T-förmiges Kreuz eingeschlagen, auf der Rückseite jedoch ein X – ein großes, golden verziertes X.

Wie das auf der Postkarte. Ina stockte der Atem.

Sie betrachtete die Scheide, die ebenfalls mit Runen geprägt war. Obendrein las sie eine Jahreszahl und Initialen. Damit gab es keinen Zweifel mehr. In Inas Brust begann etwas zu flattern. Gleichzeitig lief es ihr heiß und kalt den Rücken hinab, während ihr die Enge des Verschlags noch beklemmender vorkam.

Sie wandte sich Agneta zu, deren Blick voller Neugier auf dem Schwert ruhte. »Da ist noch etwas, was ich dir sagen muss«, begann sie zögernd. Sie rang mit sich, ob sie ihr wirklich davon erzählen sollte. Aber dieser Fund änderte einfach alles.

»Die Postkarte, die du mir gezeigt hast ...«

Blitzartig hatte sie Agnetas ungeteilte Aufmerksamkeit.

»Es stimmt nicht ganz, was ich gesagt habe«, begann sie. »Dass ich keinen Schimmer davon hätte, was Viggo mir damit sagen wollte.«

Agnetas Mund war zu einer dünnen Linie zusammengepresst.

Ina räusperte sich. »Ich kenne die Geschichte eures ersten gekrönten Königs. Viggo hat mir von ihr erzählt. Ganz besonders davon, dass Erik Knutsson sich eine Weile in ebendiesen Wäldern versteckt haben soll.«

Agnetas Kopf huschte unwirsch von Ina zu dem Schwert und zurück. »Ich verstehe nicht.«

»Deshalb erkläre ich es dir ja.« Ina streckte ihr das Schwert entgegen, doch Agneta griff nicht danach. Sie wich sogar einen Schritt davor zurück.

»Ich glaube zu wissen, was wir hier gefunden haben«, sprach Ina leise weiter. Selbst in ihren Ohren klang ihre Stimme ungewöhnlich fremd. »Viggo war besessen von einer Legende um euren König. Nämlich, dass er zur Krönung eine kirchliche Insignie zum Symbol seiner Macht überreicht bekommen haben sollte.« Sie hob die Hände. »Ein Reichsschwert.« Sie seufzte schwermütig. »Jedoch gab es nie einen Beweis dafür, dass dieses Schwert wirklich jemals existierte.«

Agneta starrte sie verständnislos an. Ina redete einfach weiter.

»Viggo aber war fest von der Existenz überzeugt. Mehr noch. Er hat mir von einer Sage erzählt, dass Eriks treuester Ritter bei seiner Flucht in den Tiefen des angrenzenden Waldes gestorben und dort begraben worden sei. Ferner soll dieses Reichsschwert als Grabbeigabe gedient haben.«

Die Worte sprudelten nur so aus ihr heraus. Mit einem

Mal waren sämtliche Erinnerungen wieder da, die lebhaften Gespräche mit Viggo, der für dieses Thema so sehr gebrannt hatte.

Agneta betrachtete sie voller Unglauben. »Willst du damit sagen, dass Viggo ernsthaft nach diesem Schwert gesucht hat?«

Ina zuckte resigniert mit den Achseln. »Gar nichts will ich. Ich sage nur, dass er für diese Sage gebrannt hat und fest davon überzeugt war, dass es dieses Schwert gibt.« Sie funkelte die Schwedin an. »Und dass es irgendwo in diesen Wäldern versteckt gewesen sein soll.«

Agneta lachte verhalten, schüttelte immer wieder den Kopf, als wüsste sie nicht, was sie von dieser Offenbarung zu halten hatte.

Das verstand Ina nur zu gut, sie wusste es selbst nicht.

»Die Postkarte«, sagte sie leise. Sie deutete auf das X auf der Rückseite des Schwertes. »Was, wenn es wirklich das besagte Schwert ist?« Sie sah Agneta tief in die Augen. »Das Schwert eures ersten gekrönten Königs«, wurde sie konkreter.

Agneta schlug sich die Hand vor den Mund. »Aber, das würde ja bedeuten, dass ...«

»Dass Viggo recht hatte«, beendete Ina den Satz für sie. Ihr Puls wurde noch schneller. *Er hat es gefunden. Das sagenumwobene Reichsschwert.*

Besonnen strich sie mit der Hand über den Stahl der Klinge. Sie war glatt und kalt.

»Wenn das stimmt, was du behauptest«, kam es kaum hörbar von Agnetas Lippen, »dann ist dieses Schwert doch wertvoll, nicht wahr?«

»Unfassbar wertvoll sogar«, sagte Ina. »So sehr, dass es Leute gibt, die dafür töten würden, um es zu besitzen.«

Mit einem Mal bekam sie Nervenflattern. Unversehens dachte sie an Knut, der in dieser Scheune getötet worden war, an den Scheunenbrand. Sie dachte an Mats, der sich, laut Aussage der anderen Hofbewohner, suchend überall auf dem Hof herumgetrieben hatte. Was, wenn all die Vorkommnisse eine weitaus tiefere Bedeutung hatten, als sie es bislang angenommen hatten? Unweigerlich drängte sich ihr ein Gedanke auf, der ihr gar nicht gefiel. Im Gegenteil: Er ängstigte sie.

Sie fasste nach Agnetas Hand, spürte nun, wie sehr die Schwedin zitterte, weil auch sie sich allmählich der Tragweite dieses Fundes bewusst wurde.

»Du musst mir alles über Viggos Tod erzählen.«

»Aber das habe ich doch längst.«

Ina nickte und schüttelte sogleich den Kopf. »Ich weiß, aber tu es bitte noch einmal. Ich muss jede noch so kleine Einzelheit wissen.«

»Aber ... warum?«

Ina sah ihr fest in die Augen. Es war nur ein Gefühl, vielleicht eine dunkle Ahnung, tief aus ihrem Inneren heraus. Bislang hatte sie sich stets auf ihr Bauchgefühl verlassen können. Also sprach sie ihren Verdacht frei von der Seele: »Weil Viggo womöglich keines natürlichen Todes gestorben ist.« Eine unsichtbare Hand drückte ihr die Kehle zu. »Was, wenn Viggo ermordet wurde?«

Zwischen Moltebeeren, Mittsommernächten und Mördern …

416 Seiten. ISBN 978-3-7341-1234-8

Buchhändlerin Ina hat die Großstadt Potsdam hinter sich gelassen und auf dem Tingsmålahof eine neue Heimat gefunden. Doch so idyllisch das Leben in Småland auch scheinen mag, sie kommt nicht so schnell zur Ruhe: Nach dem Fund eines aufsehenerregenden antiken Schwerts tummeln sich schon bald äußerst merkwürdige Gestalten auf dem Hof. Als Ina dann noch in einem uralten Grabhügel auf eine bemerkenswert frische Leiche stößt, beginnt sie prompt, wieder selbst zu ermitteln – sehr zum Missfallen von Polizist Lars. Aber was bleibt ihr anderes übrig, wenn der sonst so kluge Ermittler ausgerechnet den wichtigsten Hinweis ignoriert?

Lesen Sie mehr unter: **www.blanvalet.de**